R & B

E. F. Benson

Lucia in Nöten

Aus dem Englischen von
Sigrid Ruschmeier

Rogner & Bernhard
bei Zweitausendeins

1. Auflage, Dezember 1994.
Titel der Originalausgabe: Trouble for Lucia.

Erstmals erschienen bei Hodder & Stoughton 1939.

ISBN 3-8077-0279-2

Umschlaggestaltung unter Verwendung einer Illustration
von Lynda Riess: Eberhard Delius, Berlin.
Herstellung: Eberhard Delius, Berlin.
Satz und Druck: Wagner GmbH, Nördlingen.
Einband: G. Lachenmaier, Reutlingen.
Gedruckt auf chlor- und säurefreies Werkdruckpapier,
geliefert von E. A. Geese GmbH, Hamburg.
Printed in Germany.

Dieses Buch gibt es nur bei Zweitausendeins
im Versand (Postfach, D-60831 Frankfurt am Main)
oder in den Zweitausendeins-Läden in Berlin, Essen,
Frankfurt, Freiburg, Hamburg, Köln, München, Nürnberg,
Saarbrücken, Stuttgart.

In der Schweiz über buch 2000,
Postfach 89, CH-8910 Affoltern a. A.

1

Lucia Pillson, die designierte Bürgermeisterin von Tilling, und ihr Gatte Georgie unterhielten sich eines Oktobernachmittags im Gartenzimmer ihres Hauses Mallards. Die Debatte erforderte den Einsatz all ihrer scharfen Verstandeskräfte.

Sollte Lucia, wenn sie im nächsten Monat das höchste Amt der Stadt antrat, weiterhin jeden Morgen nach dem Frühstück mit ihrem Einkaufskorb in die High Street gehen und beim Bäcker, Lebensmittelhändler und Fleischer, kurz, überall dort, wohin die notwendigen Besorgungen des Tages sie führten, höchstpersönlich ihre Einkäufe tätigen? Pro und Kontra mußten erwogen werden, und Lucia erörterte den Fall mit der weitschweifigen Detailfreude gleich beider gegnerischer Anwälte vor Gericht. Man konnte getrost darauf vertrauen, daß sie nach gewissenhafter Betrachtung der Sachlage die Kompetenz erworben hatte, auch noch das Verdikt der Schöffen und den Urteilsspruch des Richters zu verkünden. In weiser Vorwegnahme der zahllosen Reden, die sie nun allzubald als Bürgermeisterin würde halten müssen, kultivierte sie, wann immer sie sich darauf besann, einen geschliffenen Redestil und einen steifen Oxford-Akzent.

»Ich muß sehr vorsichtig sein, Georgie«, sagte sie. »Ich als, wie dir hinlänglich bekannt ist, aufrichtige Demokratin im wahrsten Sinne des Wortes werde am neunten November diesen Jahres mit der Aufgabe betraut, Würde und Tradition dieses hohen Amtes zu pflegen und zu bewahren. Ich weiß nicht recht, ob ich da noch wie bisher herumwieseln, wie Hinz und Kunz durch die Läden rennen und meinen Einkaufskorb selbst tragen sollte. Ich möchte dir einen in gewisser Weise ähnlichen Fall schildern. Stell dir vor, du siehst einen jüngst ernannten Lordkanzler in kurzen Hosen durch die Straßen Westminsters traben, weil er sich körperlich fit halten will. Wie würdest du reagieren?«

»Du hast doch hoffentlich nicht vor, kurze Hosen zu tragen?« fragte Georgie, bemüht, einen leichteren Ton anzuschlagen.

»Keineswegs«, sagte Lucia. »Es ist lediglich ein Parallelfall. Und dann noch etwas: Es wäre mit meinen demokratischen Grundsätzen strikt unvereinbar, wenn ich in den Lebensmittelladen ginge, um ein paar Kleinigkeiten zu kaufen, und die dort anwesenden Kunden würden zur Seite treten, damit man mich zuerst bediente. Das geht nicht an! Nie und nimmer!«

Georgie hörte gar nicht zu, sondern begutachtete die hübsche Handarbeit, mit der er beschäftigt war. Er stickte (mit bunten Seidenfäden) das Stadtwappen von Tilling auf die weißen Glacéhandschuhe, die Lucia bei den Feierlichkeiten zur Amtseinführung tragen wollte, und war unsicher, ob er das Emblem genau in die Mitte plaziert hatte.

»Sehr lästig«, sagte er. »Hm, so muß es aber gehen. Es wird sich schon richtig dehnen. Apropos Lordkanzler in kurzen Hosen: Ich glaube, mir wäre es einerlei. Es hinge ein wenig davon ab, was für Knie er hätte. Und daß die anderen Kunden für dich zur Seite treten würden, nur weil du Bürgermeisterin bist, davor braucht dir nun überhaupt nicht bange zu sein. Höchst unwahrscheinlich.«

Lucia interessierte sich plötzlich heftig für die Handschuhe.

»Mein Lieber, die sind ja todschick«, sagte sie. »Eine wunderschöne Arbeit, Georgie. Wunderhübsch. Sie erinnern mich an die Handschuhe mit den Juwelen, die man auf primitiven italienischen Gemälden an den Händen kniender Päpste und betender Bischöfe sieht.«

»Meinst du, das Wappen sitzt wirklich in der Mitte?« fragte er.

»Es sieht genau richtig aus. Soll ich ihn anprobieren?«

Lucia präsentierte den Rücken ihrer behandschuhten Hand, indem sie die Fingerspitzen elegant an die Stirn legte.

»Ja, scheint in Ordnung zu sein«, sagte er. »Gib ihn mir wieder. Er ist noch nicht fertig. Zu dem anderen Problem: Es wäre ziemlich auffällig, wenn du plötzlich nicht mehr selbst einkaufen gingst, denn das tust du seit ungefähr zwei Jahren Tag für Tag. Außer sonntags. Manche Leute würden sagen, daß du als Bürgermeisterin ziemlich arrogant geworden seist. Elizabeth bestimmt.«

»Mag sein. Aber mir würde es einigermaßen schwerfallen, mein Lieber, spontan etwas zu nennen, das mir gleichgültiger wäre als die Meinung von Elizabeth Mapp-Flint, der armen Frau. Sag mir also deine Meinung, nicht ihre.«

»Du kannst ja nach und nach aufhören einzukaufen, wenn du das Gefühl hast, es sei unter deiner Würde«, sagte Georgie und gähnte. »Geh diese Woche jeden Tag einkaufen, und nächste nur Montag, Mittwoch und Freitag –«

»Nein, mein Lieber«, unterbrach Lucia ihn. »Das wäre gekniffen, und ich kneife nie. Entweder, oder!«

»Ein Kniff bewahrt dich vielleicht vor einem Reinfall«, witzelte Georgie.

»*Georgino*, du bist ja so bissig! Was genau willst du damit sagen? Was für ein Reinfall?«

»Was weiß ich«, sagte Georgie. »Du könntest etwas falsch machen, die Dinge nicht vorsichtig genug abwägen. In Tilling wimmelt es von Fallgruben.«

»Fallgruben stören mich nicht, solange mir mein Gewissen sagt, daß ich von den richtigen Prinzipien geleitet werde. Sowohl in meinem Privatleben als auch in meiner öffentlichen Funktion muß ich Vorbild sein. Wenn ich mich entschließe, auch weiterhin meine täglichen Einkäufe zu erledigen, werde ich jedenfalls allergrößten Wert darauf legen, sehr billige, einfache Lebensmittel zu kaufen. Kohl und Rüben zum Beispiel, nicht etwa Spargel.«

»Davon haben wir in der Spargelzeit, Gott sei Dank, jede Menge im Garten«, sagte Georgie.

»– Scholle und nicht etwa Seezunge. Äpfel«, fuhr Lucia fort, als habe er gar nichts gesagt. »Privat: das einfache Leben – alle werden ja Zeuge sein, wenn ich billiges Gemüse kaufe –, in der Öffentlichkeit: Pracht, wie diese herrlichen Handschuhe. Und edle Gedanken in beiden Sphären.«

»Das würde gut in deiner Antrittsrede klingen«, bemerkte Georgie.

»Das will ich hoffen. Denn ich möchte das Ansehen

Tillings heben, es wirklich zum Zentrum intellektueller und künstlerischer Aktivitäten machen. Hand in Hand damit müssen Sozialreformen einhergehen, muß Wohlstand für die ärmeren Klassen geschaffen werden. Die Elendsviertel müssen abgerissen, der Überfüllung muß ein Ende bereitet werden. Georgie, man muß die Milch pasteurisieren, Filme streng zensieren und an sonnigen Stellen Bänke aufstellen. Das wird natürlich Geld kosten. Aber von mir aus können die Steuern schwindelnde Höhen erreichen.«

»Damit wirst du nicht gerade populär«, sagte Georgie.

»Die Unbeliebtheit, die solche Reformen mir einbringen, soll mir recht sein. Und dann die schönen Seiten des Lebens. Blumenkästen in die Fenster selbst der bescheidensten Behausung! Billige Konzerte mit erstklassiger Musik! Alte Bräuche müssen wieder aufleben wie zum Beispiel der jährliche Umgang um die Gemarkung. Ich muß unbedingt herausfinden, was das ist.«

»Der Stadtrat wanderte in einer Prozession um die Gemeindegrenzen«, sagte Georgie, »und schubste den Bürgermeister auf die Gemarkungssteine. Wollen wir nicht lieber bei der Frage bleiben, ob du weiter persönlich einkaufen gehst?«

Mit der Idee, auf Gemarkungssteine geschubst zu werden, konnte Lucia sich weniger anfreunden...

»Ganz recht, Lieber. Ich verliere mich schon wieder in Tagträumereien. Wir haben über das einfache Leben gesprochen, darüber, daß wir mit gutem Beispiel vorangehen müssen. Ich möchte, daß allenthalben bekannt wird, wie sparsam und preisbewußt ich einkaufe. Ich möchte gehört werden, wie ich beim Fleischer Kamm vom Hammel bestelle.«

»Ich esse keinen Hammelkamm, auch nicht, um anderen mit gutem Beispiel voranzugehen«, sagte Georgie. »Und wofür auch immer du dich entscheidest, ich werde meine morgendlichen Einkäufe nicht aufgeben. Man hört bei der Gelegenheit nämlich alle Neuigkeiten. Es wäre ja schlimmer, als ohne Radioapparat dazustehen. Ohne den täglichen Gang zur High Street wäre ich verloren. Du auch.«

Lucia versuchte sich auszumalen, wie sie, dieses stetigen lebhaften Austausches von Klatsch beraubt, dastünde, während all ihre Tillinger Freunde mit den Einkaufskörben am Arm geschäftig die High Street hinauf- und hinuntersausten und einander in den engen Ladentüren anstießen. Bei Regen oder Sonnenschein, mit Schirmen und Galoschen oder Sonnenschirmen und zarten Blusen, es war das Reizklima, in dem der Appetit auf die Irrungen und Wirrungen des Lebens so recht angeregt wurde. Die bloße Vorstellung, das zu verpassen, war unerträglich, und ohne die geringste Schwierigkeit begründete sie nun das Festhalten an dieser Gewohnheit mit hehren Motiven und ausgeprägtem Pflichtbewußtsein.

»Du hast recht, Lieber«, sagte sie. »Ich danke dir für deinen guten Rat. In meinem neuen Amt wird es mir mehr denn je obliegen, zu erfahren, wie Tilling denkt und fühlt. Ich muß das Ohr am Puls der Zeit haben. Unlängst habe ich doch dieses Buch gelesen, das mich so beeindruckt hat – was war es, um Himmels willen, noch gleich? Eine Biographie.«

»Über Katharina die Große?« fragte Georgie. Lucia

hatte vor kurzem einen flüchtigen Blick hineingeworfen, er hatte den Hinweis ironisch gemeint.

»Ja. Demnächst vergesse ich noch meinen eigenen Namen. Sie hatte das Ohr stets am Puls ihres Volkes, und ich behaupte, daß ihre Größe daher rührt. Sie hat sich doch immer verkleidet, weißt du noch, als Bauersfrau – Muschik, nicht wahr? –, und dann ist sie aus der Hintertür des Winterpalais geschlichen und hat sich in die Kneipen oder Cafés gesetzt, oder wo immer man Wodka und Tee – aus Samowaren – trinkt. Dort hat sie dem gemeinen Volk aufs Maul geschaut und dann ihre Minister mit ihrem Wissen überrascht.«

Lucia und ihr aufgeblasenes Gerede langweilten Georgie entsetzlich. Sie gab doch keinen Pfifferling darauf, was das »gemeine Volk« sagte. Während der Einkaufsstunde auf der High Street war sie lediglich daran interessiert, was für Gemeinheiten Elizabeth Mapp-Flint wieder ausheckte, was Major Benjy Mapp-Flint im Schilde führte, ob Susan Wyse sich wirklich auf ihren Wellensittich gesetzt und ihn plattgedrückt hatte, ob Diva Plaistows Irischer Terrier die Räude oder Irene Coles die Zustimmung des Bauaufsichtsamtes hatte, das Fresko einer nackten, dem Meer entsteigenden Venus auf die Vorderfront ihres Hauses zu malen. Aber hier salbaderte sie über die Pflicht der Bürgermeisterin von Tilling, wie Katharina die Große das Ohr stets am Puls der Zeit zu haben. Solchem Unsinn begegnete man am besten mit einem Hauch Ironie.

»Eine völlig neue Erfahrung für dich, Liebe«, sagte er. »Stell dir vor, du verkleidest dich als Zigeunerin, stiehlst dich aus der Hintertür und hockst dich in die Kneipe an den Tresen. Das nenne ich gründlich.«

»Ach, Georgie, du nimmst immer alles so wörtlich«, sagte sie. »Es handelt sich doch nur um eine vage Analogie. In vielerlei Hinsicht möchte ich dieser prachtvollen Frau lieber nicht nacheifern. Aber was für eine großartige Idee, zuzuhören, was all die Muschiks sagten, wenn ihnen die Zunge vom Wodka gelöst war. *In vino veritas.*«

»Nicht immer«, sagte Georgie. »Heute zum Beispiel hat sich Major Benjy in seinem Club einen angesäuselt. Er konnte nicht Golf spielen, weil draußen ein heftiger Wind wehte, deshalb blieb er im Windschatten ... Statt Sturm auf dem Golfplatz war Sturm im Portweinglas angesagt! Geschwankt hat er allemal.«

Ob dieser hübsch gedrechselten Worte wartete Georgie auf Beifallsbekundungen, aber seine Gattin dachte über sich und Katharina die Große nach.

»Vom Wein ist er nämlich nicht ehrlich geworden, ganz im Gegenteil«, fuhr Georgie fort. »Er hat die haarsträubendsten Lügen aufgetischt, wieviele Tiger er geschossen hat und was für Bombenerfolge er bei Frauen hatte, als er jünger war.«

»Arme Elizabeth«, sagte Lucia ohne jegliches Mitgefühl.

»Er wurde richtig fies«, sagte Georgie, »und schwärmte von seinen Junggesellenzeiten, als er noch seine Freiheit genoß. Und war so unverfroren, mir in die Rippen zu stoßen und zu flüstern: ›Wir wissen ja, was Sache ist, alter Knabe, was? Ha, ha, was?‹«

»Georgie, wie impertinent«, rief Lucia. »Er vergleicht doch wirklich Elizabeth mit mir!«

»Und mich mit sich selbst«, gab Georgie zu bedenken.

»Beides höchst unangenehm. Sonst noch Neuigkeiten?«

»Ja, ich habe Diva kurz gesprochen. Paddy hat nicht die Räude, nur ein kleines Ekzem. Und sie ist wild entschlossen, ihre Teestube aufzumachen. Sie hat mich gefragt, ob du die Eröffnungsfeierlichkeiten durch deine Anwesenheit beehren und die erste Tasse Tee trinken würdest. Sicher würdest du das tun, habe ich ihr gesagt. Das wäre doch der Knüller für sie, wenn du in deiner Amtstracht kämst! Da bliebe kein Muffin übrig!«

Lucias Antlitz umwölkte sich, aber sie war froh, wieder bei bürgermeisterlichen Themen angelangt zu sein.

»Georgie, ich wünschte, du hättest sie in dieser Hoffnung nicht bestärkt«, sagte sie. »Ich wäre entzückt, Diva zu solch einem glänzenden Start zu verhelfen, aber ich muß mich vorsehen. Angenommen, am nächsten Tag eröffnet jemand ein Schuhgeschäft, dann hätte ich einen Präzedenzfall geschaffen und müßte das erste Paar Schuhe tragen. Oder einen Hutladen. Wenn ich *ein* Geschäft eröffne, muß ich *alle* eröffnen, Günstlingswirtschaft gibt es bei mir nicht. Liebend gern, wirklich liebend gern, trinke ich bei Diva die erste Tasse Tee als Mrs. Pillson, also inoffiziell. Offiziell muß ich incognito dort sein.«

»Da ist sie aber bestimmt enttäuscht«, sagte Georgie.

»Arme Diva, das fürchte ich auch. Aber in der Robe? Ausgeschlossen! Der Bürgermeister erscheint nur dann in Amtstracht, wenn er von den Stadtvätern begleitet wird. Ich kann meine Ratsherren und Stadträte ja wohl schwerlich bitten, in vollem Ornat mit mir bei Diva Tee zu trinken. Sie beweist natürlich echten Unternehmergeist, aber ich kann mir nicht vorstellen, daß die kleine Teestube eine solche Goldgrube wird, wie sie meint.«

»Ich glaube nicht, daß sie nur auf das Geld aus ist«, sagte Georgie, »obwohl sie sicher nichts gegen einen kleinen Nebenverdienst hätte.«

»Was sonst könnte der Grund sein? Denk doch nur an die Ausgaben für Tassen und Teller und Tische und Teelöffel. Die viele Arbeit. Sie hat mir erzählt, daß sie die Tees selbst servieren will.«

»Es geht aber mehr darum, daß es ihr soviel Freude macht, hin- und herzuspringen und mit ihren Gästen zu plaudern«, sagte Georgie. »Sie ist doch immer hin und weg, wenn sie mit Leuten reden kann, und empfindet es als reichlich schweigsame Angelegenheit, allein zu leben. Wenn ihre Teestube einschlägt, hat sie immer Unterhaltung.«

»Hm, da magst du recht haben«, sagte Lucia. »Oh, und noch etwas. Mein Bürgermeisterfestbankett. Ich habe heute die halbe Nacht wach gelegen – vielleicht nicht ganz so lange – und mir darüber den Kopf zerbrochen, aber ich sehe einfach keine Möglichkeit, wie du daran teilnehmen kannst.«

»Eine leidige Geschichte«, sagte Georgie. »Warum nicht?«

»Schwierig, schwierig. Wenn ich dich einlade, schaffe ich damit einen Präzedenzfall –«

»Du denkst zuviel über Präzedenzfälle nach«, unterbrach Georgie sie. »Das interessiert doch niemanden!«

»Aber ich bitte dich, das Bankett ist hochoffiziell. Ich werde die Bürgermeister der Nachbargemeinden, den Bischof, den Lord Lieutenant, das heißt, den Vertreter des Königs in der Grafschaft, den Pfarrer als meinen Hausgeistlichen, meine Ratsherren und Stadträte und Friedensrichter einladen. Du, mein Lieber, hast keine offizielle Position. Wir sind sozusagen wie Königin Victoria und der Prinzgemahl.«

»Das hast du schon häufiger erwähnt«, sagte Georgie, »und ich habe es nachgeprüft. Wenn sie das Parlament eröffnete, fuhr er mit ihr nach Westminster und saß neben ihr auf einem Thron. Einem Thron –«

»Das sollte mich aber wundern. Manche Lebensgeschichten über die Königin sind sehr inakkurat. Wenn das zutrifft, müßte die Frau des Lordkanzlers im Oberhaus mit ihm auf einer Ecke des Wollsacks sitzen. Außerdem, wo sollte man dir einen Sitz zuweisen? Du kannst nicht neben mir sitzen. Der Lord Lieutenant sitzt zu meiner Rechten und der Bischof zu meiner Linken –«

»Wenn sie kommen«, warf Georgie ein.

»Natürlich sitzen sie nicht da, wenn sie nicht kommen. Aber nach ihnen kommen die Bürgermeister, die Ratsherren und die Stadträte. Du müßtest tiefer als sie sitzen, und das dulde ich nicht.«

»Mir wäre es einerlei, wo ich sitze«, sagte Georgie.

»Ich fände es wunderbar, wenn du dabei wärst, Georgie«, sagte sie. »Aber in welcher Funktion? Ich wiederhole, es ist alles offiziell. Denk an die Tradition.«

»Es gibt keine Tradition. Eine Frau ist schließlich

noch nie Bürgermeister von Tilling gewesen, das hast du mir mehr als einmal erzählt. Aber laß uns nicht darüber streiten. Ich glaube, Tilling wird es sehr merkwürdig finden, wenn ich nicht dort bin. Ich fahre an dem Tag nach London, und du kannst erzählen, ich hätte fortgemußt.«

»Niemals!« rief Lucia. »Tilling würde es noch viel merkwürdiger finden, wenn du an meinem großen Tag nicht in der Stadt wärst.«

»Dann soll ich wohl allein in Mallards zu Abend essen«, sagte Georgie bitter. »Den Hammelkamm, von dem du gesprochen hast.«

Er erhob sich.

»Zeit für mein Bad«, sagte er. »Ich werde es nicht mehr ansprechen und auch nicht mehr darüber nachdenken. Du mußt wissen, was du tust.«

Georgie ging äußerst vergrätzt nach oben. Er zog sich aus, schlüpfte in seinen blauseidenen Morgenmantel und würzte sein Bad mit einer großzügigen Portion Verbenabadesalz. Er sank in das duftende Naß und konzentrierte sich auf das Thema, über das er eigentlich nicht mehr nachdenken wollte. Im Moment schien Lucia außerstande, sich mit etwas anderem als sich selbst und den Pflichten und Würden ihres zukünftigen Amtes zu beschäftigen.

»Das nenne ich Egomanie in Reinkultur«, flüsterte Georgie vernichtend. »Katharina die Große! Größenwahn! Sie glaubt, die ganze Stadt ist genauso aus dem Häuschen wie sie, weil sie Bürgermeisterin wird. Dabei interessiert es kein Aas ... Außer Elizabeth. Sie zittert vor Wut und Neid, wann immer sie Lucia sieht

... Das war aber nie anders ... Verflixt! Jetzt habe ich die Seife fallenlassen, und sie glitscht mir weg wie ein Aal ... Wie lästig das ganze. Lucia kann über nichts anderes mehr reden ... Beim Frühstück, Mittagessen, Tee und Abendessen, ewig das gleiche Lied ... Ein Bürgermeisterkomplex ... Und todlangweilig, jawohl! Ewig und drei Tage erinnert sie mich daran, daß ich keine offizielle Stellung innehabe ... Ja, bitte, wer ist da? Nein, niemand kann hereinkommen, einerlei, wer es ist.«

Auf der Badezimmertür erklang eine Klopfsalve. Dann Lucias Stimme: »Ich will auch gar nicht hereinkommen«, sagte sie. »Aber *heureka*, Georgie. *Ho trovato, ho ben trovato*!«

»Was hast du gefunden?« rief Georgie und erhob sich aus den Fluten.

»Es. Mein Bankett. Mich und dich und mein Bankett. Ich erzähle es dir beim Abendessen. Beeil dich.«

»Wahrscheinlich darf ich die Käsehäppchen herumreichen«, dachte Georgie, immer noch mißmutig. »Um das mitgeteilt zu bekommen, beeile ich mich nicht.«

In Morgenmantel und grünen Maroquinlederpantoffeln tappte er in sein Schlafzimmer. Während er genüßlich im Bad gesessen hatte, war ein Paket für ihn angekommen, und Foljambe, Hausmädchen und zuständig für sein persönliches Wohlergehen, hatte es auf seine rosafarbene Steppdecke gelegt.

»Das muß mein neuer Smoking sein«, sagte er zu sich. »Über all den Sorgen habe ich ihn wahrhaftig vergessen.«

Er schnitt die Kordel durch, und da lag er: Jacke, Hose und Weste aus rubinrotem Samt und die Knöpfe aus synthetischem Onyx, ein Gedicht. Es war das Geburtstagsgeschenk von Lucia. Er hatte sich nach eigenem Geschmack einen Smoking bestellen dürfen, die Rechnung ging an sie. Mehr wußte sie nicht, er hatte ihr nur erzählt, daß es etwas sehr Ausgefallenes sei und Tilling in Erstaunen versetzen werde. Georgie versetzte die gewagte Schönheit des Smokings in reines Entzücken.

»Nun heißt es überlegen«, sann er vor sich hin. »Ein plissiertes Hemd, eine schwarze Fliege und mein Granatsolitaire. Und mein roséfarbenes Unterhemd. Niemand sieht es, aber ich weiß, daß ich es anhabe. Und rote Socken. Ob ich's wage?«

Rasch warf er sich in diese umwerfende Kreation. Vorn saß alles wie angegossen, und er klingelte nach Foljambe, um zu erfahren, ob es von hinten ebenso befriedigend aussah. Ihr gebieterisches Klopfen ertönte, und er bat sie einzutreten.

Sie stieß einen schrillen Schrei aus.

»Jessas!« sagte sie. »Ein Kostüm für einen Maskenball oder was, Sir?«

»Mitnichten«, sagte Georgie. »Mein neuer Smoking. Ist er nicht schick, Foljambe? Sitzt er hinten richtig?«

»Scheint so«, sagte Foljambe und zog den Ärmel glatt. »Stellen Sie sich mal ein bißchen gerade hin, Sir. Ja, sitzt wirklich gut. Hat mich fast vom Sockel gehauen.«

»Gefällt er Ihnen nicht?« fragte Georgie besorgt.

»Hm, ein ganz schöner Schock, Sir. Hoffentlich bekleckern Sie sich nicht, denn das wär'n Ding, aus dem Samt was Klebriges wieder rauszukriegen, und Sie schmeißen mit dem Essen ja manchmal regelrecht um sich. Aber jetzt, wo ich mich allmählich dran gewöhne – er ist hübsch.«

Georgie begab sich nach nebenan in seinen Salon, wo ein großer Spiegel über dem Kamin hing, und schaltete alle Lampen an. Er stieg auf einen Stuhl, damit er einen umfassenderen Blick auf sich werfen konnte, und drehte sich in dem strahlend hellen Licht langsam um die eigene Achse. So versunken war er in selbstverliebte Betrachtungen, daß er gar nicht hörte, wie Lucia aus ihrem Schlafzimmer kam. Die Tür war nur angelehnt, und sie lugte hinein. Beim Anblick eines großen Mannes, der in einem grellroten Anzug mit dem Rücken zu ihr auf einem Stuhl stand, stieß sie einen erstickten Schrei aus. Das war ungewöhnlich. Georgie wirbelte herum.

»Schau!« sagte er. »Dein herrliches Geschenk. Es lag da, als ich aus dem Bad kam. Ist er nicht bildschön?«

Lucia erholte sich von ihrem Schock.

»Richtig venezianisch, Georgie«, sagte sie. »Echt tizianisch.«

»Ich finde ihn hinreißend«, sagte Georgie und stieg vom Stuhl. »Tilling wird Augen machen! Tausend Dank.«

»Und tausend Glückwünsche, Georgino«, sagte sie. »Oh, und ich habe die Idee des Tages! Ich bin wirklich genial, mein Lieber. Hör zu! Auf meinem Bankett befinden sich am Kopfende des Saales eine erhöhte Tafel und an deren Enden zwei Tische, die in den Raum hineinragen. Mein Platz ist natürlich in der Mitte der Tafel. Wir sitzen nur auf einer Seite der Tische. Und du kannst mir direkt gegenüber ganz für dich sitzen. Du schaust mir ins Angesicht. Keine offizielle Position, weder über noch unter den anderen. Schlicht der Gatte der Bürgermeisterin, ihr menschlich nahe, doch offiziell sozusagen in der Schwebe.«

Von unten kamen die fröhlichen Klänge der kleinen Glocken, die das Dinner ankündigten. Grosvenor, das andere Hausmädchen, spielte heute abend eine liebliche Melodie, die anzeigte, daß sie mit ihrem Leben zufrieden war. War sie unzufrieden, ließ sie klirrend schroffe Disharmonien erklingen.

»Damit ist alles geklärt!« sagte Georgie. »Exzellent. Wie klug von dir! Ich war schon ein wenig verletzt bei dem Gedanken, daß ich nicht dabei sein dürfte. Hör nur, Grosvenor freut sich auch. Wir freuen uns alle.«

Er bot ihr seinen wunderschönen Samtarm, und gemeinsam begaben sie sich nach unten.

»Und mein Granatsolitaire«, sagte er. »Paßt er nicht gut zu dem Anzug? Ich muß nur die Serviette richtig feststecken. Gräßlich, wenn ich kleckerte. Ich bin so froh wegen des Banketts.«

»Ich auch, mein Lieber. Entsetzlich, wenn du nicht dabei gewesen wärst. Aber ich muß die Bedürfnisse meines Privatlebens mit der Etikette des öffentlichen Lebens in Einklang bringen. Auf das Auftreten derartiger Probleme müssen wir uns gefaßt machen, wenn ich Bürgermeisterin bin –«

»Der Fisch ist sehr lecker«, sagte Georgie in dem Versuch, sie von ihrem Dauerthema abzubringen.

Nutzlos.

»Ausgezeichnet, nicht wahr«, sagte Lucia. »Zur Zeit Königin Elizabeths, Georgie, oblag es dem Bürgermeister von Tilling, den Hof mit Fisch zu versorgen. Zweimal in der Woche wurde ein Zug Maulesel nach London in Marsch gesetzt. Wie herrlich, wenn ich diesen Brauch wiederaufleben lassen könnte! Was für ein Ansporn für die Fischer hier!«

»Damals hatte der Hof wohl eine Vorliebe für verdorbenen Fisch«, sagte Georgie. »Ich gäbe nichts auf einen Wittling, der bei heißem Wetter – oder kaltem, das ist Jacke wie Hose – auf einem Maulesel nach London geschafft worden wäre.«

»Ach, ich will ja nicht auf die Maulesel zurückgreifen«, sagte Lucia, »obwohl es sicher ein malerischer Anblick wäre, wenn sie am Flußufer beladen würden und zu ihrem königlichen Botengang aufbrächen. Heutzutage würde man die Eisenbahn benutzen. Ich frage mich, ob das ginge. Der Königliche Fischexpreß...«

»Gedenkst du zweimal in der Woche einen Sonderzug mit Seezungen und Hummern zum Buckingham Palast oder nach Schloß Windsor zu schicken?« fragte er.

»Ein Kühlwaggon würde ausreichen. Ich bin überzeugt, wenn ich die Archive durchsuchte, würde ich herausfinden, daß Tilling das Monopol innehatte, die königliche Tafel zu beliefern, und daß dem Ort dieses Monopol niemals entzogen wurde. Wenn dem so ist, denke ich an eine Petition an den König: ›Ihrer Majestät getreue Untertanen bitten ergebenst, daß ihnen dieses Privileg wieder verliehen werde.‹ Oder eventuell zunächst einmal Erkundigungen bei den Direktoren der Southern Railway. Was könnten wir an Ansehen gewinnen! Und eine kontinuierliche Nachfrage wäre wunderbar für unsere Fischindustrie.«

»Genügend Nachfrage besteht doch jetzt schon«, sagte Georgie. »Im Augenblick gibt es ja nicht einmal für uns genug Fisch.«

»Georgie! Wo bleiben deine volkswirtschaftlichen Kenntnisse? Nachfrage führt unweigerlich zu Angebot. Es würden mehr Fischkutter gebaut, mehr Männer zur See fahren, die Arbeitslosigkeit würde sinken. Denk an Yarmouth und wie dort der Handel blüht. Wie gern würde ich ihnen etwas für unser Tilling abjagen! Das darf ich bei all den Plänen, über denen ich unaufhörlich brüte, nicht aus dem Auge verlieren ... Aber ich habe einen anstrengenden Tag hinter mir, wir wollen uns ein wenig entspannen und im Gartenzimmer musizieren.«

Sie erhob sich, ihr Tonfall wurde leichter.

»Heute habe ich«, sagte sie, »in meinen alten aufgebundenen Bänden mit Duetten ein Arrangement für vier Hände von Glasunows ›Bacchanalien‹ gefunden. Sahen sehr reizvoll aus. Die könnten wir kurz mal durchspielen.«

Georgie hatte sie auch gesehen, vor einer Woche bereits, und da ihm Lucias Noten fast alle vertraut waren, war er sicher, daß sie sie noch nie gespielt hatten. Da er eine böse Kopfgrippe gehabt und sich ihrem üblichen Spaziergang zwei, drei Tage lang nicht gewachsen gefühlt hatte, war er, während Lucia sich draußen ihre Bewegung verschafft hatte, den Baß mehrere Male durchgegangen: Man konnte ja nie wissen, wozu es noch einmal gut war. Als er dann heute nachmittag im

Garten zu tun gehabt hatte, hatte er langanhaltendes leicht pedalisiertes Klimpern gehört und zu Recht vermutet, daß Lucia ihm den Diskantpart mal wieder vor der Nase wegschnappte ... Aber nun ging es hinaus ins Gartenzimmer, wo Lucia die »Bacchanalien« im Nu gefunden hatte. Wegen seines neuen Anzugs war Georgie wohlwollendster Stimmung.

»Dann mußt du aber den Diskant übernehmen«, sagte er. »Den kann ich nie einfach so vom Blatt.«

»Mein lieber Faulpelz«, sagte sie und nahm unverzüglich Platz. »Na ja, ich versuche es, wenn du darauf bestehst, aber du darfst mich nicht schelten, wenn ich ein Chaos veranstalte.«

Es lief wunderbar. Seltsame Gedankengänge gingen ihnen beiden durch den Kopf. Warum ist sie eine solche Heuchlerin? fragte er sich. Sie hat es den halben Nachmittag geübt ... Gleichzeitig dachte Lucia: Er spielt es nicht vom Blatt. Er muß es schon einmal geübt haben. Am Ende waren gegenseitige Glückwünsche fällig, beide fanden, der Partner habe wunderbar vom Blatt gespielt. Dann war es Zeit zum Schlafengehen. Bevor Lucia ihre Schlafzimmertür schloß, warf sie ihm eine Kußhand zu, und bevor Georgie seinen neuen Anzug ablegte, drehte er sich vor dem Spiegel ein paarmal im Kreis. In einer rührenden Übertragung von Gefühlen träumte Lucia lebhaft von wogenden Meeren rubinroten Samts und Georgie von dem neuen Dampfer der Reederei Cunard, der *Queen Mary*, die in einem riesigen Schwarm von Wittlingen und Hummern im Fluß kreiselte.

In der Nacht herrschte frühherbstlicher Frost, der allerdings nicht so streng war, daß er die prachtvollen Dahlien in Lucias Garten geschwärzt hätte. Der Rauhreif schmolz bald, Tauperlen bedeckten den Rasen, und die roten Dächer Tillings glänzten hell in der Morgensonne, als sie und Georgie sich zum Frühstück trafen. Um sich an ihre neuen Pflichten zu gewöhnen, hatte Lucia, schon bevor heftige bürgermeisterliche Korrespondenz sie zu überschwemmen drohte, eine der Kurzschrift und des Maschineschreibens kundige Sekretärin eingestellt. Aber heute brachte die Post nichts als ein paar Rundschreiben, die unverzüglich dem Papierkorb überantwortet wurden. Da es natürlich nicht anging, daß Mrs. Simpson untätig herumsaß, diktierte Lucia ihr, bevor sie zum morgendlichen Einkaufen aufbrach, Dinner- und Bridgeeinladungen für den nächsten Abend: an Mrs. Bartlett und den Padre, Susan und Mr. Wyse, Elizabeth Mapp-Flint und Major Benjy. Nach ihrer Rückkehr würde sie die Anrede und die Unterschrift handschriftlich einfügen. Sie entschuldigte sich allerdings in jedem Brief dafür, daß sie wegen großer Arbeitsbelastung nicht alles mit eigener Hand schrieb.

»Georgie, ich muß auch Maschineschreiben lernen«, sagte sie, als sie losgingen. »Obwohl Mrs. Simpson ja wirklich fix ist, sehe ich sie schon untergehen, wenn eine städtische Krise eintritt. Oder gibt es nicht solch einen Apparat, der Diktaphon heißt...? Wie köstlich warm die Sonne scheint. Wenn wir zurück sind, mache ich eine Wasserfarbskizze von meinem Dahlien im *giardino segreto*. Sie können nun jede Nacht schwarz werden, und es täte mir in der Seele weh, wenn ich sie vorher nicht mit Papier und Pinsel festgehalten hätte. *Ecco*, Irene steht im Fenster und winkt uns. Es geht bestimmt um ihr Fresko.«

Irene Coles kam auf die Straße gestürzt.

»Lucia, Herzallerliebste«, schrie sie. »Es ist zu grausam! Diese niederträchtige Bauaufsicht will mir mein Fresko der Venus, wie sie dem Meer entsteigt, nicht gestatten. Kommen Sie in mein Atelier und schauen Sie sich die Skizze an, die sie mir zurückgeschickt haben. Banausen und Barbaren und Spießer, alle miteinander!«

Die Skizze war sehr eindrucksvoll. Ein wohlgenährtes, kittfarbenes, nacktes weibliches Wesen, mit grünen Schatten besprenkelt, balancierte auf einer Austernschale, die ein Preisringer, der den Wind darstellte und sich quer über den Himmel fläzte, mit aufgeplusterten Wangen einen Fluß hochblies in Richtung einer Küstenstadt mit roten Dächern, die Tilling mit präraffaelitischer Detailtreue darstellte.

»Mein Gott! Wie Botticelli!« sagte Lucia.

»Was?« schrie Irene. »Liebste, wie können Sie meine grandiose, vollbusige Venus, die die Mutter von Helden sein könnte, mit Botticellis anämischem Backfisch vergleichen? Wie sähe die nächste Generation in Tilling aus, wenn meine Venus an Land ginge?«

»Ja. Stimmt. So kraftstrotzend! So allegorisch!« sagte Lucia. »Aber liebe Irene, wollen Sie alle Leute, die durch die Straße gehen, daran erinnern?«

»Warum nicht? Was kann edler sein als Mutterschaft?« fragte Irene.

»Nichts! Nichts!« versicherte Lucia ihr. »Für ein Entbindungsheim –«

Irene nahm die Skizze und riß sie entzwei.

»Ich weiß etwas«, sagte sie. »Ich verwandle meine prächtige hellenische Göttin in eine viktorianische Mutter. Ich kleide sie in Rock und Schal aus Schottenstoff, eine Haube mit Schleife unter dem Kinn und Knöpfstiefel und gebe ihr einen Sonnenschirm. Ich ziehe meinem kernigen Südwind einen Gehrock an und Hosen und Zylinder und schicke den Entwurf diesem perfiden Amt und frage, ob ich nunmehr alles Anstößige entfernt habe. Georgie, wenn Sie mich das nächstemal besuchen, brauchen Sie nicht mehr zu erröten.«

»Ich bin nicht errötet«, sagte Georgie empört. »Warum flunkern Sie so?«

»Die liebe Irene sprüht immer vor Leben«, sagte Lucia, als sie endlich wieder auf der Straße standen. »Die reinste Sauerstoffdusche! Bei ihr fühle ich mich immer, als stünde ich im Sturmwind und würde gleich in meine Bestandteile zerfetzt. Aber mit einem bißchen Takt so leicht lenkbar – Ah, Diva ist am Fenster. Vielleicht sollten wir auf einen kleinen Sprung zur ihr hineingehen, und ich erkläre ihr, daß die Staatsaktion für ihre Teestube . . . Vorsicht, Georgie! Susans Royce rollt auf uns zu.«

Das riesige Automobil bog in die High Street ein und hielt direkt zwischen ihnen und Divas Haus. Mrs. Wyse ließ die Scheibe herunter und steckte ihr großes rundes Gesicht heraus, das das gesamte Fenster ausfüllte. Wie üblich trug sie ihren gewaltigen Pelzmantel, heute aber einen pfuschneuen Hut dazu, an dessen Seite wie eine Kokarde ein leuchtend blau-grün-gelber

Federschmuck prangte, offenbar Flügel, Schwanz und Leib eines kleinen Vogels.

»Kann ich Sie irgendwohin mitnehmen, Liebe?« fragte sie mit gramerfüllter Stimme. »Ich fahre in die High Street zum Einkaufen. Sie können natürlich auch mitfahren, Mr. Georgie, wenn es Ihnen nichts ausmacht, vorn zu sitzen.«

»Vielen Dank, liebe Susan«, sagte Lucia, »aber es lohnt sich kaum, da wir ja schon in der High Street sind.«

Susan nickte ihnen traurig zu, drehte das Fenster hoch und gab dem Chauffeur das Zeichen zum Weiterfahren. Nach zehn Metern war sie beim Lebensmittelhändler, und das Auto hielt wieder.

»Georgie, sie hat die Überreste ihres Wellensittichs am Hut«, flüsterte Lucia aufgeregt, als sie die Straße überquerten. »Ja, Diva, wir kommen auf einen Sprung vorbei.«

»Sie trägt ihn«, sagte Diva in ihrem üblichen Telegrammstil und öffnete ihnen die Haustür. »Am Hut.«

»Also stimmt es, Diva?« fragte Lucia. »Sie hat sich auf ihren Wellensittich gesetzt?«

»Gewiß doch. War zum Tee bei ihr. Käfig offen. Wellensittich flatterte im Zimmer umher. Machte nur Dreck, der Vogel. Plötzlich sagt Susan: ›Twit, twit. Wo ist mein Blauer Piepmatz?‹ Nirgendwo in Sicht. ›Ihm passiert schon nichts‹, sagt Susan. ›Sitzt im Klavier oder sonstwo.‹ Also trinken wir unseren Tee zu Ende. Susan steht auf, und da liegt Blauer Piepmatz. Tot und platt wie'n Pfannkuchen. Wir haben uns sofort verdünnisiert.«

»Sehr taktvoll«, sagte Georgie. »Aber der Kopf war nicht am Hut, da bin ich ziemlich sicher.«

»Der wird garantiert noch präpariert. Und später zwischen die Flügel geschoben. Und was ist mit dem neuen Anzug, Mr. Georgie?«

»Woher um alles in der Welt wissen Sie das?« sagte Georgie, über die Maßen verblüfft. Wie sich Neuigkeiten in Tilling verbreiteten! Erst gestern abend hatte er den rubinroten Samtenen zum erstenmal beim Abendessen zu Hause getragen, und nun, so früh am nächsten Morgen, hatte Diva schon davon gehört. In Tilling wurden Ereignisse ja beinahe schon bekannt, bevor sie überhaupt geschahen.

»Meine Janet hat gestern abend einen Brief eingeworfen. Um zehn«, sagte Diva. »Foljambe hat auch einen eingeworfen. Da haben sie geschwatzt. Ist er wirklich rot?«

»Sie werden ihn bald genug sehen«, sagte Georgie, erfreut darüber, daß das Interesse an seinem Anzug bereits hell entfacht war. »Warten Sie's nur ab.«

Das Gespräch hatte bisher auf Divas Türschwelle stattgefunden.

»Kommen Sie doch eine Minute herein«, sagte Diva. »Ich möchte Sie wegen meines Salons um Rat fragen. Ich will ihn ja in eine Teestube umwandeln. Ich nehme die beiden großen Tische heraus und stelle sechs kleine hinein, jeweils für vier Leute. Dann habe ich noch das kleine Zimmer nach hinten, mit lauter Sachen, die ich nie wegwerfen konnte. Vogelkäfige. Kaputte Kohleschütten. Alte Handtuchständer. Jetzt mache ich aber klar Schiff, denn in absehbarer Zeit ist auch kein Wohltätigkeitsbasar. Stell den großen

Schrank dort an die Wand. Ein paar Kartentische dazu. Wenn es regnet, wollen die Leute vielleicht nach dem Tee einen Rubber spielen, und ich halte mich bereit, wenn nötig, den vierten Mann zu machen. Wird das nicht gemütlich?«

»Wirklich sehr gemütlich«, sagte Lucia. »Aber dürfen Sie an einem öffentlichen Ort Einrichtungen zum Glücksspiel zur Verfügung stellen, ohne daß Sie eine Razzia riskieren?«

»Was spricht dagegen?« fragte Diva. »Ich kann Schach oder Dame anbieten, und was soll die Leute daran hindern, dabei um Geld zu spielen? Warum dann nicht auch bei Karten? Und am Tag der Amtseinführung kommen Sie in Ihrer Amtstracht, ja, um meine Teestube einzuweihen?«

»Meine Liebe, völlig unmöglich«, sagte Lucia entschieden. »Wie ich Georgie schon gesagt habe, müßte ich dann von meinen Ratsherren und Stadträten eskortiert werden, als sei es ein großes öffentliches Ereignis. Doch ich komme als Mrs. Pillson, danach heißt es dann ohnehin, daß die Bürgermeisterin der Eröffnungszeremonie beigewohnt hat. Offiziell bin ich allerdings incognito.«

»Na ja, besser als gar nichts«, sagte Diva. »Und darf ich ein paar Plakate aufhängen, auf denen steht, daß Mrs. Pillson die Teestube eröffnet?«

»Dagegen kann doch nichts einzuwenden sein«, sagte Lucia, postwendend. »Es wird mein Incognito nicht erschüttern. Einfach oben in großen Buchstaben ›Ye Olde Tea-House‹, und wenn Sie meinen, mein Name nützt etwas, wieder große Buchstaben für ›Mrs. Pillson‹ oder ›Mrs. Pillson von Mallards‹. Jawohl.

Sonst noch Neuigkeiten? Daß Ihr Paddy nicht die Räude hat, weiß ich schon.«

»Ich glaube, nicht. O doch, Elizabeth war eben hier und hat mich gefragt, wer First Lady wird.«

»Meine First Lady?« fragte Lucia. »Bin ich nicht beides? Bürgermeister und First Lady?«

»Keine Ahnung«, sagte Diva. »Aber Elizabeth sagt, sie weiß genau, daß alle Bürgermeister eine First Lady haben.«

»Arme Elizabeth, sie bringt immer alles durcheinander. Oh, Diva, ob Sie – ach nichts, ich bin auch durcheinander. Auf Wiedersehen, meine Liebe. Mit Worten gar nicht zu beschreiben, wie gemütlich es hier wird. Die Eröffnung ist dann heute in einem Monat, nicht wahr? Georgie, erinnere mich daran, es zu notieren.«

Lucia und ihr Gatte wanderten die Straße hinauf.

»Das war haarscharf!« sagte sie. »Ich war kurz davor, Diva morgen zum Dinner und Bridge zu bitten, und hatte ganz vergessen, daß ich die Bartletts, Wyses und Mapp-Flints eingeladen habe. Weißt du, unsere Gewohnheit, immer Ehemänner und -frauen zusammen einzuladen, ist recht viktorianisch. Man merkt, wie alt wir sind. Wenn die ersten turbulenten Wochen meiner Amtszeit vorüber sind, werde ich Neuerungen einführen. Wenn wir stets nur Paare einladen, werden Alleinstehende wie Diva dauernd übergangen.«

»Ich bald auch, wenn die anderen es ebenso halten«, ließ Georgie fallen. »Schau, wir haben Susan beinahe eingeholt. Sie geht in die Post.«

Als Susan ein paar Meter vor ihnen aus dem Royce stieg, streifte sie mit dem Kopf die Autotür, und ein schlecht befestigter Flügel der bunten Federkokarde flatterte auf das Trottoir. Sie bemerkte den Verlust nicht und entschwand in die Post. Georgie hob den Federbusch auf.

»Leg ihn besser auf den Autositz«, flüsterte Lucia. »Es ist sicher taktlos, ihn ihr in aller Öffentlichkeit zu überreichen. So sieht sie ihn, wenn sie wieder einsteigt.«

»Womöglich setzt sie sich wieder darauf«, flüsterte Georgie. »Ah, der Sitz auf der anderen Seite! Der ist besser. Da kann sie den Flügel nicht verfehlen.«

Er legte ihn behutsam ins Auto, und sie gingen weiter.

»Es ist doch immer eine Freude, kleine unsichtbare Freundlichkeiten zu ersinnen«, sagte Lucia. »Nun zuerst zum Geflügelhändler, Georgie. Wenn meine Gäste für morgen alle zusagen, sollte ich besser zwei Paar Rebhühner vorbestellen.«

»Köstlich«, sagte Georgie, »aber was ist mit dem einfachen Leben? Ach so, das beginnt erst, wenn du Bürgermeisterin bist ... Guten Morgen, Padre.«

Reverend Kenneth Bartlett trat aus dem Laden vor ihnen. Er redete immer in einer Mischung aus fehlerhaftem Schottisch und pseudoelisabethanischem Englisch. Zu Beginn nur ein neckischer Zeitvertreib, war es nun eine Marotte geworden. Er sprach selten in zeitgenössischer Zunge und dann auch nur, wenn er sich vom Gespräch mitreißen ließ.

»Rrecht schönen guten Morrgen, hochwohllöbliche Dame«, sagte er. »Wie wohl, daß wirr einanderr trreffen, in derr Tat, denn allüberrall rregt sich Neugierrde, und Euch obliegt es, sie zu stillen. Sagt an, werr ist die glückliche Frrau, die Ihrr zurr Firrst Lady kürren werrdet?«

»Das fragt man mich heute morgen schon zum zweiten Mal«, sagte Lucia. »Offiziell bin ich noch nicht davon unterrichtet worden, daß ich eine haben muß.«

»Ei, ei. Noch ist nicht allerr Tage Abend. Ihrr bedürrft ihrrerr errst in einem Monat. Aberr haben müßt Ihrr eine: Bürrgermeisterrin und Firrst Lady. Das sind die Gesetze dieses Landes. Mich deucht –«

Er senkte die Stimme zu einem Flüstern.

»Mein Ehegespons zum Beispiel«, sagte er. »Nicht, daß wirr uns explizit darrüberr unterrhalten hätten. Aberr heute morrgen hat sie eine Bemerrkung fallenlassen: ›Bin neugierrig, wen Mistrress Pillson als Firrst Lady auswählt.‹ Worraufhin ich sagt', ich wüßt' es nicht, und es dabei beließ.«

»Sehr weise«, bestätigte Lucia ihn.

Die Sprache des Padre geriet fast zum Oxford-Englisch.

»Aber es hat mich auf die Idee gebracht, daß meine Evie bereit sein mag, Ihnen zu helfen, wie und wo sie kann. Sie würde Sie über alle Angelegenheiten der Kirche auf dem laufenden halten, denn ich weiß, wie sehr Ihnen diese am Herzen liegen, die Sonntagsschule und so weiter. Ich kann zwar nicht versprechen, daß sie einwilligt, aber ich halte es für wahrscheinlich, wenn ich auch keine falschen Hoffnungen wecken möchte. Natürlich alles streng vertraulich. Nun muß ich aber lostrotten.«

Als sei er in eine dunkle Verschwörung verstrickt, schaute er sich um und trottete los.

»Georgie, ich frage mich, ob etwas daran ist«, sagte Lucia. »Nichts könnte mich natürlich dazu verleiten, unsere arme kleine Evie als First Lady zu nehmen. Genausogut könnte ich eine Maus nehmen. Oh, da ist Major Benjy, er fragt bestimmt als nächster, wer meine First Lady wird. Schnell ins Geflügelgeschäft.«

Sie eilten in den Laden. Mr. Rice machte einen tiefen Diener.

»Guten Morgen, Euer Ehren, Frau Bürgermeisterin –« begann er.

»Nein, noch ist es nicht soweit, Mr. Rice«, sagte Lucia. »Erst in einem Monat. Rebhühner. Sehr wahrscheinlich benötige ich zwei Paar Rebhühner für morgen abend.«

»Ich habe ein paar eins a junge Vögel, Euer – Ma'am«, sagte Mr. Rice.

»Sehr schön. Bitte legen Sie vier Vögel für mich zurück. Sofort morgen früh gebe ich Ihnen Bescheid, ob ich sie benötige oder nicht.«

»Schon vorgemerkt, Ma'am«, sagte Mr. Rice entzückt.

Lucia lugte vorsichtig auf die Straße. Major Benjy hatte offenbar gesehen, wie sie in Deckung gegangen waren, denn er betrachtete angelegentlich Elektroheizungen im Laden nebenan. Er sah sie herausschauen und entbot ihr einen militärischen Gruß.

»Guten Morgen«, sagte er überaus freundlich. »Herrlicher Tag, nicht wahr? Oktober ist mein Lieblingsmonat. Oktober, du kühler Mond, was? Während ich so daherspazierte, Mrs. Pillson, habe ich mich gefragt, ob Sie die glückliche Dame schon erwählt haben, die die Ehre haben wird, Ihre First Lady zu sein?«

»Guten Morgen, Major. Komischerweise hat mich genau das soeben schon einmal jemand gefragt.«

»Ha! Ich wette fünfe gegen eins, daß ich weiß, wer es war. Ich habe nämlich ein, zwei Worte mit dem Padre gewechselt, und das Thema kam aufs *tapis*, wie man in Frankreich sagt. Wenn mich nicht alles täuscht, hegt er die Vorstellung, daß seine brave kleine Ehefrau – aber das wäre zu lächerlich –«

»Ich habe noch nichts entschieden«, sagte Lucia. »Bin in letzter Zeit in Arbeit erstickt. Gewiß werde ich der Angelegenheit die nötige Beachtung schenken. Wie geht es Elizabeth? Gut? Schön.«

Sie eilte mit Georgie von dannen.

»Die Frage, wer First Lady wird, liegt in der Luft wie Grippe, Georgie«, sagte sie. »Sobald ich zu Hause bin, rufe ich im Rathaus an und erkundige mich, ob ich eine haben muß. Ich sehe keine Veranlassung. Da winkt uns Susan Wyse schon wieder zu sich.«

Susan ließ das Autofenster herunter.

»Ich bin auf dem Weg nach Hause«, sagte sie. »Soll ich Sie den Hügel hinauf mitnehmen?«

»Nein, tausend Dank«, sagte Lucia. »Es sind nur hundert Meter.«

Susan schüttelte grämlich den Kopf.

»Überanstrengen Sie sich nicht, meine Liebe«, sagte sie. »Wir kommen alle in die Jahre und müssen uns bei Hügeln vorsehen.«

»Diese Geschichte mit der First Lady macht mir Sorgen, Georgie«, sagte Lucia, als Susan davongefahren war. »Wenn es wirklich stimmt und ich eine haben muß, wen um Himmels willen soll ich nehmen? Alle, die mir einfallen, erscheinen mir gänzlich unfähig.

Weißt du, ich glaube, Major Benjy hatte vor, mir zu empfehlen, Elizabeth zu bitten.«

»Unmöglich!« sagte Georgie. »Da könnte ich dir genausogut empfehlen, Foljambe zu bitten.«

2

Bei ihrer Rückkehr nach Mallards stellte Lucia fest, daß Mrs. Simpson die schwierige Aufgabe bewältigt hatte, drei identische Dinnereinladungen an Mrs. Wyse, Mrs. Bartlett und Mrs. Mapp-Flint samt Gatten zu tippen. Handschriftlich fügte Lucia »Liebste Susan, Evie und Elizabeth« hinzu und war »herzlichst die Ihre«. So sehr sie sich dann auch das Hirn zermarterte, ihr fiel keine weitere Aufgabe für ihre Sekretärin ein. Deshalb bat sie Mrs. Simpson, die Briefe persönlich zuzustellen, was Zeit und Porto sparte. »Und könnten Sie morgen früh bitte um neun Uhr dreißig statt um zehn Uhr hier sein«, sagte sie, »für den Fall, daß sehr viel Arbeit anfällt. Etwas Unvorhergesehenes könnte geschehen, und es geht nicht an, daß wir in Rückstand geraten.«

Lucia schaute in ihren Terminkalender. Seine gefälligen weißen Seiten zerstreuten diese Befürchtungen.

»Ich bin froh, daß ich noch ein wenig Ruhe und Frieden habe, Lieber«, sagte sie zu Georgie. »Ich nehme einen freien Tag zum Malen und Musizieren und Lesen. Wenn die Hetze erst einmal beginnt, wird mir für solche Beschäftigungen kaum mehr Zeit bleiben. Ich weiß jedoch, daß es noch etwas Dringendes gab, das meine Aufmerksamkeit erforderte. Ach ja! Ich wollte in Erfahrung bringen, ob ich eine First Lady haben muß. Und ich muß einen Nebenanschluß ins

Gartenzimmer legen lassen, damit ich bei Anrufen nicht immer hin- und herrennen muß.«

Lucia ging ins Haus, um den Amtsleiter im Rathaus anzurufen. Ja, er war sich völlig sicher, daß jeder Bürgermeister eine First Lady hatte, das hieß, eine Person seines Vertrauens bat, den Posten zu übernehmen. Mit gefurchter Stirn kehrte sie zurück.

»Es stimmt«, sagte sie. »Ich muß eine tüchtige, liebenswürdige Frau suchen, mit der ich harmonisch zusammenarbeiten kann. Aber wen?«

Das metallische Klappern des Briefkastendeckels in der Haustür veranlaßte sie, aus dem Fenster zu schauen. Mit ihrem vogelähnlichen Gang flitzte Diva rasch davon. Lucia öffnete den Brief, den sie eingeworfen hatte, und las. Obwohl Diva im Gespräch einen Telegrammstil pflegte, floß ihr beim Briefschreiben die Feder über.

Liebste Lucia,heute war ich zu zurückhaltend, mit Ihnen darüber zu sprechen, aber Schreiben ist sowieso immer noch am besten, meinen Sie nicht, wenn es einem schwerfällt, die rechten Worte zu finden oder sie herauszubringen, wenn man muß, ich möchte Ihnen also sagen, daß ich jederzeit zu Ihrer Verfügung stehe und stehen werde, da ich so viel länger in Tilling lebe als Sie, Liebe, daß ich Ihnen bei all Ihren gesellschaftlichen Verpflichtungen und Aufgaben vielleicht von einigem Nutzen zu sein vermag. Ich möchte Sie natürlich keineswegs *bitten*, mich als Ihre First Lady auszuwählen, auf die Idee käme ich nie. Viel zu aufdringlich! Ich möchte Ihnen nur mitteilen, daß ich zu Ihren Diensten stehe, da Sie eventuell zögern, mich zu bitten, weil es mir als alter Freundin eventuell peinlich sein könnte, abzulehnen, wenn ich keine Neigung dazu verspürte. Es wäre mir aber eine große Freude, Ihnen zu helfen, ganz abgesehen von meiner Pflicht als Freundin.

Immer die Ihre,

Diva.

»Arme, liebe, alberne kleine Diva!« sagte Lucia und gab Georgie das unbedarfte Brieflein. »Wie ehrgeizig und erbarmungswürdig! Nun muß ich mich aber beeilen und meine Dahlien zeichnen. Ich möchte heute morgen von keiner weiteren öffentlichen Angelegenheit gestört werden. Ich muß ein wenig Zeit für mich selbst haben – was ist das?«

Wieder der metallische Klang des Briefkastens, und wieder lugte Lucia, sich in Neugierde verzehrend, vorsichtig aus der Fensterecke und sah, wie Mr. Wyse mit Malakka-Spazierstock, Panamahut und schwarzem Rippensamtmantel raschen Schrittes enteilte.

»Wahrscheinlich nur die Antwort auf meine Einladung zu morgen«, sagte sie. »Susan fühlt sich nach dem Verlust ihres Wellensittichs vielleicht nicht in der Lage zu schreiben. Heute morgen sah sie aufgequollen und zerschlagen aus, fandest du nicht, wie ein Pappkarton, der im Regen gelegen hat. Schlapp. Keine Spannkraft.«

Mit diesen herzerfrischenden Bemerkungen nahm Lucia Mr. Wyse' Brief aus dem Kasten. Während sie ihn überflog, bekam sie den Mund gar nicht mehr zu.

»Hör dir das an, Georgie«, sagte sie:

Liebe, ehrenwerte Frau designierte Bürgermeisterin, mir ist zu Ohren gekommen (die Dame Gerücht!), daß Sie während des kommenden Jahres, für das Sie in so selbstaufopferungsvoller Weise sich einverstanden erklärt haben – soviel mehr zu Tillings als zu Ihrer eigenen Ehre –, das höchste Amt, das unser teures kleines Städtchen zu vergeben hat, zu bekleiden, eine Partnerin benötigen, die Ihnen bei Ihren beschwerlichen Aufgaben zur Seite steht. Kleine unbewußte Andeutungen, kleine unfreiwillige selbstverräterische Sätze, die meiner lieben Susan entschlüpft sind, haben mich auf den Gedanken gebracht, Sie in der Hoffnung zu bestärken, daß sie *eventuell* überredet werden könnte, sich selbst und Sie zu ehren, indem sie das mühsalbeladene Amt akzeptiert, das bis dato nicht besetzt ist. Ich habe über dieses Thema kein Wort mit ihr gewechselt; sie ist sich auch der Tatsache nicht bewußt, daß ich Ihnen schreibe.

Wie Ihnen bekannt sein wird, hat sie durch den Tod ihres kleinen gefiederten Gefährten einen schmerzlichen Verlust erlitten. Aber ich war so frei, ihr zu sagen: ›*Carissima sposa*, nun heißt es, Kopf hoch! Du darfst nicht zulassen, daß ein toter Vogel, wie lieb und wert er dir auch sein mochte, sich zwischen dich und die Pflichten und Möglichkeiten des Lebens stellt, die sich dir bieten mögen.‹ Und sie erwiderte (ob sie den Zweck meiner mahnenden Worte erriet, vermag ich nicht zu beurteilen): ›Ich werde mich bemühen, Algernon.‹ Dies werte ich als günstiges Vorzeichen.

Ich muß die Vornehmheit ihres Charakters, der sie für das Amt der First Lady so geeignet erscheinen läßt, nicht eigens hervorheben, denn Sie kennen sie zur Genüge. Ich darf Ihnen dennoch in Erinnerung rufen, daß unser verstorbener Landesherr persönlich ihr die Insignien des Ordens eines Mitglieds des Britischen Empire angeheftet hat und daß sie dieserhalb Voraussetzungen für ihr neues Amt mitbringen würde, derer sich keine andere der ansonsten schätzenswerten Damen von Tilling rühmen kann. Und angesichts der betrüblichen Entfremdung, die zur Zeit zwischen dem Königreich England und Italien herrscht, mag der Umstand, daß meine liebe Susan die Schwägerin meiner lieben Schwester Amelia Contessa di Faraglione ist, dazu beitragen, die Differenzen zwischen beiden Ländern zu überwinden. Abschließend, meine liebe Dame, möchte ich meiner Überzeugung Ausdruck verleihen, daß Sie nichts Besseres tun könnten, als meiner Susan das Amt anzubieten, für das ihre Distinguiertheit und ihre Fähigkeiten sie so hervorragend gerüstet erscheinen lassen, und ich versichere Sie, daß ich meinen Einfluß bei ihr geltend machen werde, damit sie es annimmt.

A rivederci, illustrissima Signora, ed anche presto!

Algernon Wyse.

P.S.: Selbstverständlich bin ich jederzeit bereit, Sie aufzusuchen und mit Ihnen persönlich über das Thema zu konferieren.

P.P.S.: Ich habe dieses Schreiben noch einmal geöffnet, um hinzuzufügen, daß Susan soeben Ihre freundliche Einladung für morgen erhalten hat. Wir haben beide die Ehre, sie anzunehmen.

Als Lucia diese elegante Epistel zu Ende vorgelesen hatte, schauten sie und Georgie sich schweigend an.

»Wunderschön ausgedrückt, das muß ich einräumen«, sagte sie. »O Georgie, was für eine entsetzliche Verantwortung, ein so gewichtiges Patronatsrecht in Händen zu halten! Mir liegt es nicht nur anheim, ein Ehrenamt, sondern gleichzeitig auch irreversiblen, weitreichenden Einfluß zu verleihen. Eine Zeile von mir, und Susan ist meine First Lady. Aber die gute Susan hat nicht den Biß, die Entschlossenheit, die ich suche. Ich könnte mich auch auf ihre Urteilskraft nicht verlassen.«

»Immerhin hat sie Algernon darauf angesetzt, diesen hübschen Brief zu verfassen«, sagte Georgie. »Wie sich alle abrackern, um First Lady zu werden!«

»Das überrascht mich nicht, Lieber«, sagte Lucia würdevoll. »Zweifellos hat auch Evie den Padre dazu angestiftet, sie zu empfehlen –«

»Und Diva hat sich selbst empfohlen«, sagte Georgie, »da sie niemanden hat, der es für sie tun kann.«

»Auch Major Benjy hätte unter Garantie ein Wort für Elizabeth eingelegt, wenn ich es ihm nicht abgeschnitten hätte«, sagte Lucia. »Trotzdem finde ich das alles ziemlich abstoßend. Die armen Dinger, ich kann ihren Ehrgeiz gut verstehen, für sich genommen ist er ja sehr edel. Bevor Mrs. Simpson morgen kommt, muß ich zwei sehr taktvolle Briefe an Diva und Mr. Wyse konzipieren. Wie gut, daß ich ihr gesagt habe, sie möchte um halb zehn kommen. Aber nun werde ich erst einmal alle Gedanken an dieses Problem aus meinem Kopf verbannen und eine Stunde Ruhe und Frieden bei meinem Malkasten und meinen *belli fiori* suchen. Was tust du bis zum Lunch?«

»Heute ist der Tag, an dem ich meine Nippessachen saubermache«, sagte Georgie. »Was für eine Hektik!«

Georgie ging in seinen Salon und begab sich ans Werk. Kurze Zeit später meinte er, noch ein metallisches Klappern am Briefkasten zu hören, und als er zum Fenster rannte, sah er Major Benjy weggehen.

Das wird ja wohl noch eine formelle Bewerbung sein, dachte er und verfügte sich mit dem Lappen nach unten. Im Kasten lag ein Brief, der aber zu seiner Überraschung nicht an Lucia adressiert war, sondern an ihn. Er lautete folgendermaßen:

Mein lieber Pillson,
meine Gattin hat soeben die höchst liebenswürdige Einladung Ihrer Ehren morgen zum *diner chez vous* erhalten. Da ich ohnehin im Begriff war, Ihnen zu schreiben, bittet sie mich, Ihnen auszurichten, daß wir mit Vergnügen annehmen.

Nun, mein lieber alter Knabe (wenn Sie gestatten, daß ich Sie so anrede), habe ich Ihnen ein Wort zu sagen. Offen und ehrlich zu sein, ist doch immer noch am besten, nicht wahr? Zumindest ist das meine Erfahrung aus fünfundzwanzig Dienstjahren in der Armee unseres Königs (Gott hab ihn selig). Also aufgepaßt! *Betr.: First Lady*. Es wird gewaltig zum Erfolg Ihrer Gattin in diesem erlauchten Amt beitragen, wenn sie eine kluge und klardenkende Frau findet, die ihr zur Hand geht. Eine Frau mit Charakterstärke, souverän genug, um sich über die kleinen Aufregungen und die Hektik, die ein solches Amt mit sich bringt, hinwegzusetzen, und vor allem eine Frau, die Takt besitzt und nie Unfrieden stiftet. Nur allzugern schmiedet manch eine unserer gemeinsamen Freundinnen – ich nenne keine Namen – Ränke und Intrigen und ergeht sich in Klatsch und Tratsch. Mir fällt nur eine einzige ein, die gänzlich frei von solchen Mängeln ist, und das ist meine liebe Elizabeth. Ich kann mich nicht dafür verbürgen, daß sie den Posten annimmt. Es ist viel verlangt von einer Frau, aber meine persönliche Meinung ist: Wenn Ihre Frau Elizabeth mit der rechten Einstellung anspricht und ihr klarmacht, was für eine unschätzbare Hilfe sie (Elizabeth) ihr wäre, dürfen wir auf eine günstige Antwort hoffen. Vielleicht kann ich morgen abend mit Ihnen einmal in aller Ruhe darüber sprechen.

Hochachtungsvoll

Ihr Benjamin Mapp-Flint (Major).

Mit dem Lappen in der Hand flitzte Georgie in den *giardino segreto*, wo Lucia Dahlien zeichnete. Er hielt ihr den Brief entgegen, aber sie rührte sich nicht vom Fleck.

»Du brauchst mir gar nicht zu erzählen, Lieber, daß dein Brief sich für eine weitere Bewerberin stark macht. Gewiß für Elizabeth Mapp-Flint. Lies ihn vor, während ich weiterzeichne. Solch exquisite Formen! Nie schauen wir uns die Blumen genau genug an.«

Während Georgie vorlas, hatte sie den Stift mit sicherem Griff weitergeführt, aber als Georgie bei dem Satz über die rechte Einstellung anlangte, mit der man Elizabeth ansprechen müsse, rutschte ihr die Hand doch aus.

»Georgie, das darf nicht wahr sein!« rief sie. »Zeig mir ... Ja. Mein Radiergummi? Aha, da ist er.«

Georgie las den Brief zu Ende vor, und nachdem Lucia den fehlerhaften Strich ausradiert hatte, fuhr sie mit geballter Aufmerksamkeit fort, Dahlien zu zeichnen.

»Lucia, es ist lächerlich vorzugeben, du seist völlig in deiner Zeichnung versunken«, sagte Georgie ungeduldig. »Was gedenkst du zu tun?«

Lucia gab sich den Anschein, als kehre sie aus dem Reich des Friedens und der Schönheit zurück.

»Elizabeth soll meine First Lady sein«, sagte sie ruhig. »Begreifst du denn nicht, Lieber, daß sie unendlich lästiger ist, wenn sie es nicht wird? Als First Lady bekommt sie einen Maulkorb umgehängt. Offiziell muß sie die Aufgaben erledigen, die ich ihr zuweise. Ja, ich nehme sie an die Kandare, und das wird ihr guttun. Außerdem, wer käme sonst in Frage? Diva mit ihrer Teestube? Die arme Susan? Evie Bartlett, das Mäuschen?«

»Aber kannst du dir vorstellen, Elizabeth mit der rechten Einstellung anzusprechen?« fragte er.

Lucia stieß ein fröhliches, trillerndes Gelächter aus.

»Definitiv nicht. Ich warte, bis sie mich anspricht. Erst wenn sie kommt und mich anfleht, unternehme ich etwas.«

Georgie bedachte diese außergewöhnliche Entscheidung.

»Ich glaube, du bist sehr voreilig«, sagte er. »Und Elizabeth und du – ihr haßt euch wie die Pest –«

»Keineswegs!« sagte Lucia. »Ich habe mich das eine oder andere Mal veranlaßt gesehen, sie in ihre Schranken zu verweisen. Manchmal habe ich es als notwendig erachtet, ihre Pläne zu durchkreuzen. Aber hassen? Niemals! So etwas solltest du gar nicht denken. Und keine Bange, ich werde sie mit gar keiner Einstellung ansprechen.«

»Aber was soll ich Benjy sagen, wenn er morgen abend ein paar persönliche Worte mit mir wechseln will?«

Wieder lachte Lucia.

»Mein Lieber, sie werden morgen abend alle ein paar persönliche Worte mit dir wechseln wollen. Der Padre, der die kleine Evie ins Feld führt. Mr. Wyse, der Susan ins Rennen schickt. Sie wollen bestimmt alle wissen, wen ich wohl erwähle, und dann sollst du dich bei mir für sie verwenden. Verhalte dich wie Mr. Baldwin und sage, deine Lippen seien versiegelt, oder wie dieser andere Premierminister – war es ein anderer? –, der ›abwarten und Tee trinken‹ gesagt hat. Diva mitgezählt, gibt es nun vier Bewerberinnen – erinnere mich daran, Mrs. Simpson zu sagen, daß sie alle notiert –, womit wir die Liste als geschlossen betrachten können. Überlaß getrost alles mir und verhalte dich ganz neutral ... Je mehr ich darüber nachdenke, desto klarer sehe ich, daß Elizabeth Mapp-Flint meine First Lady werden muß. Es ist viel besser, sie an die Leine zu nehmen, sie durch das Band der Pflicht an mich zu binden, als daß sie wie ein herrenloser Hund herumstreunt und nach mir schnappt. Es ist wahr, sie mag dankbarer Gefühle nicht fähig sein, aber ich suche doch immer das Beste in den Menschen. Wie Mr. Somerset Maugham in seinen entzückenden Geschichten.«

Mrs. Simpson kam am nächsten Morgen um halb zehn und mußte auf Lucias taktvolle Briefe an Diva und Mr. Wyse geraume Zeit warten. Denn noch lange nach dem Frühstück kritzelten und radierten Lucia und Georgie auf halben Seiten und nach außen gekehrten Umschlägen herum, bis sie wahrhaft taktvolle Briefe entworfen hatten. Lucia wollte Diva nicht unverblümt sagen, daß sie nicht im Traum daran dachte, sie zur First Lady zu küren, sie wollte aber auch keine falschen Hoffnungen wecken. Sie konnte ihr nur herzlich für ihr Hilfsanerbieten danken (»So typisch für Sie, liebe Diva!«) und sie versichern, daß sie nicht zögern werde, von dem Angebot Gebrauch zu machen, sollte die Gelegenheit es erfordern. Mr. Wyse teilte sie mit, niemand wisse Susans große Talente (die ja auch zu Recht vom König anerkannt worden seien) mehr zu schätzen als sie; niemand beklage die unglücklichen internationalen Beziehungen zwischen England und Italien mehr als sie ... Georgie bestätigte Major Benjy den Eingang seines Briefes kurz und knapp und informierte ihn, er habe seine Gattin von dessen Inhalt in Kenntnis gesetzt und sie sei sehr gerührt gewesen. Zum Schluß befand Lucia, daß die Briefe ihre Empfänger besser erst nach der Party erreichten, und Mrs. Simpson warf sie später am Tag ein.

Was die Gatten der First Ladies in spe betraf, die mit Georgie am Abend ein Gespräch unter vier Augen wünschten, hatte Lucia völlig recht. Major Benjy und Elizabeth trafen als erste ein, volle zehn Minuten vor der Zeit, und während Georgie im neuen roten Samtanzug noch die von Mrs. Simpson getippten Tischkarten verteilte, erklärte Elizabeth Foljambe, ihre Uhren gingen vor. Während diese Verlautbarung fiel, steckte Georgie unvorsichtigerweise den Kopf aus der Eßzimmertür, und Benjy erspähte ihn.

»Ha, auf ein Wort, lieber alter Knabe«, rief Benjy und gesellte sich zu Georgie, derweil Elizabeth zum Gartenzimmer geleitet wurde, wo sie auf Lucia warten sollte.

»Meiner Treu, erstaunlich dumm von uns, so früh zu kommen«, sagte Benjy und schloß die Tür hinter sich. »Ich habe Liz ja gewarnt, wir kämen zu früh – ach so, unsere Uhren gingen ja vor. Ich will Sie nicht stören, zauberhafte Blumen, und alle Achtung, ein hübscher Anzug! Dieselbe Farbe wie das Kleid meiner Frau. Aber darum geht es jetzt nicht. Was ich Ihnen gern dringend ans Herz legen möchte, ist, daß Sie Ihre Frau überzeugen, daß sie, zum Besten der Stadt, von Elizabeths Bereitwilligkeit Gebrauch macht, First Lady zu werden. Ich nehme stark an, daß Liz tatsächlich willens wäre, ihre Zeit und Muße dafür zu opfern. Was für eine Allianz: Mrs. Pillson und Mrs. Mapp-Flint! Elizabeth ist allerdings der Meinung, daß sie ihr Angebot nicht unbegrenzt aufrechterhalten kann, sie hatte eigentlich schon heute damit gerechnet, von Ihrer Frau zu hören.«

»Aber haben Sie mir nicht erzählt, Major«, fragte Georgie, »daß Ihre Frau von dem Brief an mich gar keine Kenntnis hat? Soweit ich verstanden habe, war es nur Ihre Meinung, daß sie, wenn man es ihr mit der richtigen Einstellung nahebrächte –«

Ein Klopfen an der Tür, und Mr. Wyse kam herein. Er trug einen brandneuen, noch nie in Tilling gesichteten Anzug aus saphirblauem Samt, ein weich fallendes Plisseehemd, einen Saphirsolitaire und hellblaue Sokken. Georgie und er sahen aus wie zwei Mannequins reiferen Alters.

Mr. Wyse fing an sich zu verbeugen.

»Mr. Georgie!« sagte er. »Major Benjy! Stimmengewirr ... Mich dünkte, wir Männer versammelten uns nach hübschem italienischem Brauch hier auf ein Glas Wermut. Weshalb sich meine Gattin direkt ins Gartenzimmer begeben hat. Ich fürchte, wir sind ein paar Minuten zu früh. Der Royce nimmt den steilen Hügel von Starling Cottage hinauf wie im Fluge.«

Georgie war enttäuscht, daß der rubinrote Samtene nicht die einzige modische Sensation des Abends war, doch er trug es mit Fassung.

»Guten Abend«, sagte er. »Das nenne ich aber mal einen hübschen Anzug! Ich war gerade damit fertig, die Blumen zu arrangieren, als Major Benjy hereinspazierte. Lassen Sie uns ins Gartenzimmer gehen, da gibt es Sherry.«

Wieder ging die Tür auf.

»He holla he, hierr sind die jungen Burrschen«, sagte der Padre. »Mr. Wyse, ein garr feinerr Anzug, Sirr. Genau dieselbe Farrbe wie das Gewand, das mein Weibchen zur Feierr des Tages angezogen hat. Sie ist ins Garrtenzimmerr entschwunden. Ich wollte mit Ihnen, Mr. Pillson, ein wenig plauderrn, und Ihrr Hausmädchen hat mirr bedeutet, Sie seien hierr.«

»Leider müssen wir nun alle ins Gartenzimmer gehen, Padre«, sagte Georgie ziemlich hektisch. »Man wartet bestimmt schon auf uns.«

Es war schwierig, die Herren in Bewegung zu versetzen, denn ein jeder trat zur Seite, um die anderen vorzulassen und auf diese Weise doch noch ein Wort mit Georgie wechseln zu können. Als die Kirche die Prozession schließlich widerwillig anführte und die Armee, von dem Gedanken an den Sherry verlockt, nachrückte, schloß Mr. Wyse geschickt die Tür und stellte sich davor.

»Ganz kurz, Mr. Georgie«, sagte er. »Gestern hatte ich die Ehre, Ihrer Frau in einer vertraulichen Angelegenheit einen Brief zu schreiben – ›vertraulich‹ schließt Sie natürlich ein –, und ich frage mich, ob sie mit Ihnen darüber geredet hat. Mittlerweile habe ich mich bei meiner lieben Susan vergewissert –«

Da ging die Tür wieder auf und knallte ihm mit dumpfem Krachen an Fersen und Hinterkopf. Foljambes Gesicht erschien.

»Oh, Verzeihung, Sir«, sagte sie. »Ich dachte, ich hätte Sie fortgehen hören.«

»Wir müssen den anderen nach«, sagte Georgie. »Lucia wundert sich gewiß schon, was mit uns ist.«

Als die Ehemänner der Reihe nach ins Gartenzimmer marschierten, versuchten die wißbegierigen Ehefrauen, ihren Gesichtern abzulesen, ob es Neuigkeiten gab. Lucia begrüßte die Herren mit Handschlag, Georgie die Damen. Er stellte fest, daß sein Anzug perfekt zu Elizabeths Kleid paßte und Mr. Wyse' Anzug vom selben Stoffballen hätte zugeschnitten sein können wie das Kleid der Pfarrersfrau. Ein weiterer leuchtender Farbakzent wurde von Susans Wellensittich gesetzt. Der Flügel, der sich gestern selbständig gemacht hatte, war wieder angenäht worden, und auch der Kopf war, wie Diva vorausgesagt hatte, nun ausgestopft und vervollständigte den Vogel. Dieser außergewöhnliche Blickfang zierte Susans üppigen Busen. War es taktvoll, überlegte Georgie, sie zu bewundern, oder riß man damit nur alte Wunden auf? Aber wenn Susan ihre Wunde so offen zur Schau trug, war sie sicher enttäuscht, wenn er so tat, als sehe er nichts. Er reichte ihr ein Glas Sherry und nahm sie zur Seite.

»Ganz bezaubernd, Mrs. Wyse«, sagte er, die Wunde betont fixierend. »Hübsch! Ein voller Erfolg!«

Das hatte er richtig gemacht, über Susans Gesicht zog ein breites, tränenfeuchtes Lächeln.

»Freut mich, daß es Ihnen gefällt«, sagte sie, »und seit ich ihn trage, Mr. Georgie, habe ich das Gefühl, es geht ihm gut, meinem Blauen Piepmatz. Als ob er immer noch bei mir wäre. Ein sehr starkes Gefühl. Übersinnlich.«

»Sehr interessant und rührend«, sagte Georgie voller Sympathie.

»Ja, nicht wahr? Ich hoffe, daß ich wieder mit ihm in Verbindung treten kann. Er hatte so etwas Liebes. Und darf ich Ihnen auch gratulieren? Ein hübscher Anzug!«

»Geschenk von Lucia«, sagte Georgie. »Ausgesucht habe ich ihn allerdings.«

»Was für ein Zufall!« sagte Susan. »Algernons neuer Anzug ist ein Geschenk von mir, und er hat ihn auch selbst ausgesucht. Überall gibt es Gedankenübertragungen, Mr. Georgie, bis weit hinter die entferntesten Gestirne.«

Foljambe kündigte das Dinner an. Noch nie hatte die Konversation einen so ernsten und vernünftigen Ton bewahrt, auch nicht an Lucias Tafel. Obwohl der

Begriff First Lady nicht einmal fiel, übertrafen insbesondere die Damen einander in gewichtigen, städtische Angelegenheiten betreffenden Bemerkungen, um das tiefe Interesse, das sie für diese hegten, zu demonstrieren. Es schien, als legten sie freiwillig voreinander eine mündliche Prüfung ab, um ihre Qualifikation für das Amt nachzuweisen, das mit keinem Wort erwähnt wurde. Sie richteten ihre Antworten an Lucia, kritisierten einander aber eifrig.

»Nein, liebe Evie«, sagte Elizabeth, »ich kann Ihre Ansichten über Pfadfinder*innen* nicht teilen. Pfadfinder befürworte ich von ganzem Herzen. Der Drill lehrt sie Disziplin, aber Mädchen erhalten die beste Ausbildung, wenn sie ihrer Mutter zu Hause helfen. Kochen, Hausarbeit, Feuer machen, Vaters Pantoffeln. Meinen Sie nicht auch, werte Gastgeberin?«

»He, Mistress Mapp-Flint«, sagte der Padre und legte sich nach Kräften für seine Frau ins Zeug. »Sie haben nicht ein Gran der Erfahrung, die meine Evie mit den Mädels in der Gemeinde hat. Die Wehwehchen der Mägdelein rühren doch zur Hälfte daher, daß sie ständig im Haus gehalten werden ohne ausreichende körperliche Ertüchtigung und frische Luft und die Gelegenheit, ihren Mann zu stehen. Mutters Schürzenzipfel können auch zuviel des Guten sein, und was Vaters Pantoffeln betrifft: Körperliche Strafen für die Jugend beiderlei Geschlechts mißbillige ich.«

»O Padre, wie kommen Sie auf die Idee, daß ich das meinte?« rief Elizabeth.

»Aber ein Kind das Feuer anzünden zu lassen«, warf Susan ein, »ist äußerst gefährlich. Eine Streichholzschachtel gehört nicht in Reichweite eines Kindes. Ich muß allerdings auch gestehen, daß ich wünschte, die Feuerwehr in Tilling wäre besser organisiert und effizienter. Wenn hier einmal ein Feuer ausbricht, brennt die ganze Stadt bis auf die Grundmauern nieder.«

»Liebe Susan, haben Sie womöglich nicht mitbekommen, daß es letzte Woche in Ford Place gebrannt hat? Na, so was! Und Sie irren sich gewaltig, was die Effizienz der Feuerwehr betrifft, denn sie war drei Minuten, nachdem der Alarm ausgelöst worden war, dort und hat das Feuer in weiteren fünf Minuten gelöscht.«

»Lucia, was in Tilling wirklich fehlt«, sagte Susan, »ist eine bessere Straßenbeleuchtung. Manchmal, wenn wir abends nach Hause fahren, muß mein Royce durch die Porpoise Street förmlich kriechen.«

»Stärkere Scheinwerfer an Ihrem Auto würden da schon Abhilfe schaffen, meine Liebe«, sagte Elizabeth. »Keine große Ausgabe. Meiner Ansicht nach muß man sich dringend um das Straßen*pflaster* kümmern. Neulich bin ich in ein riesiges Loch getreten und beinahe hingefallen. Und dann die Landstraßen. Die Straße vor meinem Haus ist der reinste Morast. Wie oft habe ich deswegen schon an den *Hampshire Argus* geschrieben.«

Mr. Wyse verbeugte sich quer über den Tisch zu ihr hinüber.

»Ich bedaure, aber ich muß gestehen, daß ich Ihre Briefe offenbar verpaßt habe«, sagte er. »Sehr nachlässig von mir. War letzte Woche einer drin?«

Evie stieß den kleinen Mäusepiepser aus, der verriet, daß sie sich insgeheim prächtig amüsierte.

»Ich habe sie auch verpaßt«, sagte sie. »Wir alle ja

wohl. Wie dem auch sei, Elizabeth, Grebe liegt außerhalb der Gemeindegrenzen. Es gehört nicht zu Tilling. Wenn Sie auf die Karte schauen, werden Sie feststellen, daß es eine Grafschaftsstraße ist. Aber die Überfüllung der Stadt selbst, Lucia, ist eine Sache, die uns Kummer bereitet. Sie liegt mir sehr am Herzen, wie jedem, der sich auch nur im geringsten auskennt. Und dann die Postzustellung. Skandalös. Neulich habe ich einen Brief geschrieben –«

Die Post war eines der Themen, das Susan Wyse intensiv gepaukt hatte. Sie beugte sich vor und pflanzte einen enormen Ellenbogen auf den Tisch, wodurch sie zwischen Evie und Lucia einen Berg gesunden Tiergewebes plazierte, so daß die Maus hinter dem Berg geradezu verschwand.

»Lediglich zwei Zustellungen am Tag, Lucia«, sagte sie. »Sie werden noch sehen, wie unpraktisch das ist, und die zweite besteht immer nur aus Massendrucksachen. Keine Gemeinde in England wird so schlecht bedient. Ich habe mir sagen lassen, wenn man dem Postminister eine von mehr als fünfzig Prozent der Einwohner unterschriebene Petiton schickt, ist er gesetzlich gezwungen, eine dritte Zustellung einzurichten. Algernon und ich würden eine solche Petition mit Freuden in die Wege leiten –«

Jäh unterbrach Algernon sie von der anderen Seite der Tafel.

»Susan, paß auf!« schrie er. »Dein Wellensittich! Dein Himbeersoufflé!«

Zu spät. Der Wellensittich fiel mitten auf Susans reich beladenen Teller. Sie nahm ihn heraus, die heiße Himbeersauce troff herab, und wickelte ihn in ihre

Serviette. Dabei jammerte sie leise vor sich hin. Die Himbeersauce färbte ihn rot, und er sah aus, als habe sich wieder jemand auf ihn gesetzt. Foljambe reichte ihr sehr taktvoll einen Teller, auf dem sie ihn deponierte. Nach diesem trivialen, wenn auch traurigen Vorfall war es schwierig, zu gehobenen Themen zurückzufinden, und der Padre begann auf einem niedrigeren Niveau.

»Ein behagliches kleines Etablissement wird Mistress Diva in Kürze ihr eigen nennen«, sagte er. »Sie hat mir berichtet, daß die Eröffnung die erste Amtshandlung unserer neuen Bürgermeisterin sein wird. Ein feiner Beginn.«

Allen drei anwesenden Kandidatinnen schoß gleichzeitig der Verdacht durch den Kopf, daß Diva (so unglaublich es auch schien) mit im Rennen lag. Wie Aasgeier stürzten sie sich auf das abwesende Opfer.

»Für meinen Geschmack ein wenig zu behaglich«, sagte Elizabeth. »Wenn alle Tische, die sie in ihre Teestube stellen will, besetzt sind, haben es Ölsardinen in der Büchse vergleichweise bequem. Ganz zu schweigen davon, daß die Gäste an zwei Tischen im Kamin geräuchert und an zwei anderen Tischen jedesmal, wenn die Tür aufgeht, von einer Windbö erfaßt werden. Und, werden Sie die Teestube offiziell eröffnen, liebe Lucia?«

»Auf keinen Fall«, sagte Lucia. »Ich habe ihr gesagt, daß ich liebend gern die erste Tasse Tee dort trinke, aber als Mrs. Pillson, nicht als Bürgermeisterin.«

»Die arme Diva kann gar keinen Tee kochen«, quiekste Evie. »Das konnte sie noch nie. Entweder ist es heißes Wasser oder pure Gerbsäure.«

»Und sie beabsichtigt, all das raffinierte Gebäck selbst zu backen«, sagte Susan bekümmert. »Besser, man hält sich an Brot und Butter und einfachen Kuchen. Sehr ehrgeizig, würde ich sagen, aber Diva ist neuerdings so. Soweit wir wissen, hat sie ja noch hochtrabendere Pläne.«

»Und alles will sie reformieren«, sagte Elizabeth. »Sie redet über eine schnellere Bahnverbindung nach London. Sie kennt den Schwager eines der Direktoren der Eisenbahngesellschaft. Ein Wort von Diva, und die Sache ist so gut wie geritzt. Es hat ganz den Anschein, als machten sich bei ihr Wahnvorstellungen breit.«

Die Damen verließen das Eßzimmer. Major Benjy trank in großer Eile seinen Port aus, damit er ein volles Glas abbekam, sobald die Flasche wieder kreiste.

»Ein sehr guter Tropfen«, sagte er. »Kommt mir ganz zupaß, mal wieder aufzutanken. Je länger ich mit meiner Liz lebe, Pillson, desto mehr erstaunt mich ihre maskuline Art, neue Ideen aufzugreifen.«

»Die Bemerkungen meiner Susan über eine zusätzliche Postzustellung und die Straßenbeleuchtung beweisen ein tiefes Verständnis für die Reformen, derer unsere Stadt am nötigsten bedarf«, sagte Algernon. »Ihr Urteil geht nie fehl. Wie oft ist mir aufgefallen –«

Der Padre sprach zwar mit Major Benjy, hob aber die Stimme und schlug auf den Tisch, damit Georgie ihn hören konnte.

»Mein Weibchen besitzt eine schier unerschöpfliche Energie«, sagte er. »Wie oft sag ich zu ihr: ›Schon dich ein klitzekleines bißchen‹, sag ich, und stets antwortet sie: ›Wem der Herr die Last gegeben, dem hat er auch einen breiten Rücken gegeben und seien die Mühen und Plagen auch noch so groß, Evie ist bereit.‹«

»Sie dürfen nicht zulassen, daß sie sich übernimmt, Padre«, sagte Benjy mit großem Ernst. »Sie hat ja alle Hände voll zu tun. Wird auch nicht jünger.«

»He, das ficht ja nun alle Damen in Tilling an«, erwiderte der Padre, »und weniger zählt sie an Jahren als viele, die ich jetzt nennen könnte. Überschäumende Lebenskraft. Wenn ich morgen Erzbischof würde, wäre sie die aufopferungsvollste Kirchenmutter, da gibt's kein Vertun.«

Das war zuviel für Benjy. Er hätte es als grobes Pflichtversäumnis empfunden, wenn er nun nicht von seinen scharfen satirischen Fähigkeiten Gebrauch gemacht hätte.

»Nein, nein, Padre«, sagte er. »Tilling kann nicht auf Sie verzichten. Canterbury muß sich jemand anderen suchen.«

»He, ja, und wenn das Kriegsministerium versucht, Sie wegzulocken, Major, müssen Sie auch nein sagen. Abgemacht? Aber der Grund meiner Bemerkung war, daß meine Evie allzeit bereit wäre, einem Ruf, der sie ereilt, Gehör zu schenken. Darauf will ich hinaus.«

»Ha, ha, Padre, sagen Sie mir Bescheid, wenn Sie angekommen sind, dann können wir weiterreden. Ach, wenn der Port müßig vor Ihnen steht –«

Georgie erhob sich. Er hatte genug von diesen unerbetenen Lobeshymnen, und wenn Benjy sarkastisch wurde, war das immer ein Symptom, daß er schon zuviel Alkoholisches intus hatte.

»Ich glaube, es ist Zeit, daß wir zum Bridgespielen

gehen«, sagte er. »Lucia schilt mich, wenn ich Sie zu lange hierbehalte.«

In geschlossener Schlachtordnung marschierten sie ins Gartenzimmer, wo Lucia die hoffnungsfrohen First Ladies mit Musik in Schach gehalten hatte und nun sofort zwei Tische gebildet wurden. Die Rubine Georgie und Elizabeth spielten gegen die Saphire Mr. Wyse und Evie. Im Vergleich dazu war der andere Tisch sehr farblos. Der Abend endete ungewöhnlich spät, und es war Punkt vierundzwanzig Uhr, als die drei Gästepaare, die kein persönliches Wort mit ihren beiden Gastgebern hatten wechseln können, wie eine geschlagene Armee betrübt den Rückzug antraten. Der Royce beförderte die Wyses in die Porpoise Street gleich um die Ecke, wobei Susan den Teller mit der blutdurchtränkten Serviette, in der der Wellensittich ruhte, vor sich hertrug und vage an Salome erinnerte; ein Taxi, dessen Taxameter schon lange tickte, expedierte die Mapp-Flints in den Morast, und zwei Paar Galoschen trugen den Padre und sein Eheweib ins Pfarrhaus.

Lucias taktvolle Briefe wurden am nächsten Morgen in Empfang genommen. Mr. Wyse glaubte immer noch, alles sei nicht verloren, obgleich es ihn am Abend zuvor schon überrascht hatte, daß Lucia Susan nicht zur Seite genommen und bekniet hatte, ihre First Lady zu werden. Im Gegensatz dazu war Diva, die Lucias Taktgefühl korrekter einzuschätzen wußte, sofort überzeugt, daß sie die Angelegenheit ad acta legen konnte. Sie rief: »Zum Teufel damit, aus und vorbei!«, gab Paddy Lucias Brief zum Zerfetzen und brach zum morgendlichen Einkaufen auf. Jede Menge höchst interessanter Dinge lenkten sie ab. Susan schaute mit ihrer Wellensittichtrophäe am Hut aus dem Royce, aber zu Divas Erstaunen hatte das Gefieder eine andere Farbe; das Blau war rot gefleckt wie ein blauer Himmel bei einem stürmischen Sonnenuntergang. Hatte Susan ihn aus irgendeinem übersinnlichen Grunde gefärbt...? Georgie und Lucia kamen von Mallards her, aber nach dem taktvollen Brief wollte Diva ihrer Freundin erst begegnen, wenn sie sich etwas hübsch Bissiges als Erwiderung ausgedacht hatte. Als sie auf die High Street trat, stieß ihr Korb frontal mit Elizabeths zusammen.

»Morgen, meine Liebe!« sagte Elizabeth. »Lust auf einen Schwatz?«

»Ja«, sagte Diva. »Kommen Sie herein. Ich kaufe später ein. Neuigkeiten?«

»Benjy und ich haben gestern abend bei der ehrenwerten Bürgermeisterin diniert. Die Wyses, die Bartletts. Bridge. Wir haben Sie alle vermißt.«

»War nicht eingeladen«, sagte Diva. »Wie war das Essen? Haben Sie gewonnen?«

»Die Rebhühner waren ein wenig zäh«, sagte Elizabeth versonnen. »Alte Vögel sind schließlich billiger. Ich habe eine Kleinigkeit gewonnen, aber nicht im entferntesten so viel, daß ich unser Taxi davon hätte bezahlen können. Ein interessanter, kurioser Abend. Manchmal geradezu scheußlich, aber man soll ja nicht überkritisch sein. Evie und Susan – oh, etwas Schreckliches ist passiert. Susan hat den Vogel als Brustharnisch getragen, und er fiel ins Himbeersoufflé. Plumps!«

Diva seufzte erleichtert.

»Das erklärt alles«, sagte sie. »Ich habe ihn eben

gesehen und wußte nicht, was ich davon halten sollte. Weiter, Elizabeth.«

»Scheußlich, wie ich schon gesagt habe. Also, diese beiden Frauen! Die eine hat von Pfadfindern gefaselt und die andere von Postzustellungen. Und dann die eine von der Überfüllung der Stadt und die andere von der Feuerwehr. Ich habe nur brav dagesessen und gelauscht und bin für beide errötet. So billig und offensichtlich.«

»Was ist daran billig und offensichtlich und zum Rotwerden?« fragte Diva. »Für mich klingt es nur langweilig.«

»All das angebliche Interesse an städtischen Angelegenheiten. Hat sich Susan bisher jemals um Postzustellungen geschert oder Evie um Überfüllung? In einem Satz: Sie haben versucht, bei Lucia Eindruck zu schinden, damit sie eine von ihnen bittet, First Lady zu werden. Und nach dem, was Benjy mir erzählt hat, haben sich ihre Gatten genauso schamlos aufgeführt, als wir im Gartenzimmer waren. Ein Abend plumper Manöver und eitler Selbstdarstellung. Pah!«

»Jawohl, pah!« sagte Diva. »Wie hat Lucia es aufgenommen?«

»Das habe ich wirklich kaum mitbekommen. All diese unterschwelligen Machenschaften haben mich zu sehr angewidert. So durchsichtig! Arme Lucia! Ich hoffe doch sehr, daß sie jemanden nimmt, der ihr von Nutzen ist. Sie wird sehr ins Schwimmen geraten, wenn sie nicht eine Frau mit Vernunft und Erfahrung zu Rate ziehen kann.«

»Und ist Mr. Georgies Abendanzug hübsch?« fragte Diva.

Elizabeth schloß die Augen halb, als könne sie sich ihn dann besser vorstellen.

»Eine sehr hübsche Farbe«, sagte sie. »Genau wie das Kleid, das ich vor kurzem habe färben lassen, falls Sie sich zufällig erinnern. Das hat er natürlich kopiert.«

Die Haustürklingel ertönte. Ich habe sie schneller selbst geöffnet, dachte Diva, als wenn ich darauf warte, daß Janet aus der Küche hochkommt. Sie trabte los.

»Kommen Sie herein, Evie«, sagte sie. »Elizabeth ist hier.«

Aber Elizabeth hatte keine Zeit mehr, und nun schilderte Evie ihre Eindrücke des vergangenen Abends. Sie unterschieden sich nicht wesentlich von Elizabeths, nur daß es Elizabeth und Susan waren, die (anstatt sie anzuwidern) mit ihrem plötzlichen Interesse an städtischen Belangen überaus amüsant gewesen waren.

»Und, o jemine«, sagte sie, »Mr. Wyse und Major Benjy waren genauso schlimm. Wie bei diesen Musikstücken, wo es eine Melodie in der Oberstimme gibt und danach dieselbe Melodie im Baß. Ach ja, eine Fuge. Die vier klangen wie ein Bach-Konzert. Kenneth und ich haben nur brav dagesessen und zugehört. Und ich muß mich schon sehr irren, wenn Lucia und Mr. Georgie sie nicht völlig durchschaut haben.«

Nun hatte Diva eine komplette Vorstellung von dem, was sich zugetragen hatte. Die Fuge war garantiert sechsstimmig gewesen.

»Aber irgend jemanden muß sie ja nehmen«, sagte sie. »Frage mich, wen.«

»Sie vielleicht, hi, hi!« quiekste Evie aus Spaß.

»Keinesfalls«, rief Diva mit Nachdruck und betrachtete die im Zimmer verstreuten Fetzen von Lucias taktvollem Brief. »Da gehe ich schon eher die Straße fegen. Stellen Sie sich doch vor, immer dann nach Lucias Pfeife tanzen zu müssen, wenn sie etwas erledigt haben will, wozu sie selbst keine Lust hat. Um keinen Preis möchte ich so leben. Nein, besten Dank!«

»War ja nur ein Scherz«, sagte Evie. »Ich habe es nicht ernst gemeint. Und dann gab es noch mehr Überraschungen. Mr. Georgie in einem roten –«

»Ich weiß; derselbe Ton wie Elizabeths Gefärbtes«, warf Diva ein.

»– und Mr. Wyse in saphirblauem Samt«, fuhr Evie fort. »Genauso wie mein Zweitbestes, das ich getragen habe.«

»Nein! Das wußte ich ja noch gar nicht«, sagte Diva. »Die Tillinger Jungs werden ja richtig fesch!«

Während der nächsten Woche steigerte sich die Spannung ins beinahe Unerträgliche, denn Lucia blieb stumm wie Pythia im Orakel von Delphi und wartete, daß Elizabeth sie anflehte. Allmählich machte sich der psychische Druck bemerkbar. Immer wenn im Hause einer der Kandidatinnen das Telephon klingelte, rannten sie oder ihr Mann hin, um zu hören, ob es Neuigkeiten über die Nominierung brachte. Aber wie bei einer ergebnislosen Sitzung des Konklave für die Wahl des Pontifex maximus kam keine Verlautbarung vom Ort der Tagung; nur, da das Wetter kühler wurde, jeden Abend eine Rauchsäule aus dem Schornstein des Gartenzimmers. Konnte Lucia sich, wie die Kardinäle, nicht entscheiden, oder hatte sie womöglich ihre First

Lady schon erwählt und dieser Schweigen geboten, bis sie es selbst bekannt machte? Beide Vermutungen waren unwahrscheinlich, die erste, weil Lucia eine recht entschlußfreudige Frau war; die zweite, weil eine auserwählte Kandidatin das Ergebnis gewiß nicht hätte für sich behalten können.

Dann ereignete sich eine Reihe merkwürdiger Dinge, die der überspannten Phantasie Tillings als böse Omen erschienen. Eines Mittags schlug die Kirchturmuhr dreizehnmal und blieb dann mit einem Knirschen stehen. Das verhieß sicher nichts Gutes für die Chancen der Pfarrersfrau. Über die Felsklippe hinter dem Mapp-Flintschen Haus brach eine Springflut, überschwemmte den Garten und riß das Spargelbeet weg. Das sah ganz so aus, als würden auch Elizabeths Hoffnungen hinweggeschwemmt. Susan Wyse' Royce stieß in der High Street mit einem Lieferwagen zusammen und erlitt einen Schaden am Kotflügel. Das sah schlecht für Susan aus. Plötzlich war Elizabeth, außer sich vor Nervosität, davon überzeugt, daß die Wahl auf Diva gefallen war. Was um so wahrscheinlicher erschien, als Diva gegenüber Evie so nachdrücklich dementiert hatte, daß sie sich je verleiten ließe, den Posten anzunehmen. Es war typisch für die arme Diva, zu meinen, daß irgend jemand dieser ungeheuerlichen Aussage Glauben schenkte, und bestärkte Elizabeth nur in der Auffassung, daß Diva eine himmelschreiende Lüge erzählt hatte, um etwas zu verbergen. Diva dachte vielleicht, sie handele wie Bismarck, aber da befand sie sich im Irrtum. Bismarck hatte behauptet, die Wahrheit zu sagen sei ein nützlicher Trick für Diplomaten, weil man allgemein davon ausgehe, daß sie sie nicht sagten. Bismarck hatte aber nie behauptet, daß man Lügen verbreiten solle, um andere in dem Glauben zu wiegen, man erzähle die Wahrheit.

Die Tage verstrichen, und Georgie beschlichen allmählich Bedenken, ob Elizabeth sich jemals soweit erniedrigen würde, daß sie diesen Gunstbeweis erflehte.

»Die Zeit vergeht«, sagte er, als er und Lucia eines Morgens im Gartenzimmer saßen. »Was um alles in der Welt tust du, wenn sie dich nicht bittet?«

»Sie wird mich bitten«, sagte Lucia, »obwohl ich zugeben muß, daß sie diesmal länger aushält, als ich erwartet habe. Ich wußte nicht, wie stark ihr falscher Stolz ist. Aber sie wird schon weich. Ich habe fast den ganzen Morgen im Fenster gesessen – es gibt eine Vielfalt an Problemen, über die ich nachdenken muß. Und seit dem Frühstück ist sie viermal am Haus vorbeigeschnürt. Einmal hat sie sich angeschickt, die Straße in Richtung Haustür zu überqueren, aber dann hat sie mich gesehen und sich wieder zurückgezogen. Mein Anblick muß ihr deutlicher vor Augen geführt haben, was sie tun muß. Sie wird schon kommen. Laß uns Wichtigeres diskutieren. Meine Idee, die Fischindustrie wiederzubeleben. Den königlichen Fischexpreß. Ich habe mir ein paar Notizen gemacht –«

Lucia warf einen Blick aus dem Fenster.

»Georgie«, rief sie. »Elizabeth pirscht sich wieder heran. Zum fünften Mal. Sie bewegt sich im Kreis wie ein Hamster im Rad.«

Sie glitt in ihren Schlupfwinkel hinter dem Vorhang, und während sie verstohlen hinauslugte, ratterte sie los wie der Radioreporter beim Bootsrennen zwischen Oxford und Cambridge.

»Sie steht auf der anderen Seite. Genau gegenüber der Haustür«, verkündete sie. »Sie geht über die Straße. Sie geht schneller. Sie hat die Straße überquert. Auf den Treppenstufen wird sie langsamer. Sie hebt die Hand zur Klingel. Sie läßt sie wieder sinken. Sie dreht sich halb herum – nein, sie kann mich nicht gesehen haben. Arme Frau, was für ein innerer Kampf! Und alles nur der Stolz. Georgie, sie klingelt. Foljambe öffnet die Tür; sie muß im Flur Staub gewischt haben. Foljambe läßt sie herein und schließt die Tür. In einer Minute ist Foljambe hier draußen.«

Foljambe kam herein.

»Mrs. Mapp-Flint, Ma'am«, sagte sie. »Ich habe ihr gesagt, Sie seien möglicherweise beschäftigt, aber sie möchte Sie gern ein paar Minuten sprechen. In einer vertraulichen Angelegenheit von eminenter Wichtigkeit.«

Lucia ließ sich eilends am Schreibtisch nieder und breitete ein paar Papiere vor sich aus.

»Geh bitte in den Garten, Georgie«, sagte sie, »denn sie wird es nie über die Lippen bringen, wenn wir nicht allein sind. Ja, Foljambe, sagen Sie ihr, daß ich fünf Minuten für sie erübrigen kann.«

3

Und genau fünf Minuten später stand Elizabeth wieder auf der Schwelle von Mallards, unsicher, ob sie via Pfarrhaus zurück nach Hause gehen sollte, um der neugierigen Evie die Neuigkeiten zu berichten, oder via Irene und Diva. Die weitreichenden Konsequenzen dieser scheinbar unerheblichen Entscheidung nicht ahnend, wählte sie letztere Route.

Die drollige Irene (die keinen Garten ihr eigen nannte), genoß an diesem warmen Oktobermorgen die frische Luft auf einem Haufen Kissen auf ihrer Haustürtreppe. Für den Fall, daß interessante Gestalten des Weges kamen, hatte sie eine Kamera griffbereit neben sich. Für ihre viktorianische Venus mit dem karierten Schal warf sie einstweilen ein paar unverbindliche Striche in ihr Skizzenbuch. Ihr fiel auf, daß Elizabeth sich sonderbar federnden Schrittes näherte, und eingedenk der Venus rief sie: »Bleiben Sie einen Moment stehen, Mapp. Stellen Sie sich auf ein Bein, als ob Sie gleich abheben wollten. Ich brauche diese tänzelnde Bewegung. Einen Arm nach vorn, wenn Sie das schaffen, ohne umzukippen.«

In ihrer Siegesstimmung hätte Elizabeth für den Leibhaftigen Modell gestanden.

»So recht, Sie drolliges Liebchen?« fragte sie.

»Perfekt. Verharren Sie eine Sekunde lang in der Pose, damit ich zuerst ein Photo schießen kann.«

Irene stellte die Kamera ein und knipste.

»Noch ein winziges Momentchen«, sagte sie und schnappte sich ihr Skizzenbuch. »Jetzt wieder so, als wollten Sie gerade losmarschieren.«

Irene warf gewaltige Linien und Kurven aufs Blatt.

»Das reicht«, sagte sie. »Ich hab Sie. Was ist los? Ich habe Sie noch nie so biegsam und elastisch gesehen. Haben Sie im Herbst Ihres Lebens einen jungen Burschen verführt?«

»Oh, Sie kleiner Frechdachs«, flötete Elizabeth. »Wie unartig! Aber ich habe gerade so nett mit unserer liebenswürdigen Lucia geplauscht. Soll ich es Ihnen erzählen, oder soll ich Sie auf die Folter spannen?«

»Wie Sie wollen«, sagte Irene und schraffierte ein wenig in der Skizze herum. »Mir ist es egal.«

»Dann gebe ich Ihnen einen Hinweis. Machen Sie einen hübschen Knicks vor der First Lady.«

»Quatsch«, sagte Irene.

»Nein, Liebe. Kein Quatsch. Die reine Wahrheit.«

»Mein Gott, was haben Sie für eine lebhafte Phantasie«, sagte Irene. »Wie schaffen Sie es bloß, so herumzuphantasieren? Überkommt es Sie wie Träumen?«

»Die reine Wahrheit, wiederhole ich«, sagte Elizabeth. »Und eine solche Freude, meine Liebe, daß Sie die erste sind, die es hört, außer Mr. Georgie.«

Irene schaute sie an und mußte es notgedrungen glauben. Die reine Wonne nämlich strahlte aus Mapps Gesicht; ausnahmsweise einmal tat sie nicht so, als freue sie sich, sondern schwelgte in einem Bad übersprudelnder Glückseligkeit.

»Herr im Himmel, dann raus mit der Sprache«, sagte Irene. »Lucy, bring noch ein Kissen!« schrie sie ihrem ein Meter achtzig großen Hausmädchen zu, das aus dem Eßzimmerfenster lehnte und eifrig lauschte.

»Ja, meine Liebe, es kam völlig überraschend«, erzählte Elizabeth. »Ein solcher Gedanke wäre mir nie in den Kopf gekommen. Ich machte einen Spaziergang an Mallards vorbei: Wie oft schlendere ich dort entlang, um das liebe alte Heim zu sehen, das ich einst mein eigen nannte –«

»Das können Sie sich schenken«, sagte Irene.

»– und sah Lucia am Gartenzimmerfenster. Oje, sie wirkte sehr nervös und ausgelaugt. Sie schlüpfte hinter den Vorhang, und plötzlich hatte ich das Gefühl, daß sie mich brauchte. Eine Art Vorahnung. Also klingelte ich – ach, und das war auch merkwürdig, denn kaum hatte ich den Finger auf der Klingel, wurde die Tür geöffnet, als ob die liebenswürdige Foljambe auf mich gewartet hätte. Ich fragte, ob Lucia mich zu sehen wünsche.«

Elizabeth gönnte sich eine kleine Kunstpause in ihren Ausschmückungen.

»Foljambe ging los, um sie zu fragen«, fuhr sie fort, »und kam regelrecht zurückgerannt und brachte mich ins Gartenzimmer. Lucia saß am Tisch und schien völlig in ihre Papiere vertieft zu sein. War das nicht komisch? Denn einen Moment vorher hatte sie ja noch hinter dem Vorhang hervorgelugt. Ich sah, daß sie total überarbeitet war, und sie warf mir einen so flehentlichen Blick zu, daß ich richtig gerührt war.«

Ein schmerzliches Lächeln überzog Elizabeths Gesicht.

»Und dann kam es«, sagte sie. »Nicht, daß ich ihr das lange Zögern übelnehme; sie kann ihren Stolz einfach nicht hinunterschlucken. Sie bat mich, das Amt anzunehmen, und ich fand, es war meine Pflicht. Es wird all meine Zeit und Energie beanspruchen, fürchte ich, denn vor uns liegen schwierige Auseinandersetzungen, und Lucia ist nicht immer leicht zu führen. Was Benjy dazu sagen wird, weiß ich auch nicht. Aber ich muß tun, was gut und richtig ist. Was für ein Segen, anderen helfen zu können!«

Irene mußte sehr an sich halten und zitterte ein wenig bei dem Bemühen.

Immer noch schmerzlich gerührt, fuhr Elizabeth fort: »Ein wunderbares kleines Gespräch! Mr. Georgie war im Garten und kam mit solch fragenden Blicken auf mich zu, daß ich glaube, er erriet, über was wir gesprochen hatten –«

Irene konnte sich nicht länger beherrschen. Sie stieß einen irren Schrei aus.

»Mapp, mir wird übel«, rief sie. »Ich glaube ja, daß Lucia, das arme, schlecht beratene Ding, Sie gebeten hat, First Lady zu werden, aber bestimmt nicht so, wie Sie es schildern. Es ist nicht wahr, Mapp. Sie haben sich danach verzehrt, First Lady zu werden, vor lauter Aufregung haben Sie ja schon die ganze Zeit abgenommen, was Sie eh nötig hatten. Sie haben sie gebeten, Sie haben sie angefleht. Ich will mich nicht mit Ihnen streiten, ich will Ihnen nur sagen . . . Hallo, da sind ja die beiden. Es wird hübsch anzusehen sein, wie dankbar sie Ihnen sind. Gehen Sie nicht fort, Mapp.«

Elizabeth erhob sich. Es war unter ihrer Würde, auf diese unflätigen Bemerkungen zu antworten, aber sie behielt die Fassung. Sie blieb stehen, um der sich nähernden Lucia eine Kußhand zuzuwerfen, und begab sich dann ohne jede Hast von dannen. Doch kaum war sie um die Ecke in die High Street eingebogen, »rannte sie regelrecht«, wie zuvor Foljambe.

Irene rief Lucia mit lauter Stimme zu sich.

»Kommen Sie her, reden wir eine Minute, Liebling«, sagte sie. »Erstens, ist es wirklich wahr, First Lady Mapp, meine ich? Aha, es stimmt. Sie hätten viel besser mich oder Lucy gewählt. Und wie sie lügt! Gott sei Dank habe ich es ihr auf den Kopf zugesagt. Sie hat mir erzählt, Sie hätten endlich Ihren Stolz hinuntergeschluckt und sie gebeten –«

»Was?« rief Lucia.

»Genau das, und daß sie der Ansicht war, es sei ihre Pflicht, Ihnen zu helfen.«

Obwohl Lucia vor Empörung bebte, hielt sie sich großartig.

»Das arme Ding!« sagte sie. »Wie alle gewohnheitsmäßigen Lügner betrügt sie sich selbst weit häufiger als andere.«

»Aber wollen Sie denn überhaupt nichts unternehmen?« fragte Irene und tanzte wilde Fandangos auf ihrer Türschwelle. »Ihr nicht sagen, sie lügt? Oder sogar noch besser, ihr sagen, daß Sie sie nie gebeten hätten, First Lady zu werden? Warum nicht? Außer Ihnen und ihr war doch niemand dabei.«

»Liebe Irene, Sie wollen doch nicht, daß ich mich auf ihr Niveau hinabbegebe?«

»Hm, das wäre vielleicht zur Abwechslung mal ganz angebracht. Danach können Sie sich ja sofort wieder über sie erheben. Aber das Photo, das ich heute von ihr geknipst habe, das entwickle ich und schicke es der Presse als Konterfei unserer neuen First Lady.«

Binnen einer Stunde war die Neuigkeit schon Schnee von gestern. Die Frage, wie das Angebot unterbreitet und wie es akzeptiert worden war, blieb dennoch interessant, und aus Grebe kamen neue Verlautbarungen. Elizabeth zufolge hatte Lucia – zumindest sinngemäß – gesagt: »Geliebte Freundin, ohne Ihre Unterstützung hätte ich diese Pflichten nie auf mich genommen.« Und Georgie hatte der designierten First Lady die Hand geküßt. Diese sensationellen Nachrichten wurden aus dem Hauptquartier nicht dementiert, aber als bare Münze nahm sie ohnehin niemand. Lucia zuckte lediglich mit den Schultern und sagte, ihre Position verbiete ihr, sich direkt dagegen zu verwehren. Das wurde als einigermaßen übertrieben betrachtet; aus königlichem Geblüt war sie nun auch wieder nicht. Eine kurze Ruhepause folgte, wie wenn man einen heftig brodelnden Kessel zum Abkühlen neben die Flamme stellt, und der *Hampshire Argus* meldete lediglich, daß Mrs. Mapp-Flint (geb. Mapp) im kommenden Jahr die First Lady von Tilling sein werde.

In der nächsten Woche fing der Kessel wieder an zu brodeln, denn in eben dem Blatt erschien ein bemerkenswertes Photo der First Lady. Sie stand auf einem Bein und streckte das andere hinter sich in die Luft, als laufe sie Schlittschuh. Auf ihrem Gesicht lag ein lockendes Lächeln, einen Arm hielt sie dem Betrachter in einer flehentlichen Geste entgegen. Nun mußte etwas geschehen. Und es geschah.

Diva hatte mittlerweile ihre Teestube eingerichtet und veranstaltete Generalproben. Sie servierte ein paar Freunden Tee und setzte sich dann zu ihnen, ganz erhitzt und durstig. Heute waren Georgie und Evie zu

Gast, der Padre wurde erwartet. Evie wußte nicht, warum er so spät dran war. Er war den ganzen Tag in der Pfarrgemeinde unterwegs gewesen, und sie hatte ihn seit dem Frühstück nicht mehr gesehen.

»Probieren geht über Studieren, wenn alles glattlaufen soll«, sagte Diva, goß Tee in eine Untertasse und blies hinein. »Es gibt Marmelade und Gelee, Mr. Georgie, oder ist das Suppe?«

»Beides sieht lecker aus«, sagte Georgie höflich, »und der Toast ist schön heiß und knusprig.«

»Eigentlich sollte es auch Löffelbiskuit geben«, sagte Diva, »aber sie sind zusammengefallen.«

»Lästige Dinger«, sagte Georgie mit vollem Mund.

»Sind am Blech klebengeblieben und angebrannt«, erzählte Diva. »Sie müssen sich vorstellen, daß es die sogar schon zum Tee für einen Schilling gibt. Und bei dem Achtzehn-Penny-Tee gibt es Sahne und Corned beaf-Sandwiches. Und man kan wählen zwischen chinesischem und indischem Tee. Für vier Personen kann man einen Tisch vorbestellen, aber nicht für weniger ... Ah, da ist der Padre. Trinken Sie eine schöne Tasse Tee, Padre, nach den ganzen Taufen und Beerdigungen.«

»Verzeihung, daß ich so spät bin«, sagte er, »aber ich habe ein paar Neuigkeiten, und was glauben Sie wohl, worum es geht? Soll ich Sie auf die Folter spannen, wie Mistress Mapp-Flint immer zu sagen beliebt?«

»Mich spannen Sie nicht auf die Folter«, sagte Georgie, »denn ich weiß, daß es um das Bild von Elizabeth im *Hampshire Argus* geht. Und ich kann Ihnen sofort sagen, daß Lucia erst aus der Zeitung etwas darüber erfahren hat, einerlei, was Elizabeth behauptet.

Bis heute wußte Lucia nur, daß Irene ein Photo von Elizabeth geschossen hatte.«

»Na, dann ahnen Sie nicht, was ich für neue Mär bringe. Um die Mittagszeit hockte ich für ein Minütchen im Club, da kam Major Benjy und nahm sich den *Hampshire Argus* mit dem Portrait seiner braven Frau. Als nächstes vernahm ich ein Geräusch, als ob ein Truthahn kollerte, und da stand er, wahrhaftig puterrot im Gesicht, und wie Springfluten im Frühling entströmten ihm reichlich unchristliche Ausdrücke. Mit der Zeitung in der Hand rannte er hinaus – Eigentum des Clubs, übrigens, mitnichten sein Exemplar – und stürmte die Straße nach Grebe hinunter.«

»Nein!« schrie Diva.

»Doch, Mistress Plaistow. Ein wenig später, denn ich mußte ja meine Gemeindebesuche machen, sah ich den Major wieder, die berühmte Reitgerte aus Rohr in der Hand, mit der er, wie wir oft genug gehört haben, dem Tiger ins Gesicht schlug, bevor er sich sein Gewehr schnappte und ihn erschoß. ›Solange noch ein Funken Leben in mir ist, beleidigt meine Frau niemand‹, brüllte er und rannte in die Redaktionsräume des *Hampshire Argus*.«

»Meine Güte! Was für ein Drama!« quiekste Evie.

»Und das ist erst der Anfang, Ladies! Den Rest habe ich von Mr. McConnell, dem neuen Herausgeber, der vor einer knappen Woche angefangen hat. Man teilte ihm mit, daß Major Mapp-Flint ihn unverzüglich zu sprechen wünsche. Er war beschäftigt, sagte aber, er könne den Major in einer Viertelstunde empfangen und ob der Major in der Zwischenzeit nicht einen Drink nehmen wolle. Klar wollte der Major das, und klar nahm er einen weiteren, nachdem er mit dem ersten kurzen Prozeß gemacht hatte. Und der Flasche nach zu urteilen, hat er sich auch noch einen dritten genehmigt, aber genau konnte McConnell es nicht sagen. Wie dem auch sei, als er soweit war, den Major zu empfangen, hatte der entweder vergessen, warum er gekommen war, oder fand, er solle sich besser vorsehen und nicht so ruppig werden, denn McConnell ist ein großer Mann, wirklich sehr groß und kräftig. Der Major machte einen Kratzfuß nach dem andern und sagte, er sei gekommen, um McConnell einen Antrittsbesuch abzustatten.«

»Na, war das ein Absturz«, entfuhr es Georgie.

»Und er sollte noch tiefer abstürzen«, sagte der Padre, »denn sie tranken noch einen zusammen, und der arme Major muß heillos durcheinandergeraten sein. Sehen Sie, er war losgezogen, um dem Mann eine ordentliche Tracht Prügel zu verabreichen, und statt dessen waren sie bald ein Herz und eine Seele, und er fing an davon zu reden, daß man die Vergangenheit auf sich beruhen lassen solle. Das waren erst recht böhmische Dörfer für McConnell, denn für das Photo der First Lady zeichnete der Kunstredakteur verantwortlich. McConnell hatte es nur einmal flüchtig angesehen und gedacht, in Hampshire gäbe es ja ganz schön verrückte First Ladies. Und dann, du liebe Güte, bat der Major ihn doch wahrhaftig, mit ihm einen Happen zu Mittag zu essen, und die Reitpeitsche vergaß er ganz und gar und ließ sie im Besucherzimmer der Redaktion stehen. Und als sie nach Grebe kamen, schaute Mistress Elizabeth aus dem Salonfenster in der Erwartung, daß ihr tapferer Benjy mit der Gerte anmarschiert kam, von der er gehörig Gebrauch gemacht hatte. Statt dessen kam der Major ohne das fragliche Objekt, aber Arm in Arm mit einem vollständig Fremden, und schwadronierte herum, das sei sein alter Freund und Kupferstecher Mr. McConnell, den er mitgebracht habe, damit er mit ihnen futtere, was auf den Tisch käme. O jemine, o jemine, was für wundervolle Dinge in Tilling passieren, und nun schau ich mir mal das rote Eingemachte an.«

»Nehmen Sie ruhig alles«, rief Diva. »Und haben sie zusammen gegessen?«

»Ja«, sagte der Padre, »aber das ist ein trauriges Kapitel. Es stellte sich bald heraus, daß Mr. McConnell der Herausgeber des *Argus* ist, und da nun glitzerte es wirklich entsetzlich im Auge der Dame. Als sie den Imbiß zu sich genommen hatten, ergriff McConnell schleunigst das Hasenpanier und überließ die beiden sich selbst. Das alles hat er mir erzählt, als ich ihn vor einer halben Stunde getroffen habe, und deshalb bin ich ein bißchen spät, denn bei einer solchen Geschichte läuft man doch nicht mitten drin weg. Gott weiß, was nun passiert, und die berühmte Reitgerte steht irgendwo in den Redaktionsräumen.«

Während dieses Abenteuer zum besten gegeben wurde, hatte es an der Tür geläutet, aber niemand hatte es bemerkt. Nun klingelte es wieder, ein langer, ununterbrochener Ton. Diva stand auf.

»Bin im Handumdrehen zurück«, sagte sie. »Diskutieren Sie es nicht zu ausführlich, ich bin ja gleich wieder da.«

Sie eilte hinaus.

Das muß Elizabeth sein, dachte sie aufgeregt. Niemand klingelt so wie sie. Anstatt ein paarmal kurz draufzutippen, verbraucht sie Unmengen Strom.

Sie öffnete die Tür. Auf der Schwelle stand Elizabeth mit strahlendem Lächeln. In der Hand hielt sie die historische Reitgerte. Einwandfrei.

»Meine Liebe!« sagte sie. »Kann ich auf einen kleinen Sprung hereinkommen? Habe Sie so lange nicht gesehen.«

Diva überging die Tatsache, daß beide erst am Morgen in der High Street einen langen Schwatz gehalten hatten, denn die Chance bestand, daß sie und ihre Gäste mehr zu hören bekommen würden. Elizabeth brachte sich fast um vor Höflichkeit.

»Kommen Sie doch herein«, sagte Diva. »Wie schön, Sie nach so langer Zeit wiederzusehen. Wir trinken gerade Tee. Mit ein paar Freunden.«

Elizabeth schlängelte sich seitwärts in die Teestube. Die Tür war für eine stattliche Frau wie sie reichlich eng.

»Liebste Evie! Mr. Georgie! Padre!« begrüßte sie die Anwesenden. »Wie geht's, wie steht's bei Ihnen allen? Wie gemütlich! Ja, indischen bitte, Diva.«

Sie legte die Reitgerte in die Ecke neben den Kamin. Sie war die Liebenswürdigkeit in Person. Was für eine Wendung hatte dieser demütigende Vorfall genommen, überlegten alle, daß sie so munter und fidel war? Seinen konstruktiven Gedanken völlig hingegeben, bediente sich der Padre mit noch einem Klecks roter Marmelade und aß sie mit dem Teelöffel. Ganz offensichtlich hatte Elizabeth die Reitgerte aus dem Büro des *Argus* zurückerobert, aber was war dann passiert? Hatte sie Benjy die Strafe verabreicht, die einem anderen zu verabreichen er sich gefürchtet hatte? Während die baß erstaunten Anwesenden einander verwirrte Blicke zuwarfen, überhäufte Elizabeth Diva mit Komplimenten.

»Das ist ja ein richtiges Festbankett, Diva!« rief sie. »Und die hübsche Tischdecke! Wenn das der Tee ist, den Sie uns auch nach der Eröffnung servieren, sucht man mich zu Hause vergebens. Wahrscheinlich berechnen Sie zwei Schilling dafür, aber selbst dann müssen Sie die Leute noch abweisen.«

Diva rief sich aus ihren spekulativen Gedanken zurück.

»Nein, das ist der Tee zu einem Schilling«, sagte sie, »und normalerweise gibt es dazu noch Gebäck.«

»Stell sich das einer vor! Und so wunderschön serviert. So lecker. Hübsche Blumen auf dem Tisch. Fast wie Tee im Garten, aber ohne Ohrenkneifer ... Ich hatte heute zum Lunch einen Überraschungsgast.«

Kataleptische Starre befiel die Gesellschaft.

»Ein ausgesprochen netter Bursche«, fuhr Elizabeth fort. »Mr. McConnell, der neue Herausgeber des *Argus*. Benjy hat ihn heute morgen in der Redaktion besucht und dann mit nach Hause gebracht. Der vergeßliche Junge hat seine Tiger-Reitgerte dort stehenlassen, deshalb bin ich hingegangen und habe sie geholt. Ein großer, kräftiger Mann: Benjy sah neben ihm aus wie ein Kind.«

Elizabeth schlürfte ihren Tee. Die Starre lockerte sich nicht.

»Ich kriege den *Hampshire Argus* ja nun nie zu sehen«, sagte sie. »Seit Jahren keinen Blick mehr hineingeworfen, er war ja immer dermaßen langweilig, nur

Reklame. Aber mit Mr. McConnell am Ruder muß ich ihn abonnieren. Der Mann scheint intelligent zu sein.«

Kaum wahrnehmbar löste sich die Starre, während scharfsinnige Köpfe begannen, die Situation zu analysieren ... Elizabeth hatte ihren Mann losgeschickt, damit er McConnell dafür bestrafte, daß er die beleidigende Karikatur von ihr veröffentlicht hatte. Ziemlich angeschickert war der Major zurückgekommen und hatte den Übeltäter mit zum Essen gebracht. Wenn die wahre Version der Ereignisse in Umlauf kam, fand sie sich in einer sehr demütigenden Lage wieder: der Ehemann ein Feigling und eine monströse Beleidigung ungesühnt! Ihre Version aber war genial. Sie wußte angeblich nicht, daß der *Argus* überhaupt eine Karikatur von ihr enthielt, und Benjy hatte einen Freund mit zum Lunch gebracht. Eine perfekte Geschichte, auf deren Wahrheitsgehalt Benjy todsicher einen Meineid leisten würde. Schlau gemacht! Bravo, Elizabeth!

Natürlich herrschte ein Gefühl gelinder Enttäuschung, denn vor wenigen Minuten erst hatte eine katastrophische Entwicklung im Bereich des Möglichen gelegen, und Tillings Appetit auf gesellschaftliche Katastrophen war immer groß. Der Padre seufzte und hub mit resignierter Stimme an: »Ei nun, Ende gut, alles gut.« Georgie eilte nach Hause, um Lucia zu erzählen, was wirklich passiert und wie schlau Elizabeth gewesen war. Diese schickte ihre herzlichsten Grüße an Ehrenwert, und da sie nunmehr nur noch zu viert waren, begaben sie sich zu einer Partie Bridge in Divas Spielzimmer.

Divas Janet kam und deckte das Geschirr ab, in ihrer Begleitung Divas quicklebendiger Irischer Terrier Paddy, der nur ein kleines Ekzem hatte. Er stöberte im Zimmer herum, leckte die Krümel vom Boden und fand die Reitgerte. Sie hatte eine angenehme Konsistenz für die Zähne, gerade so zäh, daß das Daraufherumkauen sowohl Arbeit als auch Vergnügen war. Er schnappte sie sich, trug sie durch die offene Gartentür in den Holzschuppen und knöpfte sie sich vor, indem er sie zweimal durchkaute und zu nassem Sägemehl reduzierte, als sei sie durch den Fleischwolf gedreht worden. Das silberne Käppchen an der Spitze verschmähte er, und als er das ganze verschluckt beziehungsweise pulverisiert hatte, wälzte er sich in den Resten und schüttelte sich. Das Käppchen war zwar übriggeblieben, aber ansonsten hätte sich kein Mörder einer Leiche geschickter entledigen können.

Ein Stockwerk höher war beim Kartenspiel die Munterkeit der Teerunde verflogen. Elizabeth hatte unentwegt verloren und fing an zu schwitzen.

»Dieses kleine Zimmer – ja so gemütlich –, aber man erstickt beinahe, Liebe. Können wir das Fenster öffnen?« bat sie Diva.

Diese tat, wie ihr geheißen, aber da die Karten gerade ausgeteilt wurden, flogen sie prompt über den Tisch. Es mußte neu gegeben werden, obwohl Elizabeth bisher nur Könige und Asse bekommen hatte. Dann ließ Diva eine Karte mit dem Bild nach oben zu Boden fallen und setzte flugs den Fuß darauf, damit niemand sehen konnte, was es war. Als sie aufstand, um das Buch mit den Regeln zu holen und nachzuschauen, was geschehen sollte, hob sie den Fuß und sah, daß es ein As war. Woraufhin Elizabeth verlangte, daß neu gegeben wurde. Das wurde ihr konzediert, aber es blieb eine Verstimmung. Und dann bemerkte Elizabeth am Ende eines Spiels, daß sie längst hätte bedienen müssen und man ihr im Nu auf die Schliche kommen würde. »Ich schenke Ihnen den letzten Stich«, sagte sie und fing an, alle Karten kunterbunt durcheinanderzumischen. »Oho, nicht so hurrtig, Mistrress«, schrie der Padre und stürzte sich auf die betreffende Karte. Das roch nach Betrug. Typisch Elizabeth, war der unausgesprochene Kommentar, und alle erinnerten sich, wie sie denselben Trick vor ungefähr achtzehn Monaten schon einmal versucht hatte. Die Atmosphäre wurde ätzend. Der Padre und Evie mußten eilends zu einer Chorprobe, zu der sie bereits zu spät waren, und als Elizabeth feststellte, daß sie nicht soviel verloren hatte wie befürchtet, verlangte es sie nach einem Schwatz.

»Die arme Susan Wyse in letzter Zeit mal gesehen?« fragte sie Diva.

Diva war brüskiert. Der Versuch, die Karten zusammenzuschieben, *war* Betrug gewesen.

»Heute morgen erst«, sagte sie. »Aber warum ›arm‹? Sie bezeichnen die Leute immer als ›arm‹. Ihr geht's gut.«

»Meinen Sie, sie ist über den Verlust ihres Wellensittichs hinweg?« fragte Elizabeth.

»Mehr oder weniger. Hat ihn heute getragen. Immer noch himbeerfarben.«

»Ich frage mich, ob sie wirklich über ihn hinweg ist«, spann Elizabeth den Gedanken weiter. »Wenn Sie mich fragen: Der Wellensittich ist über sie hinweg.«

»Keinen blassen Dunst, was Sie meinen«, sagte Diva.

»Was ich gesagt habe. Sie glaubt, sie kann mit dem Geist des Vogels Kontakt aufnehmen. Das hat sie mir selbst gesagt. Sie bildet sich ein, sie hört das nervtötende kleine Piepsen, das er immer von sich gegeben hat. Nur nennt sie es jetzt Singen.«

»Ohrensausen, würde ich annehmen«, unterbrach Diva sie. »Hab ich auch schon mal gehabt. Vom Ohrenschmalz. Muß man ausspritzen lassen.«

»– und sein Flügelschlagen«, fuhr Elizabeth fort. »Sie versucht, durch automatische Schrift mit ihm zu kommunizieren. Ich hoffe nur, unsere liebe Susan schnappt nicht über.«

»Quatsch!« fertigte Diva sie ab, weil sie wieder daran denken mußte, daß Elizabeth nicht bedient hatte. Sie rückte ihren Stuhl vor den Kamin und stellte Elizabeth kalt, indem sie die Abendzeitung öffnete.

Wutentbrannt erhob sich die First Lady.

»Wir werden ja sehen, ob es Quatsch ist oder nicht«, sagte sie. »Mal wieder ein schönes Spielchen Bridge, aber ich muß los. Wo ist Benjys Reitgerte?«

»Da, wo Sie sie hingelegt haben, vermutlich«, sagte Diva.

Elizabeth schaute in die Ecke neben dem Kamin.

»Ich habe sie dort hingelegt«, sagte sie. »Wer kann sie weggenommen haben?«

»Sie natürlich. Wahrscheinlich hatten Sie sie mit im Spielzimmer.«

»Ich weiß genau, daß das nicht der Fall war«, sagte Elizabeth und eilte dorthin. »Wo ist der Lichtschalter?«

»Hinter der Tür.«

»Wie unpraktisch! Er gehört auf die andere Seite.«

Elizabeth krachte in den Kartentisch, Karten und Aufschreibblocks plumpsten zu Boden.

»Leider habe ich etwas umgestoßen«, sagte sie. »Ah, gefunden!«

»Ich habe ja gesagt, Sie hätten sie selbst mit dorthingenommen«, sagte Diva. »Heben Sie die Sachen auf.«

»Nein, nicht die Reitgerte, den Schalter«, sagte Elizabeth.

Sie schaute in alle vier Ecken, unter Tische und Stühle. Von dem Gesuchten keine Spur. Sie kam zurück und ließ das Licht an.

»Nicht da«, sagte sie. »Vielleicht hat der Padre sie mitgenommen. Oder Evie.«

»Dann gehen Sie besser vorbei und fragen«, sagte Diva.

»Danke schön, meine Liebe. Oder kann ich Ihr Telephon benutzen? Das erspart mir einen Weg.«

Der Anruf wurde getätigt, aber die Herrschaften waren bei der Chorprobe.

»Oder meinen Sie, Mr. Georgie?« fragte Elizabeth. »Ich erkundige mich schnell einmal.«

Wenn Diva an etwas sparte, dann am Telephon. Sie lief immer beträchtliche Entfernungen zu Fuß, um die Ausgaben zu vermeiden, die, obwohl einzeln so klein, sich so ruinös summieren konnten.

»Wenn Sie ganz Tilling anrufen wollen, Elizabeth«, sagte sie, »gehen Sie besser nach Hause und tun es von dort.«

»Keine Sorge«, flötete Elizabeth. »Ich zahle Ihnen die Anrufe sofort.«

Sie öffnete ihre Tasche, ließ sie fallen, und eine Anzahl Münzen geringen Werts kullerte in alle Richtungen übers Parkett.

»Wie ungeschickt«, sagte sie und stürzte sich auf den Schatz. »Neun Pennies in Kupfermünzen, zwei Sixpence und ein Schilling, aber ich hatte auch noch ein Dreipenny-Stück. Es muß unter Ihre hübsche Anrichte gerollt sein. Kann ich eine Kerze haben, Liebe?«

»Nein«, sagte Diva entschieden. »Falls ein Dreipenny-Stück dabei war, findet Janet es morgen früh beim Fegen. Bis dahin müssen Sie darauf verzichten.«

»Von ›falls‹ kann hier keine Rede sein, Liebe. Ein Dreipenny-Stück *war* dabei. Es ist mir ja aufgefallen, weil es neu war. Wenn Sie gestatten, rufe ich jetzt in Mallards an.«

Foljambe nahm ab. Nein, Mr. Georgie habe den Schirm mitgenommen, als er zum Tee ausgegangen sei, und könne nicht aus Versehen eine Reitgerte mit zurückgebracht haben ... Ob Foljambe ihn wohl zur Sicherheit freundlicherweise fragen könne ... Er nehme gerade sein Bad ... Ob sie dann wohl einfach durch die Tür rufen werde. Mrs. Mapp-Flint werde so lange am Apparat bleiben.

Während Elizabeth, eine kleine Melodie summend, auf die Antwort wartete, kam Janet mit Divas Glas Sherry. Sie hob zwei Finger und die Augenbrauen, um sich zu erkundigen, ob sie ein zweites Glas bringen sollte. Diva schüttelte den Kopf. Kurz darauf war Georgie selbst am Telephon.

»Ich wollte Sie nicht persönlich belästigen, Mr. Georgie«, sagte Elizabeth. »Foljambe hat gesagt, Sie seien im Bad. Sie muß sich geirrt haben.«

»Ich wollte gerade gehen«, sagte Georgie ziemlich gereizt, weil nun das Wasser kalt wurde. »Was gibt's?«

»Benjys Reitgerte ist auf höchst mysteriöse Weise verschwunden, und ich finde keine Ruhe, bis ich sie aufgespürt habe. Ich dachte, Sie hätten sie vielleicht aus Versehen mitgenommen.«

»Was, die Tiger-Gerte?« sagte Georgie, trotz des Windzugs um seine Knöchel ganz Ohr. »Das ist ja eine Katastrophe. Aber ich habe sie nicht. Wie viele Abenteuer sie doch bestanden hat! Ich habe gesehen, wie Sie sie mit zu Diva gebracht haben, darauf hatte ich mein besonderes Augenmerk gerichtet.«

»Danke schön«, sagte Elizabeth und legte auf.

»Und jetzt das Polizeirevier«, sagte Diva und schlürfte ihren köstlichen Sherry. »Das ist dann Ihr vierter Anruf.«

»Der dritte«, sagte Elizabeth und überlegte mit Unbehagen, was Georgie mit den vielen Abenteuern gemeint haben mochte. »Aber im Moment wäre es verfrüht. Ich muß noch ein wenig hier suchen, denn irgendwo muß sie ja sein. Ah, da ist Paddy. Braves Hundchen! Hilfst du der Tante First Lady, die hübsche Reitgerte zu suchen? Such, Paddy.«

Paddy, das kluge Tier, folgte Elizabeths ausgestreckter Hand. Er dachte, Tante First Lady müsse eine Seite aus Divas Abendzeitung haben wollen, die diese hatte fallenlassen, stürzte sich auf das Papier und würgte es.

»Paddy, du Dummkopf«, schrie Diva. »Laß sofort fallen. Patschnaß und in Stücke zerfetzt. Alles Ihre Schuld, Elizabeth.« Äußerst erzürnt erhob sie sich.

»Sie müssen die Suche für heute aufgeben«, sagte sie dann zu Elizabeth, die in den Holzscheiten im Korb herumpolkte. »Ich gebe zu, alles höchst mysteriös, aber es ist gleich Zeit für mein Abendessen, und das interessiert mich mehr.«

Elizabeth widerstrebte es sehr, mit der Nachricht zu Benjy zurückzukehren, daß sie die Reitgerte aus der Redaktion des *Argus* geholt und sofort danach wieder verloren hatte.

»Aber es ist das Andenken, das Benjy am meisten in Ehren hält«, sagte sie. »Mit der Reitgerte hat er dem Tiger eine Ohrfeige versetzt und dann sein Gewehr genommen und ihn erschossen.«

»Was es nicht alles für Legenden gibt...« sagte Diva mit drohendem Unterton. »Und wenn andere erst einmal anfangen zu reden, gibt's noch mehr, genauso abenteuerliche. Und ich möchte zu Abend essen.«

Diese dunklen Andeutungen zeitigten unmittelbare Wirkung. Elizabeth brach die Suche ab.

»Sehr ungezogen von mir, so lange zu bleiben«, sagte sie. »Und danke schön, meine Liebe, für den köstlichen Tee. Es wäre sehr freundlich von Ihnen, wenn Sie auch noch einmal nachschauen würden.«

Diva verabschiedete sie. Das Verschwinden der Reitgerte war wirklich sehr seltsam: geradezu gespenstisch. Und obwohl Elizabeth ihr einmal mehr mächtig auf die Nerven gegangen war, verdiente sie wohlwollende Anerkennung für ihre geniale Version des peinlichen Vorfalls... Diva suchte die Pennies, denn Elizabeth hatte ja versprochen, die Telephongespräche sofort zu bezahlen. Vergebens. Ihr ganzer Zorn loderte wieder auf.

»Typisch!« brummelte sie. »Genau das ärgert mich ja immer so. Diese Knickerigkeit.«

Janet hatte heute ihren freien Abend, und nachdem Diva etwas gegessen hatte, ging sie wieder in die Teestube, um ein paar Patiencen zu legen. Es wurde kalt, und da Janet vergessen hatte, den Korb mit Feuerholz nachzufüllen, ging Diva mit der Taschenlampe nach draußen in den Holzschuppen, um ein paar Scheite zu holen. Im Lichtstrahl glitzerte etwas, sie hob ein silbernes Käppchen auf, das ihr irgendwie bekannt vorkam. Ein Stück zerfaserten Holzes stak daraus hervor, und als sie es genauer betrachtete, sah sie die darin eingravierten Initialen B.F.

»Menschenskind! Das ist sie«, flüsterte Diva schrekkensbleich. »Benjamin Flint, bevor ihm ein Mapp dazu verpaßt wurde. Aber warum hier? Und wie?«

Ihr kam eine Idee, und sie rief Paddy, aber Paddy war mit Janet ausgegangen. Diva ließ Holzscheite Holzscheite sein und kehrte mit der Reliquie in der Hand ins Zimmer zurück, um sich an intellektuellen Spekulationen zu erwärmen.

Jemand hatte die Reitgerte bis auf das metallene Teil verschwinden lassen. Mittels negativen Ausschlußverfahrens kam Diva auf Paddy als den Hauptschuldigen (Janet konnte sie ja wohl schwerlich vorwerfen, die Gerte verspeist zu haben). Sollte sie Elizabeth anrufen und ihr sagen, daß sie sie gefunden hatte? Das entsprach nicht der Wahrheit, denn alles, was sie gefunden hatte, war der schlagende Beweis dafür, daß sie nichts mehr finden würde. Wer konnte außerdem wissen, was Elizabeth in der Zwischenzeit Benjy erzählt hatte? Vermutlich (in Anbetracht von Elizabeths Charakter sogar höchstwahrscheinlich) würde sie ihm verschweigen, daß sie das wertvolle Stück aus dem *Argus* zurückerobert hatte, und dergestalt dem gerechten Vorwurf entgehen, daß sie es verloren hatte.

»Ich glaube«, räsonierte Diva, »wenn ich niemandem etwas davon erzähle, kann ich unabsehbare Entwicklungen verhindern. Außer Paddy und mir weiß niemand Bescheid. *Silenzio*, wie Lucia immer sagt, wenn sie einem die Ohren absabbelt. Sollen sie es doch untereinander ausmachen, keiner wird Verdacht schöpfen, daß ich etwas damit zu tun habe. Ich vergrabe das Corpus delicti im Garten, bevor Janet zurückkommt. Bin ganz froh, daß Paddy sie gefressen hat. Ich war es ohnehin leid, daß Major Benjy mir ewig und drei Tage mit der Peitsche unter der Nase herumfuchtelte und Geschichten erzählte. Eh alles erstunken und erlogen. Damit ist jetzt Schluß.«

Mit Hilfe einer Taschenlampe und eines Hohlspatels vergrub Diva die Reliquie so, daß sie unter normalen Umständen nicht mehr entdeckt werden konnte. Sie war gerade fertig, als Janet mit Paddy zurückkam.

»Bin ein bißchen durch den Garten gebummelt«, sagte Diva mit klappernden Zähnen. »So ein milder Abend. Lieber Paddy! Kluges Hundchen!«

Elizabeth eilte flotten Schritts nach Hause und grübelte über das Geheimnis nach, und als sie es nach dem Abendessen mit Benjy diskutierte, herrschte schnell bestes Einvernehmen. Sie erinnerte ihn daran, daß er am Morgen ein rechter Hasenfuß gewesen sei und sie als loyale Ehefrau ihn durch ihre genialen Erklärungen vor der Bloßstellung bewahrt habe. Sie verhehlte nicht, daß sie die Reitgerte aus den Redaktionsräumen des *Argus* geholt, anschließend aber in Divas Teestube verloren hatte. Jammerschade, doch die Gerte konnte ja wieder auftauchen. Sie mußten nur fest bei der Version bleiben, daß Benjy lediglich in die Redaktion gegangen war, um Mr. McConnell einen Höflichkeitsbesuch abzustatten und Elizabeth das gräßliche Bild in dieser Zeitung nie gesehen hatte.

»Dann ist das also klar«, sagte sie, »und es ist der bei weitem würdevollste Kurs, den wir einschlagen können. Ich habe sowieso über Wichtigeres nachzudenken als über diese lächerlichen Kinkerlitzchen. Nächsten Monat ist eine Wahl für den Stadtrat. Ein Sitz wird frei. Ich kandidiere.«

»Nicht sehr klug, Liz«, sagte er. »Du hast es einmal versucht und bist ganz unten gelandet.«

»Das ist mir bewußt. Lucia und ich haben exakt dieselbe Anzahl Stimmen erzielt. Aber die Zeiten haben sich geändert. Sie ist Bürgermeisterin, und ich bin First Lady. Ich denke da eher an sie. Als Stadträtin bin ich ihr eine viel größere Hilfe. Ich kann sie bei den Sitzungen unterstützen.«

»Sehr aufmerksam von dir«, sagte Benjy. »Sieht sie es auch so?«

»Ich habe es ihr noch nicht erzählt. Mein Entschluß steht aber ohnehin fest. Hm, Zeit zum Schlafengehen. Was für ein aufregender Tag! Du liebe Güte, da habe ich doch tatsächlich vergessen, Diva ein paar Telephongespräche zu bezahlen, die ich von ihr aus geführt habe. Die liebe Diva und ihre großartigen Sparmaßnahmen.«

Im Garten hinter Divas Haus ruhte die silberne

Kappe des verschwundenen Relikts wie eine nicht gezündete Granate. Durch den Kontakt mit dem Lehmboden sollte sie bald anlaufen, ihre Explosivkräfte aber blieben voll und ganz erhalten.

Der Tag der Amtseinführung der Bürgermeisterin war gekommen, und Lucia, nun rechtmäßig von den Stadträten gewählt, legte ihre scharlachrote Robe an. Sie machte einen formvollendeten Knicks vor ihnen und sagte, sie sei ihr Diener. Sie erlaubte sich eine rührende Anspielung auf ihre teure Freundin, die First Lady, deren loyale und liebevolle Unterstützung allein es ihr schon zur Freude geraten lasse, sich die immensen Pflichten auf die Schultern zu laden, und Elizabeth, die übers ganze Gesicht strahlte, betupfte sich mit dem Taschentuch genau die Stelle, die von Tränen, wären sie denn geflossen, benetzt gewesen wäre. Dann gab die Bürgermeisterin im King's Arms Hotel Lunch für eine große Gesellschaft. Sie schritt ihnen in vollem Ornat voran, während Kirchenglocken läuteten, Hunde bellten, Kameras klickten und die Sonne auf den massiven Amtsstäben, die vor ihr hergetragen wurden, glänzte. Hochrufe erklangen für Lucia, die von dem vorherigen Bürgermeister geleitet, sowie für die First Lady, die von ihrem gegenwärtigen Ehemann eskortiert wurde.

Nachmittags eröffnete Lucia incognito als Mrs. Pillson Divas Teestube. Die Einwohnerschaft Tillings war von der Aussicht, mit der Bürgermeisterin im selben Zimmer Tee zu trinken, nicht halb so angetan wie erwartet, und außer Georgie und Diva sah niemand sie die erste Tasse zu sich nehmen, und letztere lief auch noch dauernd ans Fenster, um nach Gästen Ausschau zu halten. Als sie Susan im Royce sah, klopfte sie an die Scheibe und brachte sie dazu, hereinzukommen, damit sie das Spielzimmer mit einem Rubber Bridge einweihen konnten. Dann strömten plötzlich die Massen, und Diva mußte aufhören zu spielen, weil sie Janet beim Bedienen helfen mußte.

»Ich wünschte, sie wären früher gekommen«, sagte Diva, »dann wären sie Zeugen der Zeremonie geworden. Warten Sie ein wenig, wenn der Andrang nachläßt, können wir das Spiel zu Ende spielen.«

Sie eilte von dannen. Ein paar Minuten später öffnete sie die Tür und flüsterte aufgeregt: »Vierzehnmal den Ein-Schilling-Tee und zweimal den zu achtzehn Pennies.«

»Großartig«, sagten alle, und Susan fing an, ihnen von ihrer automatischen Schrift zu erzählen.

»Ich sitze da mit geschlossenen Augen, den Bleistift in der Hand«, sagte sie, »und Blauer Piepmatz liegt auf dem Tisch neben mir. Ich kriege ein Gefühl, daß ich mich verliere, und dann scheint Blauer Piepmatz ›Twit, twit‹ zu sagen, und ich sage: ›Guten Morgen, Liebling.‹ Dann beginnt mein Bleistift sich zu bewegen. In seltsamen, krakeligen Schriftzügen, ganz anders als meine eigenen.«

Die Tür ging auf, Divas Gesicht strahlte rötlich.

»Immer noch zwölf Ein-Schilling-Tees«, sagte sie, »aber sechs vom ersten Schub sind wieder fort. Noch zwei Achtzehn-Penny-Tees, doch die Sahne geht zur Neige, und Janet muß Milch dazugießen.«

»Wo war ich stehengeblieben?« sagte Susan. »Ach ja. Er schreibt immer weiter, bis Blauer Piepmatz

›twit, twit‹ zu sagen scheint, und das bedeutet, es ist zu Ende, und ich sage: ›Auf Wiedersehn, Liebling.‹«

»Was schreibt der Stift denn?« fragte Lucia.

»Alles mögliche. Heute morgen war es etwas mit U und A.«

»Sehr merkwürdig«, sagte Lucia aufgeregt. »Sehr. Ich glaube, Blauer Piepmatz will mir etwas sagen.«

»Nein«, sagte Susan. »Ich glaube, es war auch noch ein S dabei, als sagte Blauer Piepmatz ›Susan‹. Als wolle er mir etwas mitteilen.«

Das interessierte Lucia nicht weiter.

»Irgend etwas von Bedeutung?« fragte sie.

»Alles ist von Bedeutung«, sagte Susan.

Aus der Teestube kam ein Klirren.

»Nur eine Tasse«, sagte Diva, als sie wieder hereinschaute. »Schon beinahe, wie wenn man eine Flasche Sekt bei einer Schiffstaufe zerbricht.«

»Wollen Sie, daß ich mich eine Minute lang zeige?« fragte Lucia. »Ich laufe mit Freuden einmal durch den Raum, wenn das hilft.«

»Sehr nett von Ihnen, aber ich brauche keine Hilfe, es sei denn, jemand packt mit an. Außerdem habe ich dem Reporter vom *Argus* schon erzählt, daß Sie Tee getrunken haben und jetzt hier drin Karten spielen.«

»Oh, ziemlich unklug, Diva«, sagte Lucia. »Sagen Sie ihm, ich spiele nicht um Geld. Denken Sie daran, daß ich Vorbild sein muß.«

»Leider schon weg«, sagte Diva. »Außerdem entspräche es nicht der Wahrheit. Zwei von Ihren Stadträten sind gerade da. Haben den Tee für einen Schilling bestellt. Habe es ihnen nicht berechnet. Reklame.«

Der Ansturm der Gäste ließ nach, so daß Janet mit dem Rest allein klarkam. Diva gesellte sich zu ihnen und klimperte mit einem Geldsäckchen.

»Jede Menge Trinkgeld«, sagte sie. »Damit hatte ich gar nicht gerechnet. Hauptsächlich Zwei-Penny-Stücke, aber es läppert sich. Ich muß nur eben die Einnahmen zählen, und dann wollen wir den Rubber zu Ende spielen.«

Die Einnahmen übertrafen alle Erwartungen; ein ansehnlicher Stapel Silber, eine Pyramide Kupfer.

»Was machen Sie jetzt mit dem vielem Geld, wo die Banken geschlossen sind?« fragte Georgie ahnungslos. »Ein hübsches Sümmchen dafür, daß Sie es im Haus liegen haben. Ich würde es im Garten vergraben.«

Unwillkürlich zuckte Divas Hand, als sie das Kupfer in das Säckchen schob. Komisch, daß er das sagte!

»Hier ist es sicher verwahrt«, erwiderte sie. »Paddy schläft in meinem Zimmer, jetzt wo ich weiß, daß er nicht die Räude hat.«

Abends folgte das Bankett des Bürgermeisters. Leider konnten weder der Lord Lieutenant noch der Bischof noch der Parlamentsabgeordnete teilnehmen, aber sie schickten bezaubernde Absagebriefe, die Lucia verlas, bevor ihr Hauskaplan, der Padre, das Tischgebet sprach. Sie trug die Amtskette des Bürgermeisters um den Hals und das Erbstück, die Staubperlenkette, im Haar, und wie vereinbart saß Georgie allein auf der anderen Seite des Tisches ihr gegenüber. Er war sehr unglücklich plaziert, was den Nachschub von Essen und Trinken betraf, denn der Ober mußte immer die kleineren Tische umrunden, um zu ihm zu gelangen, aber Georgie nahm sich extragroße Portionen, wenn sich die Gelegenheit bot, und ließ sich alle seine Weingläser füllen. Auf dem Revers trug er einen feinen grün-weißen Emaillestern, der seit langem bei seinen Nippessachen lag und aussah wie ein fremdländischer Orden. Am anderen Ende des Raumes saßen die Damen auf einer Galerie, als sollten sie vor fremden Männerblicken geschützt werden, und schauten zu. Elizabeth thronte in der ersten Reihe und wedelte der Bürgermeisterin, wann immer diese in ihre Richtung sah, ermutigend mit der Hand zu. Als sie einmal sicher war, Blickkontakt mit ihr zu haben, warf sie ihr eine Kußhand zu. Ein Ober, der genau hinter Lucia stand, reagierte prompt, und die First Lady errötete hübsch und hörte auf zu winken ... Man hielt blumenreiche Reden, stieß auf aller Gesundheit an und ergötzte sich an musikalischer Unterhaltung. Die Bürgermeisterin schuf einen Präzedenzfall, indem sie selbst dazu beitrug und auf dem Piano eine vorzügliche Wiedergabe (wie der *Hampshire Argus* in seiner nächsten Ausgabe meldete) des langsamen Satzes aus Beethovens Mondschein-Sonate bot. Die Musik erzielte eine gewisse schwermütige Wirkung, unter respektvollem Beifall und einem schrillen »*Da capo*!« von Elizabeth schritt Lucia zu ihrem Ehrenplatz zurück. Die Stimmung ihrer Gäste hob sich beim Zauber leichterer Melodien, und zum Schluß verkreuzte die ganze Gesellschaft die Arme, faßte einander bei der Hand (außer Georgie, er hatte keine Nachbarn) und sang »Auld Lang Syne«. Lucia vollführte Hofknickse nach rechts und links, eine Schlaufe der Staubperlenkette löste sich aus ihrem Haar und pendelte vor ihrem Gesicht.

Dann fuhren die Bürgermeisterin und ihr Prinzgemahl nach Mallards zurück. Lucia schwebte auf den höchsten Höhen des Triumphes, Georgie war hundemüde. Im Gartenzimmer löcherte sie ihn mit Fragen, um sich selbst zu beweihräuchern.

»Ich glaube, ich habe ihnen ein gutes Dinner serviert«, sagte sie. »Und der Wein war exzellent, nicht wahr?«

»Vortrefflich«, sagte Georgie.

»Und meine Rede. Nicht zu lang?«

»Kein bißchen. Genau richtig.«

»Ich fand, sie haben sehr herzlich auf meine Gesundheit getrunken. *Non e vero?*«

»Doch. *Molto*«, sagte Georgie.

Lucia schlug einen Akkord auf dem Klavier an, bevor sie es schloß.

»Habe ich die Mondschein nicht ein wenig zu schnell gespielt?« fragte sie.

»Nein. Ich habe dich nie besser spielen hören.«

»Ich habe die Begeisterung um mich herum prickeln gespürt«, sagte sie. »In den Zeiten der Pferdekutsche hätten sie die Pferde ausgespannt und uns nach Hause gezogen. Aber mit Automobilen geht das ja nicht.«

Georgie gähnte.

»Sie hätten den Vergaser herausnehmen können«, sagte er müde.

Sie betrachtete die Papiere auf dem Tisch.

»Morgen muß ich früh aufstehen«, sagte sie, »damit ich fertig bin, wenn Mrs. Simpson kommt ... Eine neue Ära, Georgie. Ich habe den Eindruck, daß für unser teures Tilling eine neue Ära beginnt.«

4

Lucia mußte feststellen, daß ihre neuen Pflichten nicht annähernd so beschwerlich waren, wie sie erwartet hatte, aber sie gestaltete sie so beschwerlich wie möglich. Sie vertiefte sich in die Pläne für die neuen Häuser, die die Stadt baute, und nachdem sie einmal den Unterschied zwischen Schnitt und Aufriß begriffen hatte, sprudelte sie über vor Ideen über geschmackvolle Wetterhähne, Blitzableiter und Balkone. Ihre bisherigen Erfahrungen im Wertpapierhandel nutzend, beschäftigte sie sich intensiv mit Finanzfragen und tüftelte einen Plan aus, nach dem sie Geld für eine größere Ausgabe zur Erneuerung der Kanalisation zu dreieinhalb Prozent leihen und es dann in einen durch und durch gesunden Konzern investieren wollte, was ihr viereinhalb einbringen sollte. Sie erklärte Georgie diesen Kunstgriff.

»Angenommen, wir borgen zehntausend Pfund zu dreieinhalb Prozent«, sagte sie, »dann betragen die Zinsen dafür dreihundertundfünfzig Pfund im Jahr. Investieren wir es aber, Georgie – hör mir bitte genau zu –, zu viereinhalb Prozent, bringt es uns vierhundertundfünfzig Pfund im Jahr. Ein Gewinn von glatt einhundert Pfund.«

»Das scheint sehr klug zu sein«, sagte Georgie. »Aber warte einen Moment. Wenn du das Geliehene wieder investierst, wie bezahlst du dann die Arbeit an deiner Kanalisation?«

Vor lauter Nachdenken wurde Lucias Gesicht ganz faltig.

»Ich sehe, worauf du hinauswillst, Georgie«, sagte sie langsam. »Sehr scharfsinnig. Bevor ich dem Finanzausschuß meinen Plan vortrage, muß ich ihn noch einmal überdenken. Aber meiner Ansicht nach – das ist natürlich streng vertraulich – sind die Arbeiten an der Kanalisation nicht so dringlich. Wir könnten sie sechs Monate aufschieben und in der Zwischenzeit die Zinsdifferenz einstreichen. Ich bin sicher, in der Richtung ist noch eine Menge zu holen.«

An dunklen und sogar regnerischen Abenden nahm sie Georgie zu Spaziergängen nach dem Dinner mit hinaus, weil sie sich über die Straßenbeleuchtung sachkundig machen wollte.

»An dieser Ecke«, sagte sie, während der Regen auf ihre Schirme pladderte, »ist die Beleuchtung höchst unzureichend. Ich würde mir nie verzeihen, wenn ein älterer Mitbürger hier im Dunkeln stolperte und das Bewußtsein verlöre. Er könnte stundenlang unentdeckt liegen bleiben.«

»Stimmt«, sagte Georgie, »aber wir holen uns eine Erkältung. Laß uns nach Hause gehen. Kein älterer Mitbürger setzt an so einem Abend einen Fuß vor die Tür. Wahnsinn.«

»Ein wenig naß ist es schon«, sagte Lucia, die sich nie erkältete. »Ich schaue mir die Gasse bei den Bumpusschen Häusern ein andermal an, denn auf mich wartet ein Memorandum zum Stadtentwicklungsplan, das ich noch nicht ganz verstanden habe. Irgend etwas über Wohngebiete und Industriegebiete, Georgie. Ich darf nicht zulassen, daß eine Manufaktur in ein Wohngebiet gebaut wird. Ich dürfte zum Beispiel keine Brauerei oder Schmiede im Garten von Mallards errichten –«

»Hm, das willst du doch auch gar nicht, oder?« sagte Georgie.

»Das Prinzip ist das Interessante daran, mein Lieber. Auf den ersten Blick sieht es so aus, als würde die Freiheit des Individuums eingeschränkt, aber wenn man lernt, unter die Oberfläche zu schauen, wie ich es gerade lerne, begreift man, daß eine Schmiede mitten auf dem Rasen die Ruhe der angrenzenden Wohnsitze beeinträchtigt. Es würde die Wohnqualität herabsetzen.«

Georgie stapfte neben ihr her, wünschte sich, Lucia wäre nicht so grauenhaft schulmeisterlich, bemühte sich aber redlich – wenn er nicht gerade nieste –, der Bürgermeisterin ein guter Ehemann zu sein.

»Und darf man in einem Industriegebiet auch nicht wohnen?« fragte er.

»Das muß ich eruieren. Ganz gewiß würde ich doch einem Schuhmacher erlauben, über seinem Geschäft zu wohnen. Es gibt auch noch die allgemeine Geschäftszone. Divas Teestube in der High Street wird wohl in Ordnung gehen. Es wäre traurig für sie, wenn ich ihr sagen müßte, sie solle sie schließen . . . Ah, endlich wieder in unserem behaglichen Gartenzimmer! Eben wolltest du etwas über das Wohnen in einem Industriegebiet wissen. Ich glaube, ich habe hier einige Papiere, die dir darüber Auskunft geben. Und irgendwo liegt eine farbige Karte mit den einzelnen Zonen, grün für Industriegebiete, blau für Wohngebiete, gelb für allgemeine Geschäftsgebiete, die würde dich faszinieren. Wo ist sie bloß?«

»Laß es für heute abend gut sein«, sagte Georgie. »Ich kann bis morgen warten. Wie wär's mit einem bißchen Musik? Mit dem Duett von Scarlatti.«

»*Ah, divino Scarlattino!*« sagte Lucia, gedankenversunken ihre Papiere durchblätternd. »Heureka! Hier ist sie! Nein, diese ist über das Elendsviertel, aber auch sehr interessant ... Was ist ein ›Anlieger‹?«

»Vielleicht ein Druckfehler, ›Anliegen‹«, sagte er. »Oder ›Einlieger‹.«

»Nein, ergibt beides keinen Sinn. Ich muß es mit einem Fragezeichen versehen.«

Georgie setzte sich ans Klavier und spielte ein paar Melodiefetzen. Lucia fuhr fort zu lesen. Es war ziemlich schwer verständlich, und die Musik störte sie.

»Herrliche Melodien«, sagte sie, »aber ist es sehr egoistisch von mir, Lieber, wenn ich dich bitte, nicht zu spielen, während ich mich mit dem hier befasse? Äußerst wichtig, daß ich es bis zur nächsten Sitzung aus dem Effeff weiß und imstande bin, es zu erläutern. Aha ... nein, das ist grün. Industrie. Aber in einer halben Stunde oder so –«

Georgie schloß das Piano.

»Ich glaube, ich gehe zu Bett«, sagte er. »Vielleicht habe ich mich erkältet.«

»Ah, jetzt begreife ich es!« rief Lucia triumphierend. »Man kann in jedem Gebiet wohnen. Das ist auch nur gerecht! Warum sollte ein Apotheker in der High Street gezwungen werden, kilometerweit weg zu wohnen. Und sehr klar ausgedrückt. Ich hätte es selbst nicht besser in Worte fassen können. Gute Nacht, Lieber. Ein paar Tropfen Kampfer auf ein Stück Würfelzucker. Schlaf gut.«

Die First Lady war genauso dienstbeflissen wie die Bürgermeisterin. Jeden Morgen zur Frühstückszeit rief sie an und bat, Lucia persönlich sprechen zu dürfen.

»Kann ich etwas für Sie tun, liebe Ehrenwert?« fragte sie. »Stets zu Diensten, woran ich Sie nicht zu erinnern brauche.«

»Rein gar nichts, danke«, antwortete Lucia. »Ich habe heute nachmittag eine Stadtratssitzung –«

»Kein Tagesordnungspunkt, den Sie mit mir durchsprechen wollen? Sind Sie sicher?«

»Jawohl«, sagte Lucia mit fester Stimme.

»Ein, zwei Kleinigkeiten möchte ich Ihnen ans Herz legen«, sagte Elizabeth enttäuscht, »denn Sie können natürlich nicht über alles auf dem laufenden sein. Um ein Uhr komme ich auf einen Sprung vorbei, und eventuell treffe ich Sie ja unbeschäftigt an. Und ein paar Neuigkeiten.«

Lucia kehrte zu ihrem kalten Frühstücksschinken zurück.

»Sie hat eine völlig falsche Vorstellung von den Pflichten einer First Lady, Georgie«, sagte sie. »Wenn sie doch nur verstünde, daß ich sie, wenn ich ihre Hilfe brauche, darum bitte. Mit meinen offiziellen Pflichten hat sie nichts zu tun, und da sie nicht im Stadtrat ist, kann sie sich auch nicht in alles und jedes hineindrängen.«

»Sie will dich herumkommandieren«, sagte Georgie. »Sie will überall mitmischen. Und wenn man es ihr erlaubt, nutzt sie ihre Chance.«

»Ich muß sehr taktvoll sein«, sagte Lucia nachdenklich. »Du weißt ja, der einzige Sinn und Zweck, daß ich sie zur First Lady gemacht habe, bestand darin, ihre bösartigen Neigungen zu bekämpfen, und wenn ich zu rigoros mit ihr umgehe, reize ich sie nur . . . Ah, wir müssen nun ernsthaft mit dem einfachen Leben beginnen. Komm, wir gehen sofort einkaufen, und dann kann ich die Tagesordnung für heute nachmittag studieren, bevor Elizabeth kommt.«

Elizabeth präsentierte ein Sammelsurium an Dingen, um die sich Ehrenwert kümmern solle: Ehrenwert mußte zur Kenntnis gebracht werden, daß gestern ein Auto mit solch entsetzlich hoher Geschwindigkeit über den Hügel nach Tilling hineingebraust war, daß sie nicht einmal die Nummer hatte erkennen können. Ein Lieferwagen und Susans Royce hatten den Verkehr in der High Street komplett zum Stillstand gebracht; wer in wenigen Minuten seine Bahn erwischen mußte, hatte sie garantiert verpaßt. »Und viel schlimmer noch: vor dem Haus neben Grebe hat die ganze Nacht ein Hund geheult«, sagte Elizabeth. »Ich habe kein Auge zugetan.«

»Aber daran kann ich nichts ändern«, sagte Lucia.

»Nein? Ich würde meinen, dem Eigentümer sollte schon so etwas wie ein Drohschreiben zugestellt werden. Oder sollte ich dem *Argus* einen Brief schreiben, den wir beide unterzeichnen könnten? Hat mehr Gewicht. Oder soll ich Ihnen einen persönlichen Brief schreiben, den Sie vor dem Stadtrat verlesen? Was immer Sie wünschen, Ehrenwert. Sie haben die Wahl.«

Lucia fand keine der Alternativen reizvoll, machte sich aber von allen dreien eine offizielle Notiz.

»Sehr wertvolle Anregungen«, sagte sie. »Aber ich glaube nicht, daß ich offizielle Schritte gegen den Hund einleiten kann. Demnächst sind es dann nämlich Katzen oder Kanarienvögel.«

Elizabeth schaute mit diesem freundlich grüblerischen Lächeln aus dem Fenster, das so oft einen abscheulichen Gedankengang verriet.

»Nur kleine Versuche meinerseits, liebe Ehrenwert, um Ihre Einflußsphäre zu vergrößern«, sagte sie. »Schon bald bin ich vielleicht in der Lage, Sie direkter zu unterstützen.«

Lucia spürte, wie üble Vorahnungen in ihr aufstiegen.

»Sehr schön«, sagte sie. »Aber wie, liebe Elizabeth, könnten Sie mehr tun, als Sie ohnehin schon tun?«

Elizabeth konzentrierte ihr freundliches Lächeln auf das Gesicht der lieben Ehrenwert. In einer Nahaufnahme.

»Raten Sie, Liebe!« sagte sie.

»Wie könnte ich?« sagte Lucia.

»Also, hm, im Stadtrat wird ein Sitz frei, und ich kandidiere. Ach, wenn ich doch nur gewählt würde! Allzeit bereit, Sie bei den Ratssitzungen zu unterstützen. Sie und ich! Überlegen Sie doch nur!«

Lucia machte einen verzweifelten Versuch, diese gräßliche Möglichkeit abzuwehren, und fing an zu sabbeln.

»Das wäre ja wunderbar«, sagte sie, »und mir ist nur allzu bewußt, daß einzig und allein Ihre Ergebenheit mir gegenüber Sie dazu veranlaßt. Wie ich das zu schätzen weiß! Aber ich kann mich dem Eindruck nicht verschließen, daß sich Ihr Einfluß, Ihr immenser Einfluß, verringern würde, anstatt sich zu vergrößern, wenn Sie nur noch noch einer unter zwölfen meiner Stadträte wären. Ihre einzigartige Position als First Lady würde darunter leiden. Tilling würde Sie für eine von vielen halten. Sie als meine rechte Hand würden Ihre Unabhängigkeit verlieren. Und dann, so unwahrscheinlich, ja unmöglich es klingt, angenommen, Sie würden nicht gewählt? Ein ruinöser Verlust an Ansehen –«

Foljambe trat ein. »Lunch«, sagte sie und ließ die Gartenzimmertür weit offen.

Mit einem schrillen Schrei des Erstaunens sprang Elizabeth auf.

»Ich wußte ja gar nicht, daß es schon Zeit zum Lunch ist«, rief sie. »Wie ungezogen von mir, daß ich nicht auf die Uhr geachtet habe, aber die Zeit ist so schnell vergangen wie immer, meine Liebe, wenn ich mit Ihnen rede. Aber Sie haben mich noch nicht überzeugt. Weit gefehlt. Ich muß flitzen, Benjy wird mich ein unartiges Mädchen schelten, wenn ich zu spät komme.«

Lucia fiel ein, daß die Ära des einfachen Lebens begonnen hatte. Hammelhaschee und Dampfnudeln mit Sirup. Vielleicht flitzte Elizabeth, wenn sie das erfuhr. Andererseits war sie garantiert um ein Uhr hergekommen, um zum Lunch eingeladen zu werden, und es war klüger, sie zu bitten.

»Rufen Sie ihn an und sagen Sie ihm, Sie äßen hier zu Mittag«, entschied Lucia. »Nur zu!«

Elizabeth fiel ein, daß sie zu Hause Rinderhaschee und Dampfnudeln mit Orangenmarmelade bestellt hatte.

»Ihr Wunsch sei mir Befehl, Euer Ehren«, sagte sie. »Darf ich Ihr Telephon benutzen?«

Georgie litt heftig unter den mannigfaltigen Einschränkungen. Hammelhaschee und Mapp und das endlose Gerede über städtische Angelegenheiten machten ihm sein Heim weit weniger behaglich, als er von Rechts wegen erwarten durfte. Und als Lucia nachmittags von einer offensichtlich belebenden Stadtratssitzung zurückkam, überfiel sie ihn mit einer weiteren Gewissensentscheidung.

»Ich möchte dich um Rat fragen, Georgie«, sagte sie. »Seit der *Hampshire Argus* berichtet hat, daß ich in Divas Spielzimmer Bridge spiele, beschäftige ich mich intensiv mit dem Problem. Ich finde, ich sollte nicht mehr um Geld spielen.«

»Du kannst doch drei Pennies für hundert Punkte nicht als Geld bezeichnen«, sagte Georgie.

»Es ist keine große Summe, aber ich betone nachdrücklich: Es ist Geld. Es geht ums Prinzip. Mir ist gerade ein sehr trauriger Fall – das alles ist streng vertraulich – zu Ohren gekommen. Der junge Twistevant, der Sohn des Lebensmittelhändlers, hat auf Pferde gewettet und ist drei Monate mit der Miete im Rückstand. Frisch verheiratet und ein Kind unterwegs. Alles das Resultat des Glücksspiels.«

»Wie das Baby das Resultat des Glücksspiels sein soll, ist mir schleierhaft«, sagte Georgie. »Es sei denn, er hat gewettet, er würde keines bekommen.«

Lucia lächelte das wintrige Lächeln, das Scherzen vorbehalten war, die sie nicht zu schätzen wußte.

»Ich habe mich schlecht ausgedrückt«, sagte sie.

»Ich habe nur gemeint, daß sein Geldmangel nun, da er Geld mehr denn je zuvor braucht, die Folge des Glückspiels ist. Das Prinzip ist das gleiche, ob es drei Pennies sind oder ein verhungerndes Baby. Und Bridge, bei dem es auf Vorsicht und Wagemut zugleich ankommt, ist ganz gewiß als Spiel interessant genug, daß man es einfach so spielen kann: aus Liebe zum Bridge. Wir wollen doch beispielhaft wirken. Wenn wir die nächste Bridgeparty geben, teilen wir den Leuten mit, daß wir nicht mehr um Geld spielen.«

»Ich glaube kaum, daß du nach einer solchen Mitteilung noch viele Bridgeparties geben wirst«, sagte Georgie. »Und sowieso spielen dann alle sofort ohne Sieben.«

»Dann werden sie kontriert«, trumpfte Lucia auf.

»Und rekontriert. Das macht aber keinen Spaß. Total monoton. Derjenige, der gibt, kann genausogut seine Karten nehmen und, ohne sie überhaupt anzuschauen, ohne Sieben, Kontra und Rekontra ansagen.«

»Ich hoffe ja doch sehr, daß wir ein intellektuelleres Interesse am Spiel haben«, sagte Lucia. »Die Urteilsfähigkeit beim Ansagen, das Geschick, die richtige Karte auszuspielen, die verschiedenen sorgfältig ausgeklügelten Systeme – wir hören doch gewiß nicht auf, sie zu praktizieren, nur weil es nicht mehr um ein paar Pennies geht? Ich glaube sogar, daß die Spiele viel schöner werden. Ruhiger und niveauvoller. Selbst wenn es nur um ein paar Pennies geht, entsteht manchmal eine gewisse Schärfe.«

»Da bin ich ganz und gar anderer Meinung«, sagte Georgie. »Die gewisse Schärfe entsteht aus der angenehmen Erregung. Und wozu soll man eigentlich noch die Punkte zählen und sich überlegen, ob man es wagt zu bluffen, wenn es gar nichts einbringt? Du könntest ja versuchen, um zwei statt um drei Pennies für hundert Punkte zu spielen –«

»Ich muß es noch einmal sagen, es geht um das Prinzip«, unterbrach Lucia ihn. »Meiner Ansicht nach bin ich es meiner Position schuldig, bekannt zu machen, daß ich zwar Karten spiele und es auch als sinnvolle Entspannung empfinde, daß ich aber nicht um Geld spiele. Ich bin sicher, wir finden es so nicht weniger aufregend. Wir können es ja ausprobieren. Ich lade den Padre und Evie morgen abend zum Essen und Spielen ein, und dann sehen wir ja, wie es läuft.«

Es lief nicht. Lucia verkündete die deprimierende Neuigkeit während des Dinners, und als sie die Karten zogen, um die Partner festzustellen, befiel alle Anwesenden tiefe Betrübnis. Einen kurzen, leuchtenden Moment lang vergaß der eine oder andere, daß für Scharfsinn nichts weiter zu holen war als das Gefühl, daß man scharfsinnig gewesen war, aber dann fiel es ihm (oder ihr) wieder ein, und das Leuchten erlosch. Nur Lucia blieb scharfsinnig und kritisch. Mit quälendem Eifer versuchte sie, sich zu erinnern, ob noch ein Trumpf draußen war, und traf die falsche Entscheidung.

»Zu dumm von mir, Padre«, sagte sie. »Ich hätte es wissen müssen. Wenn ich den Trumpf gezogen hätte, hätten wir unseren Kontrakt erfüllt. Unverzeihlich. Bitte vielmals um Entschuldigung.«

»He, tut nichts zur Sache, tut absolut nichts zur Sache«, sagte er. »Gehupft wie gesprungen!«

Dann wurden die Punkte addiert. Georgie hatte sie nicht mitgeschrieben, aber ohne Murren akzeptierten alle Lucias Ergebnis. Um halb elf statt um elf waren sie einhellig der Meinung, es sei vernünftiger, keinen Rubber mehr zu beginnen, und Georgie brachte die erschöpften Gäste zur Tür. Als er zurückkam, ging Lucia das letzte Spiel noch einmal durch.

»Du hättest noch einen Stich kriegen können, Lieber«, sagte sie. »Schau, du hättest die Karte nicht abwerfen, sondern trumpfen sollen. Ein höchst interessanter Spielzug. Was unsere Probe aufs Exempel betrifft, sie waren beide so eifrig dabei wie eh und je, und ich persönlich fand es sehr angenehm.«

Die Nachricht von diesem bedrückenden Abend verbreitete sich in Tilling wie ein Lauffeuer, und am nächsten Tag versammelte sich bei Diva eine kleine Gesellschaft zu Tees für einen Schilling und zum Diskutieren.

»Ich spiele nicht um Hosenknöpfe«, sagte der Padre. »Einen freudloseren Abend habe ich noch nie erlebt. Und der Tisch war auch alles andere als reichgedeckt. Es ging ungewöhnlich knauserig zu.«

»Vor ein paar Tagen habe ich dort Hammelhaschee und Dampfnudeln mit Sirup zum Lunch bekommen«, fiel Elizabeth ein. »Das hätte ich auch zu Hause haben können, da gab's sogar Rinderhaschee und Dampfnudeln mit Orangenmarmelade.«

»Da sind Sie wohl ein paar Minuten vorher überraschend dort aufgekreuzt«, ließ sich Diva vernehmen, während sie Crumpets auftischte.

Darin steckte eine häßliche Anzüglichkeit.

»Ich habe gar keine Sahne, Liebe«, erwiderte Elizabeth prompt. »Wären Sie so freundlich –«

»Dann ist es ein Achtzehn-Penny-Tee«, warnte Diva sie, »und Sie bekommen noch Corned beaf-Sandwiches dazu. Soll es der zu achtzehn sein?«

Elizabeth ignorierte die Frage.

»Und Bridge um nichts zu spielen. . .« nahm sie den Gesprächsfaden wieder auf. »Ohne mich! So habe ich noch nie gespielt und bin auch zu alt, um es jetzt noch zu lernen. Die liebe Ehrenwert mag es halten, wie sie will, solange sie es nicht mit mir hält.«

Diva bediente erst einmal alle anderen Gäste und setzte sich dann zu ihnen. Janet brachte ihr Sahne und Corned beaf-Sandwiches, denn sie konnte natürlich essen, was sie wollte, ohne sich zwischen einem Schilling- und einem Achtzehn-Penny-Tee entscheiden zu müssen.

»Es wird alles so kompliziert«, sagte sie. »Wenn einer von uns eine Bridgeparty gibt, muß dann der Tisch, an dem Lucia sitzt, um nichts spielen?«

»Der andere wahrscheinlich auch«, sagte Elizabeth bitter und sah zu, wie Diva sich literweise Sahne in den Tee goß. »Ehrenwert hält sicher nichts davon, daß in ihrer Gegenwart dem Glücksspiel gefrönt wird.«

»Dem beuge ich mich nicht«, schrie Evie. »Nie und nimmer! Sie ist zwar Bürgermeisterin, aber nicht Mussolini.«

»Ich sehe keine andere Lösung«, sagte der Padre, »als sie nicht mehr einzuladen. Ich spiele Bridge zum Vergnügen und finde es wenig vergnüglich, mir den Kopf zu zerbrechen und am Ende für all meine Mühen keinen Penny zu sehen, ob verloren oder gewonnen.«

Weitere Gäste kamen, der Raum füllte sich, und Diva mußte wieder an die Arbeit. Der Bürobote vom *Hampshire Argus* und ein Freund hielten ein regelrechtes Gelage ab und aßen einen ganzen Marmeladentopf leer, was ihren Tee für Diva wenig profitabel machte. Evie, der Padre und Elizabeth waren dagegen so mit der Bridge-Krise beschäftigt, daß sie kaum etwas zu sich nahmen. Als Diva ihnen ihre Rechnung präsentierte, gaben sie ihr jeder zwei Pennies Trinkgeld, was für einen Ein-Schilling-Tee ganz anständig war, aber der Bürobote und sein Freund gaben ihr im Gefühl seliger Sattheit drei Pennies. Diva dankte ihnen herzlich.

Evie und der Padre diskutierten das Thema auf dem Heimweg weiter.

»Ausgesprochenes Pech für Mr. Georgie«, sagte sie. »Nur aus Liebe zum Spiel zu spielen langweilt ihn genauso wie uns. Gestern abend hat er sechsmal gegähnt und die Punkte gar nicht zusammengezählt. Ich glaube, ich lade ihn bei Diva zu einem Rubber und Tee ein. Mal sehen, ob er ohne Lucia kommt. Diva würde sicher gern mit uns spielen, aber es geht natürlich nicht an, daß ich sie vorher auch zum Tee einlade.«

»Warum nicht?« fragte der Padre.

»Dann würde sie ja etwas daran verdienen, daß sie unser Gast ist. Und wie könnten wir ihr für vier Teegedecke Trinkgeld geben, wenn sie eines davon selbst verzehrt? Sehr peinlich für sie.«

»Ei, ei, dann soll sie ihren Tee selbst übernehmen«, sagte der Padre, »obwohl ich sie nicht für so feinfühlig halte. Aber lade den armen Burschen auf jeden Fall ein.«

Folglich wurde Georgie angerufen, und ein etwas peinlicher Moment entstand. Evie dachte, sie habe mit ausreichender Betonung gesagt: »Ich würde mich freuen, wenn *Sie* morgen zu Tee und Bridge zu Diva kämen«, aber er bat sie, einen Augenblick am Apparat zu bleiben, damit er in Erfahrung bringen könne, ob Lucia Zeit habe. Da mußte Evie erklären, es sei unwichtig, ob Lucia Zeit habe oder nicht, und Georgie nahm an.

»Ich hatte es im Gefühl, daß das passieren würde«, sagte er zu sich, »aber ich erzähle es Lucia lieber nicht. Sehr wahrscheinlich ist sie sowieso beschäftigt.«

Hoffen und Harren hält manchen zum Narren. Als sie am nächsten Tag ihr frugales Mahl in bescheidenen Maßen genossen, beglückwünschte Lucia sich, weil sie einen freien Nachmittag hatte.

»Wahrhaftig nichts zu tun«, sagte sie. »Kein Ausschuß, nichts. Laß uns mal wieder einen flotten Spaziergang machen und hinterher auf einen Sprung zu Diva gehen und dort Tee trinken. Ich möchte ihr Unternehmen unterstützen.«

»Ein Spaziergang wäre wunderhübsch«, sagte Georgie, »aber Evie hat mich bei Diva zu einem Tee und einer Partie Bridge eingeladen.«

»Ich kann mich gar nicht erinnern, ob sie mich auch eingeladen hat«, sagte Lucia. »Erwartet sie mich?«

»Wenn ich mich nicht sehr irre, ist Diva unsere vierte«, stammelte Georgie.

Lucia drückte ihre nachhaltige Zustimmung aus.

»Eine sehr vernünftige Neuerung«, sagte sie. »Ich weiß noch, wie ich dir gesagt habe, daß ich es ziemlich bourgeois und viktorianisch finde, immer nur Ehemänner und Ehefrauen zusammen einzuladen. Außerdem hat die liebe Evie sicher angenommen, daß ich bis zum Abend beschäftigt sei. Wirklich sehr rücksichtsvoll von ihr, mir den Schmerz der Ablehnung zu ersparen. Wie werde ich eine ruhige Stunde mit einem Buch genießen.«

Es behagt ihr trotzdem nicht, dachte Georgie, als er nach einem Zehn-Kilometer-Marsch im dichten Meeresnebel reichlich angeschlagen den Hügel hinunter zu Diva stolperte, und es sollte mich nicht überraschen, wenn sie den Grund errät ... Die Teestube war bis auf den letzten Platz besetzt, so daß Diva, selbst wenn sie eingeladen worden wäre, nicht mit ihnen hätte Tee trinken können. Sie überreichte Evie höchstpersönlich die Rechnung (für drei Achtzehn-Penny-Tees) und erhielt das generöse Trinkgeld von vier Pennies pro Gedeck.

»Danke schön, liebe Evie«, sagte sie, als sie den Extraschilling einstrich. »Das nenne ich ein hübsches Sümmchen. Ich komme ins Spielzimmer, sobald ich nur kann.«

Sie spielten höchst aufregende Spiele um die üblichen Einsätze, und da Georgie den letzten Rubber unbedingt zu Ende spielen wollte, mußte er sich später in Windeseile umkleiden, damit er Lucia nicht warten ließ. In ihren Augen lag jenes luchshafte Leuchten, das ein untrügliches Zeichen für ihren Wissensdurst war.

»Leckerer Tee und angenehmes Spielchen?« fragte sie.

»Beides«, sagte Georgie. »Ich habe mich prächtig amüsiert.«

»Freut mich. Und waren viele Leute da?«

»Pickepackevoll. Diva konnte erst ab kurz vor sechs mit uns spielen.«

»Wie schön für Diva. Und habt ihr um einen Einsatz gespielt, Lieber, oder um nichts?«

»Um einen Einsatz«, sagte Georgie. »Die üblichen drei Pennies.«

»Georgie, ich bitte dich um einen Gefallen«, sagte sie. »Ich möchte ein Vorbild sein – der arme junge Twistevant, du erinnerst dich –, alle sollen wissen, daß ich nicht um Geld spiele. Wie soll mein Beispiel Schule machen, Lieber, wenn du es weiterhin tust? Auch du stehst im Scheinwerferlicht. Ich bitte dich, damit aufzuhören.«

»Dieser Bitte kann ich leider nicht entsprechen«, sagte Georgie. »Ich finde, es schadet niemandem – du tust natürlich, was du für richtig hältst –«

»Danke schön, Lieber«, sagte Lucia.

»Keine Ursache. Ich tue auch, was ich für richtig halte.«

Grosvenor trat ein.

»*Silenzio*!« flüsterte Lucia. »Ja, bitte, Grosvenor?«

»Mrs. Mapp-Flint hat angerufen –« hub Grosvenor an.

»Sagen Sie ihr, daß ich mich heute abend nicht um geschäftliche Dinge kümmern kann«, sagte Lucia.

»Darum geht es gar nicht, Ma'am. Sie möchte nur wissen, ob Mr. Pillson übermorgen bei ihr speisen und hinterher Bridge spielen würde.«

»Sagen Sie ihr verbindlichsten Dank«, erwiderte Georgie mit fester Stimme. »Mit Vergnügen.«

Die kartenspielenden Zirkel Tillings blieben stur: Bridge hatte weiterhin Hochkonjunktur. Wenn Ehrenwert sich in Anbetracht ihrer Vorbildfunktion weigert, Bridge um Geld zu spielen, sei es uns fern, sagte sich Tilling, sie wider ihr Gewissen dazu zu überreden. Falls sich Ehrenwert jedoch einbildet, daß Tilling ihrem Beispiel zu folgen gedenkt, dann soll sie sich je eher, desto besser, von dieser törichten Illusion verabschieden. Als Lucia erneut Einladungen zu einer Bridgeparty in Mallards versandte, hatte niemand Zeit. Die Tragweite dieser Ablehnungen konnte ihr nicht entgehen, aber mit stolzer Miene bestellte sie sich das neueste Buch über Bridge und studierte es beharrlich, beinahe unter Vernachlässigung ihrer bürgermeisterlichen Pflichten, um zu beweisen, daß es ihr auf das Spiel selbst ankam. Ihr Verständnis des Spiels wurde, wie sie erklärte, durch die Lektüre entscheidend verbessert, aber sie erhielt keine Gelegenheit, diesen erfreulichen Umstand unter Beweis zu stellen. Auf Georgie prasselten die Einladungen nur so hernieder, denn es war ja wohl ungerecht, daß er kein Bridge spielen sollte, nur weil niemand mit der Bürgermeisterin spielen wollte. Er wiederum revanchierte sich für diese freundlichen Einladungen, indem er seine Freunde zum Tee mit einem Rubber danach bei Diva einlud, weil er schlecht drei Glücksspieler zum Dinner bitten und Lucia dem einsamen Studium kniffliger Bridgeprobleme überlassen konnte, während die übrige Gesellschaft spielte. Andere Gastgeber folgten seinem Beispiel. Es war ja auch viel bequemer, bei Diva Tee zu bestellen und im Spielzimmer alles bereit zu finden, so daß sich, wie Algernon Wyse es ausdrückte, Ye Olde

Tea-House »in das reinste Almack's verwandelte«. Was gute Umsätze für das Etablissement bedeutete, doch Diva bereute bitterlich, daß ihr nicht vorher eingefallen war, eine Gebühr für die Karten zu erheben. Diese Frage erörterte sie eines Tages mit Elizabeth.

»Die Bleistifte und Zettel sind so schnell verbraucht«, sagte sie, »und ich muß sehr viel öfter, als ich dachte, neue Karten kaufen. Sagen wir, zwei Pennies für die Benutzung der Karten, was meinen Sie?«

»Daran würde ich nicht im Traum denken, Liebe«, beschied Elizabeth sie. »Sie machen doch so schon gute Geschäfte. Ich empfehle eher ein paar neue Kartenspiele. Beim letztenmal waren sie ein wenig schmierig. Alles tipptopp in Schuß, saubere Karten, spitze Bleistifte und so weiter, darauf kommt es an. Aber eine Gebühr für die Karten, nein!«

Die bevorstehende Wahl für den freien Sitz im Stadtrat lenkte die Aufmerksamkeit der Bürgermeisterin von ihrem theoretischen Bridgestudium ab. Noch wenige Tage vor dem Termin, bis zu dem sich die Kandidaten melden mußten, war Elizabeth die einzige Aspirantin. Lucia sah sich der Aussicht konfrontiert, daß ihre First Lady unweigerlich gewählt werden würde, und der Gedanke daran erfüllte sie mit den düstersten Vorahnungen: Sie überlegte, ob sie Georgie zur Kandidatur verleiten konnte. Es war der Morgen, an dem er immer seine Nippessachen abstaubte, und sie ging hinauf in sein Zimmer, um ihm Hilfe anzubieten.

»Wie oft habe ich mir schon gewünscht, Lieber«, sagte sie, gedankenversunken eine Schnupftabakdose attackierend, »daß du mir bei meiner Arbeit für die

Stadt mehr verbunden wärst. Und nun eröffnet sich eine solche Gelegenheit.«

»Sei bitte vorsichtig mit der Schnupftabakdose«, sagte er. »Reib nicht so fest darüber. Um was für eine Gelegenheit handelt es sich?«

»Um den Stadtrat. Bald wird ein Sitz frei. Ich bin überzeugt, Lieber, daß du mit einem bißchen Training, wie ich es dir bieten könnte, einen wunderbaren Stadtrat abgeben und obendrein die Arbeit faszinierend finden würdest.«

»Ich glaube, ich würde mich zu Tode langweilen«, sagte er. »Elendsviertel und Abwasserrohre liegen mir nicht besonders.«

Lucia beschloß, die Karten offen auf den Tisch zu legen.

»Georgie, du muß mir helfen«, sagte sie. »Zur Stunde ist Elizabeth die einzige Kandidatin, und die Vorstellung, daß sie im Stadtrat sitzt, ist mir unerträglich. Und bei dem Ansehen, daß du als mein Ehemann genießt, habe ich, was den Ausgang der Wahl betrifft, keine Zweifel. Nur ein paar Tage Wahlkampf von Haus zu Haus, du mit deinem tiefgehenden Interesse an der menschlichen Natur wirst darin schwelgen. Zudem scheint mir, daß du es dir selbst schuldig bist, diese Aufgabe zu übernehmen. Dann hättest du ein offizielles Amt in der Stadt. Ich vertrete schon seit langem die Auffassung, daß es anomal ist, wenn der Gatte der Bürgermeisterin keines bekleidet.«

Georgie überlegte. Er hatte auch früher schon einmal gedacht, wie schön es wäre, in einem purpurfarbenen Gewand bei den Bürgermeisterumzügen mitzumarschieren. Und so sehr ihn Lucias städtisches

Gequassel auch anödete – wenn er ihr mit dem Gewicht seines eigenen Amtes sagte, daß er über bestimmte politische Dinge anderer Ansicht war als sie, wäre das ein Unterschied wie Tag und Nacht, und womöglich könnte er ihr sogar bei dem einen oder anderen Projekt im Stadtrat eine Niederlage beibringen. Außerdem wäre es die reinste Wonne, Elizabeth bei der Wahl zu schlagen...

»Hm, wenn du mir beim Wahlkampf hilfst –« begann er.

»Ach, wenn ich das nur könnte!« sagte sie. »Aber, mein Lieber, meine Stellung verbietet es mir, eine aktive Rolle zu spielen. Analog zur Position des Königs, der offiziell außerhalb des Polititischen steht. Die Tatsache, daß du mein Mann bist – gesegnet sei der Tag, an dem wir den Bund fürs Leben schlossen –, wird von immenser Bedeutung sein. Alle werden wissen, daß deine Kandidatur meine volle Unterstützung genießt. Es würde mich gar nicht wundern, wenn Elizabeth ihre Kandidatur zurückzieht, sobald sie erfährt, daß du gegen sie antrittst.«

»Na gut«, sagte er. »Dann mußt du mir aber sagen, was für ein Programm ich präsentieren soll.«

»Danke, Lieber, tausend Dank! Du mußt sofort deinen Namen einreichen. Mrs. Simpson besorgt dir ein Formular, das du ausfüllen mußt.«

Nun folgten einige entsetzliche Tage. In strömendem Regen zog Georgie klatschnaß von Haus zu Haus. Seine Wahlkampfparole lautete ›Bessere Wohnungen für die ärmeren Klassen‹, und er besuchte endlose Reihen deprimierender Hütten und versprach deren Bewohnern, seine ganze Energie darauf zu verwenden, daß sie in den Genuß von Badezimmern, Fahrradschuppen und Spielplätzen für ihre Kinder sowie des Anschlusses an die Kanalisation kämen. Er konnte sich des unangenehmen Gefühls nicht erwehren, daß sich die Mütter, die er bei der Hausarbeit störte, bei seinen Besuchen sehr langweilten und sich herzlich wenig für seine feierlichen Versprechen interessierten. Zur Belohnung für diese widerwärtigen Anstrengungen lokkerte Lucia das Regime der spartanischen Verköstigung – sie verabscheute sie ja selbst aufs heftigste und fragte sich bisweilen, ob man ihrem Vorbild nacheiferte beziehungsweise es überhaupt anerkannte. Sie ließ ihm zum Lunch und Dinner lukullische Mahlzeiten servieren. Elizabeth bekam natürlich sofort Wind von seiner Kandidatur und dem Wahlkampf, aber anstatt sich zurückzuziehen, entfachte sie selbst eine stürmische Kampagne. Ihr Wahlslogan war ›Steuern senken statt erhöhen‹, welch letzteres Georgies idiotischer Plan für sinnlosen Luxus unweigerlich bedeuten mußte.

Aufgabe der Bürgermeisterin war es, die Wahlergebnisse von der Rathaustreppe herab zu verkünden. Da es stürmte und regnete, war die Straße leergefegt bis auf die Gestalt von Major Benjy, der sich unter einem tropfenden Schirm in Südwester, Regenmantel und Anglerstiefeln in die am besten geschützte Ecke verkrochen hatte. Es hatte Elizabeth außerordentliche Mühe gekostet, ihn überhaupt hierherzulotsen. Er hatte behauptet, er sei es vollauf zufrieden, seine Spannung in aller Bequemlichkeit zu Hause am Kamin zu zügeln und zu warten, bis sie mit dem Ergebnis zurückkehrte, zumal alle anderen Einwohner Tillings ohnehin der Meinung zu sein schienen, daß sie bis zum nächsten Morgen warten konnten ... Da tauchte Lucia mit den beiden Kandidaten zur Seite aus dem Rathaus auf. Mit gellender Stimme versuchte sie, sich im Tosen der Elemente Gehör zu verschaffen, und verkündete die schauderhaften Zahlen. Mrs. Mapp-Flint, schrie sie, habe achthundertundfünf Stimmen erhalten und sei deshalb gewählt.

Major Benjy stieß ein heiseres »Hurra!« aus und fing an zu klatschen. Dabei ließ er seinen Schirm los, der steil in den Sturm aufstieg und nicht mehr gesehen ward ... Mr. Georgie Pillson, kreischte Lucia, habe vierhundertundeinundzwanzig Stimmen auf sich vereinigen können. So laut sie nur konnte, dankte Elizabeth sodann den Bürgern von Tilling für das Vertrauen, das sie ihr geschenkt hätten. Sie würde ihr Bestes geben, um es sich zu verdienen. Sie schüttelte der Bürgermeisterin und dem unterlegenen Kandidaten die Hand und eilte stante pede mit ihrem Gatten von hinnen. Da sonst keine Bürger mehr da waren, denen Georgie die Rede halten konnte, die er vorbereitet hatte, nahm er von diesem Vorhaben Abstand. Es wäre auch höchst unpassend gewesen, da er die Absicht gehabt hatte, den Bürgern von Tilling mit ähnlichen Worten zu danken wie Elizabeth. Er und Lucia flitzten zu ihrem Automobil, und Georgie kurbelte das Fenster hoch.

»Überaus peinlich«, sagte er.

»Mein Lieber, du hast dein Bestes gegeben«, sagte Lucia und drückte ihm den Arm mit nasser, aber mitfühlender Hand. »Im öffentlichen Leben muß man diese kleinen Rückschläge in Kauf nehmen –«

»Sehr demütigend«, unterbrach Georgie sie. »Die ganze Mühe für nichts und wieder nichts. Von Elizabeth übertrumpft zu werden, obwohl du mich dazu verleitet hast, genau das Gegenteil zu erwarten. Jetzt wird sie noch viel mehr prahlen, als wenn ich gar nicht gegen sie angetreten wäre.«

»Nein, Georgie, da kann ich dir nicht zustimmen«, sagte Lucia. »Wenn niemand anders kandidiert hätte, hätte sie gesagt, niemand habe sich gegen sie auch nur die geringste Chance ausgerechnet. Das wäre viel schlimmer gewesen. Einerlei, nun weiß sie, daß vierhundertund – Wie lautete die Zahl?«

»Vierhundertundeinundzwanzig«, sagte Georgie.

»Ja, vierhundertundeinundzwanzig intelligente Wähler in Tilling –«

»– gegenüber achthundertundfünf unintelligenten«, sagte Georgie. »Wir wollen nicht mehr darüber reden. Es ist für uns beide ein Prestigeverlust. Davon beißt die Maus keinen Faden ab.«

Lucia eilte ins Haus, sagte Grosvenor, sie solle zum Dinner eine Flasche Champagner heraufholen, und überantwortete den hübschen Lorbeerkranz, den sie für die Krönung ihres neuen Stadtrats heimlich zusammengesteckt hatte, dem Feuer.

»Was ist das für ein ekelhafter Geruch nach verbranntem Immergrün?« fragte Georgie griesgrämig, als sie ins Eßzimmer gingen.

Nach Meinung der Freunde ging der Prestigeverlust ausschließlich zu Lasten Lucias. Georgie hätte nie für den Stadtrat kandidiert, wenn sie ihn nicht genötigt hätte, und alle hofften, daß diese schmähliche Niederlage der Bürgermeisterin guttun würde. Andererseits, so wurde befürchtet, hatte der Sieg der First Lady wahrscheinlich die übelsten Auswirkungen auf deren Charakter. Sie und Diva trafen sich am nächsten Morgen beim Einkaufen.

»Sehr unersprießlich für die arme Ehrenwert«, sagte Elizabeth, »und nicht sehr freundlich mir gegenüber, einen Gegenkandidaten aufzustellen –«

»Quatsch«, sagte Diva. »Sie hat Sie zur First Lady gemacht. Genug Freundlichkeit für ein ganzes Jahr, würde ich meinen.«

»Und aus Freundlichkeit habe ich das Amt angenommen. Ich wollte ihr nützlich sein und habe aus eben diesem Grund für den Stadtrat kandidiert –«

»Sie hat aber offenbar gemeint, daß Mr. Georgie ihr nützlicher sein würde«, warf Diva ein.

»Nur, weil sie ihn in die Tasche stecken kann – Vorsicht, Diva. Susans Gefährt.«

Der Royce hielt dicht neben ihnen, und Susans Gesicht erschien dräuend im Fenster.

»Guten Morgen, Elizabeth«, sagte sie. »Ich habe soeben gehört –«

»Danke für die Glückwünsche, meine Liebe«, sagte Elizabeth. »Aber ein leichter Gang.«

Susans Gesicht zeigte keinerlei Anzeichen, daß sie begriffen hatte.

»Was für ein leichter Gang?« fragte sie. »In diesem Regen? – Ach so, die Wahl zum Stadtrat. Wie schön für Sie! Wann senken Sie die Steuern?«

Ein schriller Pfeifton, und Irenes gigantischer roter Schirm gesellte sich zu der Gruppe.

»Hallo, Mapp!« sagte sie. »Da haben Sie also wieder

Oberwasser! Ha, ha! Wie konnten Sie es wagen, gegen Georgie zu kandidieren, wo ihn doch mein Engel drinhaben wollte?«

Irenes entsetzlich spitze Zunge nahm Elizabeth immer allen Wind aus den Segeln.

»Liebe Drollige!« sagte sie. »Was für ein hübscher Schirm.«

»Weiß ich. Aber wie konnten Sie es wagen?«

Elizabeth wurde zu bitterer Ironie angestachelt.

»Hm, nicht alle von uns sind der Meinung, daß Ihr Engel immer seinen Willen haben muß, Liebe«, erwiderte sie, »und daß wir uns platt auf den Boden werfen müssen, damit sie auf uns herumtrampelt und uns durch den Dreck zieht.«

»Aber sie hat Sie doch gerade erst *aus* dem Dreck gezogen, gute Frau«, rief Irene, »als sie Sie zur First Lady gemacht hat. Sie hat sich Ihrer fruchtlosen Versuche, jemand zu werden, erbarmt. Warten Sie, bis Sie mein Fresko sehen.«

Elizabeth tat es schon leid, sich so mutig vorgewagt zu haben.

»Sie malen ein hübsches Fresko, Liebe?« fragte sie. »Wie ich mich darauf freue, es anzuschauen!«

»Sie werden es vielleicht enttäuschend finden«, sagte Irene. »Erinnern Sie sich daran, wie Sie an dem Tag für mich Modell gestanden haben, als Lucia Sie zur First Lady erkoren hat? Das Bild war auch im *Hampshire Argus*. Und dient als Vorlage für mein Fresko. Sie stehen auf einer Austernschale, und Benjy bläst Sie voran. Warten Sie's nur ab!«

In ein solches Gezänk wollte sich das Mitglied des Ordens des Britischen Empire nicht hineinziehen lassen, es rief dem Chauffeur »Nach Hause!« zu und schloß das Fenster. Selbst Diva fand, sie zöge besser weiter.

»Auf Wiedersehen«, sagte sie. »Muß an meine Bakkerei.«

Elizabeth wandte sich ihr mit einem furchterregenden Grinsen zu.

»Sehr vernünftig«, sagte sie. »Wären Sie gestern früher wieder an Ihrer Backerei gewesen wären, wären uns Ihre Windbeutel besser bekommen.«

»Das geht zu weit!« schrie Diva. »Sie haben drei gegessen.«

»Und es bitterlich bereut«, sagte Elizabeth.

Irene grölte vor Lachen und ging die Straße hinunter. Diva überquerte dieselbe, und Elizabeth blieb einen Moment an Ort und Stelle stehen, um ihre Fassung wiederzugewinnen. Warum fühlte sie sich bei Irene immer wie ein Kaninchen, das von einem Wiesel verfolgt wird? Irene entzog ihr alle Kraft, so daß sie sich weder zur Wehr setzen noch ihrerseits bissig werden konnte. Diva vermochte sie sich entgegenzustellen und hatte es ja auch soeben mit beachtlichem Erfolg getan, aber gegen Irene kam sie nicht an. Durch den strömenden Regen trabte sie nach Hause, die bedrohliche Aussicht vor Augen, daß die Photographie als Fresko wiederauferstehen würde.

5

Niemand war sich des Prestigeverlusts deutlicher bewußt als Lucia selbst, aber auch anderweitig waren Verluste zu verzeichnen. Sie hatte gehofft, ihr Verzicht auf das Glücksspiel werde die kartenspielenden Zirkel veranlassen, ihrem Vorbild nachzueifern. In dieser Hoffnung sah sie sich getäuscht. Bridgeparties mit den üblichen Einsätzen wurden so zahlreich wie ehedem veranstaltet, nur wurde sie nicht mehr eingeladen. Des weiteren bekümmerte es sie, daß der demütigende Wahlausgang Georgie schwer auf der Seele lag und es ihn auch völlig kaltließ, daß sie ihn dauernd in städtischen Angelegenheiten um Rat ersuchte, um ihm zu zeigen, wie sehr sie von seinem Urteilsvermögen abhing. Wenn sie nach dem Abendessen im Gartenzimmer saßen (wo nun leider keine eifrigen Glücksspieler mehr feststellten, daß die Stunden allzu schnell verrannen), erregte selbst die minutiöse Darlegung eines verwaltungstechnischen Procederes keinerlei Begeisterung in ihm.

»Und falls dir auch nur irgend etwas nicht klar ist, Lieber«, sagte sie, »unterbrich mich bitte, und ich erläutere es dir noch einmal.«

Sie wurde aber nie unterbrochen, ja, gelegentlich hatte sie sogar den Eindruck, als zöge sich sein Gesicht in die Länge (was ein Gähnen verriet), und zum Schluß gab er dann immer mit an Sicherheit grenzender Wahrscheinlichkeit einen Kommentar ab, der eindeutig zeigte, daß er kein Wort des Gesagten gehört hatte. Heute abend allerdings bedauerte sie nicht, daß er keine Fragen zum umstrittenen Verhalten des Aufsichtsrats der Wasserwerke stellte, da sie selbst nicht genau wußte, worum es ging. Sie wurde weniger städtisch.

»Wie sich diese Dinge immer zwischen uns und die angenehmen Seiten des Lebens stellen!« sagte sie. »Gibt's Neuigkeiten?«

»Nur den Knies zwischen Diva und Elizabeth«, sagte er.

»Georgie, das hast du mir ja noch gar nicht erzählt! Weshalb?«

»Ich habe beim Essen davon angefangen«, sagte Georgie, »aber du hast das Thema gewechselt und von den Wassergebühren geredet. Es fing an mit Windbeuteln. Eines Nachmittags hat Elizabeth bei Diva drei Stück verzehrt und am nächsten Morgen gehöhnt, daß sie es bitterlich bereue. Diva sagt, sie wird ihr keinen Tee mehr servieren, bevor sie sich nicht entschuldigt, aber ich glaube nicht, daß sie es ernst meint.«

»Erzähl weiter!« sagte Lucia und spürte, wie die alt vertraute Erregung sie überkam. »Wie macht sich Divas Teestube?«

»Blüht und gedeiht. Das populärste Haus in Tilling. Man kann dort so behaglich sitzen und schwatzen, und meistens spielen wir eine Partie Bridge nach dem Tee. Es ist zu einem richtigen Zentrum geworden.«

Lucia rang einen Moment lang hart mit sich.

»In einer Sache brauche ich deinen Rat«, fing sie an.

»Weißt du, ich glaube nicht, daß ich heute abend mit

einiger Aussicht auf Erfolg von mir noch behaupten kann, städtische Probleme zu begreifen«, sagte Georgie entschieden.

»Darum handelt es sich nicht, Lieber«, sagte sie und überlegte, wie sie sich möglichst erhaben ausdrücken konnte. »Es geht um folgendes: Du weißt, ich weigere mich, Bridge um Geld zu spielen. Ich habe intensiv über diese Entscheidung nachgedacht. Intensiv. Ich wollte ein Beispiel geben, aber wenn niemand einem Beispiel folgt, Georgie, muß man überlegen, ob es klug ist, daran festzuhalten.«

»Ich habe immer damit gerechnet, daß du es bald lästig finden würdest, nicht mehr spielen zu können«, sagte Georgie. »Du hast es doch immer genossen.«

»Darum geht es nicht«, sagte Lucia und brachte ihren besten Oxford-Akzent zum Einsatz. »Ich würde mit Freuden keine Karte mehr anschauen, wenn es nur das wäre, und mich interessiert auch das theoretische Studium des Spiels weit mehr. Aber ich fand unsere kleinen Bridgegesellschaften, ganz abgesehen vom Spiel selbst, in gewisser Weise immer sehr wertvoll. Gerade die Diskussionen über lokale Belange waren sehr anregend, und nun ist es für mich wichtiger denn je, über die Stimmung in Politik und Gesellschaft informiert zu sein. Ich bedaure, daß andere meinem Beispiel nicht gefolgt sind, denn ich bin überzeugt, unsere Spiele hätten an Spannung nichts eingebüßt, aber wenn die anderen nicht mit mir konform gehen, ordne ich mich der Allgemeinheit frohgemut wieder unter. Niemand soll von mir behaupten können, ich säte Streit und Zwietracht. ›Alle oder keiner‹, ist, wie du weißt, mein Lieblingsmotto.«

Das hatte Georgie zwar bisher nicht gewußt, ließ es aber durchgehen.

»Famos!« sagte er. »Da werden sich alle freuen.«

»Und es wäre mir ein solches Vergnügen, diesen kindischen Streit zwischen Diva und Elizabeth zu schlichten«, fuhr Lucia fort. »Ich lade Elizabeth und Benjy morgen dort zum Tee ein; die liebe Diva wird sich ja nicht weigern, meine Gäste zu bedienen, und die kleine Verstimmung wird aus der Welt geschafft. Danach eine Partie Bridge.«

Georgie war skeptisch.

»Vielleicht solltest du ihnen sagen, daß du um den üblichen Einsatz spielst«, sagte er. »Sonst behaupten alle wieder, sie hätten keine Zeit.«

Lucia malte sich mit ihrer lebhaften Einbildungskraft aus, wie sich am anderen Ende des Telephons auf Elizabeths Gesicht das grausige überlegene Grinsen ausbreiten würde, sobald diese die Neuigkeit vernahm, und befürchtete, daß sie die Worte kaum herausbringen würde. Aber sie raffte all ihren Mut zusammen und ging zum Apparat.

Elizabeth und Benjy akzeptierten die Einladung, und nach einem Achtzehn-Penny-Versöhnungstee, bei dem sich Elizabeth mit großem Behagen Windbeutel einverleibte (»Liebe Diva, wie köstlich und leicht der Teig ist. Ich wundere mich, daß sie nicht wegfliegen.«), zogen sich die vier ins Spielzimmer zurück. Als hießen die Götter Lucias Rückkehr in die Glücksspielkreise willkommen, sorgten sie für höchst aufregende Begegnungen. Schlemms wurden erklärt und gewonnen, es folgten Kontras und Rekontras, Belohnung und Rache.

Plötzlich schaute Diva mit der Teekanne in der Hand und der nackten Angst im Gesicht herein. Sie schloß die Tür.

»Der Polizeiinspektor möchte Sie sprechen, Lucia«, flüsterte sie.

Lucia erhob sich, weiß bis in die Lippen. Blitzartig waren ihr wieder alle Befürchtungen gegenwärtig, ob es legal sei, daß Diva Glücksspiel an einem öffentlichen Ort zuließ, und ob die Polizei nun eine Haussuchung vornehmen werde. Sie malte sich die Schlagzeilen und reißerischen Artikel im *Hampshire Argus* aus ... Razzia in Mrs. Godiva Plaistows Glücksspielzimmer ... Die Liste der Spieler, die dort erwischt wurden. Die Bürgermeisterin und die First Lady von Tilling ... Ein Major im Ruhestand. Der Gatte der Bürgermeisterin. Der Fall zur Verhandlung vor dem Tillinger Friedensrichter, der Bürgermeister hinter Gittern statt auf dem Richterstuhl. Exemplarische Strafen. Rücktritt. Ewige Schande...

»Hat er nach mir persönlich gefragt?« sagte Lucia.

»Ja. Wußte, daß Sie hier sind«, jammerte Diva. »Und sie werden meine Teestube schließen. O du meine Güte, wenn ich nur auf Ihre Warnungen wegen der Razzien gehört hätte! Oder wenn wir es Ihnen wenigstens gleichgetan und Bridge um nichts gespielt hätten!«

Lucia erklomm höchste Höhen des Edelmuts und verzichtete darauf, auf diesem Punkt herumzureiten.

»Gibt es einen Hinterausgang, Diva?« fragte sie. »Dann könnten alle gehen. Und ich bleibe hier sitzen und empfange meinen Inspektor. Ich sitze einfach hier. Ganz ruhig.«

»Aber es gibt keinen Hinterausgang«, sagte Diva. »Und durch das Fenster können Sie auch nicht. Zu klein.«

»Verstecken Sie die Karten!« befahl Lucia. Alle schnappten sich welche. Georgie stopfte sie sich in die Brusttasche. Benjy legte sie auf den großen Schrank. Elizabeth setzte sich darauf. Lucia schob sie in den Jakkenärmel.

»Bitten Sie ihn herein«, sagte sie zu Diva. »Jetzt unterhalten Sie sich alle!«

Die Tür ging auf, und da stand der Inspektor hoheitsvoll mit einem blauen Papier in der Hand.

»Tatsächlich, wie Sie sagen, Major Mapp-Flint«, sagte Lucia mit unerschütterlichem Oxford-Akzent, »der Völkerbund ist zusammengestürzt wie ein Kartenhaus – das Ende, würde ich sagen – Ja, Inspektor, Sie wollten mich sprechen?«

»Ja, Euer Ehren. Ich war in Mallards, und dort wurde mir gesagt, ich könne Sie hier antreffen. Ich habe eine Vorladung, die Sie unterschreiben müssen. Ich hoffe, Euer Ehren entschuldigen, daß ich gekommen bin. Aber es ist dringlich.«

»Richtig so, Inspektor«, sagte Lucia. »Selbstverständlich lasse ich mich von Gerichtsangelegenheiten jederzeit unterbrechen. Aha. Auf der gestrichelten Linie. Leih mir deinen Füllfederhalter, Georgie.«

Als sie die Hand danach ausstreckte, purzelten die Karten aus ihrem Ärmel. Ein Windstoß kam durch die offene Tür, und Benjys Geheimlager wirbelte durch die Luft. Elizabeth sprang auf, um die Karten einzusammeln, woraufhin die Karten, auf denen sie gesessen hatte, zu Boden segelten.

Lucia unterschrieb mit etwas unsteter Hand und gab dem Inspektor die Vorladung zurück.

»Danke schön, Euer Ehren«, sagte er. »Bedaure außerordentlich, daß ich Ihr Spiel unterbrochen habe, Ma'am.«

»Keine Ursache«, sagte Lucia. »Sie tun nur Ihre Pflicht.«

Er verbeugte sich und verließ den Raum.

»Ich muß Sie alle um Entschuldigung bitten«, sagte Lucia, ohne einen Moment zu zögern, »aber mein guter Inspektor hat die Order, mich aufzusuchen, wann immer er mich in einer dringenden Angelegenheit zu sprechen wünscht. O jemine! Alle meine Karten liegen offen auf dem Tisch und Elizabeths und Major Benjys auf dem Boden. Ich fürchte, wir müssen neu geben.«

Niemand äußerte sich zu der eben noch herrschenden Panik, und Lucia teilte noch einmal aus.

Bald darauf schaute Diva wieder herein und brachte eine Schachtel Pralinen mit.

»Noch mehr Inspektoren, Liebe?« fragte Elizabeth bissig. »Weitere Haussuchungen? Sie scheinen ein ganz schön schwaches Nervenkostüm zu haben.«

Diva war stark versucht zu erwidern, daß es um Elizabeths Nervenkostüm auch nicht besser bestellt zu sein schien, aber es war schlecht für's Geschäft, barsch zu den Stammkunden zu sein.

»Nein, und ich serviere ihm so ein schönes Teegedeck«, sagte sie sanftmütig. »Aber mir ist doch ein Stein vom Herzen gefallen, Ihnen auch? Eine Schachtel Pralinen für Sie. Sehr gute.«

Der Rubber wurde zu Ende gespielt, während alle

Pralinen aßen, und ein hitziger Schwatz über lokale Themen folgte. Lucia wurde regelrecht trunken davon, denn sie hatte sich an diesem zu Kopfe steigenden Getränk ja nun schon seit Wochen nicht mehr gelabt und fühlte sich mehr denn je wie Katharina die Große.

»Ein sehr erholsamer Nachmittag«, sagte sie zu Georgie, als sie den Hügel hinauf nach Hause gingen, »obwohl ich nach wie vor der Meinung bin, daß unser Bridge genauso aufregend gewesen wäre, wenn wir nicht um Geld gespielt hätten. Und das lächerliche Intermezzo mit meinem Inspektor! Georgie, ich gebe ehrlich zu, daß ich einen kurzen Moment lang wirklich geglaubt habe, er werde die Räumlichkeiten durchsuchen –«

»Oh, ich weiß, ich weiß«, sagte Georgie. »Du hast Diva ja sogar gefragt, ob es einen Hinterausgang gibt, und uns gesagt, wir sollten unsere Karten verstecken und uns unterhalten. Ich war der einzige, der wußte, wie absurd das alles war.«

»Aber wie du deine Karten in die Tasche gestopft hast! Wir waren alle ein wenig aufgescheucht. Alle. Bestimmt wegen Divas entsetztem Auftritt mit der tropfenden Teekanne –«

»Nein! Das habe ich ja gar nicht gesehen«, sagte Georgie.

»Ein richtiger kleiner Tümpel auf dem Boden. Und ihr jämmerlicher Aufschrei, ihre Teestube würde geschlossen. Das war Suggestion, Lieber. Sehr sensible Menschen wie ich reagieren auf Suggestion automatisch . . . Und sehr interessant, das mit Susan und ihrer automatischen Schrift. Sie glaubt, hat Elizabeth mir erzählt, daß Blauer Piepmatz von ihr Besitz ergreift, sobald sie in Trance fällt. Sie kann von nichts anderem mehr reden.«

»Man sieht sie kaum noch«, sagte Georgie. »Sie spielt kein Bridge mehr, kommt nicht mehr zu Diva zum Tee, und meistens erledigt Algernon das Einkaufen für sie.«

»Wenn ich eine Stunde erübrigen kann, muß ich wirklich einmal zu einer ihrer Séancen gehen«, sagte Lucia. »Aber mein Besuch muß ganz privat sein. Es darf unter keinen Umständen bekannt werden, daß die Bürgermeisterin an Séancen teilnimmt, die der Nekromantie doch fremd sind. Bei der Nekromantie wird, wie du vielleicht weißt, durch das Medium einer Leiche geweissagt.«

»Und zwar einer menschlichen Leiche, oder?« fragte er.

»Ach, vielleicht sollte man das nicht so genau nehmen – oh, paß auf!«

Sie zog ihren Gatten, der gerade vom Bürgersteig auf die Straße treten wollte, zurück. Ein Junge raste auf einem Fahrrad ohne Licht den Hügel hinunter und verfehlte Georgie um Haaresbreite.

»Sehr gefährlich!« sagte Lucia. »Keine Beleuchtung und Übertreten der Geschwindigkeit. Ich muß meinen Inspektor anrufen und den Jungen anzeigen – ich möchte wissen, wer es war.«

»Wie willst du ihn anzeigen, wenn du das nicht weißt?« wandte Georgie ein.

Solche Belanglosigkeiten ignorierte Lucia. Ihr Blick folgte dem Jungen, der ohne Rücksicht auf Verluste um die scharfe Kurve in die High Street einbog.

»Eigentlich bin ich eher neidisch als empört«, sagte

sie. »Wie erregend es sein muß. Diese Geschwindigkeit! Die Lawrence von Arabien so liebte. Ich hätte große Lust, Radfahren zu lernen. Damit haben sich die schicken Damen in den Neunzigern amüsiert, Fahrrad-Frühstücke im Battersea Park veranstaltet und dergleichen. Unsere flotten Spaziergänge, wenn ich überhaupt Zeit habe, sie zu unternehmen, führen nicht weit. Die Nachmittage sind zu kurz, und kaum sind wir auf dem Land, müssen wir schon wieder umkehren.«

Auch Georgie begeisterte sich für die Vorstellung, besonders als Lucia sie mit mysteriösen, verschwörerischen Ideen ausschmückte. Niemand durfte erfahren, daß sie es lernten, bis sie es so gut beherrschten, daß sie ihre Fahrzeuge voll unter Kontrolle hatten und in der High Street erscheinen konnten. Das würde die Sensation! Neid und Bewunderung würden sie erregen!

Am nächsten Tag fuhren sie also mit dem Automobil zu einer einsamen Wegstrecke, wo sie sich mit einem Mann aus dem Fahrradladen, der auf einem Herrenrad fuhr und ein Damenrad neben sich herschob, zu einem geheimen Stelldichein trafen. Er hielt Georgie fest, während Chapman, Lucias Chauffeur, sich an ihr Fahrrad klammerte, und an den folgenden Nachmittagen kurvten sie in unberechenbaren Schwüngen auf der Straße herum. Lucia erlangte bei weitem rascher ein unsicheres Gleichgewicht, wobei sie in einem fort auf Chapman einredete.

»Langsam fühle ich mich doch recht sicher«, sagte sie. »Sie können eine Sekunde loslassen. Nein, da kommt ein Karren. Warten Sie besser, bis er vorbei ist. Wo ist Mr. Georgie? Weit hinter uns wahrscheinlich?«

»Ja, Ma'am. Und wie!«

»Oh, das hat gehopst!« schrie sie, als sie mit dem Vorderrad über einen lockeren Stein fuhr. »Ich bremse, soll ich?«

Nachdem sie zwei-, dreimal die Klingel betätigt hatte, fand sie die Bremse. Das Rad blieb stehen, und leichtfüßig stieg sie herab.

»So kraftvoll«, sagte sie, als sie wieder aufstieg. »Jetzt einen Moment lang ohne Festhalten, Chapman.«

Es kam der Tag, da Georgies Helfer ihm immer noch nicht von der Seite wich, Lucia Chapman indes weit abhängte. Ein wenig vor ihr stand am Straßenrand eine blubbernde Teerpfanne über einem Topf rotglühender Kohlen; ein Mann flickte an einem Telegraphenmasten herum. Da geschah etwas Komisches mit der Koordination ihrer Gehirn- und Muskelfunktionen. Die zwingende Notwendigkeit, den Feuertopf zu umfahren, schien sie zu drängen, geradewegs darauf zuzusteuern. Den Blick fest auf das Objekt geheftet, tastete sie vergebens nach der kraftvollen Bremse, fuhr direkt in den Feuertopf und kippte den Teer um. Die Kohlen rollten in alle Himmelsrichtungen.

»Oh, Entschuldigung«, sagte sie zu dem Arbeiter. »Ich lerne noch. Eine halbe Krone gefällig? Und würden Sie dann freundlicherweise mein Fahrrad halten, damit ich wieder aufsteigen kann?«

Danach war die Straße erfreulich leer, und Lucia glitt wie im Fluge dahin, schwankte zwar gelegentlich aus keinem ersichtlichen Grund, schwelgte aber in der beträchtlichen Geschwindigkeit, bis es Zeit zur Umkehr war. Ohne abzusteigen war das unmöglich, aber sie schaffte es mit nur geringen Schwierigkeiten wieder hinauf und genoß dann den hübschen Blick auf Tilling, das sich mit seinen roten Dächern über dem ebenen Land erhob. Die Telegraphenmasten huschten an ihr vorüber, und dann erblickte sie den Mann mit dem Feuertopf. Lucia hatte das Gefühl, als beobachte er sie, und erneut geschah Merkwürdiges mit ihrer Koordinationsfähigkeit. Zugleich überkam sie das vertraute Gefühl, daß sie genau diese Situation schon einmal erlebt hatte. Ihr Gefährt vollführte wüste Schlenker; sie brachte es wieder ins Gleichgewicht und fuhr mit äußerster Präzision in den Feuertopf.

»Gewöhnen Sie sich das nicht an!« wies der Arbeiter sie zurecht.

»Zu ungeschickt von mir«, sagte Lucia. »Das war wirklich das letzte, was ich wollte. Wirklich das letzte.«

»Das macht dann noch eine halbe Krone«, versetzte das Opfer, »und wo ich Sie jetzt so richtig angucke, Sie und Ihre Kumpel haben letzten Monat auf dem Richterstuhl gethront und mir fünf Kröten abgeknöpft, obwohl ich nicht halb so wackelig auf den Beinen war wie Sie.«

»Tatsächlich! Wie klein ist doch die Welt«, sagte Lucia sehr würdevoll und unnahbar und zückte ihre Geldbörse. Es war tatsächlich ein seltsamer Zufall, daß sie dem Angeklagten vom letzten Monat exakt die Summe auszahlte, die sie ihm wegen Trunkenheit als Strafe auferlegt hatte. Daran war etwas reichlich Übersinnliches, fand sie, aber sie konnte es Georgie nicht erzählen, weil sie ihm dann auch hätte enthüllen müssen, daß sie im Verlauf ihrer wagemutigen Fahrt ganz allein zweimal einen Feuertopf umgekippt und Teer und rotglühende Kohlen durch die Gegend verstreut hatte. Bald traf sie ihn, immer noch in Fahrtrichtung aufs Land hinaus. Auch er fuhr nun ohne Unterstützung.

»Ich habe heute solche Fortschritte gemacht«, rief er laut. »Wie bist du vorangekommen?«

»Wunderbar! Meilenweit!« sagte Lucia, als sie aneinander vorbeiradelten. »Aber wir müssen zurück. Laß mich sehen, wie du umdrehst, ohne abzusteigen. Gar nicht schwer.«

Bei der bloßen Vorstellung, daß er das versuchen sollte, geriet Georgie ins Wanken und stieg ab.

»Sie kann es garantiert auch noch nicht«, murmelte er, als er sein Fahrrad umdrehte und ihr folgte. Das Automobil erwartete sie, und beim Einsteigen bemerkte er einen Tropfen Teer auf einem ihrer Schuhe. Sie wischte ihn im Gras am Straßenrand ab.

Für den Abend nach der Teezeit hatte Susan sie zu einer nekromantischen Séance eingeladen. Sie habe sie nicht zum Tee bitten wollen, erklärte sie, weil sie vor diesen Sitzungen immer eine Stunde im Dunkeln faste und meditiere. Als Lucia und Georgie von ihrer Fahrradtour nach Hause kamen, begab sich Georgie in seinen Salon um auszuruhen, aber Lucia, immer noch taufrisch, nutzte die Zeit, um eine Art Fragebogen vom Vorstand der Southern Railway zu studieren. Es handelte sich um die Antwort auf ihren Vorschlag, zur Versorgung des Hofes einen Königlichen Fischexpreß mit einem Kühlwagen einzurichten. Sie schienen nicht sehr angetan zu sein und warfen eine Vielzahl von

Fragen auf. Hatte Ihre Ehren königliche Order zu der Angelegenheit erhalten? Schlug sie vor, den K.F.E. bis nach Balmoral laufen zu lassen, wenn der Hof in Schottland weilte? Es lägen doch dann schottische Fischereihäfen ein wenig näher. Hatte sie die Kosten für einen Kühlwagen berechnet? War das Fischaufkommen in Tilling ausreichend, um die königliche Tafel ebenso zu bestücken, wie die Bedürfnisse des Bezirks zu befriedigen? Hatte Ihre Ehren -

Grosvenor trat ein. Mr. Wyse sei da und würde, wenn es genehm sei, sehr gern vor der Séance ein paar Worte mit ihr wechseln. Das Ersuchen erschien ihr als dringlicher, denn all diese Fischfragen erforderten doch eine Menge Nachdenken und am nächsten Morgen mit Hilfe Mrs. Simpsons eine eingehendere Beschäftigung. Sie sagte Grosvenor, sie könne zehn Minuten für ihn erübrigen. Mit einem in braunes Papier eingewickelten Päckchen in der Hand trat er ein.

»Sehr gütig, daß Sie mich empfangen«, sagte er. »Ich bin mir des Wertes Ihrer Zeit durchaus bewußt. Ein äußerst heikler Fall. Meine liebe Susan hat mir berichtet, daß Sie und Ihr Gatte freundlicherweise zugesagt haben, heute ihrer Séance beizuwohnen.«

Lucia zog ihren Terminkalender zu Rate.

»Das trifft zu«, sagte sie. »Ich habe festgestellt, daß ich es gerade dazwischenschieben konnte. Siebzehn Uhr dreißig habe ich notiert.«

»Ich möchte Ihnen in aller Kürze das Ritual dieser Séancen schildern«, sagte Mr. Wyse. »Meine Susan sitzt in unserem kleinen Eßzimmer am Tisch, den Sie in letzter Zeit leider zu selten bei, wie ich es ausdrükken möchte, weniger moribunden Anlässen durch Ihre

Anwesenheit beehrt haben. Er ist mit einem üppigen Vorrat an Schreibpaper und angespitzten Bleistiften versehen: für ihre automatische Schrift. Vor ihr steht ein kleiner ... Schrein möchte ich es nennen, aus Ebenholz – möglicherweise Ebonit – mit weißen Satinvorhängen, die das darin Befindliche verbergen. Zu Beginn der Séance werden die Lichter gelöscht, und meine Susan zieht die Vorhänge auf. In dem Schrein ruhen die sterblichen Überreste ihres Wellensittichs – beziehungsweise das, was hygienisch einwandfrei konserviert werden konnte. Sie hat sie auch schon am Hut und als Busenschmuck getragen. Einmal sind sie an Ihrer gastfreundlichen Tafel in eine Speise, eine rote Speise, gefallen.«

»Ich entsinne mich. Irgend etwas mit Himbeeren«, sagte Lucia.

»Hut ab vor Ihrem überragenden Erinnerungsvermögen«, sagte Mr. Wyse. »Dann fällt Susan in eine Art Trance, und die Mitteilungen durch die automatische Schrift beginnen. Sehr umfangreich bisweilen und schwer zu entziffern. Den größten Teil des Tages verbringt sie damit, sie zu enträtseln, nicht immer erfolgreich. Nun, *adorabile Signora* –«

»Oh, Mr. Wyse!« rief Lucia alarmiert.

»Meine liebe Dame, ich habe nur Euer Ehren damit gemeint«, erklärte er.

»Aha. Wie dumm von mir«, sagte sie. »Ja?«

»Ich habe eine inständige Bitte«, fuhr er fort. »Um es kurz und knapp auszudrücken: Ich fürchte, meine liebe Susan verliert den Verstand, wenn das so weitergeht. Sie hat sich leider schon verändert. Ihr gesunder Menschenverstand, ihre starke Wertschätzung der Annehmlichkeiten und Reize des Lebens, ihr Pelzmantel, ihr Royce, das Einkaufen, das Bridge: All diese Dinge findet sie nun fade und abgeschmackt. Für sie existieren nur noch diese Mitteilungen.«

»Aber wie kann ich Ihnen helfen?« fragte Lucia.

Mr. Wyse klopfte auf das Paket im braunen Papier.

»Ich habe«, sagte er, »die Wurzel allen Übels mitgebracht: Blauen Piepmatz. Ich entnahm ihn dem Schrein, während meine liebe Susan im Salon meditierte. Ich möchte ihn verschwinden lassen in der Hoffnung, daß sie, wenn sie den Verlust entdeckt, die Séancen aufgibt und ihr seelisches Gleichgewicht wiederfindet. Ich möchte ihn nicht vernichten, damit würde ich zu weit gehen. Würden Sie, liebe Dame, deshalb das Objekt an einem mir unbekannten Ort aufbewahren, so daß ich, wenn Susan mich, was sicher der Fall sein wird, fragt, ob ich etwas über seinen Verbleib weiß, in der Lage bin, zu verneinen. Ein Hauch jesuitisch vielleicht, aber eine solche Jesuiterei ist meines Dafürhaltens gerechtfertigt.«

Lucia dachte darüber nach. »Ich bin ganz Ihrer Meinung«, sagte sie. »Ich werde ihn in sichere Obhut nehmen. Wir müssen alles tun, damit unsere Susan den Verstand nicht verliert. Das geht nicht an. Im übrigen, riecht es hier ein wenig?«

»Ein verläßliches, harmloses Desinfektonsmittel«, sagte Mr. Wyse. »Um den Schrein herum herrschte ein schwacher Geruch, den ich unvollkommenem Präparieren zuschreibe. Tausend Dank, ehrenwerte Dame. Wer weiß, wie meine Susan reagieren wird, aber ich vertraue darauf, daß das Verschwinden des Objekts zum Abbruch der Séancen führen wird. Das heißt, ich sehe nicht, wie sie ohne es abgehalten werden können.«

Lucia hatte einen Stapel schwarz lackierter Blechschachteln bestellt, um Dokumente, die die städtischen Ämter betrafen, darin abzulegen. Das Stadtwappen und ihr Name waren ebenso darauf festgehalten wie der Gegenstand, um den es ging. Etliche waren noch leer, und als sich Mr. Wyse hinausverbeugt hatte, legte sie Blauen Piepmatz in die Schachtel mit der Aufschrift »Museum«, was nur passend schien. »Friedhofsbehörde« wäre auch angemessen gewesen, aber dazu existierte schon ein Papier mit einer Tagesordnung.

Bald darauf brachen sie und Georgie nach Starling Cottage auf.

Susan und Algernon erwarteten sie im Eßzimmer. Der Schrein stand mit zugezogenen Vorhängen auf dem Tisch. Susan hatte eine Kaminschaufel erhitzt und verbrannte Räucherwerk darauf.

»Blauer Piepmatz stammte von den Gewürzinseln«, erklärte sie und wedelte mit der Schaufel vor dem Schrein hin und her. »Gestern hat meine Hand, soweit ich es lesen konnte, immer und immer wieder ›süßer Kautschuk‹ geschrieben, und ich glaube, das meinte er auch. Und ich habe ein Bild des Heiligen Franciscus aufgehängt, wie er den Vögeln predigt.«

Wie ihr Mann schon gesagt hatte: Susan hatte sich sehr verändert. Sie sah tatsächlich aus, als sei sie übergeschnappt. In ihren Augen lag ein ekstatisches Glimmen, auf ihren Lippen ein blödes Lächeln. Sie trug einen Kranz im Haar, ein lockeres weißes Gewand und erinnerte Lucia an eine immense opernhafte Ophelia.

Aber schwierige Umstände trieben Lucia immer zu geistigen Höchstleistungen, und aufmunternd nickte sie Algernon zu, während Susan in einer Duftwolke durch den Raum schwebte.

»Sehr nett von Ihnen, uns herzubitten, liebe Susan«, sagte sie. »Ich habe viel Erfahrung mit übernatürlichen Phänomenen: Die Eingeweihten – erinnerst du dich an den Guru in Riseholme, Georgie? – die Eingeweihten sagen immer, ich wäre ein wunderbares Medium, wenn ich Zeit hätte, mich dem Okkulten zu widmen.«

Susan hob die Hand.

»Pst«, flüsterte sie. »Ganz deutlich habe ich gerade ›twit, twit‹ gehört, was bedeutet, daß Blauer Piepmatz hier ist. Guten Tag, Liebling.«

Sie stellte die Schaufel an das Kamingitter.

»Sehr verheißungsvoll«, sagte sie. »Normalerweise läßt Blauer Piepmatz sich nicht so rasch vernehmen, aber es bedeutet immer, daß ich in Trance versinke. Bestimmt tragen Sie, Lucia, zu der übernatürlichen Kraft bei.«

»Sehr wahrscheinlich«, sagte Lucia, »der Guru hat damals immer gesagt, ich hätte enorme Kräfte.«

»Schalte dann bitte das Licht aus, Algernon, alle Lampen, bis auf die kleine rubinrote neben meinem Papier, und ich ziehe die Vorhänge des Schreins auf. Twit, twit! Da ist es wieder, und wieder überkommt mich dieses Gefühl der Verlorenheit.«

Während Ophelia sich vorbereitete, überlegte Lucia fieberhaft und mit der heftigen Konzentration, mit Hilfe derer sie schon so manche verquere Situation gerettet hatte. Sie stieß ihr silberhelles Lachen aus.

»Ich höre es, ich höre es«, rief sie zu Algernons großer Überraschung. »*Buona sera*, Blauer Piepmatz. Bist du von den würzigen Inseln gekommen, um Mami und Tante Lucia zu besuchen? ... Oh, ich bin sicher, ich habe gerade gespürt, wie weiche Federn meine Wangen streiften.«

»Nein, wirklich?« fragte Susan mit einem Hauch Eifersucht in der Stimme. »Mein Bleistift, Algernon.«

Als Susan die Vorhänge aufzog, riskierte Lucia einen raschen Blick auf den Schrein und stellte befriedigt fest, daß selbst das spirituell erleuchtetste Auge nicht erkennen konnte, ob etwas darin war. Aber mochte der Raum auch noch so dunkel sein, in ihrem Kopf wurden, wie auf dem Hochaltar des Einfallsreichtums, neue Kerzen hell entzündet. Sie ließ Susans Hand, die über dem Papier hing, nicht aus den Augen. Diese notierte wenig genug: gelegentlich einen Punkt, einen Strich, darin erschöpfte sich die Inspiration, die Blauer Piepmatz zu geben vermochte. Lucia verkündete immer wieder einmal, daß sie im Dunklen spüre, wie der Flügel des Vogels sie streifte, oder daß sie den hübschen Ton höre. Jedesmal sah sie, wie der Stift innehielt. Dann loderte die letzte und größte Kerze ihrer Genialität auf, und ruhig und gefaßt wartete sie auf das Ende der Séance, wenn Susan feststellen würde, daß der Schrein leer war.

Als sie eine halbe Stunde in dem trüben rubinroten Licht gesessen hatten, stieß Susan einen ärgerlichen Ausruf aus, als sei sie doch nicht völlig verloren.

»Sehr enttäuschend«, sagte sie. »Mach das Licht an, Algernon. Blauer Piepmatz hat so gut angefangen, und nun dringt nichts durch.«

Bevor Mr. Wyse an den Schalter gelangen konnte, fiel Lucia mit einem tiefen erregten Schnaufer in ihrem Stuhl zurück und legte die Hände über die Augen.

»Etwas Wunderbares ist geschehen!« jubelte sie. »Blauer Piepmatz hat uns ganz verlassen. Was für eine Manifestation!«

Auch ohne hinzuschauen, hörte sie, wie Susans Stimme sich in höchste Höhen erhob.

»Aber der Schrein ist leer!« schrie sie. »Wo ist Blauer Piepmatz, Algernon?«

»Ich habe keine Ahnung«, sagte der Jesuit. »Was ist passiert?«

Lucia blieb sitzen, die Hände immer noch vor den Augen.

»Habe ich Ihnen nicht, bevor das Licht anging, gesagt, daß eine großartige Manifestation stattgefunden habe?« fragte sie. »Ich *wußte*, daß der Schrein leer sein würde! Darf ich sehen?«

»Nicht eine Feder!« sagte sie. »Die Dematerialisation ist vollkommen. Oh, was hätte der Präsident der Gesellschaft zur Erforschung übernatürlicher Phänomene dafür gegeben, wenn er hätte anwesend sein können! Vor ein paar Minuten erst haben Susan und ich – stimmt das nicht, Susan? – Piepmatzens kleinen Gruß gehört, ich zumindest habe gespürt, wie seine Federn meine Wange streiften. Und nun keine Spur! Trotz all meiner Erfahrung habe ich etwas so Vollkommenes noch nie erlebt.«

»Aber was bedeutet es?« fragte Susan bekümmert und zog den Kranz aus ihrem wirren Haar. Lucia wedelte mystisch mit den Händen.

»Liebe Susan«, plapperte sie los. »Hören Sie zu! Die

ganzen letzten Wochen hat sich der Geist Ihres Lieblings Ihnen manifestiert – wie mir ja heute abend auch –, um Sie durch sein hübsches Tschilpen und das Streicheln mit seinen Flügeln von seiner Anwesenheit zu überzeugen, erdgebunden und seinen sterblichen Überresten verhaftet. Nun aber hat Blauer Piepmatz es auf der Astralebene geschafft, seine irdischen Reste so mit spiritueller Realität zu überfluten, daß sie sich aufgelöst haben, aufgenommen wurden – ach, wie schlecht ich mich ausdrücke – in den Geist. Blauer Piepmatz hat Ihnen in all diesen Wochen geholfen zu begreifen, daß alles Geist ist. Nun haben Sie diese letzte, überragende Demonstration bekommen. Mit allem, was sterblich an ihm war, ist er in eine höhere Sphäre entrückt!«

»Aber kommt er denn nie zurück?« fragte Susan.

»Oh, Sie sind doch hoffentlich nicht so selbstsüchtig, sich das zu wünschen!« sagte Lucia. »Er ist frei, er ist nicht länger an die Erde gebunden, und durch das Wunder der Dematerialisation hat er es Ihnen bewiesen. Lassen Sie mich sehen, wie seine letzte irdische Mitteilung an Sie lautet.«

Lucia nahm ein Blatt zur Hand, auf dem Susan ein paar unleserliche Kritzeleien automatisch festgehalten hatte.

»Ich wußte es!« schrie sie. »Sehen Sie, hier sind nur ein paar krakelige Zeichen. Ihr süßer Vogel verlor den Kontakt zur materiellen Sphäre; er erhob sich darüber. Wie doch alles zusammenhängt!«

»Ich werde ihn schrecklich vermissen«, sagte Susan mit ersterbender Stimme.

»Aber das dürfen Sie nicht, das dürfen Sie nicht. Sie

müssen ihm seine Freiheit gönnen. Und, oh, was für eine Ehre, bei einer derartigen Demonstration helfen zu können! Erhebend! Und wenn meine bescheidenen Kräfte zusammen mit Ihren, Liebe, ein solch wunderschönes Resultat zuwegebracht haben, dann ist das doch mehr als eine Ehre.«

Georgie war fest überzeugt, daß hier irgend etwas nicht mit rechten Dingen zugegangen war und Lucia ihre Hand im Spiel gehabt hatte, aber seine Sondierungsbemühungen auf dem Heimweg erbrachten nur solche idiotischen Antworten wie: »Zu schön! Was für eine Ehre!«

Am nächsten Morgen verbreitete sich in den Einkaufszirkeln alsbald, daß in Starling Cottage eine sehr ungewöhnliche Geisterbeschwörung stattgefunden habe. Blauer Piepmatz sei in dem dunklen Zimmer herumgeflattert, habe seine schrillen Rufe ausgestoßen und mehrere Male die Wangen der Bürgermeisterin gestreift. Dann, Wunder über Wunder, seien seine sterblichen Überreste entschwunden. Mr. Wyse stolzierte die High Street auf und ab, gab unerschütterlich immer denselben Bericht über das Phänomen, ohne es erklären zu können, und zum ersten Mal seit etlichen Tagen erschien Susan wieder mit Royce, aber ohne Kokarde am Hut.

Es hatte etwas Mysteriöses und Unglaubwürdiges, nahm aber nicht die volle Aufmerksamkeit Tillings in Anspruch, denn warum schien Elizabeth, von der triefender Sarkasmus erwartet werden durfte, das Gespräch zu vermeiden? Sie stahl sich flink von Laden zu Laden, und als Diva sie, vom Fleischer kommend, stellte, erklärte sie, wobei sie kaum die Zähne auseinanderbekam, daß ihr Hals angegriffen sei und sie nur durch die Nase atmen dürfe.

»Ich würde den Mund weit aufsperren«, sagte Diva streng, »und mal ordentlich gurgeln.« Aber Elizabeth schüttelte nur mit einem eigentümlichen Lächeln den Kopf und ging weiter. »Sieht auch ein bißchen hohlwangig aus«, dachte Diva. Im Gegensatz dazu war Lucia alles andere als hohlwangig; ihr Gesicht war völlig verschwollen, und sie machte kein Geheimnis aus ihrem Zahnarzttermin, bei dem »er« ihr hatte gezogen werden müssen. Von dort begab sie sich nach Hause mit der Aussicht, daß sie später am Tage ihre Zahnprothese zurückerhalten würde, die sich aus einigen Backenzähnen plus Zuwachs zusammensetzte.

Ihren Lunch verzehrte sie nach Kaninchenart mit den Schneidezähnen.

»Er hat ihn so geschickt gezogen, Georgie«, sagte sie, »aber nun tut es ein wenig weh.«

Da sie nachmittags eine Stadtratssitzung hatte, fuhr Georgie allein im Automobil zu seinem Stelldichein mit dem Burschen aus dem Fahrradladen. Die Séance vom Vorabend gab ihm immer noch Rätsel auf, aber er war fester überzeugt denn je, daß ihre Beteuerungen, sie höre Tschilpen und spüre, daß Piepmatz sie mit seinen Federn streife, völliger Kokolores waren, ebenso wie das Geschwafel, daß ihre übernatürlichen Kräfte gemeinsam mit Susans die Dematerialisation herbeigeführt hätten. »So ein Quark«, sagte er mit lauter, ärgerlicher Stimme, »es bestätigt nur, daß sie in der Sache mit drinhängt. Es ist ein sehr unfreundlicher Akt von ihr, mir nicht zu erzählen, wie sie es getürkt hat. Dabei weiß sie, wie ich so etwas goutiere.«

Sein Fahrrad stand schon bereit; er erklomm es ohne die geringste Mühe und ließ den Burschen bald weit hinter sich. Dann gewahrte er mit heimlicher Beklommenheit vor sich einen Mann an einer Pfanne voll köchelnden Teers über einem Topf mit Feuer. Beim Näherkommen beschlich ihn das alberne Gefühl, daß der Topf eine Art Faszination auf sein Gefährt ausübte, aber er behielt den Blick fest auf der Straße, kam, wenn auch mit ein paar grauslichen Schlenkern, ungefährdet daran vorbei und stieg zu einer kurzen Rast ab.

»Hm, da bin ich aber enttäuscht«, ließ sich der Arbeiter vernehmen. »Im Vergleich zu der Dame, die gestern meinen Feuertopf zweimal umgehauen hat, war das schwach.«

Jäh fiel Georgie der Teerklecks auf Lucias Schuh ein, und er hatte eine Erleuchtung.

»Nein! Wirklich?« fragte er höchst interessiert. »Dieselbe Dame zweimal? So schlecht ist sie gefahren?«

»Ja, das war'n Ding. Sie hat mir eine halbe Krone pro Umkippen gegeben, denn ich hab keineswegs versucht, sie zu behindern. Kommt sie heute nicht?«

Als Georgie zurückradelte, sann er wieder über Lucias Geheimniskrämerei nach. Warum brachte sie es nicht über sich, ihm zu erzählen, wie sie bei der Séance gestern abend herumgetrickst hatte und was für Eskapaden sie sich mit dem Feuertopf erlaubt hatte? Selbst ihm gegenüber fühlte sie sich gezwungen, den Anschein einer nicht abreißenden Kette triumphaler Leistungen aufrechtzuerhalten, sei es nun in okkulten Dingen oder beim profanen Fahrradfahren. Nun, da sie Mann und Frau waren, sollte sie ihm gegenüber offener sein. »Aber mit dem Feuertopf werde ich sie ärgern«, beschloß er rachsüchtig.

Als er nach Hause kam, war Lucia soeben rundum zufrieden von der Sitzung zurückgekehrt.

»Wir haben unsere Aufgaben überaus rasch erledigt«, sagte sie, »denn Elizabeth fehlte, und es gab weniger irrelevante Unterbrechungen. Ich frage mich, was sie hat: hoffentlich nichts Ernstes. Heute morgen in der High Street hat sie sich reichlich seltsam benommen. Nicht einmal gelächelt. Als ich mit ihr gesprochen habe, hat sie kaum den Mund geöffnet. Und hast du mit deinem Fahrrad heute nachmittag gute Fortschritte erzielt?«

»Bewundernswerte«, sagte er. »Im Lenken bin ich schon perfekt. Ein Mann mit einem Feuertopf hat einen Telegraphenmast geteert –«

»Ah ja«, unterbrach Lucia ihn. »Teer ist gut gegen Insekten, die sich in das Holz bohren. Komm, trinken wir Tee.«

»– und das komische Gefühl überkam mich«, fuhr er unbeirrt fort, »daß ich, gerade weil ich um ihn herumfahren mußte, höchstwahrscheinlich hineinfahren würde. Hast du das Gefühl auch schon einmal gehabt? Wahrscheinlich nicht.«

»Doch, doch, in den ersten Lernphasen«, sagte Lucia freundlich. »Aber ich kann dir ein absolut wirksames Mittel dagegen verraten. Richte deinen Blick stur geradeaus, dann hast du keine Probleme.«

»Das habe ich auch festgestellt. Der Mann war ein eher redseliger Zeitgenosse. Er hat mir erzählt, daß gestern jemand, der auch Fahrradfahren lernt, den Topf zweimal umgefahren hat. Kannst du dir eine solche

Ungeschicklichkeit vorstellen? Ich bin froh, daß ich über das Stadium hinaus bin.«

Mit keinem Wimpernzucken verriet Lucia, daß dieser Pfeil getroffen hatte, und trotz seines Grolls konnte Georgie nicht umhin, solche Nervenstärke zu bewundern.

»Fein!« sagte sie. »Wenn du heute so schön geübt hast, hast du mich ja bestimmt eingeholt. Nun muß ich mich aber nach meiner Stadtratssitzung ein wenig entspannen. Musik, mein Lieber?«

Eine melodische halbe Stunde folgte. Beethovens Fünfte Symphonie, vierhändig fürs Klavier arrangiert, war ihnen beiden vertraut, und sie spielten sie mit hinreißender Einfühlsamkeit.

»*Caro*, wie die Musik uns aus den kleinlichen Nörgeleien und Taktierereien hinausträgt«, sagte Lucia zum Schluß. »Wie all unsere banalen Kümmernisse von der weiten kosmischen Pracht verschluckt werden. Und wie wunderbar du gespielt hast, Lieber. So inspiriert! Ich hätte fast aufgehört, um dir zu lauschen.«

Georgie geriet bei diesen Komplimenten in einige Verlegenheit, denn er konnte danach ja wohl kaum wieder auf dunkle Anspielungen auf Séancen und Feuertöpfe umschalten. Innerlich heftig aufbegehrend gegen seine freundlichen Gefühle für sie, machte er es sich am Kamin bequem, während Lucia den Fragenkatalog wieder in Angriff nahm, den ihr die Direktoren der Southern Railway aufgenötigt hatten. Erschöpft von der Fahrradfahrerei fiel Georgie in einen angenehmen Schlummer.

Wenig später kam Grosvenor mit einem hübsch eingewickelten und versiegelten Päckchen herein. Nach einem Blick auf ihren schlafenden Gatten legte Lucia einen Finger auf den Mund, und Grosvenor zog sich auf Zehenspitzen stumm zurück. Lucia wußte, was dieses Päckchen enthielt, und wollte sich ihre runderneuerte Zahnprothese hurtig wieder in den Mund stekken, damit das Dinner ohne Kaninchennagerei vonstatten gehen konnte. Sie öffnete das Päckchen und nahm den Inhalt aus der Watteumhüllung.

Den schrillen Aufschrei vermochte sie dann allerdings nicht zu unterdrücken. Georgie erwachte mit einem Ruck. Im Licht von Lucias Leselampe strahlte etwas gräßlich Vertrautes.

»Meine Liebe, was hast du denn da?« schrie er. »Nanu, das sind ja Elizabeths Schneidezähne! Es ist Elizabeths breitestes Lächeln ohne ihr Gesicht! Aber wie das? Warum? Dagegen ist Blauer Piepmatz nichts.«

In aller Eile wickelte Lucia das Lächeln wieder ein.

»Selbstredend ist es das«, sagte sie. »Es kam mir gleich bekannt vor, und in dem Augenblick, als du ›Lächeln‹ gesagt hast, wußte ich Bescheid. Das erklärt Elizabeths zusammengepreßten Mund von heute morgen. Ihr Lächeln hat einen Unfall gehabt, und nun hat der Zahnarzt es durch einen unerhörten Irrtum mir zugeschickt. Ausgerechnet mir! Was sollen wir tun?«

»Schick es Elizabeth«, schlug Georgie vor, »mit ein paar höflichen Zeilen, daß es an dich adressiert war und du es geöffnet hast. Geschieht ihr ganz recht, dieser betrügerischen Frau! Wie oft hat sie gesagt, sie hätte nie Kummer mit den Zähnen und sei seit ihrer Kindheit nicht beim Zahnarzt gewesen und wisse nicht, was Zahnschmerzen sind. Kein Wunder, die hier tun nicht weh.«

»Ja, das würde ihr recht geschehen –« hub Lucia an.

Dann hielt sie inne. Und begann intensiv nachzudenken. Wenn man Elizabeths vollständiges Lächeln ihr zugeschickt hatte, wohin war dann ihre eigene dezentere Kauhilfe versandt worden? Doch wohl zu Elizabeth! Die diese vier Backenzähne aus der hinteren Etappe nicht identifizieren konnte, wenn sie nicht übernatürlich scharfsichtig war. Wenn Lucia ihr aber das Lächeln zurückerstattete, würde die Verwechslung herauskommen.

»Nein, Georgie, das wäre nicht nett«, sagte sie. »Die arme Elizabeth würde es nie mehr wagen, mich anzulächeln, wenn sie wüßte, daß ich es weiß. Ich kann nicht leugnen, daß sie es doppelt und dreifach verdient, weil sie so viele Lügen erzählt hat, aber eine solche Handlungsweise ist unter meiner Würde. Wir wissen es nur durch einen puren Zufall und dürfen es nicht gegen sie verwenden. Ich schicke die Schachtel sofort zum Zahnarzt zurück.«

»Aber woher weißt du, wer ihr Zahnarzt ist?« fragte Georgie.

»Mr. Fergus«, sagte Lucia, »der mir heute morgen so wunderbar den Zahn gezogen hat. Seine Karte steckt an dem Päckchen. Ich sage einfach nur, daß ich mir gar nicht erklären kann, warum sie an mich gegangen sind, und da ich nicht weiß, wo sie eigentlich hingehören, schicke ich sie zurück.«

Grosvenor kam erneut herein. Sie trug ein versiegeltes Päckchen, das haargenau so aussah wie dasjenige, welches nun wieder Elizabeths Lächeln beherbergte.

»Mit einer Nachricht«, sagte Grosvenor. »Und der Junge wartet auf ein Päckchen, das aus Versehen hier gelandet ist.«

»Ach, mach es doch bitte auf«, sagte Georgie fröhlich. »Bestimmt die Zähne von jemand anderem. Mal sehen, ob wir sie erkennen. Ein ganz neues Spielchen, und sehr aufregend.«

Die Worte waren kaum aus seinem Munde, da begriff er, was passiert sein mußte. Wie um alles in der Welt fand Lucia aus so einer vertrackten Situation heraus? Aber es mußte schon dicker kommen, um die Bürgermeisterin von Tilling aus der Fassung zu bringen. Sie gab Grosvenor das Paket.

»Ein paar Teeproben, auf die ich schon gewartet habe«, sagte sie vollkommen gleichmütig. »Ja, von Twistevant.« Und legte die Proben in eine Schublade ihres Tisches.

Wer wollte solch dreiste Gelassenheit nicht bewundern, dachte Georgie.

6

Elizabeths angegriffener Hals war am nächsten Morgen vollständig wiederhergestellt, beim Einkaufen überschüttete sie Diva mit Dank.

»Ich habe Ihren Rat befolgt, Liebe, und ordentlich gegurgelt, als ich nach Hause kam«, sagte sie, »und heute war alles wie weggeblasen ... Ah, da sind Ehrenwert und Mr. Georgie. Ich habe Diva gerade erzählt, wie schnell ich mit ihrem Rezept meinen armen Hals kuriert habe; ich konnte gestern einfach nicht sprechen. Und ich hoffe, es geht Ihnen besser, Ehrenwert. Es muß schrecklich sein, wenn man einen Zahn gezogen bekommt.«

Lucia und Georgie schauten sich ihr Lächeln ganz genau an ... Kein Zweifel.

»Ach, Sie Glückliche«, gratulierte Lucia ihr in den höchsten Tönen. »Wie ich Sie um Ihre wunderschönen Zähne beneidet habe, als Mr. Fergus sagte, er müßte mir einen ziehen.«

»Ich beneide Sie auch«, sagte Georgie. »Wir alle.«

Diese Segenswünsche schienen Elizabeths Abgang zu beschleunigen. Sie knipste ihr Lächeln aus und trippelte über die Straße, um dem Padre zu erzählen, daß ihr Hals wieder in Ordnung sei und sie wie üblich am Sonntag den Alt im Kirchenchor singen könne. Mit leicht verwirrter Miene gesellte er sich zu der Gruppe, die sie gerade verlassen hatte.

»Unheimliche Mächte am Werrk, wahrrlich!« sagte

er mit ironischem Unterton. »Alles in Tilling scheint zu verrschwinden. Mistrress Mapp-Flints angegrriffenerr Hals, und dabei konnte sie gesterrn nicht einmal den Mund aufmachen. Und dann Mistrress Wyse' kleinerr Vogel. Angeblich dematerrialisierrt. Unfug! Und Majorr Benjys Rreitgerrte. Wahrrlich sehrr seltsam. Auf all das kann ich mirr ja nun garr keinen Rreim machen.«

Damit war das Thema erschöpft. Lucia hatte zu Blauem Piepmatz nichts zu sagen und Diva nichts zu der Reitgerte. Sie wandte sich an Georgie.

»Die Tulpenzwiebeln für meinen Garten sind gekommen«, sagte sie. »Ach, hätten Sie wohl eine Minute Zeit, mir zu sagen, wo und wie ich sie pflanzen soll? Ich mache ja alles selbst. Ohne Gärtner. Im Frühjahr will ich ein Gartenrestaurant eröffnen. Es soll eine richtig schöne Laube werden.«

Die Gruppe zerstreute sich. Lucia ging zum Fahrradladen, um für den Nachmittag Fahrzeuge zu ordern. Da sie es für besser hielt, die Örtlichkeiten zu wechseln, entschied sie sich nun für das breite, harte Sandstück hinter dem Golfplatz, wo sie und Georgie Wenden üben konnten, ohne abzusteigen, und wo keine Gefahr von Feuertöpfen dräute. Georgie begleitete Diva in den Garten hinter ihrem Haus.

»Die Sachen«, erläuterte Diva, »können aus dem Küchenfenster gereicht werden. Sehr praktisch. Wo soll ich die Tulpen hinpflanzen?«

»Alle in dieses Beet«, sagte Georgie. »Geben Sie mir einen kleinen Spaten und die Zwiebeln. Ich zeige es Ihnen.«

Diva stand bewundernd daneben.

»Was für ein hübsches Loch« sagte sie.

»Drücken Sie die Zwiebel fest hinein, aber ohne Gewaltanwendung«, sagte Georgie.

»Aha. Und dann die Erde wieder darauf häufeln und –«

»Und die nächste ungefähr sieben Zentimeter entfernt –«

»O je, o je! Da brauche ich aber viele!« sagte Diva. »Und glauben Sie an Elizabeths angegriffenen Hals? Ich nicht. Ich habe überlegt –«

Durch das offene Küchenfenster kam das unmißverständliche Pfeifen eines überkochenden Wasserkessels.

»Bin in einer Minute zurück«, sagte sie. »Die dumme Janet. Putzt wahrscheinlich die Zimmer und läßt ihn auf dem Herd.«

Sie flitzte ins Haus. Georgie buddelte noch ein Loch, und die Schaufel förderte ein kleines zylindrisches Objekt zutage, die Farbe schwärzlich, aber die Oberfläche glatt geschliffen, augenscheinlich keine natürliche Frucht des lehmigen Bodens. Es war aus Metall, ein kurzer Holzstummel stak daraus hervor. Er rubbelte die Erde ab, zwei Initiale waren eingraviert: B.F. Sein Gedächtnis zog Kreise wie ein Habicht und stieß herab.

»Da haben wir's!« sagte er zu sich. »Eindeutig. Benjamin Flint.«

Er ließ das Objekt in die Tasche gleiten und erwog sein weiteres Tun. Nein, es hatte keinen Zweck, Diva zu erzählen, was er gefunden hatte. Relikte begruben sich nicht selbst, und wer, wenn nicht Diva, konnte dieses der Erde überantwortet haben? Offenbar hatte sie es loswerden wollen, und es war ebenso herzlos wie unnötig, ihr zu erzählen, daß ihr kein Erfolg beschieden gewesen sei. Sollte er es wieder begraben? Aber es gibt Taten, derer die menschliche Natur nicht fähig ist. Georgie hob das nächste Loch aus.

Diva kam wieder herausgeschwirrt und redete an der Stelle weiter, an der sie aufgehört hatte, bevor der Kessel übergekocht war, allerdings wiederholte sie das letzte Wort, um den Zusammenhang herzustellen.

»– habe überlegt, ob sie nicht irgendwas mit den Zähnen hatte. Immer wieder betont sie, wie wunderbar sie sind, aber Leute, die wirklich wunderbare Zähne haben, sprechen nicht darüber. Sie lassen sie für sich sprechen. Oder beißen. Tilling ist voller Mysterien, wie der Padre sagt. Besonders, seit Lucia Bürgermeisterin ist. Sie ist dynamischer als je zuvor und versetzt alles um sich herum in Bewegung. Was für eine Gabe! O jemine, ich rede ja mit ihrem Ehemann. Aber es stört Sie doch nicht, Mr. Georgie? Sie spielt einfach immer so eine zentrale Rolle.«

Georgie hätte ihr gern erzählt, was für eine zentrale Rolle Lucia bei Elizabeths angegriffenem Hals gespielt hatte, aber es erschien ihm unklug.

»Stört mich? Nicht im geringsten«, sagte er. »Und es würde ihr sicher gefallen, daß Sie so über sie denken. Hm, viel Glück mit den Tulpen, und graben Sie sie nicht aus, um nachzuschauen, wie sie sich machen. Das tut ihnen nämlich gar nicht gut.«

»Natürlich nicht. Aber was das für ein schattiges Plätzchen im Frühjahr wird! Und Irene malt mir ein Schild. Die Sensation! Keine Nackedeis, habe ich ihr gesagt, nur die Hände und Gesichter nackt.«

Irene erging sich in sportlichen Zuckungen auf ihrer Türschwelle, als Georgie auf dem Heimweg an ihrem Haus vorbeischlenderte.

»Treten Sie ein, König meines Herzens«, rief sie. »Oh, Georgie, wirklich, wenn Sie Ihr senffarbenes Cape und Ihre blaue Baskenmütze tragen, sind Sie eine öffentliche Versuchung. Treten Sie ein und lassen Sie sich fünf Minuten lang bewundern – nur fünf Minuten –, oder soll ich Ihnen den neuen Entwurf für mein Fresko zeigen?«

»Das wäre mir am liebsten«, bedeutete Georgie ihr in strengem Ton.

Irene hatte eine große Skizze in Öl gemalt, die den Platz dessen einnehmen sollte, was die städtische Bauaufsicht verboten hatte. Den Hintergrund bildete Tilling, wie es sich an den Hügel schmiegte, gekrönt von der Kirche, und im Vordergrund glitt eine riesige Austernschale den Fluß hinauf, auf der statt einer nackten, kittfarbenen weiblichen Person eine stattliche viktorianische Gestalt mit Schal, Haube und gestreiftem Rock posierte. Die Künstlerin hatte die im *Hampshire Argus* erschienene Photographie von Elizabeth in großem Maßstab reproduziert; das Gesicht, unverwechselbar Elizabeths, trug ein verzücktes Lächeln. Einen Arm hatte die Dame vorgestreckt, ein Bein hielt sie wie beim Schlittschuhlaufen nach hinten in die Luft. Ein ebenso stattlicher Herr, der den Wind symbolisierte, lag auf allen vieren in Frack und Zylinder auf einer Wolke hinter ihr und blies sie mit aufgeplusterten Wangen flußaufwärts.

»Du liebe Güte, sehr beeindruckend!« sagte Georgie. »Aber ist es dem Photo von Elizabeth im *Ar-*

gus nicht täuschend ähnlich? Und werden die Leute nicht sagen, daß es Major Benjy ist, der in den Wolken liegt?«

»Aber natürlich werden sie das sagen, Sie Dummchen, es sei denn, sie sind blind«, rief Irene. »Ich habe Mapp nie verziehen, daß sie First Lady geworden ist und gegen Sie für den Stadtrat kandidiert hat. Das wird ihr einen Dämpfer aufsetzen, und alles nur Lucia zuliebe.«

»Sie sind ihr wirklich treu ergeben, Irene«, sagte er, »und sehr amüsant, aber denken Sie –«

»Ich denke nie«, rief Irene. »Ich *empfinde*, und jetzt empfinde ich eben so. Ich bin der einzige Mensch in dieser kleinkarierten, intriganten Tillinger Welt, der impulsiv handelt. Selbst Lucia intrigiert zuweilen. Und da Sie mit dem Thema angefangen haben –«

»Bisher habe ich noch mit keinem Thema angefangen«, sagte Georgie.

»Typisch. Das würden Sie auch niemals tun. Aber Georgie, ist das Bild nicht phantastisch? Beinahe bin ich der Meinung, daß es durch die Viktorianisierung gewonnen hat, die Viktorianer haben so eine unterdrückte diabolische Kraft, die bloßer Nacktheit abgeht. Ein Nackter hat die Karten offen auf dem Tisch. Ich hätte nicht übel Lust, es an die Royal Academy zu schicken, statt ein Fresko daraus zu machen. Nur um den miesen Spießern von Tilling einen Denkzettel zu verpassen.«

»Das geschähe ihnen ganz recht«, pflichtete Georgie ihr bei.

Das nachmittägliche Fahrradfahren an der Küste gestaltete sich als großer Erfolg. Es war Ebbe, ein breiter Streifen festen, glatten Sandes lag frei. Chapman und der Junge aus dem Fahrradladen mußten nicht mehr hinter den beiden Radsportlern herrennen, und da es nun reichlich Platz zum Wenden gab, hatten diese auch keinerlei Schwierigkeiten mehr, es zu bewerkstelligen, und ihre Kurven wurden bald, wie Lucia sagte, so spitz wie eine Nadel. Die Felsen und Buhnen sorgten für Hindernisse, die umfahren werden mußten, und Lucia und Georgie flogen dicht an ihnen vorbei, ohne ein einziges Mal mit ihnen zusammenzustoßen. Sie stiegen ab und auf, Meister in den Künsten des Gleichgewichthaltens und Lenkens; all das geheime Üben trug plötzlich Früchte.

»Es wird Zeit, daß wir uns Fahrräder kaufen«, sagte Lucia, als sie zurückradelten. »Wir bestellen sie heute, und sobald sie da sind, erledigen wir unsere morgendlichen Einkäufe mit dem Fahrrad.«

»Da bin ich bestimmt ganz schön nervös«, sagte Georgie.

»Kein Grund, mein Lieber. Ich kann dir jedenfalls die Fähigkeit bescheinigen, daß du dich in jedem Verkehr bewegen und rasch und sicher absteigen kannst. Denk nur daran, daß du auf nichts schaust, in das du nicht hineinfahren willst. Den Kopf gut davon abgewandt.«

»Dessen bin ich mir bewußt«, sagte Georgie, den ihre herablassende Art ungeheuerlich fuchste. »Und nun zu dir. Vergiß die Klingel und die Bremse nicht. Manchmal verwechselst du sie. Klingel, Liebe! Jetzt bremse. So ist's besser.«

Sie erreichten das Auto und fuhren über die Feuertopfstraße zurück. Die Arbeit dort war noch nicht beendet, und in einem kuriosen Anfall von Geistesabwesenheit zeigte Lucia auf die blubbernde Teerpfanne.

»Wenn ich daran denke, daß ich noch vor ein paar Tagen –« sagte sie. »Oh, mein Lieber, ich gestehe, besonders da du es sicher schon erraten hast: Ich habe den Teertopf umgefahren. Zweimal.«

»O ja, das wußte ich«, sagte Georgie. »Aber ich bin froh, daß du es mir doch noch erzählst. Ich erzähle dir auch etwas. Schau dir das an. Sag mir, was es ist.«

Aus seiner Tasche nahm er die silberne Kappe von Benjys Reitgerte, die er am Morgen zutage gefördert hatte. Foljambe hatte sie poliert. Lucias feine Augenbrauen zogen sich in angestrengter Erinnerung zusammen.

»Kommt mir irgendwie bekannt vor«, überlegte sie. »Ah! Initiale! B.F. Na so was, es gehört Benjy! Die Zeitungsredaktion! Die Reitgerte! Verschwunden! Georgie, wo hast du die denn aufgegabelt?«

Georgies Bericht wurde immer wieder von Lucias Kommentaren unterbrochen.

»Nur so tief wie eine Tulpenzwiebel ... Beileibe nicht tief genug, ein solcher Mangel an Sorgfalt ... Ich glaube, Diva hat sie selbst vergraben ... Du hattest ganz recht, ihr nichts zu sagen, sehr demütigend. Aber wie kommt es, daß die Kappe abgerissen ist? Meinst du, sie hat sie abgebrochen und den Rest woanders begraben, wie Mörder ihre zerstückelten Opfer? Und schau dir das vorstehende Stückchen an. Es sieht aus, als sei es abgebissen worden, aber warum sollte Diva das tun? Wenn es Elizabeth mit ihren hervorragenden Zähnen gewesen wäre, wäre es plausibler.«

»Alles sehr verwirrend«, sagte Georgie, »aber wenigstens bin ich bei den verschwundenen Sachen einen Schritt weitergekommen. Als nächstes richte ich mein Augenmerk auf Blauen Piepmatz.«

Lucia war der Ansicht, daß sie für einen Tag genug gebeichtet hatte.

»Ja, kümmere dich darum, Georgie«, sagte sie. »Das ist auch sehr verwirrend. Aber Mr. Wyse ist überglücklich, wie sich meine Erklärungen auf Susan ausgewirkt haben. Sie hat meine Theorie akzeptiert, daß Blauer Piepmatz in eine höhere Sphäre aufgestiegen ist.«

»Das scheint mir ein sehr schlechtes Zeichen zu sein«, sagte Georgie. »Es sieht aus, als sei sie ernsthaft übergeschnappt. Und ehrlich, glaubst du es denn?«

»Nun, es ist schwer«, sagte Lucia mit stoischer Gelassenheit, »zwischen dem, was man rational glaubt, was man folglich für wahr hält, und dem, das mehr als eine Erklärung zuläßt, eine scharfe Trennungslinie zu ziehen. Irgendwann müssen wir uns einmal darüber unterhalten. Ein herrlicher Sonnenuntergang.«

Eine Woche später trafen die Fahrräder ein, vernickelt, mit Klingel und Bremsen. Auf Lucias Werkzeugtäschchen hinter dem Sattel war in leuchtenden Farben das Stadtwappen von Tilling aufgemalt. Nach Einbruch der Dunkelheit wurden die Räder nach Mallards gebracht, und am nächsten Morgen fuhren die beiden schon vor dem Frühstück über die Gartenwege, wobei sie mühelos den engen Pfad zum Gemüsegarten hinaufradelten und den Maulbeerbaum auf dem Rasen umkreisten. Sie erwiesen sich als wahre Meister ihres Fachs. Da ihr erster öffentlicher Auftritt so kurz bevorstand, konnte Lucia zum Frühstück nur eine Kleinigkeit zu sich nehmen. Georgie hoffte vergebens, daß ein tropischer Regen niedergehen würde. Die Sonne schien, und zur Einkaufszeit erklommen sie ihre Räder und holperten langsam über die steile Pflasterstraße in die High Street, jederzeit bereit, die Klingeln zu betätigen. Irene sah sie als erste und rannte zu Lucia.

»Wunderbar, Sie vollkommener Mensch«, schrie sie und streckte die Hand aus, als wolle sie sie auf Lucias legen. »Was können Sie eigentlich *nicht*?«

»Ja, Liebe, aber fassen Sie mich nicht an«, kreischte Lucia in Panik. »Hier ist es gerade so hubbelig.« Dann bogen sie auf den glatten Asphalt der High Street ein.

Als nächste sah Evie sie.

»O jemine, sie bringen sich noch beide um!« quietschte sie. »Da kommt ein Automobil angerast. Kenneth, sie fahren Fahrrad!«

Höchst elegant fuhren sie weiter. Lucia stieg an der Post ab; Georgie bediente seine Bremse mit exzellentem Feingefühl, hielt vor dem Wild- und Geflügelhändler und stellte einen Fuß auf den Bürgersteig. Elizabeth befand sich in dem Laden, und Diva kam aus der Post.

»Allmächtiger«, rief sie. »Ich wußte ja gar nicht, daß Sie das können. Bei dem Verkehr!«

»Kinderleicht, Liebe«, sagte Lucia. »Bestell ein Hühnchen, Georgie, in der Zwischenzeit hole ich ein paar Briefmarken.«

Sie stellte ihr Rad gegen den Bordstein, Georgie blieb auf seinem sitzen, bis Mr. Rice mit Elizabeth aus seinem Geschäft trat.

»Was für ein hübsches Fahrrad!« sagte sie, gelb vor Neid. »Ach, da ist ja auch Ehrenwert. Na, das ist eine Überraschung! Was sie nicht alles kann!«

Dann gondelten sie weiter. Georgie fuhr zur Leihbücherei und erfuhr, daß das von Lucia gewünschte Buch eingetroffen war. Aber er wollte es lieber nach Mallards geschickt bekommen; Hände waren schließlich dazu da, Lenkstangen festzuhalten. Lucia radelte zum Lebensmittelladen, und als er sie dort wieder traf, hatte sich auch die Tillinger Welt versammelt; der Padre und Evie, Elizabeth und Benjy und Mr. Wyse. Susan schaute vom Royce aus zu.

»Man kann soviel Zeit sparen«, sagte Lucia ganz nonchalant zu der ehrfürchtigen Versammlung. »Eine Spritztour aufs Land, Georgie, ein halbes Stündchen?«

Mit traumwandlerischer Sicherheit fuhren sie die High Street hinunter und ließen eine völlig perplexe Gruppe hinter sich.

»Hm, eine schneidige Lady«, sagte der Padre. »Seht, wie sie dahingleitet. Beherrrscht alles, was sie anfaßt.«

Elizabeth konnte es nicht länger ertragen und stieß ihr bissiges Gelächter aus.

»Lieber Padre!« sagte sie. »Was für ein Getue um nichts und wieder nichts! Als ich klein war, habe ich in zehn Minuten gelernt, wie man Fahrrad fährt. Nichts leichter als das.«

»Mein lieberr Schwan, Me'em!« sagte der Padre.

»Bemerrkenswerrt, denn damals gab es doch sicherr nurr diese hohen Drrahtesel, die man allerrdings auch schon rrittlings fuhrr.«

»Nein, so lange ist es nicht her«, sagte Elizabeth und trollte sich.

Er drehte sich zu Evie um.

»Es wärre kapital, wenn ich ein Fahrrrad hätte, um in derr Gemeinde herrumzufahrren«, sagte er. »Auf in den Laden und gefrragt, ob sie eines zu verrmieten haben, damit ich es lerrnen kann!«

»O Kenneth, ich würde es auch gern lernen«, sagte Evie. »Es macht bestimmt solchen Spaß!«

Mittlerweile waren die Pioniere, rosig im Erfolgstaumel, ans Ende der High Street gelangt. Von dort aus führte die Straße rasch bergab. »Jetzt können wir ein wenig Geschwindigkeit zulegen, Georgie«, sagte Lucia und schoß davon. Da sie aber nur auf den ebenen Straßen der Marsch und an der Küste geübt hatte, fuhr sie sofort weitaus schneller, als sie beabsichtigt hatte, und den Blick unverwandt auf die Straße geheftet, tastete sie nach der Bremse. Dann verlor sie vollends den Kopf. In ihrer Aufregung fand sie nur die Klingel und während sie in einem fort klingelte, raste sie mit zunehmender Schnelligkeit die kurze steile Straße hinunter auf die Eisenbahnbrücke zu. Ein Streifenpolizist, den gebieterischen Arm des Gesetzes ausgestreckt, trat vor, um sie anzuhalten. Als sie das aber nicht zur Kenntnis nahm, trat er hastig zurück, denn Selbstmord oder Totschlag waren doch weit ernsthaftere Vergehen als gefährliches Fahren. Lucias Gesicht war vor Todesangst und -qualen verzerrt, der Blick starr, der Mund sperrangelweit offen, und der junge Beamte konnte zur Identifikation nur notieren, daß eine unbekannte Person weiblichen Geschlechts an ihm vorbeigeflitzt, daß das Fahrrad neu und das Stadtwappen auf dem Werkzeugtäschen war. Lucia sauste zwischen einem Fußgänger und einem Lieferwagen hindurch, haarscharf gelang es ihr, beide nicht umzufahren; wie bei einer Berg- und Talfahrt schnurrte sie die Eisenbahnbrücke hinauf und hinunter, alldieweil hektisch klingelnd ... Dann lag der lange Aufstieg auf den Tillinger Hügel vor ihr, und als die Geschwindigkeit sich verminderte, fand sie auch die Bremse. Sie stieg ab und wartete auf Georgie. Er hatte sie in dem Verkehr aus dem Auge verloren und war ihr ängstlich und in der eisigen Erwartung gefolgt, sie und das wunderschöne neue Fahrrad am Boden zerschmettert vorzufinden. Aber dann hatte er einen kurzen Blick auf sie erhascht, wie sie in flinkem schwalbengleichen Flug das steile Stück der Eisenbahnbrücke hinaufsegelte. Gott sei Dank war sie bis dahin sicher gekommen! Nun überquerte er selbst die Brücke und sah sie hundert Meter vor sich den Hügel hinauffahren. Lange bevor er bei ihr anlangte, war sein Schwung verbraucht, und er stieg ab.

»Nicht so schnell, Lieber«, rief sie ihm mit bebender Stimme zu. »Du hattest recht, gut, daß du so vorsichtig gefahren bist. Sicher ist sicher.«

»Ich habe mir große Sorgen um dich gemacht«, keuchte Georgie, als er zu ihr aufschloß. »So schnell hättest du nicht fahren dürfen. Es geschähe dir ganz recht, wenn du wegen gefährlichen Fahrens eine Anzeige bekämst.«

Lucia schoß eine vage, aber leuchtende Vision durch

den Kopf. Sie konnte sich kein beneidenswerteres Stück Publicity vorstellen, als in ihrem Alter wegen eines so sportlichen Kabinettstücks vor Gericht gestellt zu werden. Es verstieß gegen das Gesetz und wurde bestraft, kein Zweifel, aber wie ein *crime passionel* würde es allgemeine Bewunderung erregen. Seht, unsere flotte Bürgermeisterin!

»Ich gebe zu, daß ich sehr schnell gefahren bin«, sagte sie, »aber ich habe nie die Kontrolle über mein Fahrzeug verloren. Und so erregend! Ich glaube, so schnell ist noch nie jemand die Landgate Street hinuntergesaust. Sollen wir weiterfahren, wenn du dich ausgeruht hast?«

Sie unternahmen eine lange, aber extrem vorsichtige Spazierfahrt und gönnten sich nach dem Lunch eine wohlverdiente Siesta. Lucia, die auf dem Sofa im Gartenzimmer ruhte, wurde vom Eintreten Grosvenors aus einem entsetzlichen Alptraum geweckt: Sie radelte, was das Zeug hielt, den Beachy Head hinunter schnurstracks in die Arme eines Polizisten am Strand.

»Inspektor Morrison, Ma'am«, sagte Grosvenor. »Er kommt noch einmal vorbei, wenn es Ihnen jetzt nicht paßt.«

Der Alptraum verflüchtigte sich, die vage Vision leuchtete wieder auf. War es möglich...?

»Aber nicht doch, sofort«, sagte sie und sprang auf. Inspektor Morrison trat ein.

»Bitte um Entschuldigung, wenn ich störe, Euer Ehren«, sagte er, »aber einer meiner Männer hat mir gemeldet, daß eine Person weiblichen Geschlechts heute morgen gegen elf Uhr auf einem neuen Fahrrad mit dem Wappen Tillings auf dem Werkzeugtäschchen mit gefährlicher Geschwindigkeit die Landgate Street hinuntergefahren ist. Er zog im Fahrradladen Erkundigungen ein und erfuhr, daß Ihnen gestern ein ähnliches Fahrzeug ins Haus geliefert wurde. Ich bitte deshalb um die Erlaubnis, Ihre Hausangestellten zu befragen, ob –«

»Schon recht, daß Sie sich an mich wenden, Inspektor«, sagte Lucia. »Sie tun nur Ihre Pflicht. Ich unterschreibe die Vorladung natürlich.«

»Aber wir wissen noch nicht, wer es war, Ma'am. Ich würde Ihre Bediensteten gern befragen, wo sie um elf Uhr heute morgen waren.«

»Nicht nötig, Inspektor«, sagte Lucia. »Ich bin die Schuldige. Bitte schicken Sie die Vorladung hierher, und ich werde sie unterzeichnen.«

»Aber, Euer Ehren –«

Lucia stand große Ängste aus, daß der Inspektor sich herauswinden, die Bürgermeisterin nicht vorladen und der Fall niemals vor Gericht kommen würde. Sie bedachte ihn mit einem amtlichen Blick.

»Ich dulde in Tilling nicht ein Gesetz für reich und eines für arm«, sagte sie. »Ich bin zu schnell gefahren. Es war sehr gedankenlos von mir, und ich werde dafür büßen. Ich bitte Sie, den Fall auf dem normalen Amtswege zu verfolgen.«

Der eine Auftritt Lucias und Georgies mit den Fahrrädern auf Einkaufstour reichte aus, im Busen der reiferen Damen Tillings den vehementen Wunsch zu entzünden, ihnen nachzueifern. Es wirkte so geschmeidig, so jugendlich ausgelassen, sich durch den Verkehr zu fädeln und eine Spritztour aufs Land zu unternehmen, und wenn Lucia es gelernt hatte, lernten sie es allemal. Gerade Lucias Nonchalance machte es lebensnotwendig, ihr zu zeigen, daß an diesem unerwarteten Geniestreich nichts Besonderes war. Der Fahrradladen konnte sich vor Nachfragen nach Mieträdern und Instrukteuren kaum retten. Der Padre und Evie traten als erste auf den Plan. Er verschob seinen wöchentlichen Besuch im Armenhaus, der normalerweise von halb drei bis halb vier Uhr nachmittags währte, und sie mieteten die beiden Räder, die Lucia und Georgie nun nicht mehr benötigten. Als nächstes tauchte Diva auf und erfuhr zu ihrem Leidwesen, daß das einzige Damenfahrrad schon vorbestellt war, darum mietete sie es für eine Stunde am folgenden Morgen. Georgie besorgte an dem Tag die recht umfangreichen Einkäufe allein, denn Lucia mußte zu einer Stadtratssitzung im Rathaus. Um Zeit zu sparen, radelte sie die Strecke von knapp hundertundfünfzig Metern, aber die Zeitersparnis war dann doch nur unerheblich. Sie mußte nämlich zweimal absteigen, weil die Pfosten, die den Weg für den Fahrzeugverkehr versperrten, die Durchfahrt sehr eng gestalteten. Nachdem Georgie seine Einkäufe erledigt hatte und die Sitzung zu Ende war, holte er sie am Rathaus ab, und mit voll durchgedrückten Bremsen fuhren sie in die High Street, *en route* für einen weiteren Ausflug aufs Land. Susans Royce stand vor dem Fahrradladen.

»Georgie, ich finde keinen Moment Ruhe«, sagte Lucia, »solange ich nicht weiß, ob auch Susan Ambitionen hegt. Ich muß auf einen Sprung hineinschauen.«

Beide Wyses waren dort. Algernon lehnte sich über

Susans Schulter, während sie einen Katalog mit den neuesten Dreirädern studierte...

Allein die First Lady tat die Radelei erhaben und verächtlich ab. Als sie eines Morgens aus dem Fenster schaute, entdeckte sie Diva, die im Schneckentempo die völlig leere Straße Richtung Grebe heraufgeradelt kam. Georgies ehemaliger Instrukteur stützte sie, hatte aber einige Schwierigkeiten, sie lotrecht zu halten. Elizabeth eilte zum Gartentor und langte genau in dem Moment dort an, als Diva vorbeifuhr.

»Guten Morgen, Liebe«, sagte sie. »Wie schade, daß Sie sich nun auch haben anstecken lassen.«

»Guten Morgen, Liebe«, echote Diva, den Blick unverwandt auf die vor ihr liegende Straße gerichtet. »Keinen blassen Schimmer, was Sie meinen.«

»Ist es denn klug, solch einen anstrengenden Sport zu betreiben?« fragte Elizabeth. »Doch sicher eine große Belastung für Sie beide!«

»Kein bißchen anstrengend«, rief Diva nach hinten. »Und mein Instrukteur sagt, bald käme ich schon wunderbar schnell voran.«

Das Fahrrad scherte in weitem Bogen aus.

»Oh, Vorsicht«, schrie Elizabeth mit ängstlicher Stimme, »sonst fallen Sie wunderbar schnell herunter.«

»Machen wir eine kleine Pause«, sagte Diva zu ihrem Instrukteur und stieg vom Rad, um zurückzugehen und ein Wörtchen mit ihrer Freundin zu reden. »Sie ärgern sich doch nur«, sagte sie zu Elizabeth, »daß wir Lucias Beispiel folgen. Leugnen Sie es nicht. Seien Sie ehrlich mit sich selbst, und Sie wissen, es stimmt,

Elizabeth. Überwinden Sie sich, Liebe. Bemühen Sie sich. Viel christlicher.«

»Besten Dank für Ihre freundliche Anteilnahme an meiner charakterlichen Entwicklung, Diva«, erwiderte Elizabeth spitz. »Nun weiß ich, an wen ich mich zu wenden habe, wenn ich an geistiger Verwirrung leide.«

»Es ist mir immer ein Vergnügen, Ihnen einen Rat zu geben«, sagte Diva. »Und nun tun Sie mir auch mal einen Gefallen. Sie haben uns doch allen erzählt, daß Sie als Kind in zehn Minuten Fahrradfahren gelernt haben. Ich gebe Ihnen mein Fahrrad für zehn Minuten. Schauen Sie, ob Sie es in der Zeit können! Sie zieren sich, Liebe? Überrascht mich nicht. Und schnelle Bewegungen sind vielleicht für Ihren angegriffenen Hals zu riskant.«

Einen Moment herrschte Schweigen. Dann waren beide Damen so zufrieden mit ihrem brillanten Schlagabtausch, daß Elizabeth sagte, sie werde später auf einen Sprung zum Tee in Divas Lokalität kommen, und Diva sagte: »Reizend.«

Elizabeth zum Trotz (oder vielleicht gerade ihretwegen) wurde es zur neuen Mode, die fahrradverrückten neunziger Jahre wiederzubeleben. Major Benjy wurde abtrünnig und von seiner Gattin dabei ertappt, wie er heimlich mit dem Rad des Gärtners auf dem Schlakkepfad im Gemüsegarten übte. Auch Mr. Wyse radelte plötzlich auf einem fahrbaren Untersatz daher, und zwar aufs eleganteste. Er behauptete, Figgis, sein Butler, habe sich zufällig daran erinnert, daß in der Garage ein Fahrrad stehe, und es aufgemöbelt. Mr. Wyse führte einen neuen Stil ein: Er beherrschte die neue Kunst ohnehin schon meisterhaft, und statt eine hochkonzentrierte Miene aufzusetzen, sah er aus, als schlendere er zu Fuß daher. Er konnte eine Hand von der Lenkstange nehmen und den Hut vor der Bürgermeisterin ziehen, als mache er alles mit links. Auf Erkundigungen nach diesem Bravourstück sagte er, es sei auch nicht schwierig, beide Hände loszulassen, ohne daß man sofort hinfalle. Lucia kam indes nach einigen Experimenten im Garten zu dem Schluß, daß Mr. Wyse zwar ein sehr geschickter Fahrer war, sich in diesem Punkt aber irrte. Susan setzte allem die Krone auf, indem sie nach langem Warten an der Ecke Porpoise Street, wo ein parkendes Automobil nur etwa zwei Meter fünfzig Straße freiließ, auf einem brandneuen Dreirad majestätisch in die High Street einbog. »Diese großen Automobile«, beschwerte sie sich bei der Bürgermeisterin, »sollten auf unseren engen Straßen nicht zugelassen werden.«

An dem Morgen, an dem man Lucia wegen gefährlichen Fahrens vor ihr eigenes Gericht geladen hatte, war das Rathaus zum Bersten gefüllt. Sie war mit dem Fahrrad dorthin gefahren, wobei sie die Anti-Fahrzeug-Pfosten nun mit äußerster Präzision passiert hatte, und saß dem Stadtgericht mit ihrem halboffiziellen Hut auf dem Haupte vor. Sie und ihre Kollegen Friedensrichter mußten, bevor sie an die Reihe kam, in zwei Fällen Recht sprechen, von denen einer einen Motorradfahrer betraf, dessen Bremsen defekt gewesen waren. Die Richterbank beriet sich, befand, daß es sich um ein schweres Vergehen handelte, und belegte den

Mann mit einer Geldstrafe von zwanzig Schilling. Als Lucia das Urteil verkündete, richtete sie einige ernste Ermahnungen an ihn. Sie belehrte ihn, daß er im Notfall nicht hätte anhalten können und Leib und Leben seiner Mitbürger in Gefahr gebracht habe. Die Friedensrichter gewährten ihm eine Zahlungsfrist von sieben Tagen. Dann kam der große Augenblick. Die Bürgermeisterin erhob sich und sagte mit klarer, unerschütterlicher Stimme:

»Hohes Gericht, in den nächsten Fall bin ich persönlich verwickelt und werde dieserhalb meinen Sitz auf der Richterbank verlassen. Würde der Älteste des Hohen Gerichts die Güte besitzen und während meiner zeitweiligen Abwesenheit den Vorsitz übernehmen?«

Sie stieg in die Tiefen des Rathauses hinab.

»Der nächste Fall, Hohes Gericht«, sagte der Stadtschreiber, »betrifft gefährliches Fahren auf einem Fahrrad seitens Mrs. Lucia Pillsons. Mrs. Lucia Pillson.«

Sie bekannte sich mit ruhig triumphierender Stimme schuldig, und die Herren Richter hörten die Zeugen. Der erste, ein Wachtmeister, schwor, die Wahrheit und nichts als die Wahrheit zu sagen. Er hatte am Dienstag, dem zwölften d.M., um elf Uhr morgens an der Eisenbahnbrücke Dienst getan und beobachtet, wie sich bei heftigem Verkehr eine Fahrradfahrerin mit gefährlicher Geschwindigkeit auf der Landgate Street näherte. Er hatte den Arm ausgestreckt, um sie anzuhalten, aber sie war an ihm vorbeigerast. Er schätzte ihre Geschwindigkeit auf dreißig Stundenkilometer, sie schien die Kontrolle über ihr Fahrzeug verloren zu haben. Als sie an ihm vorbeifuhr, hatte er bemerkt, daß das Werkzeugtäschchen hinter dem Sattel mit dem Wappen der Stadt verziert war. Er hatte im Fahrradladen Erkundigungen eingezogen und zweifelsfrei erfahren, daß ein Fahrzeug, auf das diese Beschreibung zutraf, am Tag zuvor an Mrs. Pillson von Mallards House geliefert worden war. Darüber hatte er seinem Vorgesetzten Bericht erstattet.

»Haben Euer Eh – noch Fragen an den Zeugen?« fragte der Stadtschreiber.

»Nein«, erwiderte Lucia wie aus der Pistole geschossen. »Keine.«

Der nächste Zeuge war der Fußgänger, den sie beinahe ins Jenseits befördert hätte. Zu ihrem nicht geringen Kummer mußte Lucia feststellen, daß es der Arbeiter mit dem Feuertopf war. Er fing an, seine Erlebnisse zu schildern, als er vor einer Weile Telegraphenmasten geteert hatte, doch zu ihrer großen Erleichterung gebot man ihm unverzüglich Einhalt und beschied ihn, er müsse sich auf das beschränken, was am Dienstag um elf Uhr passiert sei. Unter Eid sagte er aus, daß er genau zu der Uhrzeit an der Eisenbahnbrücke die Straße überquert habe und eine Radfahrerin mit einer Geschwindigkeit an ihm vorbeigesaust sei, die er auf mehr als dreißig Stundenkilometer schätzte. Ein dankbares Lächeln erhellte das Gesicht der Bürgermeisterin, Fragen hatte sie keine an ihn.

Damit war die Beweisaufnahme abgeschlossen, und der Polizeiinspektor gab zu Protokoll, die Angeklagte habe keine Vorstrafen.

Das Gericht beriet sich. Es schienen Meinungsverschiedenheiten hinsichtlich der Höhe der Geldstrafe zu bestehen. Nach einer kurzen Diskussion verkündete der zeitweilige Vorsitzende, daß auch sie zwanzig Schilling Geldstrafe erhalte. Sie bat nicht um eine Zahlungsfrist, sondern borgte sich das Geld von Georgie, der in der Nähe saß. In einwandfreier Haltung nahm sie ihren Platz auf der Richterbank wieder ein.

Georgie wartete bis zum Ende der Sitzung auf sie. Ein wenig im Hintergrund zwar, doch gut sichtbar, stand er dabei, als sie auf der untersten Stufe der Rathaustreppe für den Photographen des *Hampshire Argus* posierte, wie sie gerade ihr Fahrrad bestieg. Dessen Kollege von der schreibenden Zunft hatte jedes Wort festgehalten, das in dieser *cause célèbre* gefallen war, und Lucia bat ihn, ihr die Fahnen zu schicken, bevor der Artikel in Druck ging. Es war etwas enttäuschend, daß weder Reporter noch Photographen aus London angereist waren, obwohl Mrs. Simpson instruiert worden war, die Zentrale Nachrichtenagentur von Tag und Stunde des Prozesses in Kenntnis zu setzen ... Aber die Bürgermeisterin war hochzufrieden mit dem lokalen Ruhm, den ihr leichtsinniges Fahren ihr eingebracht hatte.

Elizabeth hatte doch tatsächlich den Versuch unternommen, ihren Freunden den Vorfall in einem anderen Licht zu schildern. Mit dem Padre und Evie hatte sich eine ziemlich peinliche Szene abgespielt.

»Entsetzlich«, sagte sie. »Ich finde, daß die arme Ehrenwert sich gründlich blamiert und die Würde des Amtes, das sie bekleidet, verletzt hat. Die ehrenwerten Männer, die hier seit Jahrhunderten Bürgermeister waren, drehen sich bestimmt im Grabe um. Ich habe überlegt, ob ich nicht, aus schierer Selbstachtung, vom

Amt der First Lady zurücktreten sollte. Es verbindet mich mit ihr.«

»Garr keine üble Idee«, sagte der Padre, und Evie stieß etliche schrille Quiekser aus.

»Andererseits hasse ich es, sie im Stich zu lassen, wenn sie in Nöten ist«, fuhr die First Lady fort. »Es ist ja so wahr, was Sie in Ihrer Predigt am letzten Sonntag gesagt haben, Padre, daß es unsere Pflicht als Christen ist, unseren Freunden immer beizustehen, wenn sie in Not sind und uns brauchen.«

»Also weil sie Sie braucht – was ja beileibe nicht der Fall ist –«, platzte Evie heraus, »kommen Sie an und erzählen uns, sie habe sich unsterblich blamiert und alle drehten sich im Grabe herum?! Sehr freundlich, Elizabeth.«

»Ich stimme meinem Weibchen voll und ganz zu, Madam«, sagte der Padre und berauschte sich schon an der Vorstellung, daß Evie First Lady wurde. »Wenn Sie die Meinung hegen, Sie können Ihrre Selbstachtung nurr bewahrren, indem Sie zurrücktrreten, na, dann ist es aberr doch Ihrre Chrristenpflicht, es auch zu tun. Ich garrantierre Ihnen, es inkommodierrt die Bürrgerrmeisterrin nicht im gerringsten. Lassen Sie sich also nicht dadurrch abhalten, daß Sie Ihrren Frreunden in derr Not beistehen wollen. Und wenn Sie mich frragen, was ich von Mistrress Lucias Abenteuerr halte: Es warr mächtig courragierrt, die Landgate Strreet mit überr vierrzig Stundenkilometerrn hinunterrzufliegen. Sie und ich würrden es nicht wagen, und werr weiß, ob wirr nicht besserre Menschen wärren, wenn wirr es denn wagten. Und da stand sie und bekannte sich schuldig wie ein Mann, gottesfürrchtig und rrechtschaffen, und sie verrdient einen Orrden, jawohl. Auf, auf, Weibchen; wirr müssen zu unserrem Fahrrradunterrricht.«

Die Meinung des Padre spiegelte die Meinung der ganzen Stadt wider, und die neue Zahl, »über vierzig Stundenkilometer«, wurde akzeptiert. Obwohl sie gesetzeswidrig und gemeingefährlich gehandelt hatte, war Tilling stolz auf eine so schneidige Bürgermeisterin. Diva nährte insgeheim die Illusion, diesen Rekord zu brechen, sobald sie gelernt hatte, das Gleichgewicht zu halten, und Susan brachte es auf ihrem Dreirad zu solch rasender Schnelligkeit, daß Algernon angstvoll hinter ihr her rief: »Nicht so schnell, Susan, ich bitte dich. Angenommen, es steht dir etwas im Wege.« Der Padre flitzte auf dem Rad in seiner Gemeinde herum, und als die Bewegung stärker wurde, erbot sich Lucia, im Garten Unterricht zu erteilen. Es wurde zur Mode, nach Einbruch der Dunkelheit, wenn der Verkehr nachgelassen hatte, die High Street auf- und abzujagen, sie hallte von fröhlichem Klingeln wider, und die Fahrradlampen funkelten. Zusammenstöße ereigneten sich nicht, denn alle fuhren entsprechend vorsichtig, aber eines kühlen Abends verfing sich Susans flatternder Pelzmantel so unentwirrbar in der Kette ihres Dreirades, daß sie ihn abschütteln und Figgis Mantel und Dreirad wie eine Schubkarre durch die Porpoise Street nach Hause manövrieren mußte.

Als das Wetter wärmer und die Tage länger wurden, veranstaltete man an interessanten Örtlichkeiten in bequemer Entfernung Picknicks – an einer Burg, einer Kirche, dem Turm eines Küstenkastells. In verfallenen Verliesen, auf Grabsteinen oder am Ufer eines Burggrabens verzehrte man Sandwiches und trank aus mitgebrachten Thermosflaschen. Wegen der unterschiedlichen Fortbewegungsgeschwindigkeit, die jeweils als bequem empfunden wurde, konnte die Gesellschaft nicht zusammen losfahren, wenn sie ungefähr gleichzeitig ankommen wollte. Susan auf ihrem Dreirad verließ Tilling immer als erste, Diva folgte ihr. Um die Ehre, wer als letzter fuhr, gab es einiges Gerangel: Lucia, für die das Prädikat wilden Fahrens sprach, wartete, bis sie glaubte, daß der Padre losgefahren sei, während er darauf vertraute, daß seine Normalgeschwindigkeit höher war als ihre. Folglich kamen sie beide immer sehr spät und sehr erhitzt an. Alle wunderten sich, wie sie jemals körperliche Ertüchtigung nur innerhalb des engen Radius eines Fußgängers hatten suchen können, und bemitleideten Elizabeth, weil ihr Stolz sie davon abhielt, an diesen erquickenden Ausflügen teilzunehmen.

7

Lucia gelang es nicht, die Direktoren der Southern Railway davon zu überzeugen, daß der Königliche Fischexpreß eine praktikable Sache sei. »Sollten Ihre Majestäten«, besagte deren letzte Verlautbarung, »Dero Königlichem Wunsch Ausdruck verleihen, mit Fisch aus Tilling beliefert zu werden, wird der Vorstand Sorge tragen, daß der Transport mit der gebotenen Eile erfolgt, aber unserem Dafürhalten nach reicht die Bahnverbindung, so wie sie derzeit besteht, aus, Dero Bedürfnisse, von denen wir zum gegenwärtigen Zeitpunkt allerdings keine Kenntnis haben, zu befriedigen.«

»Ihnen fehlt schlichtweg jeder Unternehmergeist«, sagte die Bürgermeisterin, als sie diese entmutigende Antwort las. »Sie sind unfähig, im Interesse der Stadt zu denken und zu erkennen, welches Ansehen man sich verschafft, wenn man einen elisabethanischen Brauch wiederbelebt. Ich werde meinem Rat den Plan gar nicht erst unterbreiten.« Womit sie dieses wenig unternehmerische Schreiben in den Papierkorb fallen ließ. Die Nachmittagspost war soeben eingetroffen, und die beiden Briefe, die sie ihr gebracht hatte, ereilte das gleiche Schicksal wie das Schlußwort der Direktoren.

»Mein Programm für die Vorlesungsreihe am Literarischen Institut hat keinen guten Beginn«, sagte sie. »Ich habe Mr. Desmond McCarthy gebeten, über die weniger bekannten Romanautoren der Zeit Williams IV. zu uns zu sprechen, aber er hat abgelehnt. Auch Mr. Noel Coward kann an keinem der fünf Abende, die ich ihm angeboten habe, über die Aufführungspraxis des modernen Theaters reden. Ich bin überrascht, daß sie die Möglichkeit, breiter bekannt zu werden, nicht nutzen.«

»Wie lästig«, sagte Georgie mitfühlend, »das wäre die Gelegenheit für sie gewesen.«

Lucia warf ihm einen scharfen Blick zu und sann erst einmal schweigend über ihre Pläne nach. Sie floß über vor neuen Ideen und konnte beim Mitschreiben kaum Schritt halten.

»Ich glaube, ich halte den Vortrag über das elisabethanische Drama selbst«, sagte sie. »Zur Eröffnung, sagen wir, am fünfzehnten April. Anscheinend habe ich an dem Abend keinen Termin, und du übernimmst an meiner Statt den Vorsitz . . . Georgie, wir könnten zusammen eine kurze Shakespeare-Szene spielen, ohne Kostüme oder Kulissen, um die Einfachheit der elisabethanischen Bühne zu illustrieren. Wenn ich es recht bedenke, sollte meine erste Reihe von Vorträgen sowieso von ortsansässigen Rednern gehalten werden. An einem Abend sollte der Padre über den ›Freien Willen oder den Ursprung des Bösen‹ zu uns sprechen. Dann Irene über die Technik der Freskomalerei und Diva über Massenverpflegung. Ich sollte auch Elizabeth bitten, einen Vortrag zu halten, habe aber, ehrlich gesagt, keine Ahnung, zu welchem Thema sie überhaupt Ideen von Wert hat. Ah! Statt dessen Major Benjy über die Tigerjagd. Dann ein musikalischer Abend: die Kunst Beethovens mit Beispielen. Das wären zusammen sechs Vorträge. Man erwartet ja wohl von mir, daß ich den letzten ebenso halte wie den ersten. Eintritt ein Schilling oder fünf Schilling für die ganze Reihe. Offiziell unter der Schirmherrschaft der Bürgermeisterin, würde ich meinen.«

»Nein«, sagte Georgie. »Nie und nimmer spiele ich eine Shakespeare-Szene mit dir, um elisabethanische Einfachheit zu illustrieren. Und wenn du mich fragst, ich glaube nicht, daß die Leute einen Schilling bezahlen, um den Padre über den freien Willen reden zu hören. Das kriegen sie jeden Sonntagmorgen geboten, und zwar bloß für die Kollekte.«

»Ich lasse es mir noch einmal durch den Kopf gehen«, sagte Lucia, die gar nicht zuhörte und anfing, einen Terminplan für die Vorträge aufzustellen. »Und wenn du keine Szene mit mir spielen willst, gebe ich vielleicht die Schlafwandlerszene aus *Macbeth*. Aber bei dem Beethovenabend mußt du mir helfen. Ausschnitte aus der Fünften, vierhändig auf dem Piano. Ich behaupte ja immer, daß dieses prächtige Werk der Schlüssel zur Seele des Meisters ist. Wir müssen hart üben und die Stellen auswendig lernen.«

Georgie überfiel das ihm mittlerweile verhaßt vertraute Gefühl, daß er gejagt und gehetzt wurde. Sein Leben entbehrte allmählich all der Zeit und Muße, in der man sich beschäftigt fühlte und bereit, das lebhafteste Interesse an den kleinsten Ereignissen des Tages zu nehmen. Lucia stopfte es zu mit bürgermeisterlichen Pflichten und Obliegenheiten, drögen Plänen zu bildenden Vorträgen und Straßenbeleuchtungen und vergiftete ihrer beider munter sprudelndes Dasein. Es stimmte, zuweilen sprangen die alten klaren Quellen noch einmal hervor: Wer zum Beispiel, wenn nicht sie, hätte Tilling fahrradverrückt machen oder Susan überzeugen können, daß Blauer Piepmatz in eine höhere Sphäre eingegangen war? Das war ihr Metier: anderen die Trivialitäten des Lebens interessant zu machen. Aber wie ihn ihre Pläne zum Besten Tillings anödeten!

Sie hatte ihren Zeitplan fertig skizziert und quasselte wieder los.

»Ja, Georgie, so müßten die Termine passen«, sagte sie, »aber Mrs. Simpson muß sie noch einmal für mich überprüfen. Fünfzehnter April: mein Eröffnungsvortrag über Shakespeare. Zweiundzwanzigster April: der Padre über den freien Willen. Ich bin überzeugt, er wird alle ernsthaft interessierten Leute anziehen, denn es ist ein sehr kontroverses Problem und meines Wissens bisher nicht letztgültig geklärt. Neunundzwanzigster April: Irene über die Technik der Freskomalerei. Sechster Mai: Diva über Teestuben. Das muß ich ja wohl für sie schreiben. Dreizehnter Mai: Major Benjy über Tiger. Zwanzigster Mai: Beethoven, wieder ich ... Wie gern sähe ich es, wenn überall in England solch kleine Zentren der Aufklärung gegründet würden, und ich empfinde es als Ehre, hier kraft meines Amtes beispielhaft zu wirken. Ich will nicht abstreiten, daß die B.B.C. gute Arbeit leistet, aber persönlich gehaltene Vorträge sind doch sehr viel lebendiger. Der Magnetismus des Lebendigen ... Hernach empfange ich dann immer den Vortragenden und ein paar Freunde hier zu einem simplen Abendessen, und wir können die Diskussion im Gartenzimmer fortsetzen. Ich bitte jeweils einen berühmten Experten auf dem Gebiet hinzu, er kann ja auch hier übernachten. Den Bischof, wenn der Padre über den Freien Willen redet. Mr. Gielgud, wenn ich über die elisabethanische Bühnenpraxis spreche. Sir Henry Wood, wenn wir unseren Beethovenabend geben. Und vielleicht den Direktor der Messrs. Lyons nach Divas Auslassungen. Für den Eröffnungsvortrag schicke ich meinem Stadtrat Ehrenkarten für die erste Reihe. Wie findest du das als vorläufigen Entwurf? Du weißt, wie sehr ich dein Urteil schätze, und es ist eminent wichtig, von Anfang an alles richtig zu machen.«

Georgie stand an ihrem Tisch, unterdrückte bei einem Blick auf den Terminplan ein Gähnen und tastete in der Westentasche nach seiner Streichholzschachtel aus Geschützmetall (samt Türkisverschluß). Während er in der Tasche herumnestelte, fiel die silberne Kappe von Major Benjys Reitgerte heraus, die er immer am Körper trug. Geräuschlos plumpste sie auf den feuchten Schwamm, dessen Benutzung Mrs. Simpson bei Briefmarken stets der weniger feinen Zunge vorzog. Da klingelte das Telephon, und Lucia sprang auf.

»Ständig will man etwas von mir«, sagte sie. »Die reinste Sklaverei. Ich glaube, ich lasse meinen Namen bei der Vermittlung streichen und gebe meine Nummer nur ein paar Freunden ... Ja, ja, hier ist die Bürgermeisterin von Tilling. Sie sind es, Irene? ... Das ist ja kolossal, meine Liebe! Ich glaube, noch nie hat jemand aus Tilling ein Bild in der Royal Academy gehabt. Ist es die verbesserte Version Ihres Freskos, der Venus ohne Kleider, die nach Tilling kommt? Ich bin sicher, das neue ist viel hübscher. Ach, ich wünschte, ich hätte es gesehen, bevor Sie es weggeschickt haben, aber wenn die Ausstellung dort schließt, müssen Sie es in unserer Gemäldeausstellung hier zeigen. Oh, ich habe Sie für einen Vortrag über die Technik der Freskomalerei vorgemerkt, für meinen Kulturkreis unter der Schirmherrschaft der Bürgermeisterin. Und Sie fahren zur Vernissage nach London? Seien Sie vorsichtig! Schon manches Bild ist ruiniert worden, weil noch einmal zuviel daran gearbeitet wurde.«

Sie legte auf.

»Angenommen, ja?« fragte Georgie in großer Aufregung. »Wenn es hier ausgestellt wird, kommt es bestimmt zu Handgreiflichkeiten. Ich glaube, ich habe dir davon erzählt, aber du hast dich ja mit dem Königlichen Fischexpreß herumgeschlagen. Elizabeth, wie sie leibt und lebt, steht mit Schal, Haube, gestreiftem Rock und Knöpfstiefeln auf einer Austernschale und wird von Benjy mit Zylinder in den Wolken nach Tilling geblasen.«

»O du liebe Güte, das paßt ja wie die Faust aufs Auge«, sagte Lucia. »Aber es wird Zeit, daß wir uns umkleiden. Die Mapp-Flints speisen heute abend hier, nicht wahr? Was für ein Zufall.«

Das Dinner verlief sehr harmonisch; nicht einmal wurden Fahrräder erwähnt. Benjy erklärte sich sofort bereit, am dreizehnten Mai ein Referat über die Tigerjagd zu halten.

»Wunderbar«, sagte Lucia. »Ich notiere es als fest. Und wie wäre es mit ein paar Requisiten, damit es lebendiger wird? Die Reitgerte, mit der Sie dem Tiger ins Gesicht geschlagen haben. Oh, wie dumm von mir. Ich hatte ihr mysteriöses Verschwinden ganz vergessen, es wurde ja nie aufgeklärt. Reich mir den Zucker, Georgie.«

Eine kleine Pause entstand. Lucia wurde sehr rot im Gesicht und begrub ihre Orange unter Zucker. Aber der peinliche Moment war bald vorüber, und kurze Zeit später begaben sich die Bürgermeisterin und die First Lady Arm in Arm und Hüfte an Hüfte ins Gartenzimmer. Lucia hatte Georgie angewiesen, nicht zu lange im Eßzimmer zu bleiben, doch Benjy nutzte die Gunst der Stunde und trank eine erstaunliche Menge preiswerten, aber tadellosen Portweins. Elizabeth hatte zum Dessert eine getrocknete Feige gegessen. Ein winziges, stahlhartes Samenkorn hatte sich am Hals eines ihrer wunderschönen Zähne festgesetzt. Sie wußte, sie würde keinen ruhigen Moment haben, bis sie es entfernt hatte, sie brauchte nur ein paar unbeobachtete Sekunden.

»Liebe Ehrenwert«, sagte sie. »Verwöhnen Sie mich und lassen Sie Ihre Hände kurz über das Piano gleiten. Habe Sie schon so lange nicht mehr spielen hören.«

Dazu mußte Lucia nie genötigt werden, sie schlug den Deckel des Instruments auf.

»Ich bin entsetzlich eingerostet, fürchte ich«, sagte sie, »denn neuerdings finde ich keine Zeit mehr zum Üben. Beethoven, Liebe, oder eine Winzigkeit heißgeliebten Mozart? Was Sie wollen.«

»Oh, heifgeliebten Mofart, bitte fön«, murmelte Elizabeth, die sich bescheiden hinter Lucias Schreibtisch zurückgezogen hatte. Ein Moment genügte, und als sie sich dem Klavier wieder zuwandte, um in dem köstlichen Mozart zu schwelgen, fiel ihr Blick auf Mrs. Simpsons feuchten Schwamm. Dort schimmerte etwas kleines Helles, lange verlorengeglaubt, aber vertraut. Nun zu zögern wäre nichts als Schwäche gewesen (außerdem gehörte es ihrem Gatten). Sie langte verstohlen nach unten und steckte es in ihre Perlenhandtasche.

Es war kaum elf Uhr, als die Gesellschaft auseinanderging, denn Elizabeth war unfähig, sich auf die Karten zu konzentrieren, während ihre Tasche das Schloß, wenn nicht den Schlüssel, zu dem ungelösten Geheimnis enthielt. Sie behauptete also steif und fest, die liebe Ehrenwert sehe sehr müde aus.

Sie und Benjy waren dann allerdings wirklich sehr müde, bis sie endlich alle Hypothesen, die das Wiederauftauchen dieses Fragments der Reitgerte an einem solch unglaublichen Ort erklären mochten, aufgestellt und notgedrungen wieder verworfen hatten. Wäre das Relikt in einem von Divas Windbeuteln wieder ans Tageslicht gekommen, wäre das Geheimnis weniger verwirrend gewesen, denn dann wäre es zumindest an dem Schauplatz entdeckt worden, an dem es auch verlorengegangen war, aber wie es auf Lucias Tisch hatte geraten können, erwies sich als so unerklärlich wie die Doktrin des freien Willens. Fünf-, sechsmal beackerten sie das Feld.

»Lucia war nicht einmal anwesend, als sie verschwunden ist«, sagte Elizabeth, als die Uhr Mitternacht schlug. »Wie du weißt, halte ich Ehrenwert für nicht so korrekt, wie ich es mir von einer Kollegin wünschen würde, aber in dieser Sache verdächtige ich sie nicht.«

Benjy goß sich einen Whisky ein. Als er sah, daß Elizabeth viel zu sehr mit ihren Spekulationen beschäftigt war, um zu bemerken, was um sie herum vorging, trank er ihn schnell aus und genehmigte sich noch einen. »Dann Pillson«, meinte er.

»Nein, ich habe ihn an dem Abend von Diva aus angerufen«, sagte sie. »Er wollte gerade ein Bad nehmen und stritt ab, überhaupt etwas darüber zu wissen. Er ist ziemlich ehrlich – ohnehin viel ehrlicher als Ehrenwert –, soweit ich das beurteilen kann.«

»Dann Diva«, sagte Benjy und machte heimlich seinen Drink steifer.

»Aber ich habe gesucht und gesucht, und sie war keine fünf Minuten aus meiner Sichtweite. Und wo ist der Rest? Es ist ja noch begreiflich, daß die wertvolle silberne Kappe verschwindet – wenn ich damit auch keineswegs sagen will, Diva hätte sie gestohlen –, aber genau der Teil ist wieder aufgetaucht.«

»All's sehr mysterjös«, sagte Benjy. »Aber was machsu jetz, Liz? Dassie Crux. Was machsu jetz?«

Benjy hatte nicht gesehen, daß die First Lady zitterte wie ein Motorrad unmittelbar vor dem Start. Sonst wäre er nicht so erschreckt, als sie mit lautem Triumphgeschrei aufsprang.

»Ich hab's«, kreischte sie. »*Heureka*! wie Ehrenwert so oft sagt, wenn sie mal wieder rein gar nichts gefunden hat. Sag niemandem ein Wort von der silbernen Kappe, Benjy, sondern laß dir ein neues Rohr daran arbeiten und benutze es als Requisit bei deinem Tigervortrag, als hättest du die Gerte nie verloren. Da wird der Schuldige, wer auch immer es ist, ganz schön was zu knobeln haben. Und vielleicht gereicht es ja zu seiner Überführung. Der Dieb wird vielleicht rot oder blaß oder verrät sich sonst in irgendeiner Weise... Himmel, es ist mitten in der Nacht!«

Die Knobelei begann am nächsten Morgen.

»Ich komme einfach nicht darauf, was mit ihr passiert sein könnte«, sagte Georgie im Zustand völliger Aufgelöstheit, als er sehr spät zum Frühstück herunterkam, »und Foljambe auch nicht.«

Lucia schaute ärgerlich auf die Uhr. Es war fünf Minuten vor zehn, Georgie wurde morgens immer träger. Sie stieß das silbrighelle Lachen aus, bei dem Frohsinn nur eine untergeordnete Rolle spielte. »Guten Tag, *caro*«, sagte sie ironisch. »Gut geruht? Fein!«

Georgie mißfiel ihr Ton.

»Nein, ich bin noch ziemlich müde«, sagte er. »Nach dem Frühstück halte ich ein Nickerchen.«

Lucia verzichtete darauf, ihn weiter zu hänseln, da es ihm so sehr gegen den Strich ging.

»Hm, ich bin schon fertig«, sagte sie. »Die arme Ehrenwert muß los und Mrs. Simpson diktieren. Und was konntet ihr nicht finden?«

»Die silberne Kappe von Benjys Reitgerte. Ich war sicher, daß sie in der Tasche der Weste lag, die ich gestern angehabt habe, aber dort war sie nicht, und Foljambe und ich, wir haben alle meine Anzüge durchsucht und nichts gefunden.«

»Georgie, wie kurios«, sagte sie. »Wann hast du sie zuletzt gesehen?«

»Irgendwann gestern«, sagte er und öffnete einen Brief. Eine Rechnung.

»Sie findet sich schon wieder. Das haben die Dinge so an sich«, sagte Lucia.

Er war immer noch ziemlich böse mit ihr.

»Anscheinend haben sie es eher an sich, zu verschwinden«, sagte er. »Zuerst Blauer Piepmatz –«

Er öffnete den zweiten Brief, und die Gedanken an Reitgerte und Blauen Piepmatz waren wie weggewischt.

»Meine Liebe«, rief er. »Du rätst es nie. Olga Bracely. Sie ist von ihrer Welttournee zurück.«

Lucia tat, als erinnere sie sich an etwas lang Vergangenes. In Wirklichkeit hatte sie höchst lebendige Erinnerungen an Olga Bracely, und nicht weniger daran, wie grenzenlos Georgie sie angebetet hatte, als er noch Junggeselle war. Von ihr aus hätte die Welttournee ruhig länger dauern können.

»Olga Bracely?« sagte sie versonnen. »Ach ja. Die Primadonna. Bezaubernde Stimme; manche Töne wunderhübsch. Dann ist sie also wieder da. Wie nett!«

»– und im nächsten Monat singt sie in Covent Garden«, fuhr Georgie fort, tief in den Brief versunken. »Am zwanzigsten Mai geben sie Corteses Oper *Lucrezia*. Oh, sie überläßt uns bestimmt Plätze in ihrer Loge. Eine Galavorstellung. Ist das nicht herrlich? Und sie will, daß wir kommen und sie in Riseholme besuchen.«

»Wirklich sehr freundlich von ihr«, sagte Lucia. »Das liebe Ding. Aber sie ist sich wahrscheinlich nicht im klaren darüber, wie schwer es für mich ist, von Tilling wegzukommen, jetzt, wo ich Bürgermeisterin bin.«

»Ich glaube nicht, daß sie das überhaupt weiß«, sagte Georgie und las den Brief noch einmal von vorn.

»Ach, daran habe ich nicht gedacht«, sagte Lucia. »Du hast mir ja erzählt, daß sie auf einer Welttournee war. Aber nach London zu fahren, um *Lucrezia* zu sehen – obwohl es sehr nett von ihr ist –, ich glaube, das müssen wir uns aus dem Kopf schlagen. Ich entsinne mich, wie Cortese die Oper sofort nach Beendigung mit nach Riseholme gebracht und die liebe Olga mich eingeladen hat, damit ich erlebe, wie sie die große Szene – so nannte sie sie, glaube ich – singt. Aber herrje, was für ein Abend voller Mißtöne! Ah! *Heureka!* Hast du nicht gesagt, es sei am zwanzigsten Mai? Das fügt sich ja wunderbar! Das ist der Abend, für den wir den Vortrag über Beethoven angesetzt haben. Olga versteht bestimmt, daß wir ihn unmöglich ausfallen lassen können.«

»Aber das läßt sich doch leicht ändern«, sagte Georgie. »Du hast doch gerade erst einen groben Zeitplan aufgestellt, und Benjys Tigermetzelei ist der einzige Termin, der bis jetzt feststeht. Und denk doch nur, eine Galavorstellung in London! *Lucrezia* hatte riesigen Erfolg in Amerika und Australien. Und in Berlin und Paris.«

Lucia wurde in ihrer Entschlußfreudigkeit schwankend. Sie sah sich mit ihren Staubperlen und ihrer Bürgermeisternadel in einer gut sichtbaren Loge in Covent Garden sitzen. Die Reporter würden unbedingt wissen wollen, wer sie war, und sie würde Sorge tragen, daß der Logendiener es erfuhr, damit die Presse es ohne Probleme herausfinden konnte. Und in Tilling ... Was für eine *réclame*, auf die Einladung der Primadonna hin nach London zu fahren und die Aufführung der weltberühmten *Lucrezia* zu sehen. Wenn sie zurück war, konnte sie dem *Hampshire Argus* ein Interview dazu geben.

»Natürlich müssen wir hin«, fuhr Georgie fort. »Sie will aber sofort Bescheid wissen.«

Lucia zögerte immer noch. Es wäre wahrscheinlich fast genau so großartig, Tilling zu erzählen, daß sie Olgas Einladung abgelehnt hatte, doch es konnte die Peinlichkeit entstehen, daß Tilling ihr nicht glauben würde. Und wenn sie ablehnte, was würde Georgie tun? Würde er sie ganz allein einen Vortrag über Beethoven halten lassen, oder würde er ihr loyal zur Seite stehen und seinen Part bei der für vier Hände arrangierten Fünften Symphonie übernehmen? Die Antwort zu dieser nicht ausgesprochenen Frage kam prompt.

»Schade, wenn du meinst, du kannst unmöglich«, sagte er recht entschieden, »aber ich fahre in jedem Fall. Du kannst ja allein ein wenig aus der Mondschein spielen. Du hast oft gesagt, auch die sei ein Schlüssel zu Beethovens Seele.«

Lucia begriff plötzlich, daß es Georgie gänzlich einerlei war, ob sie mitkam oder nicht. Ihr sensibles Ohr entdeckte nicht das leiseste Bedauern in seiner Stimme, und die Aussicht, daß er allein fuhr, schmeckte ihr merkwürdigerweise gar nicht. Sie befürchtete keine emotionalen Turbulenzen. Georgies Leidenschaften brachen sich nicht eruptiv Bahn, aber in Opernhäusern herrschten Glanz und Prunk und Primadonnen, die ihn womöglich durcheinanderbrachten, wenn er ohne Anstandsdame hinfuhr.

»Dir zuliebe versuche ich, es irgendwie hinzubiegen, Lieber«, sagte sie. »Denn ich weiß ja, wie enttäuscht du wärest, wenn ich dich nicht zu Olgas Wiederauftreten in London begleiten würde. O du liebe Güte, wie lange ich Mrs. Simpson schon warten lasse. Soll ich Olgas Brief nehmen und ihr diktieren, daß wir beide dankbar annehmen?«

»Bemüh dich nicht«, sagte Georgie. »Ich tue es selbst. Du hast viel zuviel zu tun. Und was das Teil von Benjys Reitgerte betrifft: Ich behaupte, es taucht wieder auf.«

Das Programm der Kulturvorträge unter Schirmherrschaft der Bürgermeisterin am Literarischen Institut wurde neu zusammengestellt, denn den anderen von der Aussicht hell begeisterten Vortragenden paßten alle Termine gleich gut. Mrs. Simpson wurde mit Stapeln von Eintrittskarten sowie Quittungsblocks mit Kontrollabschnitten für diejenigen versorgt, die einen Schilling für einen Vortrag oder fünf Schilling für die ganze Reihe schickten. Sie kam nun immer um halb zehn, damit sie um zehn Uhr die Diktate für die amtliche Korrespondenz der Bürgermeisterin aufnehmen konnte. Die zusätzliche Arbeit hatte sie bis dahin immer schon erledigt. Für Lucias Eröffungsvortrag wurden den Stadträten Ehrenkarten in der ersten Reihe übereignet, mit der Bitte, sie zurückzuschicken, falls der Empfänger nicht anwesend sein könne. Ansonsten gestaltete sich der Verkauf sehr schleppend. Mr. John Gielgud konnte den Vortrag über die Shakespearesche Aufführungspraxis nicht beehren, und den Bischof und Sir Henry Wood hinderten bereits eingegangene Verpflichtungen daran, den Padre über den freien Willen und Lucia über Beethoven zu hören. Glücklicherweise hatte der *Hampshire Argus* den Empfang von Einladungen bereits bestätigt.

»Reizende Briefe von allen, Georgie«, sagte Lucia und zerriß sie. »Und ihre ehrliche Enttäuschung darüber, daß sie leider nicht kommen können, rührt mich wirklich. Und ich bedaure auch gar nicht, ganz im Gegenteil, daß wir mit keinem sehr großen Publikum rechnen können. Ein kleines Publikum ist intimer; man kann den persönlichen Kontakt schneller herstellen. Und nun zu meiner Schlafwandlerszene im ersten Vortrag. Die würde ich gern mit dir diskutieren. Die gebe ich mit elisabethanischem Realismus.«

»Doch nicht im Pyjama?« fragte Georgie mit angstbebender Stimme.

»Natürlich nicht, das wäre ein grober Anachronismus. Aber die Lampen im Raum müssen alle aus sein. Nacht.«

»Dann sehen sie dich aber nicht«, sagte Georgie. »Du würdest den persönlichen Kontakt verlieren.«

Das Problem bereitete Lucia Kopfzerbrechen.

»Ah! Ich hab's!« sagte sie. »Eine Taschenlampe.«

»Wäre das nicht auch ein Anachronismus?« gab Georgie zu bedenken.

»Ein ziemlich pedantischer Einwand, Georgie«, sagte Lucia. »Sobald der Raum in Dunkelheit getaucht ist, knipse ich die Taschenlampe an und richte sie auf mein Gesicht. Ich schreite langsam nach vorn zum Bühnenrand, nur mein Gesicht ist sichtbar, es schwebt in der Luft. Die Augen muß ich offen halten. Soweit ich weiß, haben Schlafwandler oft die Augen offen. Sperrangelweit, ungefähr so! Trotzdem sehen sie nichts. Erfüllt von dem Ausdruck der inneren Seelenqual. Hast du eine halbe Stunde Zeit? Mach das Licht aus, Lieber. Ich habe die Taschenlampe. Jetzt.«

Als der Tag des Eröffnungsvortrags näherrückte und die Vorbestellungen, außer unter dem Gesichtspunkt des Intimen, unbefriedigend blieben, ließ Lucia links und rechts Ehrenkarten herniederregnen. Grosvenor und Foljambe bekamen welche und Divas Janet, so daß sich am Ende diejenigen, die sie käuflich erworben hatten, betrogen fühlten, weil man sie in jeder gewünschten Menge gratis bekommen konnte und nicht einmal darum bitten mußte. Als Lucia von der Unzufriedenheit erfuhr, bezahlte sie in einem Anfall von Gerechtigkeitsempfinden Mrs. Simpson für jede Ehrenkarte, die sie versandt hatte, die Summe von einem Schilling. Aber selbst das brachte Elizabeths Mäkeleien nicht zum Verstummen.

»Im Grunde läuft es darauf hinaus, Diva«, sagte sie, »daß Ehrenwert die Leute dafür bezahlt, daß sie ihre Vorträge besuchen.«

»Nichts da«, sagte Diva, »sie kauft Plätze für ihren Vortrag und verschenkt sie an Freunde.«

»Eben«, sagte Elizabeth. »Aber wir wollen uns nicht streiten. Natürlich kauft sie dieselbe Anzahl für Benjys Vortrag und Ihren und die anderen.«

»Wieso das, wenn sie, wie Sie behaupten, die Leute nur dafür bezahlt, ihre zu besuchen? Major Benjy kann ja die Leute dafür bezahlen, daß sie zu seinem kommen.«

Der Gedanke an die Knobelei, mit der sich Tilling abplagen würde, wenn Benjy seinen Vortrag hielt, stimmte Elizabeth milder.

»Der liebe Junge ist schon ganz aufgeregt«, sagte sie. »Er läßt seine Tigerfelle hinter dem Podium aufhängen, um dem ganzen eine authentische Dschungelatmosphäre zu verleihen. Er hat seinen Vortrag schon zweimal abgeschrieben und überlegt, ob er ihn nicht tippen lassen soll. Und ich möchte mich zu der Behauptung versteigen, Ehrenwert würde Mrs. Simpson erlauben, es umsonst zu tun, damit deren Zeit ein wenig ausgefüllt ist. Er hat ihn mir vorgelesen: sehr dramatisch. Mir ist regelrecht ein Schauder über den Rücken gelaufen, als er schilderte, wie er dem Mordbuben eines auf die Nase verpaßt hat, während er sein Gewehr ergriff. Jammerschade, daß er dem Fell des Tigers nun keinen mit der Reitgerte von damals überziehen kann. Deren Verlust hat er eigentlich nie verwunden.«

Elizabeth nahm Diva ins Visier und fand, sie schaue ein wenig unbehaglich drein, als wisse sie etwas über eben diesen Verlust. Aber Diva erwiderte tapfer: »Das wäre vielleicht wenig sinnvoll. Es könnte noch viel mehr von dem Fell abgehen. Da erleidet der Tiger ärgere Verletzungen als damals, als er noch lebte.«

»Sehr witzig«, sagte Elizabeth. »Aber da die Reitgerte so mysteriös in Ihrem Haus verschwunden ist, erledigt sich das Problem ja von selbst.«

Dank Lucias umsichtiger Distribution von Ehrenkarten war der Raum bei dem Eröffnungsvortrag sehr gut gefüllt. Schon eine Woche zuvor war Georgie bei dem Gedanken, den Vorsitz zu führen, ständig von einem Nervenzusammenbruch bedroht gewesen, aber er hatte ihn mit nicht rezeptpflichtigen Medikamenten, sportlichen Übungen und Frühstück im Bett abgewehrt. Im rubinroten Smoking erzählte er dem Publikum mit fester, deutlich vernehmbarer Stimme, daß einleitende Worte seinerseits überflüssig seien, alldieweil ihnen die Vortragende wohlbekannt sei. Dann enthüllte er die überraschende Tatsache, daß es sich um ihre geliebte Bürgermeisterin handele, die Frau, die seine Gemahlin zu nennen er die Ehre habe. Sie würde nun über die elisabethanische Bühnenpraxis sprechen.

Lucia gab ihnen zunächst eine knappe, klare Erläuterung des Dramas als hör- und sichtbarer Darstellung von Situationen menschlichen Wohls und Wehs, das auf den dynamischen individuellen Kräften basiere und sich aus dem entwickle, was psychologische Zusammenstöße von Charakteren verursachten, die eine Handlung evozierten. Diese Handlung – das Drama! – sei voll und ganz von den sie hervorrufenden unterschwelligen Motiven und emotionalem Druck abhängig und könne grob als Plot zusammengefaßt werden. Es sei wichtig, daß ihre Zuhörer das ganz klar begriffen. Dann fuhr sie fort, daß alles, was die Aufmerksamkeit von dem Plot oder der Psychologie, deren logisches Ergebnis er sei, ablenke, das Drama viel mehr behindere als fördere. Deshalb seien der moderne Firlefanz und all die komplizierten Dekorationen zu verdammen. Zu Shakespeares Zeiten sei es nämlich anders gewesen. Für den Schauplatz seiner Meisterwerke sei so gut wie keine Bühnenausstattung vorgesehen gewesen, und sie wage, eine Theorie aufzustellen, die der Scharfsicht gelehrterer Shakespearianer als ihr bisher entgangen sei. Shakespeare habe diese Einfachheit unerschütterlich aufrechterhalten und das in *Ein Sommernachtstraum* unmißverständlich gezeigt. In diesem glorreichen Meisterwerk werde bei den Hochzeitsfeierlichkeiten in

Athen ein Schauspiel aufgeführt, und dessen Inszenierung beweise Shakespeares Überzeugung eindeutig: je weniger Ablenkung durch Kulissen und Requisiten auf der Bühne, desto besser für das Drama. In diesem Spiel im Spiel erscheine zum Beispiel der Mond. Das moderne *décor* warte garantiert mit einer leuchtenden Scheibe auf, die sich vermittels mechanischer Apparaturen langsam über den Himmel bewege. Shakespeare nicht! Ein Mann mit einer Laterne trete auf und erzähle den Zuschauern, daß diese Laterne der Mond und er der Mann im Mond sei. Darauf beharre der große Dichter und dulde keine Ablenkung. Oder zum Beispiel das Liebespaar Pyramus und Thisbe, das durch eine Mauer getrennt sei. Das moderne *décor* stelle garantiert ein überzeugend wirkendes, mit Kletterrosen umranktes Gestell bereit. Shakespeare hingegen lasse aus den Kulissen einen Mann treten und sagen: »Ich bin die Mauer.« Die Liebenden benötigten eine Ritze, durch die sie miteinander sprechen könnten. Daraufhin halte die Mauer die Hand hoch und spreize die Finger. So gieße der Meister scherzhaft Hohn und Spott auf die übertriebene Aufführungspraxis.

»Nun werde ich Ihnen«, sagte Lucia, »ohne irgendein Kostüm oder eine Kulisse die Shakespearesche Inszenierungspraxis an einem Beispiel demonstrieren. Lady Macbeth: die Schlafwandlerszene.«

Foljambe, die vorher genaue Instruktionen erhalten hatte, saß an den Schaltern und tauchte auf ein Zeichen von Georgie hin den Raum in Dunkelheit. Alle dachten, eine Sicherung sei durchgeknallt. Diese Ängste wurden rasch zerstreut, weil Lucia, die ihre Taschenlampe nicht fand, im Dunkeln herumfuchtelte, und Georgie rief: »Schnell das Licht wieder an, Foljambe!« Lucia fand die Taschenlampe, und erneut verloschen die Lichter. Dann wurde das Gesicht der Bürgermeisterin jäh taghell erleuchtet, es schwebte in der pechschwarzen Dunkelheit, und ihre offenen, schlafwandlerischen Augen glitzerten vor Seelenqual im Taschenlampenlicht. Ein schwieriger Moment kam, als sie die Pantomime mit dem Händewaschen darbot, denn der Lichtstrahl zuckte durch die Gegend und fiel einmal voll auf Georgies Gesicht, was diesem höchst peinlich war. Geistesgegenwärtig nahm er ihr das Gerät ab und kontrollierte von nun an, wohin es leuchtete. Am Ende des Monologs knipste Foljambe die Lampen wieder an, und Lucia fuhr in ihrem Vortrag fort.

Wegen der Abwesenheit erlauchter auswärtiger Gäste gab sie hinterher keine Abendgesellschaft, bei der ihr Thema weiter diskutiert und erhellt werden konnte. Sie selbst befand sich indes in einem Zustand äußerster Verzückung, als sie und Georgie allein ein simples Abendessen zu sich nahmen.

»Vom ersten Moment an«, sagte sie und wedelte mit einem Sandwich, »wußte ich, daß ich den Kontakt zu meinen Zuhörern hergestellt und sie in der Hand hatte. Ein köstliches Gefühl von Macht und Entäußerung, Georgie, es ist zwecklos, es dir zu beschreiben, weil man es selbst erfahren haben muß, um es zu begreifen. Wie schade, daß der *Hampshire Argus* in der Ausgabe dieser Woche keine wörtliche Wiedergabe bringen kann. Mr. McConnell – es hat ihm sehr gefallen – meinte, das Blatt gehe schon heute abend in Druck. Ich habe ihm gesagt, daß ich volles Verständnis dafür habe und nicht daran denke, ihn zu bitten, die Maschinen anzuhalten. Für nächste Woche habe ich ihm mein komplettes, getipptes Manuskript gegeben und versprochen, ihm eine Nahaufnahme von Lady Macbeth zukommen zu lassen. Nur mein Gesicht vor pechschwarzem Hintergrund. Er hat mir aufs herzlichste gedankt. Und ich finde, meinst du nicht auch, daß ich die Schlafwandlerszene im richtigen Moment gegeben habe, sofort nachdem ich über die Shakespearesche Einfachheit gesprochen habe. Ein wenig früher, als ich wollte, aber ich hatte plötzlich das Empfinden, daß sie dahin gehörte. Ich *wußte*, sie gehörte dahin.«

»Genau an der richtigen Stelle«, sagte Georgie, der den Fragenkatalog nach dem Bürgermeisterbankett noch in lebhafter Erinnerung hatte.

»Und der unglückliche kleine Zwischenfall, als das Licht ausging, bevor ich meine Taschenlampe gefunden hatte –«

»Das war nicht meine Schuld«, sagte er. »Es war vereinbart, daß ich Foljambe ein Zeichen gebe, wenn du ›Schlafwandlerszene‹ sagst. Das war mein Stichwort.«

»Mein Lieber, natürlich war es nicht dein Fehler«, beschwichtigte Lucia ihn aufs liebenswürdigste. »Du warst die Verläßlichkeit in Person. Ich meine ja nur, wie gut sich das nun wieder traf. Die Zuhörer wußten, was kommen würde, und das erhöhte die Spannung. Die Reihen erhobener Gesichter, Georgie, die Anspannung, ich konnte die bange Erwartung in ihren Augen ablesen. Und in meinem Monolog, glaube ich, hatte ich dieses verschleierte Timbre in der Stimme, das den unbewußten physischen Mechanismus andeutet, als es bei ›Weg, verdammter Fleck!‹ zu dem erstickten Geflüster herabsinkt, meinst du nicht auch? Das war aber, glaube ich, nicht ganz meine eigene Intuition, denn mir fällt gerade ein, daß ich, als ich noch sehr jung war, einmal mitgenommen wurde, um Ellen Terry in der Rolle zu sehen, und sie hatte ihre Stimme so verschleiert. Da ist eine unterbewußte Erinnerung an die Oberfäche gedrungen.«

Sie erhob sich.

»Morgen mußt du mir genauer erzählen, wie du es fandest, Lieber«, sagte sie, »denn ich muß zu Bett. Die emotionale Belastung hat mir doch sehr zugesetzt. Aber es hat sich gelohnt. Ich habe mich eben nur seelisch und körperlich verausgabt –«

»Ich bin auch sehr müde«, sagte Georgie.

Er folgte Lucia nach oben und wartete auf dem Treppenabsatz, während sie das Lady Macbeth-Gesicht vor dem Spiegel dort probte.

Eine Woche später hielt Benjy seinen Vortrag. Neben seinem Sprechpult stand eine Palme, die drei Tigerfelle hingen an der Wand hinter ihm. »Sehr wirkungsvoll, Georgie«, sagte Lucia, als sie ihre Plätze in der Mitte der ersten Reihe einnahmen. »Ganz in der Shakespeareschen Tradition. Es bringt den Dschungel zu uns, die Hitze Indiens um die Mittagszeit, das Summen der Insekten. Ich finde es richtig stickig...« Da marschierte Benjy mit Gewehr und Tropenhelm aufs Podium und begrüßte das Publikum. Er beschrieb sich als alten Haudegen, der in seinem Leben so manche Jagdtrophäe errungen habe, und las ihnen eine Reihe aufregender Abenteuer vor. Dann (die Spannung wuchs) nahm er von seinem Pult eine Rohrstock-Reitgerte mit silberner Spitze und zeigte auf das dritte Fell.

»Und dieser alte Bösewicht«, sagte er, »hätte beinahe verhindert, daß ich die Ehre habe, heute abend vor Ihnen zu sprechen. Ich hatte gerade mein Gewehr beiseite gelegt und mich zu einem gepflegten *tiffin* hingesetzt, da war er schon auf mir.«

Benjy wirbelte herum und versetzte dem Kopf des Tigerfells einen entsetzlichen Streich.

»Ich briet ihm eins über, genau wie jetzt, mit meiner Reitgerte, die hatte ich ja in der Hand, und das verschaffte mir die halbe Sekunde, die ich brauchte, um mir mein Gewehr zu schnappen. Ich schoß ihm mittenmang ins Herz, und er rollte tot zur Seite. Und die hier, meine Damen und Herren, hat mir das Leben gerettet. Vielleicht sind Sie interessiert, sie anzusehen, obwohl sie einigen von Ihnen schon bekannt ist. Ich lasse sie herumgehen.«

Beifall auf offener Szene, er verbeugte sich und trank einen Schluck Whisky mit ein wenig Soda. Lucia nahm die Reitgerte als erste in Empfang und gab sie an Georgie weiter, Georgie reichte sie an Diva. Sie untersuchten die silberne Spitze sorgfältig, die Initiale B.F. waren darin eingraviert. An ihrer Echtheit konnte kein Zweifel bestehen, alle wurden sehr still und nachdenklich und verzichteten darauf, einander anzuschauen.

Am Ende des Vortrags gab es lauten Applaus, und nachdem Lucia eine ziemlich lange Rede gehalten hatte, um dem Vortragenden zu danken, wandte sie sich an Diva.

»Kommen Sie morgen zum Lunch«, flüsterte sie. »Nur wir drei. Ich bin völlig perplex ... Ah, Major

Benjy, wunderbar! Hervorragend. Ich war noch nie so aufgeregt. Liebe Elizabeth, Sie sind bestimmt sehr stolz auf ihn. Er sollte seinen Vortrag, ohne ein Wort, eine Silbe zu ändern, drucken lassen und vor der Königlich Zoologischen Gesellschaft halten. Da würde er sofort Ehrenmitglied.«

Am nächsten Tag schilderten Georgie und Diva bei einer geheimen Zusammenkunft im Gartenzimmer, welchen Anteil sie persönlich an der seltsamen Geschichte der Reliquie hatten. (Paddys Anteil wurde stillschweigend vorausgesetzt, denn keine andere Hypothese paßte zu den Begleiterscheinungen des Falles.) Die Stationen der silbernen Kappe bis zum Moment ihres Verschwindens aus Georgies Besitz wurden minutiös belegt.

»Ich hatte sie immer in meiner Westentasche«, schloß er, »und eines Morgens war sie nirgends zu finden. Du erinnerst dich daran, Lucia, nicht wahr?«

In Lucias Augen lag ein Ausdruck heftiger Konzentration. Viel erhoffte sich Georgie nicht davon, denn es führte meistens zu nichts. Dann sprach sie mit der verschleierten Stimme, die ihr seit der Schlafwandlerszene zur lieben Gewohnheit geworden war.

»Ja, ja«, murmelte sie. »Allmählich erinnere ich mich. Und am Abend vorher hatten Elizabeth und Benjy bei uns gespeist. Ist sie dir vielleicht aus der Tasche gefallen, Georgie, was meinst du...? Sie und ich sind nach dem Essen ins Gartenzimmer gegangen und ... Sie bat mich, etwas für sie zu spielen, was ungewöhnlich ist. Ich bekomme immer gar nichts mit, wenn ich spiele...«

Die verschleierte Stimme beizubehalten war zu mühsam, Lucia ließ davon ab und sprach sehr prononciert.

»Sie hat ganz allein hier an meinem Tisch gesessen«, fuhr sie fort. »Was, wenn sie sie auf dem Boden oder sonstwo gefunden hat? So muß es gewesen sein, ich habe es im Gefühl. Und beim Bridgespielen ging ihr irgend etwas im Kopf herum. Sie paßte überhaupt nicht auf und schlug vor, vor elf aufzuhören, weil ich angeblich so müde aussähe, obwohl ich nie frischer war. Und die silberne Kappe haben wir seitdem nicht mehr zu Gesicht bekommen, bis gestern abend.«

»Wie raffiniert!« sagte Diva, »Und dann, nehme ich an, haben sie ein neues Rohr hineinarbeiten lassen, und Benjy behauptet, es sei die echte. Das nenne ich betrügerisch. Wie können wir es ihnen heimzahlen? Jetzt heißt es tüchtig überlegen.«

Sie überlegten mit vereinten Kräften. Lucia saß, den Kopf zur Seite geneigt, und betrachtete die Zimmerdecke, wie es ihre Art war, wenn sie Musik hörte. Dann steuerte sie auch die Musik dazu bei, indem sie eine silbrighelle, aufsteigende eineinhalbfache Tonleiter lachte.

»*Amici*«, sagte sie. »Überlassen Sie es mir, denn ich glaube, daß ich etwas arrangieren kann. Elizabeth und ihr Komplize haben es für richtig gehalten, uns Rätsel aufzugeben. Nun hecke ich etwas aus, das ihnen Rätsel aufgibt.«

Diva schaute auf die Uhr.

»Prima!« sagte sie. »Schnell, erzählen Sie es uns. Ich muß nach Hause und Janet helfen.«

»Es ist noch nicht ausgegoren«, antwortete Lucia.

»Der letzte Schliff fehlt noch. Aber verlassen Sie sich nur auf mich.«

Mit Höchstgeschwindigkeit trudelte Diva den Hügel hinunter. Eine Gruppe kirchlicher Touristen verbrachte einen Tag auf Pilgerreise in Tilling, und nachdem ihnen der Padre die Kirche gezeigt hatte, wollten sie im Ye Olde Tea-House eine Erfrischung zu sich nehmen. Der Padre sollte seinen Tee gratis bekommen, das war bei Reiseleitern üblich. Diva blieb einen Moment vor ihrem Haus stehen, um das Schild zu bewundern, das die drollige Irene gemalt hatte. Nacktes suchte man vergeblich. Queen Anne im Staatsgewand trank mit dem Erzbischof von Canterbury Tee. Es herrschten Sitte und Anstand. Diva stürmte die Küchentreppe hinunter und schaute in den Garten, wo die Tulpen in voller Blüte standen. Sie fragte sich, welche Tulpe es war...

Wie so oft in Tilling überschnitten sich die sensationellen Ereignisse. Als Georgie am nächsten Morgen erwachte, brachte Foljambe ihm mit seinem Frühtee den *Daily Mirror* ans Bett.

»Heute morgen ist ein Bild drin, Sir, da bleibt Ihnen die Spucke weg«, sagte sie. »Herr im Himmel, was passiert jetzt?«

Dann ging sie sein Bad einlaufen lassen, und Georgie begann, immer noch ziemlich schläfrig, die Zeitung durchzuschauen. Auf Seite drei war ein Artikel über die Ausstellung der Royal Academy, die an diesem Tag vor geladenen Gästen eröffnet werden sollte.

»›Das Bild des Jahres‹, meint unser Kunstkritiker,

›steht schon fest. Für ihren mutigen Realismus, für die schneidende Ironisierung des sogenannten viktorianischen Zeitalters, für die gnadenlose Karikierung der gezierten, harmlosen Hübschheit alter italienischer Maler wie zum Beispiel Botticelli, hat Miss Irene Coles –‹« Weiter las Georgie nicht, sondern blätterte zum Mittelteil mit den Bildern. Da war es! Gleichzeitig ertönte ein Klopfen an der Tür, und Grosvenor streckte für den Fall, daß er aufgestanden war, nur die Hand mit einem Exemplar der *Times* durch die Tür.

»Ihre Ehren dachte, vielleicht wollen Sie die Bildseite der *Times* sehen«, sagte sie. »Und könnten Sie ihr wohl den *Daily Mirror* geben, falls es auch darin ist.«

Der Umtausch ging vonstatten. Und wieder reckte sich Elizabeth auf der Austernschale und wurde von Benjy den Fluß hinauf an die Gestade Tillings gepustet, und »unser Kunstkritiker« widmete sich diesem fesselnden Gemälde mit dem gebotenen Ernst. Er war sich nicht sicher, ob man ein edles Kunstwerk parodieren dürfe, um ein Zeitalter ins Lächerliche zu ziehen, das sich trotz seiner irrsinnigen Prüderie doch durch Leistung und Fortschritt auszeichne. Aber niemand könne die Kraft, die Kühnheit, die strotzende Vitalität dieses wunderbaren Gemäldes in Zweifel ziehen. Technisch –

Mit einem Satz war Georgie aus dem Bett. So gedankenreich und anregend diese Kritik war, so war sie doch auch von beträchtlicher Länge, und das Bedürfnis, mit Lucia die Reaktionen Tillings zu diskutieren, war drängender, besonders da sie um zehn eine Ausschußsitzung hatte. Er verzichtete auf das Bad und vergaß beinahe sogar sein Toupée. Als er herunterkam, war sie schon beim Frühstücken, der *Daily Mirror* lehnte an der Teekanne vor ihr. Sie fuhr laut mit dem fort, was sie offenbar vorher leise zu sich selbst gesagt hatte.

»– und in meiner Stellung muß ich – guten Morgen, Georgie – extrem vorsichtig sein. Sie *ist* meine First Lady und hat dadurch, durch mich, ein offizielles Amt, das ich schützen muß, wenn es der Lächerlichkeit preisgegeben wird. Genauso wie ich jede schonungslose Karikatur des Padre ablehnen würde, weil er mein Kaplan ist. Im Gegensatz zu mir hast du natürlich das Bild selbst gesehen, Georgie, und es ist schwer, sich aus einer verkleinerten Reproduktion ein vernünftiges Urteil zu bilden. Sieht es der armen Elizabeth wirklich ähnlich?«

»Wie aus dem Gesicht geschnitten«, sagte Georgie. »Man sieht es schon aus zehn Kilometern Entfernung. Es ist auch das genaue Ebenbild von Benjy. Aber das Ding in seiner Hand, das wie ein Flaschenhals aussieht, ist in Wirklichkeit die Spitze seines Schirms.«

»Nein! Ich dachte, es sei eine Flasche«, sagte Lucia. »Da bin ich aber froh. Es wäre doch ein bedauerlicher Mangel an gutem Geschmack.«

»Oh, das ganze Bild ist ein Mangel an Geschmack«, sagte Georgie, »obwohl ich kein rechtes Bedauern dabei empfinden kann. Andererseits wird es als Meisterwerk bejubelt. Das versüßt ihnen die Sache bestimmt ein wenig.«

Um besser sehen zu können, hielt Lucia die Zeitung ein Stück von sich entfernt. Georgie bekam seinen Tee.

»Eine wundervolle Pose«, sagte sie. »Elizabeth hat

wirklich etwas Majestätisches, Gebieterisches, das ihr ganz entschieden schmeichelt. Und schau dir Benjy mit den aufgeplusterten Wangen an, als wenn er drei sans atout erklärt hätte und wüßte, daß er sie nicht machen kann. Offenbar ein ungestümer Wind, wie er oft den Fluß hinauftost. Die Wellen haben Schaumkronen. Die Häuser von Tilling perspektivisch nicht so gut ausgeführt, würde ich sagen ... Man weiß nicht, wie Elizabeth es aufnimmt –«

»Na, dreimal darfst du raten«, sagte Georgie.

»Ja, wie du schon gesagt hast, es gehört etwas dazu, ein solches Meisterwerk zu inspirieren.«

»Und dabei war es Irenes Hauptziel, richtig fies zu sein. Die Kritiker finden in dem Gemälde anscheinend eine Menge, das Irene nicht hineinlegen wollte.«

»Ach, aber wer weiß, was im Kopfe eines Malers vorgeht?« fragte Lucia in einem plötzlichen Anfall von Schöngeisterei. »Hat Messer Leonardo im Gesicht La Giocondas wirklich all das gesehen, was unser wundervoller Walter Pater dort gefunden hat? Arbeitet der Maler nicht in einer Art Trance?«

»Nein, Irene war ganz und gar nicht in Trance«, hielt Georgie dagegen. »Ganz im Gegenteil. Und zu deiner Auffassung, du müßtest es ablehnen, weil Elizabeth deine First Lady ist. Das widerspricht ja nun gründlich deiner These, daß Kunst mit dem Leben nichts zu tun hat. Aber ich gehe gleich in die High Street und erkunde mal die allgemeine Meinung. Du kommst zu spät, Liebe, wenn du jetzt nicht sofort zu deiner Sitzung aufbrichst. Das heißt, du bist schon zu spät.«

In großer Eile erklomm Lucia ihr Fahrrad und brach

zum Rathaus auf. Mit jedem Tritt in die Pedalen empfand sie heftigere Stiche der Eifersucht auf Elizabeth. Oh, warum hatte Irene nicht sie, die Bürgermeisterin, gemalt, die erste Frau, die dieses Amt in Tilling bekleidete, wie sie den Fluß hochgeweht wurde und Georgie sie aus den Wolken heraus anblies?

Ein solches Bild wäre von weit größerem historischen Interesse gewesen, und sie hätte nichts gegen die gröbste Karikierung ihrer selbst gehabt, wenn sie nur das überragende Bild des Jahres geworden wäre. Die Stadt im Hintergrund wäre allenthalben als Tilling erkannt worden, und Lucia malte sich die eifrigen Kommentare der das Meisterwerk umschwärmenden Massen aus ... »Na, so was, das ist ja Tilling! Da sind wir doch im letzten Sommer eine Woche gewesen. Sieht genauso aus ...« »Und wer mag die Frau sein? Ganz bestimmt ein Portrait ...« »Oh, das ist die Bürgermeisterin, Lucia Pillson, man hat sie mir schon einmal gezeigt. Wohnt in einem wunderhübschen Haus, das Mallards heißt ...« »Und der Mann in den Wolken mit dem Van-Dyck-Bart und dem roten Smoking (was für eine Farbe!) muß ihr Gatte sein ...«

»Der Ruhm!« dachte Lucia in schmerzlicher Trauer. »Was für eine unermeßliche, unsterbliche *réclame*. Was für eine Publicity, Tag für Tag von aufgeregten Menschenmengen angestarrt zu werden!« Jetzt in diesem Moment lief die Eröffnung vor geladenen Gästen, und Gräfinnen und Erzbischöfe und Minister drängten sich, um einen Blick auf Elizabeth und Benjy zu erhaschen statt auf sie! »Ich muß sofort mein Portrait bei Irene in Auftrag geben«, sagte sie zu sich, als sie am Fuß der Rathaustreppe abstieg. »Das Bild sollte eine

Geschichte erzählen, finde ich. Eine Art Biographie. In meiner Amtsrobe an der Haustür von Mallards mit der Hand auf dem Fahrrad ...«

Den Tagesordnungspunkten ihres Ausschusses schenkte sie kaum Beachtung, und als sie wieder auf dem Fahrrad saß, klingelte sie den ganzen Weg den Hügel hinunter in die High Street. Sie mußte eine geheime Besorgung beim Herrenausstatter machen. Ein merkwürdiger Zufall wollte es, daß sie Major Benjy auf dessen Schwelle traf. Er trug die rekonstruierte Reitgerte und war in Hochstimmung.

»Guten Morgen, Euer Ehren«, sagte er. »Ich will gerade meine Reitgerte reparieren lassen. Bei meinem Vortrag vor zwei Tagen habe ich meinem alten Menschenfresser einen solchen Schlag verpaßt, daß ich sie, Donnerkeil! zerbrochen habe!«

»Oh, Major, wie schade!« sagte Lucia. »Aber es war die Sache doch wert, meinen Sie nicht? Sie haben einen solch dramatischen Effekt erzielt.«

»Und heute morgen gibt es noch einen dramatischen Effekt«, kicherte Benjy. »Haben Sie die Kritik der Ausstellung in der Royal Academy heute morgen in der *Times* gesehen?«

Lucia erwog immer noch, als angemessene öffentliche Haltung die Meinung zu vertreten, daß ihre First Lady beleidigt worden sei. Benjy allerdings machte einen sehr fidelen Eindruck.

»Ja, das habe ich«, entrüstete sie sich. »Oh, Major Benjy, es ist grauenhaft! Ich war entsetzt: Das hätte ich nie von Irene gedacht. Und auch der *Daily Mirror* –«

»Nein, wirklich?« unterbrach Benjy sie. »Dann muß ich ihn kaufen.«

»Unsere liebe Elizabeth so schamlos zu beleidigen«, fuhr Lucia fort, »und Sie natürlich auch, oben in den Wolken. Ich war entsetzt! Sobald ich zu Hause bin, schreibe ich Elizabeth, um ihr mein Mitgefühl und meine Empörung zu bezeugen.«

»Die Mühe können Sie sich sparen!« rief Benjy. »Liz war seit Jahren nicht mehr so aufgekratzt. Schließlich wird die Ehre, die Hauptfigur im Bild des Jahres zu sein, nicht jedem zuteil. Und so ein Schritt nach vorn für unser unbedeutendes kleines Tilling. Nächste Woche fahren wir nach London, um es uns anzusehen. Na, da ist Liz ja selbst.«

Von der anderen Straßenseite her warf Elizabeth Lucia eine Kußhand zu und wartete, bis Susan vorbeigezockelt war. Dann trippelte sie herbei und küßte Lucia aufs Gesicht.

»Den Tag muß man rot im Kalender anstreichen, Liebe!« rief sie. »Die drollige Irene wird weltweit berühmt und Ihre bescheidene kleine First Lady dazu. Benjy, es ist auch im *Daily Telegraph*. Am besten kaufst du ein Exemplar von allen Morgenzeitungen. Nun sag ihnen schnell, sie sollen deine Reitgerte flicken, in der Zwischenzeit schicke ich Irene ein Glückwunschtelegramm – sie ist ja wohl in Burlington House, London, anzutreffen. Hol mich dann am Schreibwarenladen ab. Und überreden Sie Irene bitte, Ehrenwert, daß sie uns das Bild für unsere Ausstellung hier überläßt, wenn die in der Academy schließt. Es sei denn, die Chantrey-Stiftung kauft es vom Fleck weg.«

Benjy ging also zum Herrenausstatter, um die Reparatur der Gerte in die Wege zu leiten. Das Treffen mit ihm erleichterte Lucia ihr Vorhaben um einiges. Sie folgte ihm in den Laden und beschäftigte sich angelegentlich mit den Schirmen, bis er wieder draußen war. Dann sprach sie, immer mit einem Auge auf der Tür, in vertraulichem Ton mit dem Verkäufer.

»Ich möchte«, sagte sie, »daß Sie mir eine exakte Kopie von Major Benjys hübscher Reitgerte machen. Mit silberne Spitze und denselben Initialen darauf. Und es muß, bitte, unter uns bleiben. Es ist eine kleine Überraschung für einen Freund. Und schicken Sie sie mir, bitte, sobald sie fertig ist, nach Mallards House.«

Lucia bestieg ihr Fahrrad und radelte nachdenklich heim. Da Elizabeth und Benjy die grobe Beleidigung der First Lady als ausgesuchtes Kompliment auffaßten und unbedingt wollten, daß Irenes sie verunglimpfendes Bild auch in Tilling ausgestellt wurde, gab es keinen Grund, warum sie, Lucia, ihnen zuliebe empört oder unglücklich sein sollte. Ja, sie verstand ihre Hochstimmung, und ihre Trauer, daß Irene nicht sie an Elizabeths Stelle karikiert hatte, wurde sehr bitter. Sie hätte das Bild mit einer Souveränitat ertragen, die der Elizabeths und Benjys durchaus ebenbürtig gewesen wäre. Ein schwacher Trost bestand darin, daß die Replik der Reitgerte nun in Auftrag gegeben war.

Sie ging ins Gartenzimmer, wo die geduldige Mrs. Simpson auf sie wartete. Es mußten Einladungen zu einer Nachmittagsgesellschaft verschickt werden, anläßlich derer die Schönheiten von Lucias Frühlingsgarten besichtigt werden sollten und Lucia die neidische Bewunderung ihrer Freundinnen erregen wollte. Sie mußte die Liste aufstellen. Dann mußte ein herzliches Glückwunschschreiben getippt werden. Außerdem traf sich am Freitag der Museumsausschuß, dessen Vorsitzende die Bürgermeisterin war. Sie gab Mrs. Simpson den Schlüssel zu der lackierten Blechschachtel, die mit »Museum« bezeichnet war.

»Werfen Sie doch bitte einen Blick hinein, Mrs. Simpson«, sagte sie, »und schauen Sie nach, ob Papiere darin sind, die ich durchgehen sollte. Ein Berg Arbeit heute, fürchte ich.«

Grosvenor erschien.

»Haben Sie einen Moment Zeit für Mrs. Wyse?« fragte sie.

Lucia zog die Stirn kraus und ihren Terminkalender zu Rate.

»Ja, zehn Minuten«, sagte sie. »Und bitten Sie sie hier herein.«

Grosvenor ging ins Haus zurück, um Susan zu holen, da stieß Mrs. Simpson einen Schrei des Entsetzens aus.

»Der Kadaver eines blauen Wellensittichs!« schrie sie. »Und ein schrecklicher Geruch!«

Lucia sprang von ihrem Platz auf. Sie schnappte sich Blauen Piepmatz, der Desinfektionsmittel und Verwesungsgeruch verströmte, aus der Museumsschachtel und raste durchs Zimmer, um ihn ins Feuer zu werfen. Sie stieß und schubste ihn in die rote Glut, und noch während sie hektisch damit beschäftigt war, schalt sie sich, weil sie Mrs. Simpson nicht angewiesen hatte, ihn zu lassen, wo er war, und die Museumsschachtel zu verschließen. Aber dazu war es nun zu spät. Auf dem Kurztrip zu seiner Einäscherung hatte Blauer Piepmatz ein, zwei Federn verloren, und dem Feuer entstieg ein kräftiger Geruch nach verbranntem Gefieder. Aber

Lucia saß rechtzeitig wieder am Schreibtisch, den Stift in der Hand, als Susan die Stufen zum Gartenzimmer heraufgewalzt kam.

»Guten Morgen, Liebe«, sagte Lucia. »Ich sitze an meinen nie enden wollenden Aufgaben wie üblich, aber reizend, daß Sie da sind.«

Zur Begrüßung erhob sie sich und erblickte entsetzt eine lange blaue Schwanzfeder (mit leichtem Rotton) auf dem Teppich. Sie setzte den Fuß darauf.

»Guten Morgen«, sagte Susan. »Hier riecht es ja fürchterlich nach verbrannten Federn.«

Lucia schnüffelte, rührte sich aber nicht vom Fleck.

»Ich rieche auch etwas«, sagte sie. »Bestimmt Gas. Ich habe neulich schon gedacht, ich röche etwas. Ich muß meine Bauaufsicht kommen lassen. Riechen Sie nicht auch Gas, Mrs. Simpson?«

Lucia konzentrierte die ganze Macht ihres Luchsblickes auf ihre Sekretärin.

»Gewiß doch, Gas«, sagte diese loyale Frau und schloß die Museumsschachtel.

»Höchst unangenehm«, sagte Lucia und trat auf Susan zu. »Gehen wir in den Garten und unterhalten uns dort ein wenig. Ich weiß, weshalb Sie hier sind. Wegen Irenes Bild. Das Bild des Jahres, heißt es. Endlich wird Elizabeth berühmt, sie vollführt Freudensprünge. Ich freue mich so für sie.«

»Ich hätte wirklich gedacht, verbrannte Federn«, wiederholte Susan.

Schlimme Spekulationen schossen Lucia durch den Kopf. Würde Susan mit ihrem trägen, aber alles speichernden Gedächtnis nach einer Beziehung zwischen dem verbrannten und dem entschwundenen Vogel suchen? Sanfte Gewaltanwendung und Zungenfertigkeit waren nun erforderlich, und indem sie den Fuß auf eine weitere blaue Feder setzte, fing sie an, wie ein Wasserfall zu reden, und manövrierte Susan die Gartenzimmertreppe hinunter wie einen riesigen Ozeandampfer vom Dock.

»Nein, Susan, Gas«, sagte sie. »Und haben Sie die Abbildung von Irenes Gemälde in der *Times* gesehen? Mrs. Simpson, sind Sie so freundlich, die *Times* in den Garten zu bringen? Susan, Sie müssen einen Spaziergang über den Rasen machen und einen kurzen Blick auf die Narzissen in meinem *giardino segreto* werfen. Eine solche Pracht habe ich noch nie gehabt. Die hübschen Zeilen ›Mit den Narzissen tanzen‹. Wie wahr! Heute morgen habe ich Sie mit dem Dreirad in der High Street gesehen, Liebe. Und der Goldlack! Nächste Woche bei meiner Party, zu der Sie und Mr. Wyse auch kommen müssen, wird er in voller Blüte stehen. Und Benjy in den Wolken, so typisch, aber Georgie behauptet, es ist keine Flasche, sondern sein Schirm. Sagen Sie mir *genau*, was Sie von alldem halten. Es ist so wichtig, daß ich weiß, was Tilling denkt.«

Außerstande, sich einer solchen Fülle an Gesprächsgegenständen zu erwehren, konnte Susan wohl kaum noch einmal »verbrannte Federn« sagen. Auf dem Rückweg zeigte sie die Tendenz, wieder in Richtung Gartenzimmer zu schlingern, aber wie einen mächtigen Schleppkahn lotste Lucia sie von dieser gefährlichen Untiefe fort und löste das Tau erst an der Haustür von Mallards, von wo aus Susan ihr Dreirad mit eigenem Dampf fortbewegen konnte. Als Lucia ins

Gartenzimmer zurückkehrte, hatte die bewundernswerte Mrs. Simpson noch ein paar Federn aufgesammelt und sie auf ihre Schreibtischunterlage gelegt.

Lucia warf sie ins Feuer und stubste noch ein paar halbverbrannte Fragmente hinein.

»Der Gasgeruch scheint sich ja schon verzogen zu haben, Mrs. Simpson«, sagte sie. »Nicht nötig, glaube ich, meine Bauaufsicht zu bestellen. Es ist mir ein solches Vergnügen, mit jemandem zusammenzuarbeiten, der mich so gut versteht wie Sie ... Ja, die Liste für meine Gartengesellschaft.«

Die Replik der Reitgerte wurde geliefert und glich dem Original aufs Haar. Lucias ließ ihr allerdings eine einzigartige Behandlung angedeihen. Nachdem sie sich für die Nacht zurückgezogen hatte, band sie sie in dem Geäst der Clematis Montana, die bis unter die Fensterbank ihres Schlafzimmers rankte, hübsch fest. Den Unbilden der Witterung ausgesetzt, lief die silberne Spitze schnell an, die Spinnen woben ihre Fäden darum, die Feuchtigkeit verlieh dem polierten Schaft die nötige Mattheit, in einem Wort, die Reitgerte wurde ein gut abgehangenes Stück. »Bald reif«, sagte Lucia eines Morgens zu sich selbst und rief Elizabeth und Benjy an, um sie für den nächsten Tag zum Tee mit anschließender Bridgepartie im Ye Olde Tea-House einzuladen. Sie waren soeben von ihrem Besuch in London zurückgekehrt, wo sie das Bild des Jahres gesehen hatten, und nahmen mit Vergnügen an.

Bevor sich Lucia auf den Weg zu Diva machte, nahm sie ihren Schirm mit ins Schlafzimmer und von dort mit in die Teestube, wo sie zehn Minuten vor den anderen eintraf. Diva war in der Küche beschäftigt, Lucia schaute ins Spielzimmer. Ja, in der Ecke stand der schwere Schrank mit den Prankenfüßen. Perfekt. Ihr nächster Zug bestand dann darin, den Schirm zu öffnen und wieder zu schließen. Als sie Divas festen Schritt auf der Küchentreppe hörte, schlich sie zurück in die Teestube.

»Diva, was für ein leckerer Duft!« sagte sie. »Oh, ich möchte Achtzehn-Penny-Tees bestellen. Ich bin ein paar Minuten früher gekommen, um es Ihnen zu sagen.«

»Hab schon damit gerechnet«, sagte Diva. »Der Duft kommt von den Waffeln. Ich habe geübt. Bei meinem Vortrag backe ich zur Illustration Waffeln, wenn es auf einem Spirituskocher geht. Teile sie in der ersten Reihe aus. Gute Reklame. Da kommen die anderen.«

Die Waffeln entpuppten sich als größerer Erfolg denn erwartet, so daß die Komplimente Diva kaum für den Konsum entschädigten. Dann begab man sich ins Spielzimmer, wo Lucia ihren Schirm gegen die Wand lehnte und ihn hinter den großen Schrank gleiten ließ.

»Wie ungeschickt«, sagte sie. »Aber nun einerlei. Dann müssen wir den Schrank nachher eben wegrükken. Ziehen? Du und ich, Georgie. Die Familie. Das reinste Familienspiel.«

Zunächst war die Bridgepartie von lebhaftem Schwatzen und angenehmen Gesprächen begleitet.

»Wir sind erst gestern aus London wiedergekommen«, sagte Elizabeth und teilte aus. »Eine ziemliche Hektik, aber wir sind dreimal in die Academy gegangen; ein sans atout.«

»Zwei Pik«, sagte Georgie. »Wie fanden Sie das Bild?«

»Eine riesige Menschenmenge davor. Wir mußten uns dazwischenquetscheln.«

»Und brat mir einer 'nen Storch, ich glaube, sie haben Liz erkannt«, meldete sich der Major zu Wort. »Ein paar Frauen schauten sie an und dann das Bild und dann wieder sie, und beim Jupiter! Sie tuschelten miteinander.«

»Bei unserem zweiten Besuch haben sie mich jedenfalls ganz bestimmt erkannt«, sagte Elizabeth. »Die Menschenmenge war so dicht wie nie zuvor, und wir wurden richtig eingekeilt. Und überall um uns herum das Geraune und die Blicke. Sehr unterhaltsam, Benjy, stimmt's?«

Lucia bemühte sich, ihre Bitterkeit unter Verschluß zu halten, aber es gelang ihr nicht.

»Ich freue mich wirklich, daß es Ihnen so gut gefallen hat, Liebe«, sagte sie. »Wie ich Sie um Ihr überragendes Selbstbewußtsein beneide. Ich fände solche Publicity ganz unerträglich. Ich hätte mich, koste es, was es wolle, wieder hinausgequetschelt.«

»Liebe Ehrenwert, das glaube ich Ihnen nicht. Wenn Sie einmal in einer solchen Lage gewesen wären«, sagte Elizabeth, »hätten Sie sich ihr gestellt. Mutig, wie Sie sind.«

»Falls wir Bridge spielen, dann habe ich zwei Pik gesagt. Vor Urzeiten«, verkündete Georgie.

»Oh, Entschuldigung, Mr. Georgie«, sagte Elizabeth. »Ich bin eine solche Quasselstrippe. Was bietest du, Benjy? Sei doch nicht so langsam.«

»Zwei sans atout«, sagte Benjy. »Zum drittenmal

sind wir dann in der Mittagszeit hingegangen, als weniger Menschen dort waren –«

»Drei Pik«, sagte Lucia. »Ich meinte ja nur, liebe Elizabeth, daß es mir ausreicht, mein kleines bißchen Dienst an der Öffentlichkeit still und bescheiden und im Verborgenen zu verrichten –«

»Typisch für Sie, Liebe«, erwiderte Elizabeth, »und ich kontriere drei Pik. *Nun*, meine Liebe, können Sie zeigen, wie Sie ein hübsches kleines bißchen still und bescheiden verrichten.«

Daraufhin schwieg Lucia, aber die friedliche Atmosphäre war gefährlich aufgeladen, denn auf der einen Seite wand sich die Bürgermeisterin vor Neid, weil die Massen Elizabeth vor dem Bild des Jahres erkannt hatten, und auf der anderen Seite wand sich die First Lady vor Wut über Lucias lächerliche Behauptung, sie sei publicityscheu. Lucia gewann den kontrierten Kontrakt und damit das Spiel.

»Da ist mein kleines bißchen, Georgie«, sagte sie. »Und du hast sehr vorsichtig gespielt, obwohl es eine todsichere Sache war. Ich hätte rekontrieren sollen: Verzeih mir.«

»Benjy, dein Schneiden war idiotisch«, sagte Elizabeth sichtbar gequält. »Wenn du dein As gespielt hättest, wären sie zwei in den Miesen gewesen. Vielleicht noch mehr.«

»Und warum hast du dann kontriert?« fragte Benjy. »Und was war mit deinem ursprünglichen sans atout?«

»Wären beide absolut gerechtfertigt gewesen«, sagte Elizabeth, »wenn du nicht geschnitten hättest. Ich bin mit Abheben dran, bitte, Ehrenwert.«

»Aber Sie haben doch gerade abgehoben, Liebe«, gurrte Lucia.

»Ha, ha. Nicht übel, Liz«, höhnte Benjy.

Bei diesem kleinen Scherz bedachte Elizabeth ihn mit einem so mörderischen Blick, daß Lucia sie am Ende des Spiels mit Komplimenten überhäufte.

»Wunderbar gespielt, Liebe!« sagte sie. »Ist dir aufgefallen, Georgie, wie Elizabeth immer wieder dafür gesorgt hat, daß du ausspielen mußtest? Meisterhaft!«

Mit derartigem Schmus war Elizabeth nicht zu befrieden.

»Vielen Dank, Liebe«, sagte sie. »Es tut mir leid, Benjy, ich hätte dafür sorgen sollen, daß Ehrenwert ausspielt. Dann hätte ich noch einen Stich gemacht.«

Als sie den letzten Rubber beendet hatten, kam Diva herein.

»Recht viele Gäste«, sagte sie. »Aber neuerdings kommen immer alle so spät. Hungriger, finde ich. Wollen wohl das Abendessen sparen. Waffeln zum Schilling-Tee gibt's nicht mehr. Auf keinen Fall. Zu beliebt.«

Lucia hatte vom ganzen Tisch gewonnen und sackte mit gleichmütiger Miene Silber und Kupfer ein, ohne sich die Mühe zu machen, es zu zählen.

»Ich muß gehen«, sagte sie. »Ich muß seitenweise städtische Ausgaben überprüfen. Ach, mein Schirm! Den hätte ich um ein Haar vergessen.«

»Liebe Ehrenwert«, sagte Elizabeth. »Erklären Sie mir doch bitte, was das heißen soll! Entweder vergessen Sie etwas oder nicht.«

»Er ist mir hinter Ihren großen Schrank gerutscht, Diva«, sagte Lucia und würdigte ihre First Lady keines Blickes. »Faß am anderen Ende an, Georgie, und wir rücken ihn von der Wand ab.«

»Wenn Sie gestatten«, sagte Benjy und trat an Lucias Ende. »Und jetzt: Holt auf! – wie sie bei der Marine sagen. Eins, zwei, drei.«

Er zog aus Leibeskräften. Der Schrank, weniger schwer, als er aussah, glitt von der Wand fort. Das Geschirr klapperte.

»Meine Sachen!« schrie Diva. »Vorsicht!«

»Da ist dein Schirm«, sagte Georgie. »Voller Staub ... Nanu, was ist denn das? Das ist ja Major Benjys Reitgerte, oder? Seit Ewigkeiten verschollen. Na, das ist aber kurios!«

Diva schnappte sie Georgie aus der Hand.

»Wahrhaftig!« rief sie. »Die Initialen, alles. Muß die ganze Zeit hier gelegen haben. Aber neulich bei Ihrem Vortrag, Major –«

Lucia unterbrach sie sofort.

»Wie schön, daß sie wieder da ist!« sagte sie. »Da freuen Sie sich doch bestimmt, Major, daß Sie Ihr kostbares Erinnerungsstück wiederhaben. O je, es ist schon halb acht! Gute Nacht alle miteinander.«

Sie und Georgie fanden den Weg nach draußen allein.

»Das *mußt* du mir erzählen«, sagte er, als sie munter den Hügel hinaufspazierten. »Ich sterbe, wenn du es mir nicht erzählst. Wie hast du das gemacht?«

»Ich? Was meinst du?« sagte die nervtötende Frau.

»Du bist unerträglich«, sagte Georgie böse. »Und ungerecht. Diva hat dir erzählt, daß sie die silberne

Kappe vergraben hat, und ich habe dir erzählt, wie ich sie wieder ausgegraben habe, und du erzählst uns nichts. Sehr piefig.«

Lucia war überrascht, wie ärgerlich er klang.

»Mein Lieber, war nur ein kleiner Scherz –« begann sie.

»Ich finde es aber gar nicht amüsant, wenn du solche Scherze mit mir treibst«, sagte er erbost. »Manchmal bist du wie Elizabeth.«

»Georgie, ungeheuerlich, wie kannst du so etwas zu mir sagen! Natürlich erzähle ich es dir, und Diva auch. Ruf sie an und bitte sie, nach dem Abendessen auf einen Sprung vorbeizukommen.«

Mit der Hand auf der Tür von Mallards blieb sie stehen. »Aber mach gegenüber den Mapp-Flints nie eine Andeutung wie Diva eben«, sagte sie, »darüber, daß die Reitgerte, die Benjy bei seinem Vortrag geschwungen hat, nicht die echte gewesen sein kann. Das wissen sie ganz genau, und sie wissen, daß wir es wissen. Sie quälen sich viel mehr herum, wenn wir es ihnen nicht unter die Nase reiben.«

8

Lucia, Georgie hinter sich und einen Logendiener vor sich, rauschte durch den Flur hinter den Logen im ersten Rang des Opernhauses in Covent Garden. Sie hatten früh im Hotel diniert und noch viel Zeit. Sie trug ihre Staubperlen im Haar und ihre goldene Bürgermeisternadel wie einen Orden auf dem Busen, ihr Abendkleid glänzte tief rostbraun wie kupfernes Tuch. Eine geschäftig aussehende Dame mit kleinem Notizbuch und Bleistift eilte auf sie zu, als der Diener die Logentür öffnete.

»Der Name, bitte«, sagte er zu Lucia.

»Der Bürgermeister von Tilling«, sagte Lucia mit erhobener Stimme, damit auch die Dame mit dem Notizbuch etwas davon hatte.

Er zog seine Liste zu Rate.

»Der Name steht hier nicht, Ma'am«, sagte er. »Madame hat strikte Anweisung gegeben –«

»Mr. und Mrs. Pillson«, versuchte Georgie es.

»Geht in Ordnung, Sir.« Und sie durften hinein.

Im ganzen Haus erstrahlten Diademe und weiße Schultern, man unterhielt sich angeregt. Eine Minute lang stellte Lucia sich vorn in die nahe zur Bühne gelegene Loge, schaute hierhin und dorthin, nickte und lächelte, als erkenne sie Freunde ... Aber ach, wenn sie nur daran dachte, daß man auch sie erkannt hätte, wenn Irene sie im Bild des Jahres portraitiert hätte! Sie hatten es sich heute nachmittag angeschaut, und auch

Georgie hatte schmerzliches Bedauern empfunden, daß nicht er mit seinem Van-Dyck-Bart es war, der sich als Wind in den Wolken fläzte. Abgesehen davon war er sehr glücklich, denn in ein paar Minuten würde er seine angebetete Olga wieder hören und sehen, und morgen waren sie mit ihr in ihrem Hotel zum Lunch verabredet.

Plötzlicher lauter Applaus begrüßte das Erscheinen Corteses, des Komponisten, Librettisten und heute abend Dirigenten von *Lucrezia*. Lucia wedelte ihm zu. Ganz gewiß verbeugte er sich in ihre Richtung (denn er verbeugte sich in alle Richtungen), und sie entschloß sich, ihr früheres Verdikt über die Oper zu vergessen und sie bezaubernd zu finden.

Die königliche Gesellschaft, von Olgas Loge aus unseligerweise nicht zu sehen, traf ein, und nach der Nationalhymne wehten die klagenden langsamen Anfangstöne der Ouverture durch die Luft.

»Göttlich!« flüsterte sie Georgie zu. »Wie gut ich mich entsinne, wie der liebe Signor Cortese sie für mich in Riseholme gespielt hat. Ich glaube, damals hat er sie einen Hauch schneller genommen ... Da! Lucrezias Motiv, oder ist es das des Papstes? Die tragische Pracht. Der erste Komponist Europas.«

Wenn Georgie sie nicht so gut gekannt hätte, hätte er seinen Ohren nicht getraut. An jenem grauenhaften Abend vor drei Jahren, als Olga sie eingeladen hatte, Kostproben aus der Oper zu hören, hatte Lucia Empörung über dieses schauderhaft moderne Zeug bekundet, aber die Situation war damals von besonderen Umständen geprägt gewesen, die die schlechte Stimmung noch verschärft hatten. Lucia hatte bis dato immer dafür gesorgt, daß allenthalben bekannt war, wie locker und flüssig sie Italienisch sprach. Als ihr aber Cortese gegenüberstand, war peinlich deutlich geworden, daß sie kein Wort von dem verstand, was er sagte. Eine entsetzliche Bloßstellung ... Da sie heute in einer gut sichtbaren Loge bei der Galavorstellung Gast der Primadonna war, konnte sie nicht in die Verlegenheit kommen, mit Cortese sprechen zu müssen, ohne das Publikum zu verärgern, also steigerte sie sich in fanatische Bewunderung hinein. Sie drückte Georgies Hand, die Emotionen erstickten jegliche Fähigkeit, etwas zu sagen; am Ende von Olgas großer Arie im ersten Akt erhob sie sich von ihrem Platz, schrie »Brava! Brava!« in absolut korrektem Italienisch und war überzeugt, daß sie den darauffolgenden Beifall entfacht hatte.

Im Verlaufe des zweiten Akts drangen eine stattliche, mit wenig, außer einem prächtigen Diadem geschmückte Dame und ein kleiner Herr, der sich furchtsam im Hintergrund hielt, in die Loge ein. Lucia war zu Recht ungehalten über diese Störung, fing sich aber, als der Logendiener mit einem Programm erschien und zu der stattlichen Dame deutlich »Euer Gnaden« sagte. Das war etwas anderes, und während der Pause plauderte Lucia sehr freundlich mit ihr (denn wenn Fremde so aufeinandergeworfen wurden, war Steifheit lächerlich) und erzählte, daß sie, schon bevor die Oper inszeniert wurde, ihre geliebte Olga etwas aus dieser Rolle habe üben hören und der Oper damals bereits rauschenden Erfolg vorausgesagt habe. Sie verzehrte sich danach, zu erfahren, wovon die große Dame Gnaden war, konnte ihr aber nach so kurzer Bekanntschaft kaum eine derart persönliche Frage stellen. Eine brillante Gesprächspartnerin war Euer Gnaden ohnehin nicht, sie starrte Georgie allerdings ziemlich unverhohlen an ... Am Schluß der Oper herrschte immense Begeisterung. Immer wieder wurden Olga und Cortese auf die Bühne gerufen, und während dieser Beifallsstürme suchten die nicht identifizierte Gnade und ihr Begleiter das Weite. Da sie keinerlei Notiz voneinander nahmen, vermutete Lucia, daß sie Mann und Frau waren. Sie bedauerte ihr Verschwinden, tröstete sich aber mit dem Gedanken, daß in den Zeitungen morgen ihre Namen auf der erlauchten Liste derer erscheinen würden, die die erste Vorstellung von *Lucrezia* besucht hatten. Die tüchtige Frauensperson im Flur würde schon dafür sorgen.

In der Nacht lag Georgie noch lange wach. Die Musik hatte ihn erregt, und mehr noch als die Musik: Olga. Was für eine Stimme, was für ein edles Gesicht, was für eine Bühnenpräsenz, was für ein unendlicher Charme! Er erinnerte sich an seine Junggesellenzeit in Riseholme, als Lucia die unangefochtene Königin dieses hochkultivierten Dörfchens gewesen war und er ihr *cavaliere servente*, dessen treue Ergebenheit durch Olgas Ankunft ernsthaft erschüttert worden war. Damals war er wirklich in Olga verliebt gewesen, dachte er nun, und der Umstand, daß ihr Mann noch lebte und sie ihn vergötterte, erlaubte einem moralisch prinzipienfesten Mann wie ihm, sich seinen Gefühlen ohne jedes Risiko hinzugeben. Eine kühne Freude durchschoß ihn bei der Vorstellung, daß er Olga einen Heiratsantrag gemacht hätte, wenn sie frei gewesen wäre, aber selbst bei diesen Höhenflügen seiner Phantasie wußte er, daß er in Panik geraten wäre, hätte sie angenommen. In der Zwischenzeit hatte er natürlich selbst geheiratet, aber seine Verbindung mit Lucia war so formidabel nicht, denn sie hatten sich darauf geeinigt, daß keine heißen Gefühlsbezeugungen ihren Ehebund verunzieren sollten. Die Ehe mit Lucia war viel eher als Erfüllung eines Keuschheitsgelübdes zu betrachten. Nun, nach drei Jahren, hatte sich die Situation aufs merkwürdigste verkehrt. Olgas Mann war gestorben, und sie war frei, während seine Ehe mit Lucia ihn schützte. Seine hohen moralischen Maßstäbe duldeten es um keinen Preis, daß er seiner Frau untreu wurde. »So einer bin ich nicht«, sagte er zu sich selbst. »Nun muß ich aber schlafen.«

Er drehte und wälzte sich im Bett. Hinter seinen geschlossenen Lidern schwebten Visionen von Olga: Olga als junges Mädchen bei den Festivitäten ihres infamen Vaters, Papst Alexanders VI., Olga in der Sixtinischen Kapelle bei ihrer Eheschließung mit dem Grafen von Biseglia, Olga bei dessen Ermordung durch die gedungenen Meuchelmörder Seiner Heiligkeit und ihres Bruders. Die Inszenierung war phantastisch üppig gewesen (»nicht im geringsten Shakespearisch«, hatte Lucia ihm zugeraunt), aber wann immer Olga auf der Bühne war, hatte er nur Augen für sie gehabt. Sie überstrahlte alle Pracht, und zwar am allermeisten, als sie, schwarz verschleiert, der Bahre ihres Gatten folgte und diesen Klagesang – oder war es ein Triumphgesang? – »Amore misterioso, celeste, profondo« angestimmt hatte ... Ich glaube, ich bin von Natur aus sehr leidenschaftlich, dachte Georgie, doch ich habe es immer unterdrückt.

Einzuschlafen war unmöglich, er rollte sich aus dem Bett, zündete sich eine Zigarette an und schritt im Zimmer auf und ab. Aber es war kühl, und er zog sich einen schicken blauen Strickpullover an und legte sich wieder hin. Noch einmal sprang er auf, er hatte keinen Aschenbecher, der Deckel seiner Seifenschale tat es indes auch, und erneut begann er mit der kritischen Bestandsaufnahme seines Lebens.

»Ich weiß, Tilling ist eine aufregende Stadt«, sagte er zu sich, »denn andauernd ereignen sich unerhörte Dinge, und ich fühle mich dort sehr wohl. Aber ich bin nicht unabhängig. Ich vergöttere Lucia, aber ach, Frühstück, Lunch, Tee und Abendessen, und soviel dazwischen ... Und wie sie einem als Bürgermeisterin auf die Nerven geht! Wie ich ihr ständiges Gefasel über ihre Pflichten und ihre Position satt habe. Die Blechschachteln mit nichts darin! Und jeden Morgen Mrs. Simpson, die nichts zu tun hat. Manchmal empfinde ich wirklich Mitgefühl mit Elizabeth, wenn Lucia wie ein Moloch jeden, der ihr in die Quere kommt, raps! raps! verschlingt. Und doch, davon bin ich fest überzeugt, geschehen die Dinge, nur weil sie Lucia ist, und ich weiß nicht, wo wir ohne sie wären. Gütiger Himmel, jetzt habe ich schon die zweite Zigarette im Bett geraucht, und meine Ration für heute hatte ich ohnehin schon. Warum habe ich meine Stickarbeit nicht mitgebracht? Davon werde ich doch meistens müde. Wenn ich weiter so wach liege, bin ich morgen zu nichts zu gebrauchen, und ich muß einkaufen, und dann lunchen wir mit Olga, und dann nehmen wir den Nachmittagszug zurück in Das Loch. Verflixt und zugenäht!«

Nach zwei Tassen sehr heißen Tees, den ihm Foljambe, die als ihrer beider Mädchen mitgekommen war, gebracht hatte, fühlte sich Georgie am nächsten Morgen besser. Er las seine Zeitung und frühstückte in seinem Zimmer wie in seinen unbeschwerten Junggesellenzeiten. Es gab eine begeisterte Kritik zu *Lucrezia*, aber da fünf Gräfinnen die Vorstellung durch ihre Anwesenheit beehrt hatten, keinen Hinweis darauf, wer ihre besondere Gnade gewesen war, die ihn durch ihren starren Blick ziemlich in Verlegenheit gebracht hatte. Doch dann brachte ihm Foljambe noch eine Zeitung, die Lucia zurückhaben wollte. Lucia hatte etwas mit einem blauen Stift angestrichen, und da las er, daß der Herzog und die Herzogin von Sheffield und der Bürgermeister von Tilling in Miss Braceleys Loge der Aufführung beigewohnt hatten. Das verschaffte ihm tiefe Befriedigung, denn nun dachten bestimmt die Leute, die die ganze Zeit zu ihrer Loge geschaut hatten, daß er der Bürgermeister von Tilling war ... Da Lucia ihm ausrichten ließ, sie habe Akten für die nächste Stadtratssitzung erhalten und müsse sie studieren, ging er allein einkaufen und genoß es enorm. Er fand ein paar sehr hübsche neue Krawatten und sehr schicke Unterwäsche und konnte vor schönen Schaufenstern stehenbleiben, anstatt zu irgendeiner bildenden Ausstellung zu gehen, was Lucia garantiert gewollt hätte. Voll banger Vorfreude ging er dann zum Lunch ins Ritz, wo er feststellen mußte, daß Lucia noch nicht da war. Aber Olga war in der Lounge und hieß ihn mit einem hohen Sopranton willkommen, damit alle wußten, daß er Georgie war, und an dem *timbre* erraten konnten, daß sie Olga war.

»Mein Lieber, wie schön, Sie zu sehen«, rief sie. »Aber ein Bart, Georgie! Was bedeutet das? Erzählen Sie mir alles darüber. Wo ist Ihre Lucia? Sie hat sich doch hoffentlich nicht schon von Ihnen scheiden lassen? Trinken Sie einen Cocktail! Ich bestehe darauf, denn es sieht nicht gut aus, wenn eine ältere weibliche Person allein Alkohol trinkt, und ich verdurste. Und hat Ihnen die Oper gestern abend gefallen? Ich finde, ich habe hervorragend gesungen, nicht einmal Cortese hat mich ausgeschimpft. Wie herrlich, wieder in diesem versnobten alten London zu sein. Heute abend fahre ich für eine Woche nach Riseholme, und Sie müssen – Ah, da ist Lucia! Wir gehen sofort zum Lunch. Ich habe Cortese dazugebeten, doch er kann erst später. Poppy Sheffield wollte auch kommen, aber vermutlich trudelt sie um die Teezeit ein. Sie wird sich Georgie an den Hals werfen, weil sie Bärte himmlisch findet und sagt, man sieht sie heutzutage immer seltener. Keine Angst, mein Lämmchen, sie faßt Sie ja nicht an, nur der Anblick erfrischt sie in irgendeiner übersinnlichen Weise. Ach, natürlich, sie war ja gestern abend mit in Ihrer Loge. Sie haßt Musik und hört sie nur zur Kasteiung des Fleisches, wovon sie eine Menge hat. Ziemlich übergeschnappt, aber harmlos.«

Es dauerte lange, bis sie an ihrem Tisch anlangten, denn Olga mußte auf dem Weg dorthin viele Leute begrüßen. Allmählich haßte Lucia sie wieder. Die Bürgermeisterin von Tilling herumstehen zu lassen, war zu unmanierlich, und außerdem sah Lucia, die bei *maquillage* kein Pardon kannte, zu ihrem Leidwesen, daß viele Frauen, einschließlich Olgas, Make-up trugen. Und dennoch: Wie herrlich, sich mit der Primadonna durch das volle Restaurant den Weg zu bahnen und nicht auf eine Herzogin zu warten. Wenn nur ein paar Tillinger hier wären und es sähen! *Per contra*: Olga legte Georgie in einer beinahe intimen Geste die Hand auf die Schulter und schob ihn auf seinen Platz. Lucia verstaute Ärger und tiefste Dankbarkeit in getrennten Schubladen.

Spargel. Kalt und buttertriefend. Olga aß mit den Fingern und lutschte die Stangen in aller Öffentlichkeit ab. Lucia bediente sich eines hübschen kleinen Halters, der neben ihrem Teller lag. Olga wußte vielleicht nicht, wofür er war.

»Und Sie und Georgie müssen am Wochenende nach Riseholme kommen«, sagte sie. »Ich fahre heute abend, also kommen Sie morgen.«

Lucia schüttelte den Kopf.

»Zu liebenswürdig von Ihnen«, sagte sie, »aber leider ausgeschlossen. Diese unendlich vielen Verpflichtungen. Morgen ist Freitag, nicht wahr? Ja, morgen habe ich nachmittags eine Preisverleihung und irgendwas am Abend, glaube ich. Montag morgen um zehn Gerichtsverhandlung. Eins folgt aufs andere, ohne Ende, Tag für Tag. Nur dank eines außerordentlichen Zufalls konnte ich gestern hierherkommen.«

Georgie wußte, daß das kompletter Blödsinn war. Lucia hatte vier Tage lang keinen einzigen offiziellen Termin, sondern Zeit und Muße zum Radfahren, Zeichnen und Bridgespielen gehabt. Sie wollte Olga lediglich mit den unzähligen Pflichten ihres Amtes beeindrucken.

»Zu schade!« sagte Olga. »Georgie, Sie dürfen nicht zulassen, daß sie sich zu Tode schuftet. Aber Sie kommen doch, oder, auch wenn wir Lucia nicht überreden können?«

Das war die Gelegenheit für einen Akt der Selbständigkeit. Er bereitete sich seelisch und moralisch darauf vor, sie zu ergreifen.

»Auf jeden Fall. Mit Vergnügen. Ich bin entzückt«, sagte er nachdrücklich.

»Famos. Das steht dann fest. Aber Sie müssen auch kommen, Lucia. Wie gern die Leute in Riseholme Sie wiedersehen würden.«

Lucia wollte auf jeden Fall dorthin, besonders da Georgie sonst ohne sie fahren würde, und es hätte sie völlig aus der Fassung gebracht, wenn ihre Ablehnung als endgültig angesehen worden wäre. Sie preßte zwei Finger an die Stirn.

»Lassen Sie mich überlegen!« sagte sie. »Nach Freitag abend habe ich doch nichts bis zu der Stadtratssitzung am Montag morgen, oder, Georgie? Ich bemühe mich immer, die Sonnabende freizuhalten. Nein, ich glaube, ich habe nichts. Ich könnte mit Georgie am Sonnabendmorgen kommen, aber wir müßten sehr früh am Montagmorgen wieder aufbrechen. Zu verlokkend, um es abzulehnen, liebe Olga. Der liebe Ort und die geschäftigen Tage, so kam es mir jedenfalls damals vor, aber nun, im Vergleich, die reinsten Ferien.«

Poppy erschien pünktlich, als sie mit dem Lunch fertig waren, und Lucia stellte erstaunt fest, daß die Dame nicht die geringste Erinnerung an die vorangegangene Begegnung hatte. Als man sie darauf hinwies, erklärte Poppy, wenn sie irgendwohin ginge, um Musik zu hören, nehme sie alles andere um sich herum nicht wahr.

»Dann bin ich immer hin und weg«, sagte sie. »Und ich weiß nicht, ob ich auf dem Kopf oder auf den Füßen stehe.«

»Wenn Sie hin und weg wären, lägen Sie auf dem Rücken«, sagte Olga. »Was möchten Sie essen?«

»Farcierten Krebs und reichlich schwarzen Kaffee«, sagte Poppy entschieden. »So bleibe ich gesund und munter.« Sie hatte soeben Georgie wahrgenommen und seinen Bart mit ihrem Blick fixiert, als Cortese ins Restaurant stürmte, wie eine Flutwelle den Severn hoch an Olgas Tisch stürzte und lauthals in Italienisch lamentierte, er habe leider nicht zum Lunch kommen können. Er küßte ihr die Hand, er küßte Poppy die Hand, und nach einer kurzen Pause des Wiedererkennens küßte er Lucia die Hand.

»*Si, si*«, schrie er, »das ist die Dame, die bei unserem ersten Versuch zu *Lucrezia* in Ihrem Riseholme dabei war und zuhörte und die Italienisch mit einem so reinen Akzent sprach. *Come sta, signora?*« Und weiter schwatzte er in Italienisch.

Lucia hatte das entsetzliche Gefühl, daß all dies schon einmal passiert war und man im nächsten Moment erneut entdecken würde, daß sie kein Italienisch sprach. Aber der Lunch war vorüber, und sie konnte sich, wenn auch widerstrebend, verabschieden. Sie rief sich etliche Worte in dieser abscheulichen Zunge ins Gedächtnis.

»*Cara*«, sagte sie zu Olga, »Wir müssen uns losreißen. *A rivederci, non e vero, dopo domani.* Wir müssen leider gehen, damit wir unseren Zug noch erwischen. Die Pflicht ruft, und ein armer, hart arbeitender Bürgermeister muß dem Ruf Folge leisten.«

»Oh, er ist Bürgermeister?« fragte Poppy interessiert. »Sehr edel.«

Für Erklärungen blieb keine Zeit. Es war besser, daß Georgie in Poppys Vorstellung vorübergehend als Bürgermeister inthronisiert war, als weitere Risiken einzugehen. Lucia schlängelte sich durch die engen Durchgänge zwischen den Tischen. Immerhin hatte sie nun reichlich Material, das sie in Tilling zu prächtigen Schilderungen verarbeiten konnte. Georgie folgte ihr und knallte die Tür des Taxis ärgerlich zu.

»Ich weiß gar nicht, warum du solche Eile hattest«, sagte er. »Es war gerade so schön, und am Bahnhof treten wir uns nur die Beine in den Bauch.«

»Wir sollten besser nicht riskieren, den Zug zu verpassen«, sagte sie. »Und wir müssen noch Foljambe und das Gepäck abholen.«

»Gar nicht«, sagte Georgie. »Wir hatten doch extra verabredet, daß wir uns mit ihr und dem Gepäck in Victoria treffen.«

»Georgie, ich Dummkopf!« sagte die schamlose Lucia. »Verzeih mir.«

Lucia stellte fest, daß sie am nächsten Abend keinen Termin hatte, und veranstaltete eine Dinner- und Bridgegesellschaft, um die großartigen Erlebnisse zwanglos unters Volk zu streuen. Mr. Wyse und Diva (Susan fühlte sich nicht), die Mapp-Flints und der Padre und Evie waren ihre Gäste. Es überraschte sie gelinde, daß beim Essen niemand Fragen nach ihrem Besuch in London stellte, aber – hätte sie es nur gewußt – Tilling hatte in der Zeitung gelesen, daß sie und ein Herzog und eine Herzogin in Olgas Loge gewesen waren, und sich eisern verschworen, zu ihrem Besten nicht die geringste Neugierde zu zeigen. Obwohl die Gäste sich nach Neuigkeiten verzehrten, war die Unterhaltung beim Essen ganz auf andere Themen beschränkt, und wann immer Lucia zufällig eine Anspielung auf die Oper machte, sprach jemand über etwas anderes. Aber als sich die Damen ins Gartenzimmer zurückzogen, machte sich die wißbegierige Spannung allmählich bemerkbar, und Lucia startete einen neuen Versuch.

»So erfreulich, wieder in unserem friedlichen Tilling zu sein«, sagte sie, als sei sie sechsunddreißig Wochen und nicht sechsunddreißig Stunden fort gewesen, »obwohl ich fürchte, es wird nicht für lange sein. London war eine einzige Hetze. Natürlich sind wir als erstes zur Academy gegangen, um uns das Bild des Jahres anzusehen, liebe Elizabeth.«

Das war geschickt, denn Elizabeth konnte nicht umhin, sich dafür zu interessieren.

»Und haben Sie es geschafft, zu dem Bild vorzudringen?« fragte sie.

»Ganz leicht. Kein so großer Andrang. Technisch war ich ein winziges bißchen enttäuscht. Sehr kraftstrotzend natürlich und große *bravura* –«

»Was heißt das?« fragte Diva.

»Wie soll ich es sagen? Elan, sensationelle Effekthascherei, vielleicht eine zu offensichtliche Gewandtheit«, sagte Lucia und gestikulierte wie eine Malerin, die kühn den Pinsel schwingt. »Ich hätte gern mehr Zeit gehabt, es mir anzuschauen, denn Irene will bestimmt wissen, was ich davon halte, aber wir mußten uns vor der Oper umkleiden und dinieren. Die liebe

Olga hatte uns eine exzellente Loge gegeben, wenn auch ein wenig zu nah an der Bühne.«

Das warf selbst den Stärksten um. Die Verschwörung des Schweigens brach zusammen.

»Ich habe in der Zeitung gelesen, daß der Herzog und die Herzogin von Sheffield da waren«, sagte Evie.

»Stand es in der Zeitung?« fragte Lucia mit sehr überraschter Miene. »Wie die Presse immer alles herausschnüffelt! Er und Poppy Sheffield kamen in der Mitte des zweiten Akts. Ich war ziemlich ärgerlich, fürchte ich, denn solche Störungen hasse ich.«

Auch Elizabeth reizte es, das Wort zu ergreifen.

»Sehr rücksichtslos«, sagte sie. »Hoffentlich haben Sie es ihr gesagt, Ehrenwert.«

Lucia lächelte nachsichtig.

»Ach, Menschen, die eigentlich nicht musikalisch sind – und die arme Poppy ist es nicht –, haben keine Ahnung, was für Ungemach sie anderen mit solchem Verhalten zufügen. Und was ist passiert in der Zeit, als Georgie und ich fort waren?«

»Zum Tee gestern siebzehn Leute«, sagte Diva. »Wie war die Oper?«

»Superb. Vor Jahren hat Olga mir die große Szene daraus schon einmal vorgesungen, und ich gestehe, ich habe ihr damals Unrecht getan. Für meinen klassischen Geschmack ein wenig modern, aber ein grandioses Werk. Wirklich. Und ihre Stimme ist immer noch großartig, vielleicht ein kleines Zeichen von Anstrengung in der höchsten Lage, aber ich bin schließlich auch sehr kritisch.«

Die Verschwörung des Schweigens war zum Kreuzverhör geworden. Man mußte ihr die Einlassungen mit Gewalt abringen.

»Und sind Sie dann zum Dinner ausgegangen?« fragte Evie.

»O nein! Musik nimmt mich immer zu sehr mit. Zurück ins Hotel und alsbald ins Bett, wie Pepys sagt.«

»Und am nächsten Morgen, Ehrenwert, nach einem so aufregenden Abend?« fragte Elizabeth.

»Ich Ärmste! Ein Stapel von Tagesordnungspunkten für die Stadtratssitzung am Montag. Die habe ich bis zum Lunch durchgeackert.«

»Sie und Mr. Georgie in Ihrem Hotel?« fragte Diva.

»Nein, die liebe Olga bestand darauf, daß wir den Lunch mit ihr im Ritz nahmen«, sagte Lucia mit der langsamen, schleppenden Intonation, derer sie sich bediente, wenn sie wußte, daß ihre Zuhörerschaft auf glühenden Kohlen saß. »Keine Gesellschaft, nur wir vier.«

»Wer war der vierte?«

»Die Herzogin. Sie kam viel zu spät, wie zu der Oper. Offenbar ein Tick von ihr. Aber wir haben nicht auf sie gewartet.«

Nicht auf eine Herzogin zu warten hatte einen überwältigenden Effekt.

Diva erholte sich zuerst.

»Gutes Essen?« fragte sie.

»Im großen und ganzen, ja, würde ich sagen. Oder meinen Sie, was Poppy zu sich genommen hat? Sie werden lachen! Farcierten Krebs und Kannen schwarzen Kaffees. Die einzige Nahrung, bei der sie sich richtig wohl fühlt.«

»Klingt höchst unverdaulich«, sagte Diva. »Komischer Magen. Und dann?«

»Wie Sie mich alle ausfragen! Dann kam Cortese. Der Komponist von *Lucrezia*, muß ich dazu sagen, er hat auch dirigiert. Italiener, mit all der Vitalität des Südens –«

»Also haben Sie richtig schön italienisch mit ihm geschwatzt, Liebe«, sagte Elizabeth gehässig.

»Leider nicht. Wir mußten beinahe sofort losrennen, um unseren Zug zu erwischen. Kaum ein Wort mit ihm gewechselt.«

»Wie schade«, sagte Elizabeth. »Und nun bleiben Sie gar nicht lange hier. Schon wieder auf Achse?«

»Leider ja, obwohl es sehr undankbar von mir ist, ›leider‹ zu sagen«, antwortete Lucia immer noch schleppend. »Die liebe Olga hat Georgie und mich inständig gebeten, das Wochenende mit ihr in Riseholme zu verbringen. Eine Ablehnung wollte sie nicht gelten lassen. Wie herrlich, den lieben alten Ort wiederzusehen. Ich sehe zu, daß sie für uns singt. Diese großen Sängerinnen sind immer am besten vor intimem verständnisvollem Publikum.«

»Und sind auch Herzoginnen dort?« fragte Elizabeth, unfähig, ihre Bitterkeit zu verbergen.

»*Chi lo sa?*« sagte Lucia mit mustergültiger Indifferenz. »Ah, da kommen die Männer. Gehen wir Bridgespielen.«

Die Männer, ebenfalls Mitglieder der Verschwörung, hatten stärkere Selbstbeherrschung an den Tag gelegt als die Frauen und Georgie nicht eine einzige Frage nach dem feinen Leben gestellt, aber sie wußten nun über seine neuen Krawatten Bescheid. Evie konnte nicht umhin, ihrem Gatten hinter vorgehaltener Hand zuzuflüstern: »Stell dir vor, Kenneth, die Herzogin von Sheffield lebt von farciertem Krebs und schwarzem Kaffee.«

Wer konnte einem so verführerischen Happen widerstehen? Der Padre gewiß nicht.

»He, garr eigentümlich, die Diät«, sagte er, »und hat Mistress Bürgermeister dir das kundgetan? Und was macht sie, wenn sie keinen Krebs kriegt?«

Aus seinem neugierigen Tonfall schloß Lucia sofort, daß die Männer noch nichts gehört hatten und unter großem Wissensdurst litten.

»Schluß mit dem albernen Klatsch und Tratsch«, sagte sie. »Vor uns liegen wichtigere Dinge. Elizabeth, spielen Sie und der Padre und Mr. Wyse an meinem Tisch?«

Eine Weile lang stellten die Karten alle anderen Themen in den Schatten, aber es zeigte sich deutlich, daß die Männer zu gern all das in Erfahrung bringen würden, was ihr Schweigegelübde ihnen bisher vorenthalten hatte. Einer nach dem anderen machte, während die Karten ausgegeben wurden, eine Anspielung auf Schalentiere und die Borgias. Aber Lucia war eisern. Ganz bestimmt hatten sie sich verschworen, kein Interesse an den großen Ereignissen des Londonbesuches zu zeigen, und dafür mußten sie bestraft werden. Aber als die Gesellschaft auseinanderging, bestand Mr. Wyse darauf, Diva im Royce nach Hause zu bringen und sie mit Fragen zu löchern, und Major Benjy und der Padre waren, als sie zu Hause anlangten, genauso gut informiert wie ihre Gattinnen.

Am nächsten Morgen fuhren Lucia und Georgie, diesmal mit Grosvenor als Mädchen (denn es war nur gerecht, daß sie an diesen Ausflügen auch ihren Anteil hatte), mit dem Automobil nach Riseholme. Lucia hatte die Blechdose mit der Aufschrift »Wohnungspolitik« im Gepäck, denn sie durfte mit der Arbeit an den städtischen Belangen nicht ins Hintertreffen geraten. Aber in der Hektik der Abfahrt vergaß sie, städtische Papiere hineinzulegen. Gern hätte sie auch Mrs. Simpson mitgenommen, aber Grosvenor besetzte den Platz neben dem Chauffeur, und für drei wäre es im Innenraum des Automobils zu unbequem gewesen. Lucia zu Ehren gab Olga am Nachmittag eine Gartengesellschaft, und die Bürgermeisterin verhielt sich gegenüber ihren alten Freunden auch sehr leutselig, ganz in der Manier einer Königinwitwe, die aus irgendeinem Grunde an ein viel größeres Königreich geraten ist, aber zärtliche Erinnerungen an ihre früheren Untertanen bewahrt, seien sie auch noch so niedrig. Sie hatte für jeden ein huldvolles Wort. Nachdem sich die Gesellschaft verabschiedet hatte, blieben sie, Georgie und Olga noch im Garten sitzen, und ihr Lächeln hatte einen Anflug von Traurigkeit.

»So eine Freude, die lieben, drolligen Leutchen wiederzusehen«, konstatierte sie, »aber leider, wie hat sich der Ort verändert! Riseholme, das in alten Zeiten überschäumte vor interessanten Aktivitäten, ist nun genau wie alle anderen kleinen, vor sich hinvegetierenden Dörfer –«

»Da bin ich gänzlich anderer Meinung«, sagte Georgie laut. »Es schäumt immer noch. Daisy Quantock hat ein französisches Hausmädchen, das Atheistin ist, und Mrs. Antrobus hat die Zeichensprache für Taubstumme gelernt, weil sie nun so taub ist, daß ihr auch das teuerste Hörrohr nichts mehr nützt. Alle anderen haben sie auch gelernt, und als Mrs. Boucher ihr letzte Woche eine Geburtstagsfeier ausgerichtet hat, haben alle taub und stumm miteinander geredet, so daß Mrs. Antrobus alles verstehen konnte, was gesagt wurde. Das nenne ich wunderbare Manieren.«

Einen Augenblick lang flackerte die alte Flamme in Lucias Busen auf.

»Nein!« rief sie. »Was noch?«

»Ich bin mit dieser Geschichte noch nicht zu Ende«, sagte Georgie. »Sie haben soviel mit den Händen geredet, daß sie mit dem Dinner gar nicht vorankamen, und es dauerte eineinhalb Stunden, obwohl es nur aus vier Gängen bestand.«

»Georgie, wie aufregend!« sagte Olga. »Weiter!«

Georgie wandte sich an die geneigtere Zuhörerin.

»Also, sie konnten nicht schnell reden, weil sie es ja noch lernten, aber wenn Mrs. Antrobus antwortete, war sie, weil sie es ja schon richtig kann, so schnell, daß nur Piggie und Goosie –«

Lucia neigte den Kopf zur Seite und warf Olga einen Blick zu, die mit Lippenstift und Spiegel hantierte.

»Ach ja, ich erinnere mich. Ihre Töchter«, sagte sie.

»Ja, natürlich. Sie wußten, was sie meinte, wenn sie hinguckten, aber wenn sie nicht hinguckten, mußten sie raten, so wie wenn jemand in einer Fremdsprache redet, die man selbst nicht allzugut spricht, und auf gut Glück rät, was er sagt.«

Lucia warf ihm einen Luchsblick zu. Georgie hatte

doch wohl hoffentlich nicht an sie und die italienische Krise gedacht.

»Ihre lieben, ulkigen kleinen Schrullen!« sagte sie. »Aber alle, mit denen ich mich unterhalten habe, waren so begierig, etwas über Tilling und meine Arbeit als Bürgermeisterin zu hören, daß ich nichts von dem erfahren habe, was hier los ist. Wie sie mich mit Fragen bombardiert haben! Was noch, Georgie?«

»Hm, die Leute, die nun dein Haus besitzen, haben ein Schwimmbad im Garten gebaut und veranstalten wunderschöne gemischte Badefeste.«

Lucia unterdrückte einen Anfall schmerzlicher Reue, daß sie selbst nie auf die Idee gekommen war, und stieß einen schockierten Ton aus.

»Oh, was für eine traurige Entweihung!« sagte sie. »Wo? Hinter meiner Eibenhecke oder in Perditas Garten?«

»Hinter der Eibenhecke, und sie sind ein großer Erfolg. Ich wünschte, ich hätte meinen Badeanzug mitgebracht.«

»Und führen sie immer noch meine lebenden Bilder auf und veranstalten elisabethanische Feste und literarische Zirkel?« fragte sie.

»Nicht, daß ich wüßte, aber sonst ist einiges los. Alle sind bester Dinge, und am Wochenende kommen immer viele Leute aus London.«

Lucia erhob sich.

»Zu Cocktailparties, nehme ich an«, sagte sie. »Je nun, man muß ja damit rechnen, daß die eigenen Spuren im Laufe der Jahre verwischt werden. Shakespeare hat ein wunderschönes Sonett darüber geschrieben. *Olga mia*, entschuldigen Sie mich bis zum Dinner? Ich muß ein paar Wohnungsbauvorhaben studieren, sonst kann ich meinem Stadtrat am Montag nicht vor Augen treten.«

Lucia kam zum Abendessen herunter, tief in den angeblichen Inhalt ihrer Blechschachtel versunken, mit sorgenvollem Gesicht.

»Die Zeilenbauweise!« sagte sie. »Sie bildet eines der größten Probleme, die ich in Angriff nehmen muß.«

Olga schaute sie völlig perplex an.

»Zeilen?« fragte sie. »Wie in Büchern?«

Lucia stieß ein helles Gelächter aus.

»Dumm von mir, es Ihnen nicht zu erklären, Liebe«, sagte sie. »Woher sollen Sie das wissen? Wohnungsbauvorhaben: potthäßliche Behausungen an den lieblichen Landstraßen, die nach Tilling führen. Rote Ziegelsteinhäuser statt Weißdorn- und Weinrosenhekken. Es erscheint mir als solche Entweihung!«

Georgie seufzte. Lucia hatte ihm schon erzählt, was sie ihrem Rat am Montagnachmittag mitzuteilen gedachte, und würde ihm todsicher am Montagabend erzählen, was sie ihm mitgeteilt hatte.

»Raupen!« rief sie wie aus einer plötzlichen Eingebung heraus. »Ich werde diese Häuserreihen mit Raupen vergleichen, gefräßigen roten Raupen, die ins Marschland hinauskriechen und das hübsche Grün verschlingen. Einer so lebendigen Metapher bedarf es. Aber ich darf mich darauf verlassen, Olga, daß alles, was ich Ihnen erzähle, unter uns bleibt? Meine Stadträte haben das Recht, meine Ansichten vor allen anderen zu hören.«

»Meine Lippen sind versiegelt«, sagte Olga.

»Und trotzdem müssen wir diese neuen Häuser bauen«, sagte die Bürgermeisterin und stützte, ihren Teller mit Hühnchen ignorierend, beide Ellenbogen auf den Tisch. »Wir müssen die Elendsviertel in Tilling abreißen, und das bedeutet, an den Straßen außerhalb zu bauen. Solch eine Vielfalt konfligierender Interessen.«

»Die Arbeit scheint ja wirklich enorm zu sein«, sagte Olga.

»Ja, ich glaube, enorm könnten wir sie nennen, meinst du nicht, Georgie?« fragte Lucia.

Georgie ärgerte sich grün und blau. Sie trug so dick auf, weil sie Olga beeindrucken wollte, aber je inbrünstiger er ihr zustimmte, desto schneller, hoffte er, würde sie aufhören.

»Erdrückend. Endlos«, bestätigte er.

Eitel war sein Hoffen.

»Nein, Lieber, erdrückend nicht«, sagte sie und verspeiste ihr Hühnchen in großer Eile. »Sie erdrückt mich nicht. Für andere zu arbeiten befähigt einen zu größeren Leistungen. Zum Wohle meines teuren Tilling kann ich, ohne übermäßig zu ermüden, unternehmen, was mich ansonsten zum vollkommenen Wrack machen würde. *Ich dien.* Natürlich muß ich die Verfolgung anderer Interessen opfern. Meine Lektüre? Ich schlage kaum noch ein Buch auf. Die Malerei? Seit dem Bild einiger prachtvoller Dahlien im Herbst, das Georgie für gar nicht so übel hielt, habe ich nichts mehr gemalt.«

»Hübsch«, sagte Georgie mit bleierner Stimme.

»Danke, Lieber. Meine Musik? Kaum einen Ton gespielt. Und dabei wissen Sie am besten, liebe Olga, was für einen unzerstörbaren Schatz an Erinnerungen die Musik einem schenkt: hier ein Leckerbissen von Mozart, dort eine Portion Beethoven, man hört doch alles mit dem inneren Ohr.«

»Ich erinnere mich gut, wie Sie den langsamen Satz der Mondscheinsonate gespielt haben«, sagte Olga, wie Georgie darauf erpicht, sie von den bürgermeisterlichen Themen wegzulocken. Aber die Wirkung war verherrend. Lucia setzte ihr entrücktes Musikgesicht auf und deutete mit zur Zimmerdecke gerichtetem Blick langsame Triolen auf dem Tischtuch an. Ihre Finger versagten ihr den Dienst, erholten sich, und niemand wußte, wie lange sie weiterklopfen würden, womöglich bis zum Ende des Satzes. Dennoch erschien es unhöflich, diesen symbolträchtigen Vortrag zu stören. Plötzlich seufzte sie.

»Unartige Finger«, sagte sie, als schüttele sie die Triolen ab. »So vergeßlich.«

Irgendwie hatte sie Olga und Georgie alles Leben entzogen, aber das Dinner war vorüber, und sie begaben sich ins Musikzimmer. Das Piano stand offen, und schlafwandelnd wie Lady Macbeth, glitt Lucia auf den Klavierstuhl. Die unartigen Finger wurden viel besser, ja, sie wurden so gut, wie sie nie zuvor gewesen waren. Sie verweilte lange auf dem letzten Ton des berühmten langsamen Satzes, starrte sehnsüchtig nach oben, und alle seufzten, wie es sich gehörte, wenn Lucia die Mondschein spielte.

»Danke schön, Liebe«, sagte Olga. »Perfekt.«

Lachend sprang Lucia vom Klavierstuhl auf.

»Besser, als ich befürchtet hatte«, sagte sie, »aber

alles andere als perfekt. Und nun, liebe Olga, darf ich's wagen? Sollen wir? Ein kleines Lied. Soll ich versuchen, Sie zu begleiten?«

Olga war der Meinung, daß sie sich selbst begleiten konnte, und Lucia ließ sich auf einer Art Thron neben ihr nieder und setzte wieder ihre entrückte Miene auf, als Olga das »Ave« aus *Lucrezia* sang. Die feierliche Weise klang Lucia vage bekannt, aber sie wußte nicht, wo sie sie hinstecken sollte. War es Beethoven? War es aus *Fidelio* oder aus der *Schöpfung*? Vielleicht war es klüger, sie nur gefühlsselig zu bewundern, als sich auf einen Komponisten festzulegen.

»Diese wunderbare alte Weise!« sagte sie. »Was für ein Genuß, sie einmal wieder zu hören. Diese großen Melodien sind die Grundsteine der Musik.«

»Aber ist es nicht das Gebet aus *Lucrezia*?« fragte Georgie.

Lucia fiel sofort ein, daß dem so war.

»Ja natürlich, Georgie«, sagte sie. »Aber in der einfachen Liedform. Ich habe mich schlecht ausgedrückt.«

Sie hatte nicht die leiseste Ahnung, was es war, dachte Olga, aber sie würde sich sogar aus einer Daumenschraube herauswinden. Dann sagte sie laut: »Ja, das war Corteses Absicht. Es wird ihn freuen, zu erfahren, daß ihm Ihrer Ansicht nach die Umsetzung dieser Idee gelungen ist. Ach, übrigens, er hat vor dem Abendessen angerufen und gefragt, ob er und seine Frau morgen nachmittag kommen und über Nacht bleiben können. Ich habe freudigst ja gesagt.«

»Meine Liebe, Sie verwöhnen uns!« sagte Lucia hell begeistert. »Ganz entzückend.«

Trotz ihrer hellen Begeisterung waren die Neuigkeiten bedenklich. Beim Zubettgehen grübelte sie darüber nach. Cortese würde also kommen, dessen Englisch sehr begrenzt war (obwohl weniger rudimentär als ihr Italienisch), Olga würde da sein, die zwar sagte, sie parliere scheußlich Italienisch, es aber fließend sprach und vollkommen verstand, und Corteses Frau, die möglicherweise überhaupt kein Englisch konnte. Wenn letzteres zutraf, würde die Unterhaltung hauptsächlich in Italienisch bestritten werden, und mit ihrer lebhaften Vorstellungskraft sah Lucia Olga vor sich, wie sie ihr das Gesagte übersetzte und ihre Antworten in das ihr unbekannte Idiom übertrug. Dann würde Cortese bestimmt für sie spielen, und sie müßte raten, ob er Beethoven oder Mozart, die einfache Liedform oder Cortese zum besten gab. Es würde ein Abend voller Gefahren und Demütigungen werden. Vielleicht war es besser, einen Termin vorzuschieben und am Sonntagnachmittag abzufahren, bevor diese gefährlichen Fremden auftauchten. Wenn ich mich nur überwinden könnte, zu sagen, daß ich weder Italienisch spreche, noch etwas von Musik verstehe, dachte Lucia. Aber das kann ich nicht, nach all den Jahren. Es ist erbärmlich, einfach so davonzulaufen, aber ich hielte es anders nicht aus.

Zum Frühstück kam Georgie sehr spät. Er hatte geträumt, daß Olga versuchte, ein Lied zu seiner Begleitung zu singen. Sie stand hinter ihm, die Hände auf seinen Schultern und das Gesicht dicht an seinem. Dann fing auch er an zu singen, und herrlich verschmolzen ihre Stimmen . . . In dem gekachelten Bad neben seinem Schlafzimmer war das Ankleiden eine Wonne, und er überlegte, welche seiner neuen Krawatten Olga am besten gefallen würde. Grosvenor hatte ihm gesagt, das Frühstück finde auf der Veranda statt, und der Morgen war so warm, daß er sein Cape nicht brauchte.

Die anderen waren schon unten.

»Georgie, so geht's nicht«, sagte Olga, als er hinaustrat. »Lucia sagt, sie muß heute nachmittag nach Tilling zurück. Sprechen Sie ein Machtwort. Sagen Sie ihr, daß sie hierbleiben soll.«

»Aber was ist passiert, Lucia?« fragte er. »Wenn wir morgen früh zurückfahren, bleibt dir bis zu deiner Stadtratssitzung genug Zeit.«

Lucia fing an zu plappern.

»Ich bin todunglücklich«, sagte sie. »Aber als ich gestern abend hochgegangen bin, habe ich mir noch einmal die Papiere angeschaut, die ich mitgebracht habe, und vieles gefunden, daß ich mit meinem Amtsleiter besprechen muß, wenn ich für meinen Stadtrat gerüstet sein will. Und dann der Gerichtstermin! Du weißt, was am Montagmorgen immer alles anfällt, Georgie. Und ich darf meine Pflichten nicht vernachlässigen, selbst wenn ich meinen wunderschönen Abend hier opfern muß. Da muß ich hart bleiben.«

»Zu traurig«, sagte Olga. »Aber es besteht kein Grund, daß Sie abfahren, Georgie. Ich fahre Sie morgen früh zurück. Mein Lieber, was für eine hübsche Krawatte.«

»Also, ich bleibe«, sagte er. »Ich habe in Tilling nichts zu tun. Ich dachte mir schon, daß sie Ihnen gefällt.«

Lucia hatte gar nicht in Erwägung gezogen, daß Georgie bleiben könnte, und es behagte ihr mitnichten. Aber da sie schon verkündet hatte, daß sie hart bleiben würde, konnte sie nicht sofort wachsweich werden. Es blieb nur eine Chance, ihn dazu zu bringen, mit ihr die Heimfahrt anzutreten.

»Ich muß Grosvenor mitnehmen«, sagte sie.

Georgie malte sich eine fremde Hausangestellte aus, die ihm den Tee brachte und das Bad einließ, und das Risiko, daß sie sein Toupée und die anderen Hilfsmittel zur Erhaltung seiner Jugend entdeckte. Er sah den Tatsachen ins Angesicht: Es war die Sache wert.

»Das macht nichts«, erwiderte er. »Ich komme wunderbar allein zurecht.«

9

Lucia hatte eine Pechsträhne, die schon an dem Nachmittag begann. Zehn Minuten, bevor sie mit Grosvenor nach Tilling aufbrechen wollte, kamen Cortese und Gattin. Letztere war Engländerin und sprach noch weniger Italienisch als Lucia, und Cortese hatte den ersten Akt seiner neuen Oper mitgebracht. Aber es war zu spät, die Pläne zu ändern, und nach einem höchst liebevollen Abschied von Olga brach sie auf, nicht ohne ihr auf die Seele zu binden, sie jederzeit und ohne großartige Voranmeldung in Tilling zu besuchen. Nur eine telephonische Nachricht, und Olga könne in der Gewißheit, daß ihr das freundlichste Willkommen bereitet werde, losfahren ... Aber es war doch alles sehr dumm, denn Cortese würde heute abend bestimmt den ersten Akt der Oper durchspielen, und die auf einem möglichen Sprachdefizit beruhende Panik, die Lucia veranlaßt hatte, Riseholme wie ein von der Pest heimgesuchtes Dorf zu fliehen und ihren Göttergatten dort zu lassen, stellte sich als völlig unbegründet heraus.

Im Moment war das der Stand ihrer Information: Hätte sie gewußt, was eine halbe Stunde nach ihrer Abfahrt passierte, hätte sie bestimmt auf dem Absatz kehrtgemacht, wäre in das Seuchengebiet zurückgebraust und hätte sich auf ihre grenzenlose Erfindungsgabe verlassen (worauf sie sich immer verlassen konnte), einen Grund für ihr Wiederauftauchen auszuhecken.

Für Madame Cortese kam ein Telephonanruf von der Herzogin von Sheffield.

»Die arme verrückte Cousine Poppy«, sagte sie. »Was in Gottes Namen sie wohl will?«

»Farcierten Krebs«, rief Olga hinter ihr her, als sie zum Telephon ging. »Cortese, Sie Allerbester, nach dem Dinner wollen wir uns an Ihre *Diane de Poitiers* machen. Ich hatte ja keine Ahnung, daß Sie mit dem ersten Akt fast fertig sind.«

»Ich auch nicht. Es lief alles wie geschmiert«, sagte Cortese, den Madame genötigt hatte, im Eiltempo Englisch zu lernen und sich zu unterstehen, in ihrer Gegenwart Italienisch zu sprechen. »Und was für eine Aria für Sie. Wenn Sie sie hören, machen Sie vor Freude Luftsprünge. Ich springe, du springst, sie springono. Verdammt gut.«

Madame kam vom Telephon zurück.

»Poppy hat in einer halben Minute mehr Fragen gestellt, als die Polizei erlaubt«, sagte sie. »Ich habe mir die ersten drei angehört und ihr dann gesagt, sie solle warten. Also: erstens, ob wir morgen zum Abendessen in ihr häßliches altes Schloß kommen und dort übernachten. Zweitens, wer hier ist. Olga, habe ich ihr gesagt, und Cortese und Mr. Pillson aus Tilling. ›Aber natürlich kenne ich ihn‹, hat sie gesagt. ›Er ist der Bürgermeister von Tilling, und ich habe ihn bei *Lucrezia* kennengelernt und beim Lunch im Ritz getroffen. So ein hübscher Bart.‹ Drittens: –«

»Aber ich bin nicht der Bürgermeister von Tilling«, rief Georgie. »Das ist Lucia, und sie hat keinen Bart –«

»Georgie, seien Sie nicht so pingelig«, sagte Olga. »Offenbar meint sie doch Sie –«

»*La Barba e mobile*«, sang Cortese. »*Una barba per due. Scusi*. Sollte wohl sagen: ›Ein Bart für zwei‹, meine Dorothea.«

»Er ist aber nicht *mobile*«, sagte Georgie und mußte unwillkürlich an sein Toupée denken.

»Natürlich nicht«, sagte Olga. »Es ist ein feiner natürlich gewachsener Bart. Na, was ist nun mit Poppy? Fahren wir doch morgen nachmittag alle zusammen.«

»Nein, ich muß zurück nach Tilling«, sagte Georgie. »Lucia erwartet mich –«

»Ah, Sie stehen unter dem Pantoffel«, rief Cortese. »Ich auch. Stimmt das nicht, meine Dorothea?«

»Sie kommen mit uns, Georgie«, sagte Olga. »Rufen Sie Lucia morgen früh an und sagen Sie es ihr. Einfach so. Und Sie, Dorothy, sagen Poppy, daß wir alle vier kommen. So, das wäre erledigt.«

Als Georgie Lucia am nächsten Morgen anrief und ihr Bescheid sagte, war sie einerseits höchst begeistert, andererseits etwas enttäuscht. Er betonte ausdrücklich, daß der Bürgermeister von Tilling geladen worden sei, weil er sicher war, daß ihr das schmeicheln würde. Obwohl sie der Gedanke quälte, was sie wegen ihrer überstürzten Abreise alles verpaßte, gestattete Lucia ihm von Herzen, nach Schloß Sheffield zu fahren, denn es war immerhin etwas, daß, wenn schon nicht sie, Georgie dort weilen würde, und sie sandte Grüße und ihr Bedauern an Poppy. Nachdem sie dann ihrem Gericht vorgesessen hatte (was genau zwanzig Sekunden dauerte, weil keine Fälle zu verhandeln waren), eilte sie, statt mit ihrem Amtsleiter zu konferieren, in die High Street, um diese letzten Nachrichten wie einen neuen Film anlaufen zu lassen.

»Wieder da, liebe Ehrenwert?« rief Elizabeth und flitzte über die Straße. »Schöner Ausflug?«

»Herrlich«, sagte Lucia mit schleppender Stimme. »Das liebe Riseholme! Wie sich alle gefreut haben, mich zu sehen. Keine Gesellschaft bei Olga, nur Cortese und seine Gattin, *très intime*. Aber die Musik! Ich bin gestern abend zurückgekommen, um mich auf meine Aufgaben hier vorzubereiten.«

»Ohne Mr. Georgie?« fragte Elizabeth.

»Ja, ich habe darauf bestanden, daß er noch bleibt. Ich erwarte ihn sogar erst morgen zurück, denn er hat gerade angerufen. Die Herzogin Poppy – eine Cousine von Madame Cortese – hat uns alle miteinander eingeladen, heute zum Abendessen nach Sheffield zu kommen und dort über Nacht zu bleiben. Sehr kurzfristig, und mir natürlich unmöglich, denn heute nachmittag habe ich meine Stadtratssitzung. Das liebe Ding begreift natürlich nicht, daß man Pflichten hat, die man nicht so mir nichts, dir nichts vernachlässigen kann.«

»Wie schade. Was für eine Enttäuschung für Sie«, sagte Elizabeth und wand sich, als habe sie eine Kolik. »Aber Sheffield ist für eine Nacht ganz schön weit. Wohnt sie in der Stadt?«

Lucia stieß ihren melodischen Triller der Belustigung aus.

»Nein, auf Schloß Sheffield«, sagte sie. »Keine lange Fahrt von Riseholme, in einem von Olgas Mercedessen. Ein normannischer Turm. Ein Wassergraben. Vor kurzem war es in *Country Life* . . . Guten Morgen, Padre.«

»Und wo ist Ihr guter Mann?« fragte der Padre.

Lucia überlegte, ob sie die großartigen Neuigkeiten noch einmal erzählen sollte. Aber es war erhabener, das zu unterlassen. Die Verbreitung aller Details war nun, da Elizabeth sie kannte, so sicher, als werde der Stadtausrufer sie verkünden.

»Er kommt morgen wieder«, sagte sie. »Was gibt's hier Neues?«

»Eine so hübsche Predigt von Ehrwürden gestern«, sagte Elizabeth, um ihre Kolikschmerzen zu lindern. »Darüber, wie eitel und nichtig weltlicher Stand und Reichtum sind. Ich wünschte, Sie hätten sie gehört, Ehrenwert.«

Ob dieses jämmerlichen Stoßes leistete Lucia sich sogar ein Lächeln. Dann kaufte sie weiter ein und orderte, obwohl Georgie bei einer Herzogin speisen würde, nicht einmal die eine oder andere Delikatesse für sich. Sie hatte das Gefühl, daß das Schicksal nicht sonderlich nett zu ihr gewesen war, wenn auch sehr aufmerksam Georgie gegenüber. Wie grausam, daß ihr die Nationalität von Corteses Frau und deren tief verwurzelte Abneigung gegen seine Sprache nicht bekannt gewesen war, bevor sie sich so eisern entschloß, nach Tilling zurückzukehren. Doppelt bitter, weil sie dann noch zur Stelle gewesen wäre, als Poppys Einladung ergangen war. Denn es wäre möglich gewesen (sie hätte es allemal möglich gemacht), daß der Stellvertretende Bürgermeister sie bei der Stadtratssitzung vertreten hätte, bei der ihre Anwesenheit noch so unverzichtbar gewesen war, als sie den Rückzug vor den Italienern angetreten hatte.

Sie fing an zu überlegen, ob sie sich der herzöglichen

Gesellschaft nicht doch noch zugesellen konnte. Bei der Stadtratssitzung gab es wenig zu erledigen; sie würde um halb fünf zu Ende sein, und wenn sie dann losfuhr, wäre sie rechtzeitig zum Dinner in Schloß Sheffield. Oder vielleicht war es sicherer, wenn sie den Stellvertretenden Bürgermeister gleich anrief und bat, sie zu vertreten, da sie überraschend abberufen worden sei. Der Stellvertretende Bürgermeister erklärte sich mit Freuden bereit. Er hoffte, es seien keine bösen Nachrichten, und wurde beruhigt. Nun mußte sie nur noch in Schloß Sheffield anrufen und sagen, daß der Bürgermeister von Tilling entzückt sei, die Einladung Ihrer Gnaden, die Ihrer Ehren qua Mr. Pillson übermittelt worden sei, zum Dinner und Übernachten anzunehmen. Sie wurde beschieden, daß der Bürgermeister von Tilling erwartet werde. Und nur aus Spaß, dachte Lucia, sage ich in Riseholme gar nicht Bescheid, daß ich hinfahre. Was für eine hübsche Überraschung für sie, wenn ich zuerst dort ankomme. Ich kann gleich nach dem Lunch aufbrechen und ganz gemächlich fahren.

Mit einem schwachen Gefühl des Unbehagens fiel ihr ein, daß sie Elizabeth erzählt hatte, ihre Pflichten in Tilling hätten sie ohnedies davon abgehalten, Schloß Sheffield zu besuchen, aber das Gefühl währte nicht lange. Sie würde entweder dafür sorgen, daß ihre Aussage in Vergessenheit geriet, oder leugnen, je etwas Derartiges geäußert zu haben. Sie ging ins Gartenzimmer, um Mrs. Simpson zu entlassen und gleichzeitig die Propagierung der Nachricht, daß sie zu ihrer Herzogin fuhr, in die Wege zu leiten.

»Ich nehme an der Stadtratssitzung heute nachmittag nicht teil, Mrs. Simpson«, sagte sie, »da absolut nichts Wichtiges anliegt. Eine bloße Formalität, deshalb schwänze ich. Ich fahre nach dem Lunch nach Schloß Sheffield, um dort bei der Herzogin von Sheffield zu dinieren und zu übernachten. Ein Wassergraben und, soweit ich weiß, eine Zugbrücke. Rufen Sie mich an, wenn etwas anfällt, das meiner persönlichen Aufmerksamkeit bedarf, und ich werde mich darum kümmern. Heute scheint nichts mehr zu erledigen sein, dessentwegen ich Sie hierbehalten müßte. Einer unserer seltenen freien Tage.«

Auf dem Heimweg traf Mrs. Simpson Divas Janet und erzählte ihr die sensationellen Neuigkeiten. Janet flitzte nach Hause und stürzte in die Küche hinunter, um es ihrer Herrin zu erzählen, die gerade süße Brötchen buk. Von Georgies Ausflug wußte diese schon durch Elizabeth.

»Glauben Sie kein Wort«, sagte Diva. »Sie haben was verwechselt, Janet. Wenn überhaupt jemand, dann fährt Mr. Georgie nach Schloß Sheffield.«

»Entschuldigen Sie, Ma'am«, ereiferte Janet sich, »aber ich habe nichts verwechselt. Mrs. Simpson hat mir klipp und klar gesagt, daß die Bürgermeisterin fährt, und da wir von verwechseln sprechen, nehmen Sie den Zucker, wenn es süße Brötchen werden sollen.«

Das Telephon klingelte in der Teestube über der Küche, und überall Mehl verstreuend, flog Diva die Treppe hinauf.

»Diva, sind Sie das, Diva?« sagte Lucias Stimme. »Mein Gedächtnis ist skandalös. Habe ich gesagt, ich würde heute auf einen Sprung zum Tee kommen?«

»Nein. Warum?« sagte Diva.

»Dann ist ja gut«, sagte Lucia. »Ich habe schon befürchtet, ich müßte es verschieben. Ich treffe Georgie zu einem Übernachtbesuch bei einer Freundin. Ich konnte nicht abschlagen. Bin morgen zurück.«

Diva legte den Hörer auf.

»Janet, Sie haben völlig recht«, rief sie die Küchentreppe hinunter. »Backen Sie die Brötchen fertig. Muß gehen und es den Leuten erzählen.«

Nach dem Lunch kam Lucias Automobil. Foljambe (sie war an der Reihe, und Georgie fühlte sich mit ihr auch wohler) wartete im Korridor mit dem Schmuckkasten und einer Kamera, und Lucia holte sich eben noch die Blechbüchse »Sanierung, Elendsviertel« aus dem Gartenzimmer, da klingelte das Telephon. Sie hatte das dumpfe Vorgefühl einer drohenden Katastrophe, als sie mit mühsam beherrschter Stimme »Ja, bitte« sagte.

»Hier spricht Schloß Sheffield. Ist dort der Bürgermeister von Tilling?«

»Ja.«

»Die Zofe Ihrer Gnaden spricht, Euer Ehren. Ihre Gnaden hat heute ihren üblichen Lunch zu sich genommen –«

»Farcierten Krebs?« fragte Lucia (gewissermaßen in Parenthese).

»Ja, Euer Ehren, und nun leidet sie an Magenbeschwerden.«

»Oh, das tut mir aber leid. Aus der Dose?«

»Frisch, soweit ich weiß, und die Gesellschaft ist abgesagt.«

Lucia hauchte ein hohles Stöhnen in die Sprechmuschel, Ihrer Gnaden Zofe bot Trost an.

»Kein Grund zur Beunruhigung, Euer Ehren«, sagte sie, »aber sie meint, sie fühlt sich nicht für eine Gesellschaft.«

Dieses Desaster veranlaßte Lucia, ihre schärfsten Geisteskräfte walten zu lassen, denn wegen der kleinen Verdauungsstörung stand unendlich viel auf dem Spiel.

»Daß meine Pläne durcheinandergebracht werden, stört mich nicht im geringsten«, sagte sie, »aber ich bin ein wenig besorgt wegen Ihrer werten Gnaden. Ich habe volles Verständnis dafür, daß die Gesellschaft abgesagt wird, sehr vernünftig, ihr die Strapazen zu ersparen. Es fiele mir nur ein Stein vom Herzen, wenn ich vorbeikommen könnte, um mich zu vergewissern. Ich wollte gerade aufbrechen, mein Mädchen, mein Gepäck, alles steht bereit. Ich würde keine Umstände machen. Mein Mädchen würde mir ein Tablett servieren anstatt Dinner. Wäre das möglich?«

»Ich erkundige mich«, sagte Ihrer Gnaden Zofe, gerührt von dieser Anhänglichkeit. »Bleiben Sie dran.«

Lucia blieb dran, es schien ihr, als hänge sie mit jeder Faser ihres Lebens »dran«. Nach einer schier endlosen Pause kam die Antwort.

»Ihre Gnaden würde sich freuen, den Bürgermeister von Tilling zu empfangen, aber ansonsten ist die Gesellschaft abgesagt«, sagte die engelsgleiche Stimme.

»Danke schön, danke schön«, rief Lucia. »Sehr liebenswürdig von ihr. Ich fahre sofort los.«

Sie schnappte sich »Sanierung, Elendsviertel« und ging ins Haus, aber da klingelte das Telephon im Flur schon wieder. Panische Angst, daß Poppy sich anders besonnen habe, ergriff sie.

»Lassen Sie es klingeln, Grosvenor«, sagte sie. »Nehmen Sie gar nicht ab. Steigen Sie ein, Foljambe. Beeilen Sie sich.«

Sie sprang ins Auto.

»Fahren Sie los, Chapman«, rief sie.

Als das Auto durch die Straße zur High Street rukkelte, ließ Lucia das Fenster herunter und schaute hinaus für den Fall, daß Freunde draußen waren. An der Ecke stand Diva, Lucia ließ anhalten.

»Will gerade los, Diva«, sagte sie. »Herzogin Poppy geht es nicht sehr gut, habe ich soeben erfahren.«

»Nein! Der Krebs?« fragte Diva.

»Offenbar, aber nicht aus der Dose, und es besteht keine Veranlassung, daß ich mich sorge. Trotzdem insistierte sie auf meinem Kommen. Vor mir liegt eine schöne Autofahrt. Nehme mir etwas Arbeit mit.«

Lucia kurbelte das Fenster wieder hoch und klemmte sich den Finger, was sie aber ignorierte, weil sie über so vieles nachdenken mußte. Zum Beispiel mußte Olga in Riseholme mittlerweile davon in Kenntnis gesetzt worden sein, daß die Gesellschaft nicht stattfand. Trotzdem hatte Georgie nicht angerufen, daß er heute schon nach Tilling zurückkäme. Die unangenehme Vorstellung schoß ihr durch den Kopf, daß er, da er ja ihre Zustimmung hatte, nach Schloß Sheffield zu fahren, nun beabsichtigte, noch eine Nacht bei Olga zu bleiben, ohne es ihr zu erzählen, und mit gewisser Erleichterung fiel ihr der nicht beachtete Telephonanruf ein, der ihre Abfahrt so beschleunigt hatte. Sehr wahrscheinlich war es Georgie gewesen, der ihr hatte mitteilen wollen, daß er heute nach Tilling zurückkäme. Es würde bestimmt eine traurige Überraschung für ihn sein, sie dort nicht anzutreffen.

Ihre Route führte durch Riseholme, und als sie über den Dorfanger rollten, hielt sie scharf Ausschau nach vertrauten Gestalten. Sie sah Piggie und Goosie mit Mrs. Antrobus. Alle drei gestikulierten furchtbar komisch mit den Händen, aber da fiel ihr ein, daß sie in der Taubstummensprache miteinander redeten. Sie sah eine sehr schlanke, elegante junge Frau. Das war gewiß Daisy Quantocks atheistisches französisches Mädchen. Von Georgie und Olga sah sie keine Spur. Sie erwog einen Moment lang, zu Olga zu fahren, um sich zu vergewissern, daß Georgie weg war, verwarf die Idee jedoch, weil sie einen grundlosen Verdacht implizierte. Zweifellos hatte man ihr mit dem Telephonanruf, dem sie so knapp entgangen war, Bescheid geben wollen, daß er abgefahren sei, deshalb zog sie sich entschlossen aus der vertrauten Umgebung zurück, um eine Begegnung mit ihm zu vermeiden, falls er noch da war ...

Dann kam weniger vertrautes Terrain, ein Waldgebiet, ein Streifen mit Heidekraut bewachsenen Hochlands, das in der Nachmittagssonne glühte und geradezu danach verlangte, in Wasserfarben verewigt zu werden, und dann auf einmal eine Abzweigung mit dem Wegweiser »Nach Sheffield Bottom«. Wieder Bäume, ein kleines Dorf mit grauen Steinhäusern und direkt vor ihr eine zinnenbewehrte Mauer mit einem Turm über dem Eingangstor und einer Brücke über einen Wassergraben. Lucia ließ das Auto anhalten und stieg aus, die Kamera in der Hand.

»Was für eine noble Fassade«, sagte sie zu sich. »Ob mein Zimmer wohl in dem Turm ist?«

Sie machte ein paar Photos, stieg wieder ins Auto, fuhr über die Brücke und durch das Tor.

Dahinter lag ein gepflasterter Innenhof in einem Zustand unbeschreiblicher Verwahrlosung. Zwischen den Steinen sproß Unkraut, ein Dschungel ungepflegter Blumenbeete erstreckte sich unter den Fenstern, hier und dort standen moosbedeckte Steinsitze. Auf einem solchen, dicht neben der riesigen Tür, von der die fleckige Farbe abplatzte, saß Poppy mit offenem Mund und schlief den Schlaf des Gerechten. Als Lucia ausstieg, wachte sie auf und schaute sie mit benommener Miene und heftigstem Mißvergnügen an.

»Wer sind Sie?« fragte Poppy.

»Liebe Herzogin, so gütig von Ihnen, daß ich kommen durfte«, sagte Lucia. »Lucia Pillson, die Bürgermeisterin von Tilling.«

»Das sind Sie nicht«, sagte Poppy. »Das ist ein Mann, und er hat einen Bart.«

Lucia lachte heiter.

»Ach, Sie denken an meinen Mann«, sagte sie. »Was für eine anschauliche Beschreibung von ihm. Sehr zutreffend. Aber ich bin der Bürgermeister. Wir haben uns in der Opernloge der lieben Olga getroffen und am nächsten Tag im Ritz.«

Poppy gähnte herzhaft und blieb still sitzen, um diese Information zu verdauen.

»Da hat es ja wohl leider ein völliges Durcheinander gegeben«, sagte sie dann. »Ich dachte, er würde kommen. Sehen Sie, ich war sehr geschmeichelt, weil er so bereitwillig einen ruhigen Abend mit mir und meinen

Magenschmerzen verbringen wollte. Darum habe ich zugesagt. Ohne jeden Hintergedanken, versichere ich Ihnen. Moralisch alles lupenrein; mit mir wäre er so sicher gewesen wie mit seiner Großmutter, falls sie noch lebt. Mein Mann ist nicht da, und ich wollte jemand Nettes zur Gesellschaft haben. Wenn ich denke, daß es sich die ganze Zeit um Sie gehandelt hat! Das wäre mir nie in den Sinn gekommen. Na, so was!«

Man mußte keinen so messerscharfen Verstand haben wie Lucia, um zu begreifen, daß Poppy weder gewollt hatte, daß sie kam, noch wünschte, daß sie blieb. Die folgenden Bemerkungen beseitigten jedweden Zweifel.

»Aber Sie trinken doch noch eine Tasse Tee, oder?« fragte sie. »Ja, ich bestehe darauf, daß Sie einen Tee trinken, es sei denn, Sie wollen lieber Kaffee. Wenn Sie an der Haustür klingeln, kommt vielleicht jemand. Ah, ich sehe, Sie haben eine Kamera. Machen Sie doch ein paar Photos. Vielleicht wollen Sie bei mir anfangen, obwohl ich heute nicht in Höchstform bin.«

Trotz der alptraumhaften Situation behielt Lucia einen kühlen Kopf. Es war immerhin etwas, Tee serviert zu bekommen und Photos zu machen. Wenn sie es richtig anstellte, war hier vielleicht eine Exklusivstory zu holen. Also photographierte sie zuerst Poppy und den tristen Hof und ging dann in Poppys Schlafzimmer, um sich zum Tee frisch zu machen. Sie schoß ein Photo von ihrem Waschständer und der Ecke ihres elisabethanischen Bettes. Nach dem Tee nahm Poppy sie mit ins Eßzimmer, in die schauerliche Bildergalerie und durch eine Reihe heruntergekommener Salons, und die ganze Zeit stieß Lucia verzückte Kommentare aus.

»Herrliche Gobelins«, sagte sie, »ah, und durch das Fenster erhascht man einen Blick auf den Garten. Würden Sie sich dorthin stellen, Herzogin, und hinausschauen? Und Ihr Hund auf das Fenstersims! Was für ein niedlicher kleiner Kerl! Perfekt! Und diese noble Halle. Die Täfelung neben dem hübschen Erkerfenster gäbe ein hübsches Bild ab. Und der lange Eßtisch.«

Aber nun hatte Poppy genug. Sie marschierte entschlossen zur Haustür und schüttelte Lucia die Hand. »Reizend, daß Sie da waren«, sagte sie, »obwohl ich kein Gedächtnis für Namen habe. An diesem schönen Abend haben Sie bestimmt eine wunderhübsche Heimfahrt. Ade, oder vielleicht *au revoir*.«

»Das wäre noch viel hübscher«, sagte Lucia, herzlich bis zuletzt.

Sie fuhr durch das Tor, durch das sie vor einer Dreiviertelstunde hereingekommen war, und ließ anhalten, um ihre Pläne zu überdenken. Ihre erste Idee war, im Ambermere Arms in Riseholme zu übernachten und am nächsten Morgen nach Tilling zurückzukehren, beladen mit noch nicht entwickelten Photographien von Schloß Sheffield und Poppy, damit es so aussah, als habe sie die Nacht dort verbracht. Aber das war riskant. Durch Foljambe würde unweigerlich durchsikkern, daß sie nichts dergleichen getan hatte, und die Bloßstellung, verbunden mit dem Verlust an Ansehen, wäre unendlich peinlich. »Ich muß mir etwas Besseres ausdenken«, sagte sie zu sich selbst, und plötzlich hatte sie eine grandiose Erleuchtung. »Ich werde die Wahrheit sagen«, entschloß sie sich heroisch, »in allen wesentlichen Dingen. Ich werde erzählen, daß Poppys Zofe mir gesagt hat, daß ich, der Bürgermeister von

Tilling, erwartet würde. Daß Poppy, obwohl die Gesellschaft dann abgesagt worden ist, mich bei sich haben wollte. Daß ich sie schlafend in einem unkrautüberwucherten Hof vorgefunden habe und sie grauenhaft aussah. Daß sie sich offensichtlich nicht wohl genug fühlte, um mich als Gast dazubehalten, aber darauf bestand, daß ich Tee bekam. Daß ich alles photographiert habe. Alles die reine Wahrheit, und nicht nötig, über diesen unglaublichen Irrtum ihrerseits zu reden, daß Georgie der Bürgermeister von Tilling ist.«

Sie klopfte ans Fenster.

»Wir essen im Ambermere Arms in Riseholme zu Abend, Chapman«, rief sie, »und fahren dann zurück nach Tilling.«

Gegen halb elf hielt Lucias Automobil vor der Tür von Mallards. Sie mochte kaum glauben, daß es immer noch ein und derselbe Tag war, an dem sie beim Erwachen zutiefst bedauert hatte, wegen falschen Alarms aus Riseholme geflohen zu sein, dann damit geprahlt hatte, daß Georgie auf Schloß Sheffield zu Besuch weilte, sich vor der Stadtratssitzung, zu der die Pflicht sie rief, gedrückt, auf krummen Wegen die Einladung aufs Schloß ergattert, dort wahrhaftig eine Dreiviertelstunde zugebracht und dann in Riseholme diniert hatte. Fast wie dieser schreckliche Riesenwälzer von Mr. James Joyce, in dem alles an einem Tag passiert, dachte sie, als sie aus dem Auto stieg.

Im Aufschauen entdeckte sie, daß es im Gartenzimmer hell war, gleichzeitig hörte sie das Klavier. Georgie mußte also nach Hause gekommen sein. Und diesmal erkannte sie auch die Melodie. Es war das Gebet aus *Lucrezia*. Er spielte die stürmische Einleitung mit absoluter Meisterschaft, er mußte sie auswendig können, denn im Besitz der Partitur konnte er nicht sein, und selbst wenn er sie gehabt hätte, hätte er sie nicht lesen können. Und dann erklang der unverwechselbare Sopran (obwohl ein bißchen angestrengt in der höchsten Lage). Das Radio? Sang Olga heute abend in London die *Lucrezia*? Unmöglich, denn noch vor ein paar Stunden an diesem nicht enden wollenden Tage war sie verabredet gewesen, in Poppys Schloß zu speisen und zu übernachten. Außerdem, wenn die Übertragung aus Covent Garden erfolgte, würde das Orchester und nicht das Klavier sie begleiten. Es mußte Olga selbst sein, die im Gartenzimmer sang, und Georgie mußte dort sein und sonst niemand ... Bevor dieser Tag zur Neige ging, gab es genug Stoff für einen zweiten schrecklichen Riesenwälzer von Mr. James Joyce.

Ich werde mich ruhig und damenhaft verhalten, einerlei, was geschieht, dachte Lucia, konzentrierte ihre ganze Kraft auf dieses Kunststück an Wohlerzogenheit und ging durch den Flur und hinaus ins Gartenzimmer. Doch bevor sie eintrat, blieb sie stehen, denn sie als Kunstliebhaberin wollte eine so superbe Vorstellung nicht stören: Nie hatte Olga so herrlich gesungen wie nun, da sie ganz allein für Georgie sang ... Den letzten Ton ging sie pianissimo an. Sie hielt ihn mit beständigem Crescendo, bis er fortissimo erklang. Dann verstummte sie, und es war, als sei eine große weiße Flamme ausgeblasen worden.

Lucia öffnete die Tür. Georgie saß im Fenster, seine Nadelarbeit war ihm aus der Hand geglitten, mit glasigem Blick starrte er die Sängerin an. »Wun-derbar...«, begann er in der Annahme, daß Grosvenor mit den Getränken hereinkomme. Dann sagte ihm sein sechster Sinn, daß es nicht Grosvenor war, und als er sich umdrehte, erblickte er seine Frau.

In dem Augenblick durchlebte er eine Palette an Emotionen, die ihren durchaus gleichkamen. Zunächst schiere Verblüffung. Dann folgte galante Verwirrtheit, der wiederum eine überwältigende Dankbarkeit folgte, daß er verwirrt war. Den ganzen Abend hatte er sich eingebildet, daß er köstlich verliebt in Olga sei, sich aber mit dem verstörenden Gedanken gequält, daß jeder auch nur einigermaßen mannhafte Charakter zumindest eine feine Anspielung auf ihren magnetischen Charme gemacht hätte. Das war indes ein höchst gefährliches Unterfangen. Er schwelgte in dem Gefühl seiner Verliebtheit, doch wenn er es offenbarte, verlangte man vielleicht von ihm ein praktisches Zeugnis seiner Leidenschaft, sei es auch noch so gering, und bei dem Gedanken wurde ihm kalt vor Angst. Unter Umständen reagierte Olga sogar darauf (das war unwahrscheinlich, aber möglich, denn letzthin hatte er ein Buch von einem sehr klugen Schriftsteller gelesen, das bewies, wie selbstverständlich Damen in den künstlerischen Berufen die Zärtlichkeiten eines Verehrers nahmen), und er war doch überzeugt, daß er in solchen Dingen nicht besonders gut war. Oder sie würde ihm die kalte Schulter zeigen, womit sie ihn in seinen zartesten Empfindungen verletzen würde. Einerlei also, was passierte, es würde ihren wunderschönen Abend vollkommen verderben. Alles in allem war er so froh wie nie, Lucia zu sehen.

Nachdem sie ihn mit ihren Blicken durchbohrt hatte, wandte sie sich liebenswürdig und hocherhobenen Hauptes Olga zu.

»So eine Überraschung!« sagte sie. »Eine freudige natürlich. Und Sie sind sicher ebenso überrascht, mich zu sehen.«

Lucia gab die Dame so vollendet, daß Olga vor unterdrücktem Gelächter zitterte und bebte.

»Georgie, erklären Sie es sofort«, sagte sie. »Es ist das schönste Kuddelmuddel, das je passiert ist.«

»Also, es ist so«, fing Georgie vorsichtig an. »Heute morgen habe ich dir am Telephon gesagt, daß wir alle für einen Tag zu Poppy eingeladen worden sind. Dann ist sie nach dem Lunch krank geworden und hat uns abgesagt. Deshalb habe ich hier wieder angerufen, um dir Bescheid zu geben, daß ich zurückkomme und Olga mitbringe. Du hattest sie ja gebeten, sich selbst einzuladen, wann immer sie Lust dazu hat, und einfach loszufahren –«

Lucia schenkte Olga eine höfliche Verbeugung.

»Vollkommen richtig«, sagte sie. »Aber ich habe deine Nachricht gar nicht bekommen. Oh –«

»Das weiß ich«, sagte Georgie. »Es hat ja niemand abgenommen. Aber ich wußte, du würdest dich freuen, sie zu sehen, und als wir kurz vor dem Abendessen hier ankamen, sagte Grosvenor, du seist zum Übernachtbesuch bei Poppy. Warum hast du nicht abgenommen, als ich angerufen habe? Und warum hast du uns nicht erzählt, daß du wegfährst? Überhaupt, was ist mit dir?«

»Zu kurios das ganze«, sagte sie. »Eine Komödie der Irrungen. Georgie, du hast mir heute morgen ausdrücklich gesagt, Poppy habe den Bürgermeister von Tilling eingeladen. Nun gut. Ich habe festgestellt, daß bei der Ratssitzung nichts vorlag, das meine Anwesenheit erforderte, und deshalb in Schloß Sheffield angerufen, um Bescheid zu geben, daß ich mich freimachen könne. Als ich gerade aufbrechen wollte, kam die Nachricht, daß die arme Poppy krank und die Gesellschaft abgesagt sei.«

Lucia hielt einen Augenblick inne, um sich, wie bereits geprobt, die Tatsachen noch einmal vor Augen zu führen, und redete in ihrem überheblichen, schleppenden Singsang weiter.

»Ich hatte ein ungutes Gefühl ihretwegen«, sagte sie, »und da ich heute nachmittag sonst keine Verpflichtungen hatte, deutete ich an, daß ich, obwohl die Gesellschaft abgesagt sei, hinüberfahren und über Nacht bleiben könne – das Automobil stand ja schon vor der Tür. Sie sagte, sie würde sich freuen, mich zu sehen. Sie hat mich herzlich empfangen, aber es ging ihr alles andere als gut, und ich sah, daß die Rolle der Gastgeberin ihre Kräfte überstieg. Deshalb habe ich nur Tee getrunken. Darauf bestand sie. Dann führte sie mich im Schloß herum und sagte mir, ich solle nur ja Photos machen. Sie selbst, ihr Schlafzimmer, die Galerie, das edle Erkerfenster in der Halle. Ich muß daran denken, ihr die Abzüge zu schicken. Ein, zwei schöne Stunden, dann bin ich wieder abgefahren. Ich glaube, mein Besuch hat ihr gut getan. Sie wirkte fröhlicher. Dann ein Imbiß im Ambermere Arms; ich habe gesehen, daß Ihr Haus, liebe Olga, dunkel war, sonst wäre ich auf einen Sprung vorbeigekommen. Und da bin ich nun. Und höre das hübsche Gebet aus *Lucrezia* zur

Begrüßung. Ganz verzaubert habe ich auf der Türschwelle gewartet, bis es zu Ende war.«

Olga konnte sich nur unter Aufbietung aller Kräfte davon abhalten, in brüllendes Gelächter auszubrechen. Sie hatte gar nicht das Gebet aus *Lucrezia* gesungen, sondern *Les feux magiques* von Berlioz. Lucia schien unfähig zu sein – allerdings war sie eben beim Zuhören auch in heftig bewegter Gemütsverfassung gewesen –, das Gebet zu erkennen, wenn sie es denn hörte. Sie war hinreißend! Wer außer ihr hätte die Genialität besessen, die Tatsache, daß Poppy Georgie für den Bürgermeister von Tilling hielt, derart auszunutzen? Und wie verhielt es sich mit der raschen Wiederkehr vom Schloß? Ohne Zweifel hatte Poppy, als sie ihren weiblichen, bartlosen Gast sah, sie sofort wieder weggeschickt, und das kluge Köpfchen hatte das in einen freiwilligen Rückzug umgemünzt, weil es Poppy schlechtging, und sich mit einer Unmenge Photos, die bewiesen, daß sie dort gewesen war, bewehrt. Dann rief Olga sich Lucias Gesicht in Erinnerung, als sie vor ein paar Minuten ins Gartenzimmer getreten war, das Gesicht einer vollendeten Dame, die unerwartet nach Hause kommt und eine halbseidene Frau voller Verführungsabsichten allein mit ihrem Gatten vorfindet. Oder war Georgies offenkundige Erleichterung angesichts von Lucias Ankunft noch witziger? Unmöglich, das zu entscheiden, aber sie durfte erst lachen, wenn sie ihr Gesicht im Kissen vergraben konnte.

Lucia verzehrte zur Stärkung nach der Fahrt ein paar belegte Brote, und sie begaben sich zu Bett. Die beiden Frauen küßten einander liebevoll. Niemand küßte Georgie.

Am nächsten Morgen blühten und gediehen in Tilling, das von Lucias Rückkehr nichts ahnte, die wildesten Vermutungen. Wie Pilze sprangen sie überall in der High Street aus dem Boden. Elizabeth eilte noch vor dem Einkaufen in Divas Teestube, um sich bestätigen zu lassen, daß Diva mit eigenen Augen gesehen hatte, wie sich Lucia gestern nachmittag mit Foljambe und Gepäck auf den Weg nach Schloß Sheffield begeben hatte.

»Natürlich«, sagte Diva. »Warum?«

Elizabeth zog die Brauen zusammen, als leide sie moralische Todesqualen.

»Ich wünschte, ich könnte glauben«, sagte sie, »daß alles nur eine Finte war und Ehrenwert überhaupt nicht nach Schloß Sheffield gefahren ist, sondern uns das nur weismachen wollte, und nach einer kurzen Fahrt auf einem anderen Weg wieder nach Hause zurückgekehrt ist. So betrügerisch das gewesen wäre, es wäre viel, viel besser als das, was nach meiner Befürchtung passiert ist.«

»Sie haben mal wieder die falsche Fährte ausgeschnüffelt, wie üblich«, sagte Diva. »Weiter.«

Elizabeth tat, als wolle sie aufgrund dieser ungehörigen Bemerkung zur Tür gehen, unterließ es aber. »Es ist zu schrecklich, Diva«, sagte sie. »Gestern abend, so gegen halb sieben, bin ich die Straße hoch nach Mallards gelaufen. Ein Automobil, vollbeladen mit Gepäck, fuhr an mir vorbei und hielt dort an.«

»Da haben Sie ja wohl auch angehalten«, sagte Diva.

»– und heraus stiegen Mr. Georgie und eine große, hübsche Frau – ja, sie war sehr hübsch –, aber ach, so gewöhnlich. Sie blieb eine Minute auf der Schwelle stehen und sang lauthals los: ›Georgino! *Divino*!‹ Wie sie kreischte! Ich urteile immer sehr nach der Stimme. Sie gingen ins Haus, und nach ihnen wurde das Gepäck hineingebracht und dann die Tür geschlossen. Peng. Und Ehrenwert, sagen Sie mir, war fortgefahren.«

»Grundgütiger!« sagte Diva.

»Das können Sie wohl sagen. Und Sie können auch gern sagen, daß ich angehalten habe. Ich war ja wie angewurzelt. Angenagelt. In dem Augenblick kam der Padre um die Ecke und blieb auch wie angenagelt stehen. Da ich aber zu dem Zeitpunkt noch nicht wußte, ob Ehrenwert wirklich fort war – es hätte ja auch nur einer ihrer großartigen Pläne gewesen sein können, die in der Luft verpuffen –, sagte ich nichts zu ihm, denn es ist unrecht, etwas Skandalöses anzudeuten, wenn man die Tatsachen noch nicht beisammen hat. Ich sehe sehr schwarz, und von Mr. Georgie hätte ich das nicht erwartet. Einerlei, was er für Fehler hat – wir alle haben Fehler –, ich war doch überzeugt, er sei ein Mann mit einem sauberen Lebenswandel. Das hoffe ich immer noch, denn soweit ich weiß, hat er sich den Damen von Tilling gegenüber immer sehr korrekt verhalten, aber nun habe ich doch arge Zweifel.«

Diva stieß ein heiseres Lachen aus.

»Wir alten Schachteln«, sagte sie, »sind ja wohl keine allzu große Versuchung. Aber es ist komisch, daß er eine Frau von der Sorte genau für die Nacht mit nach Mallards bringt, in der Lucia nicht da ist. Und noch etwas. Sie hat uns doch allen erzählt, daß *er* gestern zu Poppy führe –«

»Ich sehe mich außerstande, für alles eine Erklärung zu finden, was Ehrenwert verlautbaren läßt«, sagte Elizabeth. »Das ist zuviel von mir verlangt.«

»– aber er war hier«, sagte Diva. »Und trotzdem würde ich mich nicht wundern, wenn Sie mal wieder etwas in den falschen Hals gekriegt hätten. Schlechte Angewohnheit, Elizabeth. Schließlich kann die Frau eine Freundin von Lucia sein –«

»– und deshalb bringt Mr. Georgie sie mit, wenn Lucia fort ist. Aha, so, so«, sagte Elizabeth.

Ihr nachdenklicher Blick schweifte zum Fenster, und sie erstarrte wie ein Vorstehhund, denn von Mallards her kam Georgie mit der gewöhnlichen, hübschen, kreischenden Frau. Ohne ein Wort zu Diva, denn hier konnte ein wenig Grundlagenforschung betrieben werden, erhob sie sich.

»Da braut sich was zusammen«, sagte sie, »aber beten wir, daß es sich verzieht. Ich habe noch gar nicht eingekauft. Wahrscheinlich wird Ehrenwert heute im Laufe des Tages mit einem Stapel Herzogskrönchen zurückkommen, falls Poppy sie entbehren kann. Sonst kommt das städtische Leben in Tilling noch zum Stillstand. Nicht, daß auch nur ein Hahn danach kräht, ob sie hier ist oder nicht. Eine komplette Null im Stadtrat.«

»Das ist aber nun unfair«, rief Diva ärgerlich hinter ihr her. »Entweder Hü oder Hott! Warum sie Sie zur First Lady gemacht hat –« Aber Elizabeth hatte schon die Tür hinter sich geschlossen.

Mit glühender, wenn auch unfreiwilliger Bewunderung für Georgie, was wiederum ihre moralischen Grundsätze tief erschütterte, ging Diva in die Küche.

Er und seine Petit-point-Stickerei und sein putziges Cape und seine altjüngferliche Art – war es möglich, daß sich darunter ein leidenschaftliches Temperament verbarg? Wer mochte dieses hübsche, ordinäre weibliche Wesen sein? Wo hatte er sie aufgelesen? Vielleicht im Hotel, wo er und Lucia in London übernachtet hatten, denn Diva meinte, gehört zu haben, daß selbst in den respektabelsten Häusern manchmal unsittliche Begegnungen stattfanden. Dieser Hallodri! Und wie entsetzlich für Lucia, wenn sie es in Erfahrung brachte. Ich hoffe von ganzem Herzen, daß sie es nicht erfährt, dachte Diva, aber es wäre gar nicht schlecht, wenn sie mal wieder eins aufs Mützchen kriegte, obwohl ich sie trotzdem bemitleiden würde. Man soll jedoch keine voreiligen Schlüsse ziehen. Trotzdem schockierend, daß mein Respekt für Mr. Georgie nun größer ist als vorher. Mir selber unbegreiflich.

Diva begab sich an ihre Kuchenbäckerei, aber ein untergründiger Gedankenstrom wälzte sich weiter. Was für eine Hungerdiät mußte das Leben in Tilling für einen Mann von solch feurigem Temperament sein, wie ihr Georgie nun erschien, da hier alle Frauen so überaus unattraktiv waren! Wenn es nur eine Frau mit einem bißchen Schick gäbe, die er verehren und mit der er ein winziges bißchen flirten könnte, wäre all das vielleicht vermeidbar gewesen. Sie überließ es Janet, die Muffins fertigzubacken, und ging hinaus, um die weiteren Entwicklungen zu verfolgen.

Währenddessen hatte Elizabeth ihre Beute gesichtet und beobachtete aus nächster Nähe, wie das schuldige Paar zum Photographen ging. Wollten sich die schamlosen Kreaturen, fragte sie sich, zusammen photographieren lassen? Das war die Art unbedachter Torheit, die sündige Paare oft begingen und hernach bitterlich bereuten. Sie glitt hinter ihnen in den Laden, doch Georgie gab dem Verkäufer nur eine Rolle Negative, die entwickelt, abgezogen und dann so schnell wie möglich nach Mallards geliefert werden sollten. Er zog sehr höflich den Hut vor ihr, verließ aber das Geschäft, ohne sie seiner Begleiterin vorzustellen, was nur natürlich war und Taktgefühl bewies. Sie war tatsächlich außergewöhnlich hübsch. Wunderschön gekleidet. Eine Kette mit Perlen, die so groß waren, daß sie nicht echt sein konnten. Kein Hut, onduliertes Haar, Rouge. Lippenstift ... Elizabeth nahm die Verfolgung wieder auf. Sie gingen am Padre und seiner Frau vorbei, die sich einmal um die eigene Achse drehten, um hinter ihnen herzustieren, sie gingen an Susan in ihrem Royce vorbei (bei dem heißen Wetter verzichtete sie auf das Dreiradfahren), und diese steckte den Kopf aus dem Autofenster und gaffte, bis ihr Fußgänger den Blick versperrten. Diva stand mit Einkaufskorb auf ihrer Schwelle, und zwar genauso fest angewurzelt wie Elizabeth am Abend zuvor. Mit ihrem frischen Teint und den hohen, geschwungenen Augenbrauen war die Frau eine traumhafte Schönheit. Als Diva ihre Fortbewegungsfähigkeit wiedergewann, hielt sie auf den Friseur- und Schönheitssalon zu.

Tief in Gedanken versunken, kaufte Elizabeth bei Twistevant ein paar Pastinaken. Obwohl sie eine hartgesottene Moralistin war, konnte sie ihre Bewunderung für die anonyme Dame nicht verhehlen. Diva hatte die Damen von Tilling taktlos als häßliche alte Schachteln bezeichnet, und steckte nicht ein Körnchen

Wahrheit darin? Was für eine Brillanz verliehen geschickt aufgelegtes Rouge und Lippenstift einem Gesicht! Ohne beides hätte die Unbekannte vielleicht zehn Jahre älter und weit weniger attraktiv ausgesehen. Auch das Haar, dachte Elizabeth, dieses weiche Braun, ein ganz natürlicher Ton. Aber die Fingernägel trieften geradezu wie hellrotes Arterienblut: Wie konnte sie!

Sie begab sich schnurstracks in das Schönheitsetablissement. Diva kam gerade heraus und trug ein kleines Päckchen.

»Ein bißchen was zum Herausputzen, Liebe?« fragte Elizabeth, unfehlbar ihre eigenen Gedanken lesend.

»Zahnpulver«, sagte Diva, ohne zu zögern, und sauste über die Straße, wo Susan immer noch aus dem Fenster des Royce lehnte und sie herbeiwinkte.

»Ich habe sie gesehen«, sagte sie (überflüssig, zu fragen, wer »sie« war). »Und ich habe sie sofort nach dem Bild im *Tattler* wiedererkannt. Sie raten es nie.«

»Nein, das weiß ich auch«, sagte Diva ungeduldig. »Also, wer?«

»Die große Primadonna. Du liebe Güte, ich habe ihren Namen vergessen. Es ist die, die Lucia in London hat singen hören«, sagte Susan. »Bracely, hieß sie nicht so?«

»Bracely? Olga Bracely?« rief Diva. »Sind Sie ganz sicher?«

»Hundertprozentig. Ziemlich hübsch, und solches Haar.«

Das reichte, und Diva flitzte leichtfüßig zurück über die Straße, um Elizabeth abzufangen, die mit einem roséfarbenen Päckchen, welches sie flugs unter den Pastinaken versteckte, soeben aus dem Schönheitssalon kam.

»Eine ›kreischende‹ Stimme haben Sie gesagt, Elizabeth?« fragte Diva.

»Ja, gräßlich. Es durchfuhr mich wie eine Eisenbahnpfeife. Warum?«

»Weil es die Primadonna Olga Bracely ist. Darum«, sagte Diva. »Muß die Stimme verloren haben. Traurig für sie. Freut mich, daß ich Ihnen sagen konnte, wer sie ist.«

Sehr bald wußte ganz Tilling, wer die reizende, aufgetaktelte Dame mit den Perlen war, die die Nacht allein mit Georgie in Mallards verbracht hatte. Lucia war den ganzen Morgen noch nicht gesichtet worden, und selbstverständlich nahm man an, daß sie immer noch auf ihrem Ausflug in die High Society war, dem zuliebe sie ihre Stadtratssitzung geschwänzt hatte. Obwohl Olga eine liebe Freundin war (hatte Lucia jedenfalls behauptet), würde es sie sicher überraschen, wenn sie bei ihrer Rückkehr feststellte, daß ihre liebe Freundin ihren eigenen Mann in ihrem eigenen Haus besuchte, während sie Tilling weisgemacht hatte, daß sowohl Georgie als auch Olga über Nacht in Poppys Schloß weilten. Oder würde Olga Tilling verlassen, bevor Lucia zurückkam? Dem packenden Geschehen konnten endlose Interpretationen übergestülpt werden, aber Tilling war zu sehr von der Primadonna selbst, ihren Perlen, ihrer Schönheit, ihrem Ruf als Königin des Liedes geblendet, als daß es über sie zu Gericht sitzen mochte.

Was für ein Traum an Charme und Lieblichkeit war

sie mit ihren fein gerougten Wangen und dem zinnoberroten Mund und diesem Flair ausgelassener ruchloser Gottlosigkeit. Evie hatten es besonders die blutroten Nägel angetan, und auch sie betrat den Friseursalon, wobei sie auf Susan traf, die ihn gerade verließ.

Lucia hatte in der Zwischenzeit einen städtischen Morgen im Gartenzimmer verbracht und sich nicht einmal am Fenster gezeigt. Ihre Abteilungsbüchsen waren um sie herumgruppiert; sie schenkte ihnen gleichwohl wenig Beachtung. Sie war vollauf zufrieden mit der Erklärung der seltsamen Ereignisse, die am Vorabend zu der umwerfenden Entdeckung Olgas und Georgies allein in ihrem Haus geführt hatten. Sie überlegte, ob Tilling überhaupt erfahren mußte, wie abrupt ihr Besuch bei Poppy geendet hatte. Es war gewiß nicht ihre Aufgabe, ihren Freunden zu erzählen, daß die Gastfreundschaft, die ihr dort widerfahren war, lediglich in einer Tasse Tee bestanden hatte. Ihre Photographien waren (wenn sie etwas wurden) morgen fertig, und wenn sie am Abend eine Gesellschaft gab, würde sie ihr Album offen auf dem Klavier liegenlassen. Sie würde die Aufmerksamkeit nicht darauf lenken, aber es würde daliegen und den unerschütterlichen visuellen Beweis ihres Besuchs bilden ...

Also rief sie nach dem Lunch den intimeren Zirkel an, und ohne ausdrücklich zu sagen, daß sie gerade erst aus Schloß Sheffield zurückgekehrt sei, ließ sie es durchblicken: Ein wunderschöner Morgen, sie habe die Fahrt sehr genossen, sie habe hier einen Haufen Unerledigtes vorgefunden. Sie bitte alle, am nächsten Abend um acht bei ihr zu speisen. Sie entschuldige sich, daß sie so spät einlade, aber ihre liebe Freundin Olga Bracely, die zu einer Stippvisite hier sei, werde übermorgen wieder abreisen – ein Galaabend in der Oper –, und es sei dieser ein solches Vergnügen, sie alle kennenzulernen.

Als die Damen in Mallards am nächsten Abend zum Ankleiden hochgingen, sagte Lucia zu Olga, das Dinner beginne gegen acht, etwa zehn Minuten nach. Der Grund dafür war subtil. Die Photographien von Schloß Sheffield waren fertig, und Lucia hatte sie in ihr Album geklebt. Tilling würde Zeit haben, die Aufnahmen zu bewundern und sie, Lucia, zu beneiden, bevor Olga auftrat. Lucia hegte die Befürchtung, daß ihre Freunde sich nicht mehr sonderlich für die Photos interessieren würden, wenn Olga einmal da war.

Noch nie hatte eine Gesellschaft in Tilling ein so unerwartet farbenfrohes Aussehen gehabt wie die, die sich nun im Gartenzimmer versammelte. Evie und der Padre trafen als erste ein. Evies Fingernägel sahen bis auf einen alle aus, als habe sie sie in der Tür geklemmt und nun Blutergüsse darunter. Einen hatte sie vergessen, der sah erfroren aus. Als nächste kamen Elizabeth und Benjy. Elizabeths Wangen glichen den Blütenblättern wilder Rosen, aber sie hatte nicht den Mut gehabt, auch ihren Mund rot einzufärben, der im Kontrast dazu von der unmittelbar dem Tode vorausgehenden Blausucht befallen zu sein schien. Diva wiederum war beim Anblick der blühenden Jugend, die ihr das Rouge verlieh, in Panik geraten und hatte es im letzten Moment abgewischt und nur den Cupidobogen eines zinnoberroten Mundes und zwei geschwungene dünne Augenbrauen in Holzkohle beibehalten. Susan trug den Orden des Britischen Empire und hatte sich das graue Haar ondulieren lassen. Es sah aus wie ein Wellblechdach. Mr. Wyse und Georgie trugen ihre Samtanzüge. Sie brauchten alle ein paar Minuten, um sich aneinander zu gewöhnen, wie Schmetterlinge, die sich bisher nur im Stadium der Raupe oder Puppe gekannt haben, und sie lächelten und säuselten wie neue Bekannte in den höflichsten Kreisen und nicht wie alte, einander ständig bekrittelnde Freunde. Olga war noch nicht da, und so fanden alle Zeit und Muße, Lucias Photoalbum mit den Schnappschüssen zu begutachten, das offen auf dem Klavier lag. Beiläufig erklärte sie die letzten Neuzugänge.

»Eine Ecke des Innenhofes von Schloß Sheffield«, sagte sie. »Ist nicht sehr gut geworden. Der normannische Turm. Der Speisesaal. Das Schlafgemach der Herzogin; ein prächtiges elisabethanisches Bett. Die Bildergalerie. Da steht sie mit ihrem Pekinesen und schaut aus dem Fenster. So ein Süßer aber auch. Gerade bevor ich photographiert habe, sprang er aufs Fenstersims. Die Herzogin am Teetisch –«

»Was für ein großer Kuchen!« warf Diva von Berufs wegen ein. »Noch dazu mit Zuckerguß. Also ißt sie doch etwas außer farciertem Krebs. Hoffe, nach ihrer Verdauungsstörung hat sie sich bei dem Kuchen zurückgehalten.«

»Aber was für ein schäbiger Hof«, sagte Evie. »Ich dachte, ein Herzog hätte sein Schloß gern ordentlich. Warum sagt er seinem Gärtner nicht, er soll das Unkraut zupfen?«

Elizabeth fürchtete zu platzen, wenn sie nicht eine giftige Bemerkung einstreute.

»Liebe Ehrenwert, wenn Sie Ihrer Gnaden schreiben und für den angenehmen Besuch danken, sagen Sie ihr, nur im Spaß natürlich, Sie erwarteten, daß vor Ihrem nächsten Besuch der Hof in Ordnung gebracht würde.«

Solch plumper Ironie war Lucia heute gewachsen.

»Eine gute Idee!« sagte sie. »Ihnen fällt doch immer das Richtige ein, Elizabeth. Ich werde es ihr sagen. Erinnere mich daran, Georgie.«

Und so entfalteten die Photographien ihre Wirkung. Tilling konnte nicht anzweifeln, daß Lucia auf Schloß Sheffield mit offenen normannischen Armen empfangen worden war, und entschloß sich standhaft und ohne ein Wort darüber zu verlieren, dieses schmerzliche Thema nie wieder anzuschneiden. Das paßte Lucia vorzüglich, denn es mochten zu ihrem Besuch Fragen gestellt werden, die betrübliche Eingeständnisse nach sich zögen, wenn sie wahrheitsgemäß antwortete. Als ihre Freunde genug hatten und sich bekümmert von dem Album abwandten, hörte man draußen Schritte, und Olga erschien in der Tür. Ein schlichtes weißes Abendkleid, hochgeschlossen am Hals, der Duft nach Molyneux. Ein scharlachroter Gürtel und Perlen wie gehabt.

»Liebe Lucia«, rief sie, »ich sehe, ich bin zu spät. Verzeihen Sie mir.«

»Meine Einzige! Ich vergebe Ihnen immer, sobald ich Sie sehe. Allerdings gibt es nie etwas zu vergeben«, säuselte Lucia. »Also, wer Sie sind, brauche ich ja nicht zu sagen, aber das sind Mrs. Bartlett und unser Padre, und hier sind Mr. und Mrs. Wyse, und das ist Diva Plaistow, und das hier sind meine geliebte

First Lady, Elizabeth Mapp-Flint, und Major Mapp-Flint –«

Olga schaute von Benjy zu Elizabeth und wieder zurück.

»Aber Sie kenne ich doch«, sagte sie. »Das wunderbare Bild, von dem alle schwärmen –«

»Ja, meine Wenigkeit«, sagte Elizabeth und strahlte übers ganze Gesicht, »und mein Benjy in den Wolken. Sie haben aber einen genauen Blick, Miss Bracely!«

»Und das ist mein Mann«, sagte Lucia übermütig, »angeblich hat er Sie schon kennengelernt –«

»Ich glaube, wir sind uns irgendwo begegnet, aber vor Jahren, und er wird sich nicht an mich erinnern«, sagte Olga. »Oh, Georgie, ich darf keinen Sherry trinken, aber da Sie mir welchen eingeschenkt haben –«

»Dinner«, sagte Grosvenor ziemlich finster.

In dem harschen Deckenlicht des Eßzimmers sahen die Damen von Tilling, allesamt Novizinnen in *maquillage*, ziemlich unecht aus, aber im Bewußtsein ihrer verjüngten Erscheinung und im Verein mit Olgas fröhlicher Präsenz, fühlten sie sich glänzend. Überall am Tisch entspann sich eine lebhafte, kluge Konversation. Alle redeten in Richtung Olga und wetteiferten darin, ihre Aufmerksamkeit zu erregen. Benjy, der neben ihr saß, erzählte ihr eines seiner Tigerabenteuer, aber sofort hob Susan die Stimme und redete von ihrem Dreirad. Ihr Mann schaltete sich ein und erzählte Lucia mit einem Seitenblick auf Olga, seine Schwester, die Contessa di Faraglione, studiere eifrig das Zeitalter der Lucrezia Borgia. Diva, die Olga unbedingt in Ye Olde Tea-House locken wollte, sprach laut über ihr neues Rezept für Sardinentörtchen, aber Lucia würgte ein derart banales Thema rigoros ab, indem sie das Bürgermeistermotiv samt Elendsviertel vorstellte. Olga, als einzige Anwesende nicht ängstlich bemüht, einen günstigen Eindruck zu machen, schnatterte und lachte. Sie steckte sich lange vor Ende des Dinners eine Zigarette an, und obwohl Elizabeth das einst »eine widerwärtige, ausländische Sitte« genannt hatte, zündete sie sich auch eine an. Olga aß eine Kirsche, indem sie am Stiel anfing, und sofort versuchte Benjy es ihr nachzutun. Als die Kirsche in seine Fingerschale plumpste, rief er aus: »Donnerlittchen, gar nicht so einfach!« Es wurde kein Bridge gespielt, aber Lucia ritt so lange auf dem Thema alte Tänze herum, bis sie die anderen endlich soweit hatte, sie zu bitten, ein Menuett mit Georgie zu trippeln. Olga begleitete sie, und als sie sich vom Piano erhob, sah sie, daß sie alle so erwartungsvoll anschauten wie Hunde, die hoffen, daß man mit ihnen Gassi geht.

»Ja, sicher, wenn Sie es gern wollen«, sagte sie.

Sie nahm wieder am Piano Platz. Und sang.

10

Obwohl Tilling im tiefsten Innern unverändert blieb, hatte Olgas kurzer Besuch doch die äußere Erscheinung seiner führenden Bürgerinnen beträchtlich verändert. An sehr heißen Tagen, wenn vorspringende Gesichtspartien dazu neigten, knallrot zu werden, oder an sehr kalten Tagen, wenn vorspringende Gesichtspartien dazu neigten, malvenfarben zu werden, war der Gebrauch von Puder immer akzeptiert gewesen. Daß sich die Damen aber mit Rouge, Lippen- und Augenbrauenstift verschönerten, war revolutionär. Solchermaßen nachzuhelfen hatten sie bisher immer für typisch für Frauen gehalten, die ihr schamloses Begehren nach männlicher Aufmerksamkeit signalisieren.

Den Tillinger Damen lag zwar nichts ferner als das, doch Diva war überzeugt, daß sorgfältig gezogene geschwungene Augenbrauen dort, wo früher keine gewesen waren, ihr einen Ausdruck vornehmen Überraschtseins verliehen, und Elizabeth fand, daß sie sich mit den rosaüberhauchten Wangen, die sie jetzt im Spiegel erblickte, zehn Jahre jünger fühlte (und nicht nur wirkte). Susan war der Ansicht, daß sie mit Wellblechhaar wie eine französische *marquise* aussah. Irene, die zwei Wochen lang in London als Berühmtheit herumgereicht worden war, zeigte sich ob dieser Veränderungen bei ihrer Rückkehr sehr erstaunt und tat ihre Meinung dazu kund, indem sie sich die Nasenspitze mit grünem Billardpuder bestäubte und so in der High Street auftrat.

Sie begann sofort mit dem von Lucia in Auftrag gegebenen Portrait. Deren Vorschläge hinsichtlich des Biographischen hatte sie erweitert. Das Bild stellte Lucia in vollem bürgermeisterlichem Ornat, mit Amtskette und Dreispitz dar, wie sie im Gartenzimmer Klavier spielte. Im Hintergrund stapelten sich die Abteilungsbüchsen, ein Kartenspiel und ein Malkasten lagen auf dem Klavier, ihr Fahrrad lehnte dagegen.

»Symbole, Herzallerliebste«, sagte die Künstlerin, »die Ihre wunderbare Vielseitigkeit demonstrieren. Ich weiß, daß Sie im Gartenzimmer nicht Fahrrad fahren, und Sie spielen auch nicht Karten auf dem Klavier oder tragen Amtstracht, wenn Sie musizieren, aber ich habe Ihre Vollkommenheit sozusagen um Sie herumgruppiert. Ah! Behalten Sie den Gesichtsausdruck nachsichtiger Verachtung für die Torheiten dieser Welt einen Moment lang bei. Denken Sie an die Tillinger alten Schachteln und ihr Rouge.«

»So?« fragte Lucia und kräuselte die Oberlippe.

»Nein, so nicht. Versuchen Sie etwas anderes. Seien Sie stolz und ruhig. Stellen Sie sich vor, Sie verbringen einen Abend mit Ihrer Herzogin – Liebste, warum sind Sie solch ein Snob? – oder denken Sie einfach nur an sich selbst mit all Ihren Fehlern und Vorzügen. Perfekt!«

Irene trat von der Staffelei zurück.

»Und ich hab's doch!« rief sie. »Kein lebender Maler und nur wenige tote hätten das so unfehlbar eingefangen. Ein Skandal, daß mein Werk so gehaßt wird, nur weil ich eine Frau bin!«

»Aber Ihr Bild war das Bild des Jahres«, sagte Lucia, »und die Kritiker haben es in den höchsten Tönen gepriesen.«

»Ja, aber ich habe die unterschwellige Feindseligkeit gespürt. Männer sind egozentrische Kreaturen. Warten Sie, bis ich meine Memoiren veröffentliche.«

»Aber sind Sie nicht ein bißchen jung dazu?«

»Nein, ich bin fünfundzwanzig und in dem Alter hat man alles Wichtige erlebt oder sich jedenfalls vorgestellt. Oh, erzählen Sie mir, was wirklich hinter dem steckt, was die angemalten alten Schachteln flüstern. Georgie und Olga Bracely seien ganz allein hier gewesen. Was ist passiert? Haben Sie es für sie arrangiert? Sie sind vollkommen! Niemand anderes als Sie wäre so modern und aufgeschlossen. Und Georgie ist in Tillings Achtung enorm gestiegen.«

Lucia starrte sie einen Moment lang an, begriff, welch gräßlicher Verdacht herrschte, und sprang mit einem Schreckensschrei auf die Füße.

»Oh, diese Giftspritzen!« schrie sie. »Oh, diese Nattern. Und außerdem –«

Sie hielt inne. Und stellte fest, daß sie in das Netz, das sie eigenhändig gesponnen hatte, selbst verstrickt war. Keine in der Naturgeschichte bekannte Spinne hatte sich selbst je so vollkommen umwickelt. Lucia hatte Tilling erzählt, sie fahre zum Abendessen und Übernachten auf Poppys Schloß, und allen als stummen Beweis, daß sie dort gewesen war, die eleganten Photographien gezeigt. Ergo hatte Tilling daraus geschlossen, daß Olga und Georgie über Nacht allein in Mallards gewesen waren, und nun lobte Irene sie in unerträglicher Weise nicht nur für ihre Aufgeschlossenheit, sondern überdies dafür, daß sie dieses Stelldichein inszeniert hätte. Ihr guter Name, ihre und Georgies moralische Integrität, gar nicht zu reden von Olgas, standen auf dem Spiel, und ach (wie weh das tat!), sie war gezwungen, dem Umstand die größtmögliche Publizität zu verschaffen, daß sie am selben Abend nach Tilling zurückgekehrt war. Ein schrecklicher Prestigeverlust, aber sie hatte keine Wahl. Sie lachte verächtlich.

»Wie närrisch, daß ich mich über eine derartige Idee auch nur eine Sekunde lang empöre!« sagte sie. »Einen solchen Quatsch habe ich noch nie gehört. Weil es der armen Poppy so schlechtging, habe ich Tee mit ihr getrunken, sie ein wenig aufgeheitert, ein paar Photos aufgenommen und bin dann sofort nach Hause gefahren. Tilling ist unsäglich.«

»Liebling, wie enttäuschend!« sagte Irene. »Es wäre so famos von Ihnen gewesen. Und was für ein Absturz für den armen Georgie. Wieder die alte Jungfer.«

Die Neuigkeiten waren bald allerorten bekannt, und Tilling fühlte sich von Georgie und Lucia schnöde betrogen. Es war so aufregend und herzöglich und kompromittierend gewesen, und nun verpuffte alles im Nichts. Elizabeth und Diva verloren keine Zeit, es sofort nach Beendigung der Einkäufe in Divas Teestube zu diskutieren. Sie kannten kein Pardon.

»Die betrügerische Absicht widert mich am meisten an«, sagte die First Lady. »Viel schlimmer als ihr Snobismus. Ehrenwert sorgt dafür, daß alle Welt denkt, sie sei über Nacht bei Poppy, kommt auf Schleichwegen zurück, erscheint den ganzen nächsten Morgen nicht, damit wir denken, sie sei immer noch fort –«

»Und zeigt uns massenhaft Photographien«, meldete sich Diva zu Wort, »als so was wie ... wie heißt noch mal das Wort?«

»Keine Ahnung, Liebe«, sagte Elizabeth, während sie mit tiefer Befriedigung ihre Rosenblätterwangen im Spiegel über dem Kaminsims beäugte.

»Eidesstattliche Erklärung, so heißt es. Um zu bezeugen, daß sie bei Poppy gewesen ist. Und kein Wort zu uns, daß das nicht stimmt.«

»Mein simples Hirn kann ihren Zaubertricks nicht folgen«, sagte Elizabeth, »und wenn es das könnte, täte es mir leid. Ich bin aber zu dankbar, daß sie zurückgekommen ist. Der Padre ist bestimmt sehr erleichtert, wenn er es erfährt. Ich frage mich, wenn Sie denn unbedingt meine Meinung wissen wollen, ob Mr. Georgie das reizende Wesen unter einem Vorwand nach Tilling gelockt und ihr gesagt hat, Lucia sei da. Das ist nur eine Vermutung, aber falls dem so ist, müssen wir versuchen, ihm zu verzeihen, denn wenn etwas in dieser schlimmen Affaire als sicher gelten kann, dann, daß er unsterblich verliebt in sie ist. Ich weiß, wie ein Mann aussieht –«

Diva schnappte hörbar nach Luft, aber ihre Augenbrauen konnten keinen noch höheren Grad an Verblüffung ausdrücken.

»Oh! Elizabeth!« rief sie. »War in Sie schon einmal ein Mann unsterblich verliebt? Wer war's? Schießen Sie los!«

»Es gibt Dinge, über die man nicht einmal mit einer alten Freundin wie Ihnen spricht«, sagte Elizabeth. »Ja, er ist unsterblich verliebt in sie, und ich glaube, Ehrenwert weiß es. Sind Ihnen ihre Liebesbezeugungen gegenüber der liebenswerten Olga aufgefallen? Sie versucht zu retten, was zu retten ist, finde ich, mit unbewegter – nein, sagen wir, tapferer Miene. Wie fix und fertig und bange sie neulich abends aussah, als wir alle so fröhlich waren. Das lächerliche kleine Menuett! Sie tut mir leid. Als sie Mr. Georgie geheiratet hat, dachte sie, nun werde ihr Leben sicher und bequem. Ein trauriges Erwachen für das arme Ding ... Ach, noch eine kleine Neuigkeit. Die drollige Irene hat mir erzählt, sie malt ein Portrait von Ehrenwert. Das reinste Wunderwerk, sagt sie, und zu unserer Sommerausstellung ist es fertig. Danach will Lucia es der Stadt schenken und im Rathaus aufhängen lassen. Und Irenes Bild von Benjy und mir ist rechtzeitig zu unserer Ausstellung zurück. Interessant, sie zu vergleichen.«

Lucia ertrug den Prestigeverlust mit dem für sie charakteristischen Heldenmut. Sie schien sich gar nicht recht bewußt zu sein, ihn erlitten zu haben, ließ ihr Photoalbum, an der Schloß-Sheffield-Seite aufgeschlagen, weiterhin auf dem Klavier liegen und schwadronierte über den florentinischen Spiegel, der leider nicht mehr auf das Photo von Poppys Schlafgemach mit daraufgepaßt habe. Gelegentlich entstand eine unangenehme Situation wie zum Beispiel, wenn Elizabeth, die bei einer Bridgegesellschaft im Gartenzimmer der Dummy war, über der Schloßseite brütete, zurück zu ihrem Platz kam und sagte: »Das haben Sie gut gemacht, Ehrenwert, so viele hübsche Photographien in so kurzer Zeit.«

Lucia ließ sich nicht im geringsten aus der Fassung bringen.

»Ja, die Belichtungszeiten waren sehr kurz, Liebe«, sagte sie. »Das erkläre ich Ihnen gelegentlich.«

Diese Retourkutsche fanden alle sehr angebracht, denn die Poppy-Krise lag ja nun schon länger zurück, und es war in Tilling nicht Usus, solche Geschehnisse zu lange lebendig zu halten. Es war weder großmütig noch nett, und sie wurden ohnehin schal. Also zahlte Lucia es Elizabeth mit doppelter Münze heim. Als sie am nächsten Tag bei den Mapp-Flints Bridge spielten, bedachte sie Benjys Tigerpeitsche mit langen ernsthaften Blicken. Das gute Stück hing wieder an seinem alten Platz zwischen den Perlenlendenschurzen und den malaiischen Dolchen.

»Ist das die, die er bei seinem interessanten Vortrag entzweigeschlagen hat, liebe Elizabeth?« fragte sie. »Oder die, die er in Divas Teestube verloren hat?«

Während des gesamten Spiels quiekste Evie reichlich enervierend, und die Poppy-Krise hatte sich nun (fürs erste) in Wohlgefallen aufgelöst.

Die jährliche Kunstausstellung trat in den Vordergrund der laufenden Ereignisse, die Tillinger Künstler reichten ihre Beiträge ein, Lucia ihre Studie der Dahlien mit dem Titel *»Belli fiori«* und eine Skizze des Innenhofes von Schloß Sheffield, in dem sie aus künstlerischen Erwägungen heraus das Unkraut gezupft hatte. Sie nannte es »Nach dem Gedächtnis«, obwohl es nach der Photographie war, und ohne das Schloß genauer zu benennen, fügte sie das Motto hinzu »Die Pracht wird dauern/auf Schlosses Mauern«.

Elizabeth schickte »Nebliger Morgen auf der Marsch«. Sie mochte neblige Morgen, weil die Wetterverhältnisse keine raffinierteren Zeichenkünste erforderten. Georgie (ohne den geringsten Hintergedanken, mit ihr zu konkurrieren) steuerte »Sonniger Morgen auf der Marsch« bei, mit Schafen und Kanälen und Jakobskrautbüscheln, die sehr deutlich und fein gezeichnet waren, Mr. Wyse eines seiner üblichen Stilleben mit silbernem Deckelkrug, einem (wahrscheinlich) mit Capriwein halbgefüllten Glas und einem Zweiglein Kapuzinerkresse. Von Diva kam ein weiteres Stilleben in Pastellfarben: zwei süße Brötchen und ein Törtchen (vermutlich Sardine) auf einem Teller. Damit drang sie zwar in Mr. Wyse' Domäne der Stilleben ein, aber Diva verbrachte soviel Zeit in der Küche mit Warten darauf, daß Wasser in Kesseln kochte und Hefebrötchen gingen, daß ihr kaum Muße für die Landschaftsmalerei blieb. Susan Wyse schickte ein mystisches Bild von einem Wellensittich mit einem Heiligenschein um den Kopf. Den Schwungfedern seiner ausgebreiteten Flügel entströmten orangefarbene Lichtbahnen. »Ein Weilchen verloren« war der anrührende Titel. Aber trotz dieser Glanzstücke war die Ausstellung Irenes Schau. Sie war zum Ehrenmitglied des Hängeausschusses gekürt worden und zeigte bei den Sitzungen, daß sie diese Tatsache voll zu würdigen wußte.

»Meine Geburt der Venus«, sagte sie, »muß ganz allein an einem Ende des Raums aufgehängt werden und alle Vorstudien darunter. Sie sind von größtem Interesse. Ihnen gegenüber, auch ganz allein, muß mein Bild von Lucia hängen. Dazu gibt es keine Studien, es beruht auf einer Inspiration. Trotzdem dürfen keine von Ihren dämlichen kleinen Bildchen in seiner Nähe hängen. Hängen Sie sie auf, wo Sie wollen – oh, Lucia,

Liebling, es macht Ihnen doch nichts aus, wenn ich Ihnen sage, daß Ihre Dahlien und Ihr Schloß hier nicht hinpassen? Aber das sind meine Bedingungen, und wenn es Ihnen nicht paßt, ziehe ich meine Bilder zurück. Und die Wände dahinter müssen in zartem Grün gestrichen werden. Sonst läuft hier nichts. Alles übrige ist mir egal, ich gehe. Sagen Sie mir Bescheid, wie Sie sich entschieden haben.«

Es gab keine Wahl. Das Bild des Jahres zurückzuweisen mitsamt dem Kunstwerk, von dem Irene ihnen verhieß, es werde das Bild des nächsten Jahres, war undenkbar. Die Kopfwände des Studios, das die Ausstellung beherbergte, wurden zartgrün gestrichen, jeweils eine Hortensie und ein paar Farne dort plaziert, und davor eine Reihe Stühle. Lucia als Bürgermeisterin eröffnete die Schau mit einer Rede. Sie folgte den Spuren der Geschichte der Malerei von ihren ersten Anfängen an, und als sie in der Gegenwart angelangt war, hatte sie ein freundliches Wort für die Bilder all ihrer Freunde: wie poetisch die Studien der Marsch, wie liebevoll realitätstreu die Stilleben, wie spirituell die Erhebung des Wellensittichs. »Die beiden großen Werke von Miss Coles«, schloß sie, »die unsere Ausstellung unvergeßlich machen, brauche ich nicht zu erwähnen. Das eine hat schon weltweiten Ruhm erlangt, und ich hoffe, keiner hält mich für egomanisch, wenn ich voller Zuversicht prophezeie, daß das andere ebenso berühmt werden wird. Ich verrate kein Geheimnis, wenn ich sage, daß es an einem der Allgemeinheit zugänglichen, öffentlichen Ort in Tilling verbleiben wird, für immer der teure Besitz unserer historisch bedeutenden Stadt.«

Sie verbeugte sich, sie lächelte, sie nahm eine Vorzugsausgabe des Katalogs entgegen, die Georgie mit einem blauen Band verziert hatte, und äußerst taktvoll setzte sie sich mit ihrem Gatten, statt ihr eigenes Bild anzuschauen, vor das von Benjy und Elizabeth und wies ihn laut und vernehmlich auf dessen Schönheiten hin.

»Wunderbarer Pinselstrich«, sagte sie und handhabte ihren Katalog, als sei es ein Pinsel. »Soviel Leben und Bewegung darin! Die Wellen. Die Knöpfstiefel der Venus. Richtig niederländisch. Aber wie Irene sich seitdem entwickelt hat! Gleich schauen wir uns das Bild von mir an – mit diesem hier frisch in Erinnerung.«

Durch Lucias höfliches Beispiel genötigt, nahmen Elizabeth und Benjy vor ihrem Bild Platz und redeten leise hinter ihren Katalogen. »Keine Ahnung, wo vorne und hinten ist«, murmelte Benjy. »So ein Sammelsurium habe ich noch nie gesehen.«

»Zuerst ein wenig verwirrend«, sagte Elizabeth, »aber langsam begreife ich es. Siehst du, sie sitzt am Klavier, um zu demonstrieren, wie göttlich sie spielt. Scharlachrote Robe und Amtskette, um zu zeigen, daß sie Bürgermeisterin ist. Für das Bridgespielen liegen die Karten in der Gegend herum. Ziemlich unfreundlich. Das Fahrrad lehnt am Klavier. Ihr Malkasten, weil sie so eine großartige Malerin ist. Wie schade, daß alles wie auf einer Versteigerung für wohltätige Zwecke aussieht und Ehrenwert wie die Auktionatorin. Als Kunstwerk fällt es bedauerlich ab gegenüber dem anderen. Ich fürchte, der Erfolg ist Irene zu Kopf gestiegen.«

»Wird Zeit, daß wir unser Bild anschauen«, sagte Benjy. »Stell dir diese Schmiererei mal im Rathaus vor, wenn sie das mit dem allen zugänglichen öffentlichen Ort meint.«

»Noch hängt es nicht dort«, flüsterte Elizabeth. »Als Stadträtin habe ich auch noch ein Wörtchen mitzureden.«

Sie durchquerten den Raum und schritten an Lucia und Georgie vorbei wie in einer Figur einer Quadrille à la cour. Evie und der Padre standen dicht vor der Venus, und Evie entfuhr eine Serie schriller Quiekser.

»Oh, du liebe Zeit! Unerhört, Kenneth!« sagte sie. »Die arme Elizabeth. Was für ein Gesicht und so ähnlich.«

»Alle Wetter, ja!« sagte Kenneth. »Die arme Austernschale kann doch das Gewicht gar nicht tragen, gleich geht Elizabeth unter und wird naß bis auf die Haut. Und der Major oben in den Wolken mit seiner klitzekleinen Flasche ... He, und da ist Mistrress Mapp-Flint selbst und ihrr brraverr Ehemann. Ein stolzerr Tag fürr Euch. Komm, Weibchen.«

Irene hatte der Eröffnung nicht beigewohnt, aber jetzt kam sie in Shorts und scharlachroter Strickjacke. Ihr Blick fiel auf die Hortensie unter der Venus.

»Nehmt das ekelhafte Ding da weg!« kreischte sie. »Es macht mein Bild kaputt. Was, noch eine unter meiner Lucia? Werfe sie jemand auf die Straße! Wer hat angeordnet, daß sie hier hingestellt werden? Wo ist der Hängeausschuß? Hiermit berufe ich den Hängeausschuß ein.«

Die beleidigenden Gewächse wurden von Georgie und dem Padre hinweggetragen, und als Irene sich beruhigt hatte, stellte sie sich zu Benjy und Elizabeth vor die Venus. Sie schaute von dem Bild zu ihnen und von ihnen zum Bild.

»Mein Gott, wieviel besser ich geworden bin, seit ich das gemalt habe!« sagte sie. »Ich glaube, ich muß einiges davon übermalen, und mehr Persönlichkeit in Ihre Gesichter legen.«

»Rühren Sie es nicht an, Liebe«, sagte Elizabeth, nervös. »Es ist so, wie es ist, vollkommen. Genial.«

»Das weiß ich«, sagte Irene, »aber ein paar Striche würden es schärfer machen. Jetzt haben Sie Rouge auf den Wangen, Mapp, und das würde Ihrem Gesicht auf dem Bild eine unanständige Begehrlichkeit verleihen. Wenn die Ausstellung heute abend schließt, kümmere ich mich darum.«

»Aber doch nicht, solange es ausgestellt ist, Drollige«, warf Elizabeth ein. »Der Ausschuß hat es akzeptiert, wie es war. Das verstößt gegen die Regeln.«

»Es wird ihnen weit besser gefallen, wenn ich es retuschiert habe«, sagte Irene. »Warten Sie's nur ab.« Womit sie sich zu Lucia und Georgie verfügte.

»Liebling, es ist Ihrer doch nicht unwürdig?« fragte sie. »Und wie nobel Sie sind, es der Stadt für das Rathaus zu schenken. Es muß direkt über dem Stuhl des Bürgermeisters hängen. Das ist der einzige angemessene Platz.«

»Das dürfte kein Problem sein«, sagte Lucia.

Bei der nächsten Sitzung kündigte sie dem Stadtrat das Geschenk an, verbunden mit dem Wunsch der Künstlerin, es möge an der Wand hinter dem Stuhl des Bürgermeisters aufgehängt werden. Ihrer huldvollen

Rede folgten gedämpfter, respektvoller Applaus und dann unbehagliches Schweigen, weil die meisten ihrer Stadträte das Kunstwerk bereits angesehen hatten und verwirrt und sprachlos waren. Man dankte ihr offiziell für die generöse Absicht, und der Amtsleiter wies darauf hin, daß, bevor die Stadt ein Geschenk annahm, immer ein kleiner Ausschuß gebildet werde, der es inspiziere. Außer bei Elizabeth, die sagte, es sei ihr eine Ehre, diesem Ausschuß anzugehören, zeigte sich allenthalben mangelndes Selbstvertrauen. Etliche Stadträte erklärten, sie verstünden nichts von Malerei, aber schließlich sagten zwei, sie wollten ihr Bestes versuchen.

Am nächsten Morgen traf sich der Ausschuß in der Ausstellung und saß in deprimiertem Schweigen vor dem Bild. Dann seufzte Elizabeth wehmütig und sagte: »Tse, tse«, und die beiden anderen schauten sie an, weil sie sich von ihr einen Fingerzeig erhofften. Sie fuhr fort, das Bild anzustarren.

»Soll ich etwas sagen, meine Herren?« fragte sie, als werde sie sich urplötzlich der eindringlichen Blicke bewußt. »Gut, wenn Sie darauf bestehen. Hoffentlich stimmen Sie dem nicht zu, was ich, glaube ich, sagen muß, denn sonst liegt eine schmerzliche Pflicht vor uns, fürchte ich. Sehr generös von unserer geliebten Bürgermeisterin, und typisch für sie, nicht wahr? Aber ich sehe nicht, wie wir dem Stadtrat empfehlen können, ihr Geschenk anzunehmen. Ich möchte um alles in der Welt keine von der Ihren abweichende Meinung vertreten, aber meine Ansicht steht fest. Sehr peinlich für mich, wie Sie gut verstehen werden, da ich ja eng mit ihr befreundet bin, aber persönliche Zuneigung darf nicht die Oberhand über die Verantwortung für öffentliche Belange gewinnen.« Leises mitfühlendes Gemurmel folgte der Rede, und die Mitglieder des Ausschusses stellten fest, daß sie sich ohne Ausnahme aus Gewissensgründen nicht imstande fühlten, dem Stadtrat zu empfehlen, das Geschenk der Bürgermeisterin anzunehmen.

»Sehr traurig«, sagte Elizabeth und schüttelte den Kopf. »Das Protokoll unserer Sitzung, davon gehe ich aus, ist vertraulich, bis wir dem Stadtrat offiziell Mitteilung machen.«

Als ihre Kollegen gegangen waren, flanierte die First Lady durch die Galerie. »Ein nebliger Morgen auf der Marsch« sah richtig gut aus, sein zart schimmerndes Farbenspiel schien noch hervorzuheben, wie schlecht Georgies »Sonniger Morgen auf der Marsch« und Divas Törtchen waren. Sie riß sich los und ging zur Venus. Ein Schrei des Entsetzens entfuhr ihr. Die drollige Irene hatte ihre fürchterliche Drohung wahrgemacht und ihre (Elizabeths) Wangen völlig unnatürlich mit Farbe besudelt und ihren Mund mit einer dünnen Linie zinnoberrot nachgezogen, was ihm einen kokett verführerischen Ausdruck verlieh. Eine so grobe Karikatur ihres Gesichts, ja ihres Charakters, hier hängen zu lassen war nicht statthaft: Es mußte etwas geschehen. Elizabeth verließ die Galerie in heller Erregung und lief schnurstracks nach Mallards, denn wenn überhaupt jemand Einfluß auf diese drollige und gehässige junge Person hatte, dann Lucia.

Die Bürgermeisterin hatte sich eine kurze Atempause von ihrer nicht abreißenden Arbeit gegönnt und war mit dem Bild einiger sehr edler Malven in ihrem

Garten beschäftigt. Sie war bester Stimmung, denn die Poppy-Krise schien wirklich ausgestanden, und sie wußte, daß sie den Grund für das Begehr ihrer First Lady, sie in einer dringenden Angelegenheit zu sprechen, richtig erriet. Dem sterblichen Auge unsichtbar, stand ein Becken glühender Kohlen auf dem Rasen neben ihr, die sie gleich über das Haupt ihrer Besucherin kippen würde.

»Guten Morgen, liebe Elizabeth«, sagte sie. »Ich habe mir gerade ein halbes Stündchen abgezweigt, während die gute Mrs. Simpson ein paar Briefe für mich tippt. Susan und Mr. Wyse haben mich inständig gebeten, für unsere *esposizione* noch eine kleine Blumenstudie anzufertigen, die den leeren Platz neben meinen Dahlien ausfüllen soll. Ich nenne sie schlicht ›Jubilierender Juli‹. Wie Sie wissen, stehe ich Ihnen jederzeit zur Verfügung. Welche günstigen Winde wehen Sie zu mir?«

»Nett von Ihnen, Zeit für mich zu erübrigen«, sagte Elizabeth. »Ich bin gerade in der *esposizione* gewesen und erachte es als meine Pflicht, sofort bei Ihnen vorzusprechen. Die drollige Irene hat sich zu etwas Gräßlichem hinreißen lassen. Sie hat mein Gesicht verändert; sie hat ihm einen höchst widerwärtigen Ausdruck verpaßt. In seinem gegenwärtigen Zustand darf das Bild dort nicht hängen bleiben. Ich frage mich, ob Sie mit Ihrem großen Einfluß –«

Lucia schloß halb die Augen und betrachtete ihre Skizze mit unerträglicher Selbstgefälligkeit.

»Ja, Irenes kurioses Gemälde«, sagte sie dann endlich. »So ein genialer Witzbold! Ich bin vor ein paar Stunden mit ihr in die Galerie gegangen, um mir anzusehen, was sie mit der Venus angestellt hat; sie wollte unbedingt wissen, was ich von den kleinen Änderungen halte.«

»Ein Skandal, eine Ungeheuerlichkeit!« schrie Elizabeth.

»Ganz so drastisch würde ich es nicht ausdrücken«, sagte Lucia, wandte sich ihren Malven wieder zu und zeichnete mit feinstem Strich in eines der Blätter eine Ader. »Aber ich habe ihr gesagt, diese Retuschen könne ich nicht gutheißen. Für meinen Geschmack bringen sie einen Hauch Albernheit in die Satire, die, wenn auch in sich selbst amüsant, fehl am Platze ist. Nach einem kleinen Streit, über den ich mich nicht näher auslassen muß, hat sie mir zugestimmt. Sie wird es in der Mittagspause wieder entfernen.«

Elizabeth dankte ihr überschwenglich. »Ich sage ja immer, was für eine treue Freundin Sie sind. Ich war entsetzlich aufgebracht.«

»Kein Problem«, sagte Lucia und saugte an ihrem Pinsel. »Kinderleicht.«

Elizabeth widmete nun den Malven ihre volle Aufmerksamkeit.

»Was für ein hübsches Bild!« sagte sie. »Es wird unsere Ausstellung sicher bereichern. Noch einmal herzlichen Dank, Liebe. Ich will Sie nicht länger von der Arbeit abhalten. Wie Sie für alle Ihre Aktivitäten die Zeit finden, versetzt mich immer wieder in Erstaunen.«

Rasch begab sie sich von dannen. In einem solch freundlichen Moment wäre es peinlich gewesen, wenn Lucia gefragt hätte, ob der vom Stadtrat ernannte Kunstausschuß Irenes anderes Meisterwerk schon begutachtet habe.

Die Ferienmonate August und September standen vor der Tür. Wie üblich vermieteten die Damen von Tilling ihre Häuser und zogen in kleinere zu einer niedrigeren Miete als der, die sie für ihre einnahmen. Diva pflegte zum Beispiel dann, wenn sie ihr Haus vermietet hatte, in Irenes zu ziehen, die ein abgelegenes Cottage auf der Marsch nahm, wo sie sich ihrer Kunst widmen und Aktstudien von sich im Spiegel malen konnte. Dieses Jahr wollte Diva Ye Olde Tea-House allerdings nicht verlassen, da sie sich von den zahlreichen Besuchern in der Stadt ein Bombengeschäft versprach; die Wyses entschieden sich angesichts der angespannten internationalen Beziehungen, auf einen Besuch der Contessa in Italien zu verzichten, und Lucia empfand es als ihre Pflicht, in Tilling zu bleiben, denn schließlich war sie die Bürgermeisterin. Der Padre vermietete aber sehr wohl und ließ sich von seinem Vikar vertreten, während er und Evie ausgedehnte Ferien im schönen Schottland machten. Im Pfarrhaus wohnten die Mapp-Flints, die ihrerseits eine sehr interessante Mieterin fanden. Es handelte sich um eine Miss Susan Leg, die, das erfuhr Tilling zu seiner großen Freude aus einem Interview, das sie einer Londoner Zeitung gewährt hatte, niemand anderes war als der weltbekannte Romancier Rudolph da Vinci. Miss Leg machte nie Ferien (verkündete sie jedenfalls freimütig in dieser gedruckten Selbstdarstellung). »Ich ruhe und raste nicht«, bemerkte sie nobel, »bis sich die Schatten meines Lebensabends über mich senken.« Im folgenden erklärte sie dann, daß sie wegen eines zukünftigen Buches dieses kleine Zentrum englischen Provinzlebens studieren wolle. »Ich weiß sehr wohl«, sagte Miss Leg, »daß meine Leser einen aristokratischen Schauplatz für meine Liebesromane erwarten, aber ich will ihnen beweisen, daß das Leben in jedem simplen, bescheidenen Dörfchen auf dem flachen Lande ebenso voll von menschlich Interessantem ist wie Belgravia und die Landsitze des Hochadels.«

Lucia las Georgie das Interview vor. Da schienen sich Möglichkeiten aufzutun. Sie verbrämte sie in der ihr üblichen Art.

»Rudolph da Vinci«, sagte sie nachdenklich. »Nun, da ich es recht bedenke: Ich habe von ihr gehört. Offenbar erwartet sie hier nur Bauerntölpel und Landpomeranzen. Da wird sie ihre Meinung wohl ein wenig revidieren müssen. Sie versucht bestimmt zu erreichen, daß sie mir vorgestellt wird, und dann lade ich sie zum Tee ein. Ist sie hochnäsig und überheblich, was sie allem Anschein nach ist, reicht das. Wir wollen ja nicht, daß sich Bestsellerautoren über unser lebendiges kulturelles Leben auslassen. So billig und vulgär, wohl kaum in Übereinstimmung mit unseren Traditionen.«

Nichts, wußte Georgie, erfüllte Lucia mit tieferer Genugtuung, als Traditionen zu verletzen und das Leben zu vulgarisieren, und noch während sie diese edlen Gedanken äußerte, stieg vor ihr die Vision auf, daß Rudolph da Vinci einen Bestseller schrieb mit dem Schauplatz Tilling und ihr, Lucia, literarisch unverhüllt an der Spitze seiner gesellschaftlichen und politischen Aktivitäten.

»Aber man darf sie nicht vorverurteilen«, fuhr sie fort, als die Vision leuchtender wurde. »Ich muß ein Buch von ihr bestellen und es lesen, bevor ich ein Urteil über ihr Werk fälle. Und vielleicht stellen wir ja fest, daß sie eine sehr angenehme Frau ist. Eventuell sollte ich ihr doch meine Aufwartung machen, Georgie, denn mir wäre es gar nicht lieb, wenn sie glaubte, ich schnitte sie. Und dann lade ich sie ein, mit uns zu dinieren, *très intime*, nur du und sie und ich. Es täte mir leid, wenn ihre ersten Impressionen von Tilling unserer nicht würdig wären. Denk nur an Diva. Miss Leg bekäme einen ganz falschen Eindruck, wenn sie sähe, wie Diva mit diesen außergewöhnlichen Augenbrauen, puterrot im Gesicht, Teegedecke aus der Küche hochschleppt. Am Ende hält sie sie für repräsentativ für unser gesellschaftliches Leben. Oder wenn Elizabeth mit ihren Rougewangen sie zum Abendessen ins Pfarrhaus einlüde und Benjy seine Tigerabenteuer zum besten gäbe. Ja, ich mache ihr sofort nach ihrer Ankunft einen Antrittsbesuch und nehme sie unter meine Fittiche. Ich zeige ihr unsere Gemäldeausstellung und erlaube ihr als prominenter Besucherin, sich ins Gästebuch des Bürgermeisters einzutragen. Sie soll ganz zwanglos in meinem Hause ein- und ausgehen. Wir zeigen ihr unser echtes, inneres Leben. Vielleicht spielt sie Bridge. Darüber verschaffe ich mir Gewißheit, wenn ich sie besuche. Ich könnte sie eigentlich am Bahnhof abholen, wenn ich herausfinde, wann sie ankommt. Oder vielleicht ist es besser, wenn du sie als mein Repräsentant abholst und ich sie eine halbe Stunde später in Grebe aufsuche. Das entspräche eher der Form.«

»Elizabeth hat mir erzählt, sie kommt heute mit dem Zug um fünfzehn Uhr fünfundzwanzig«, sagte Georgie, »und sie hat ein Automobil gemietet und holt sie ab.«

Auch jemand mit weniger scharfem Verstand als Lucia hätte hier Konkurrenz gewittert, aber sie ließ sich nichts anmerken.

»Recht so«, sagte sie. »Elizabeth wird ihre Mieterin nach Grebe bringen und ihr das Haus zeigen.«

Um die Teezeit radelte Lucia nach Grebe, mußte aber feststellen, daß Miss Leg in Begleitung der First Lady in die Stadt gefahren war, um dort den Tee mit ihr einzunehmen. Lucia hinterließ ihre offizielle Karte als Bürgermeisterin von Tilling und begab sich unverzüglich zum Pfarrhaus. Aber Elizabeth war nicht da, und Lucia erriet sofort, daß sie Miss Leg zu Diva mit zum Tee genommen hatte. Sie wäre ihnen liebend gern gefolgt, um mit der Umsetzung ihrer Pläne zu beginnen, entschied sich aber, die Visitenkarte des Bürgermeisters ihre Wirkung entfalten zu lassen. Auf dem Weg nach Hause kaufte sie ein Exemplar der fünfundzwanzigsten Auflage von *Mit Herz und Krone* und versenkte sich hinein. Eine üppige Geschichte. Auf der ersten Seite trat eine Marquise auf, die versprochen hatte, einen Wohltätigkeitsbasar im Dorf zu eröffnen, und gerade aufbrechen wollte, als die telephonische Nachricht sie erreichte, daß eine Prinzessin sie an dem Nachmittag besuchen wolle. »Richten Sie Ihrer Königlichen Hoheit aus«, sagte diese gutherzige Frau, »daß ich eine seit langem feststehende Verpflichtung habe und meine Leute nicht enttäuschen kann. Ich komme zurück, sobald die Veranstaltung vorüber ist...« Lucia malte sich aus, wie sie zu spät zu einem Lunch kommen würde, zu dem sie Miss Leg eingeladen hatte – Georgie würde da sein, um sie zu empfangen –, da es der Tag war, an dem sie den Insassen des Armenhauses vorlas.

Sie würde *Mit Herz und Krone* in der Hand halten und zur Entschuldigung vorbringen, daß die lieben alten Seelen sie angefleht hätten, das Kapitel zu Ende zu lesen. Die süße Vorstellung, daß Miss Leg über Tilling einen Bestseller schrieb, benahm Lucia regelrecht die Sinne.

Georgie kam herein und brachte die Abendpost.

»Ein Brief von Olga«, sagte er, »und mir hat sie auch geschrieben, also steht in beiden dasselbe drin. Sie will, daß wir morgen für zwei Tage nach Riseholme kommen. Es wird Musik dargeboten. Ein Streichquartett ist da.«

Lucia las ihren Brief.

»Ja, sehr freundlich von ihr«, sagte sie. »Aber wie komme ich hier weg? Ach, sie rechnet schon damit und sagt, wenn ich zu beschäftigt wäre, hätte sie volles Verständnis. Und es wäre sehr auffällig, wenn ich sofort, nachdem Miss Leg angekommen ist, wegführe.«

»Das mußt du beurteilen«, sagte er. »Wenn du meinst, sie sei wichtig, hast du wahrscheinlich recht, weil Elizabeth sie schon recht fest im Griff hat. Ich bin ihr vorgestellt worden. Elizabeth hat sie zu Diva mit zum Tee gebracht.«

»Das habe ich mir schon gedacht«, sagte Lucia. »Wie ist sie?«

»Ein ulkiges kleines rotes Ding, Diva sehr ähnlich. Prahlt herum, daß sie einen Butler und einen Lakeien mitgebracht hat und heute am späten Abend ihr neuer Mercedes kommt. Und sie hat gefragt, ob jemand aus dem Adel in der Nähe von Tilling einen Landsitz hat –«

»Hast du ihr erzählt, daß ich zum Abendessen und

Übernachten – daß Herzogin Poppy mich zum Abendessen und Übernachten ins Schloß eingeladen hat?« unterbrach Lucia ihn.

»Nein«, sagte Georgie. »Ich habe daran gedacht, bin aber zu dem Urteil gekommen, daß es klüger wäre, es nicht noch einmal anzurühren. Sie hat jede Menge Brötchen gefuttert und sich bei Diva richtig angebiedert (was Diva weniger gefiel). Sie hat ihr zum Beispiel versprochen, sie würde ihrem *chef* Anweisung geben – ihre Worte –, ihr ein Rezept für Eiswaffeln zu schicken. Elizabeth ist wie verrückt um sie herumscharwenzelt und hat gesagt: ›Reizend von Ihnen, Miss Leg. Sie Glückliche, Diva.‹ Und danach haben sie sich die Kirche angeschaut, und morgen diniert Leg bei den Mapp-Flints.«

Lucia bedachte diese eher trübe Nachricht.

»Ich hasse es, die liebe Olga zu enttäuschen«, sagte sie, »aber ich glaube, ich bleibe besser hier. Was ist mit dir?«

»Ich fahre natürlich«, sagte Georgie.

Georgie mußte am nächsten Morgen ohne Mädchen nach Riseholme aufbrechen, denn angesichts der eventuellen gesellschaftlichen Verpflichtungen in Mallards mochte Lucia weder auf Foljambe noch auf Grosvenor verzichten. Nachmittags verbrachte sie geraume Zeit im Gartenzimmerfenster und wies ihre Köchin an, einen guten Tee bereitzuhalten, der jederzeit serviert werden könne, denn Miss Leg werde ja sicher heute noch ihren Besuch erwidern. Plötzlich kam auch ein Auto die Straße hochgerumpelt, das Lucia wegen seines Umfangs zunächst für Susans hielt, aber neben dem Chauffeur saß ein Mann in Livree, und da wußte sie Bescheid. Das Auto hielt vor Mallards und durch die Gardine sah Lucia, daß Elizabeth und eine Frau darin saßen. Eine pummelige kleine Hand schob sich aus dem Fenster und streckte eine Visitenkarte aus, die der Diener in den Briefkasten warf. Er klingelte, doch bevor jemand die Tür öffnete, stieg er wieder ein, und das Auto fuhr weiter. Hundert Seiten literarischer Bewußtseinsströme hätten Lucia die Situation nicht erschöpfender erklären können als ihre eigene blitzartige Erkenntnis. Elizabeth hatte der Romanautorin offenbar erzählt, es reiche aus, die Karte bei der Bürgermeisterin abzugeben und die Sache damit als erledigt zu betrachten. Was an diesem Abend im Pfarrhaus folgte, wo Miss Leg mit den Mapp-Flints speiste, bestätigte die Akkuratheit von Lucias Intuition.

»Ein sehr einfaches, gutbürgerliches Abendessen, Miss Leg«, sagte Elizabeth, als sie Platz nahmen. »Was wir heute ohnehin gegessen hätten, ich habe Sie ja gewarnt. Hoffentlich haben Sie einen guten Appetit wie wir hier auf dem Land.«

»Ich habe ihn jedenfalls, Liz«, sagte Benjy treuherzig. »Von einer Runde Golf werde ich so hungrig wie früher, wenn ich den ganzen Tag im Dschungel Tiger gejagt habe.«

»Dann sind das in Grebe also Ihre Jagdtrophäen«, sagte Miss Leg. »Ich halte die Tigerjagd für einen sehr männlichen Zeitvertreib. Unter Sport verstehe ich, sein Leben aufs Spiel zu setzen, statt im Sessel zu sitzen und in einen Schwarm handzahmer Fasane zu feuern. Soweit ich weiß, laden solche ›Sportsleute‹ nicht einmal eigenhändig ihre Gewehre. Schlächter und Geflügelhändler habe ich sie in einem meiner Bücher genannt.«

»Vernichtend! Schonungslos!« rief Elizabeth. »Geschieht ihnen recht! Neulich hat Benjy in einem wundervollen Vortrag erzählt, wie manches Mal er um Haaresbreite entkommen ist. Sie hätten eine Stecknadel fallen hören können.«

»Ach, das sind aber nun alte Geschichten«, sagte Benjy. »Meine *Schikari*-Zeiten sind vorbei, die Großwildjagden ... In Tilling gibt es natürlich keinen Mann, der je einem Tiger ins Auge geblickt hat, wenn doch, dann höchstens durch die Gitterstäbe im Zoo. Georgie Pillson zum Beispiel –«

»Den ich Ihnen gestern beim Tee vorgestellt habe, Miss Leg«, warf Elizabeth dazwischen. »Der Mann unserer lieben Bürgermeisterin. Spitzbart. Zeichnet recht hübsch und fertigt vorzügliche Stickarbeiten. Mein böser Benjy hat ihn einmal Fräulein Putzmacherin Michael-Angelo getauft.«

»Das war aber auch sehr vernichtend«, sagte Miss Leg, sich mit Landappetit große Brocken teuren, aus der Mitte geschnittenen Lachses einverleibend.

»Na ja, nicht sehr freundlich, fürchte ich, aber ich hab nun einmal gern, wenn ein Mann ein Mann ist«, sagte Benjy. »Ich nehme noch ein bißchen Fisch, Liz. Ein leckerer, frischgefangener Fisch. Und was servierst du uns als nächstes?«

»Nur ein Paar Mohrhühner«, sagte Elizabeth.

»Ach ja, ein paar alte Freunde, die Moore in Schottland besitzen, haben mich noch nicht vergessen, Miss Leg. Der gute alte General!«

»Dein Fräulein Putzmacherin ist weggefahren,

Benjy«, sagte Elizabeth. »Besucht Miss Olga Bracely. Sie kennen sie wahrscheinlich, Miss Leg. Die Primadonna. Eine faszinierende Frau.«

»Allein? Ohne seine Frau?« fragte Miss Leg. »Das gehört sich nicht. Die Pflicht einer Ehefrau, einerlei, ob Bürgermeisterin oder nicht, ist es, stets bei ihrem Ehemann zu sein, und umgekehrt gilt dasselbe. Wenn sie ihr Zuhause nicht verlassen kann, sollte sie darauf bestehen, daß er bei ihr bleibt.«

»In der Hinsicht ist die liebe Lucia ein wenig salopp«, mußte Elizabeth leider zugeben. »Aber sie hat durchblicken lassen, daß sie alle drei gute alte Freunde sind.«

»Je oller, je doller«, flötete Miss Leg, und alle lachten herzlich.

»Erzählen Sie mir mehr über Lucia«, befahl sie, als die Heiterkeit sich legte.

»Ich kann mir nicht vorstellen, daß Sie viel mit ihr gemeinsam haben«, sagte Elizabeth nachdenklich. »Neigt doch sehr, finden wir, zu Ränken und Intrigen, in einer Art und Weise, die wir bedauern. Und bisweilen ein wenig überheblich.«

»Wahrscheinlich ist ihr das Bürgermeisteramt zu Kopf gestiegen«, gab Benjy zu bedenken. »Sie käme nie klar, wenn du sie nicht auf Kurs halten würdest, Liz.«

»Man tut, was man kann«, seufzte Elizabeth, »obwohl es manchmal eine Sisyphosarbeit ist. Ich bin ihre First Lady und Stadträtin, Miss Leg, und sie braucht Hilfe und Unterstützung. Oh, ihre herzigen kleinen Verschrobenheiten! Sie unterliegt der kuriosen Täuschung, daß sie Klavier spielen kann, und manchmal will sie uns etwas Gutes tun, und dann weiß man nicht, wo man hinschauen soll. Und vor nicht allzulanger Zeit – Sie werden sterben vor Lachen, Miss Leg – hat sie uns erzählt, und zwar mehr als einmal, daß sie die Herzogin von Sheffield besuchen wolle, und als sie zurückkam, brachte sie stapelweise Photographien des Schlosses mit, um zu beweisen, daß sie dagewesen war –«

»Vor kurzem bin ich bei einem Wohltätigkeitskonzert der Herzogin in ihrem Stadthaus am Grosvenor Square gewesen«, sagte Miss Leg. »Fünf Guineen der Platz. Wohnt sie hier in der Nähe?«

»Nein, meilenweit entfernt. Und nun der Knalleffekt: Es stellte sich heraus, daß Ehrenwert nur zum Tee dort war. Eine Dreistundenfahrt hin und wieder zurück, nur um eine Tasse Tee zu trinken. Verrückt. Ich habe beinahe den Verdacht, daß sie überhaupt nicht eingeladen war und es sich um einen Irrtum handelte. Und sie redet immer als Poppy von ihr, ob sie sie allerdings auch persönlich so anredet, steht auf einem anderen Blatt.«

»Offensichtlich ein Snob«, sagte Miss Leg. »Wenn ich etwas hasse, dann Snobismus.«

»Oh, Sie dürfen sie nicht als Snob bezeichnen«, rief Elizabeth. »Ich wäre sehr ärgerlich mit mir, wenn ich Ihnen diesen Eindruck von ihr vermittelt hätte.«

»Und ist es der Familiensitz ihres Mannes, wo ich meine Karte heute abgegeben habe?« fragte Miss Leg.

Elizabeth seufzte.

»Ach, das ist eine tragische Frage«, sagte sie. »Nein, eigentlich sind sie *parvenus* in Tilling, das wunderschöne Haus – und der Garten erst! – gehörte meiner Familie. Ich konnte es mir nicht mehr leisten, dort zu wohnen, und mußte es verkaufen. Lucia zahlte einen jämmerlichen Preis dafür, aber Bettler können nicht wählerisch sein. Ein grausamer Moment!«

»Was für eine Schande«, sagte Miss Leg. »Alle alten Familiensitze in England fallen in die Hände von Emporkömmlingen und Eindringlingen. Ich hoffe, Sie haben nie wieder einen Fuß hineingesetzt.«

»Es ist jedesmal ein Kampf«, sagte Elizabeth, »aber ich meine, daß ich mich als First Lady wie auch als Lucias Freundin nachbarlich verhalten muß. Sowohl in ihrem Amt als auch gesellschaftlich muß ich ihr immer treu zur Seite stehen.«

Sie machten Pläne für den nächsten Tag. Elizabeth goß Hohn und Spott über das morgendliche Einkaufen ihrer Freunde.

»Es macht solch einen Spaß!« sagte sie. »Spielt eine wichtige Rolle hier in unserem Leben, Sie dürfen es sich nicht entgehen lassen. Dann sehen sie Diva in die Läden hineinstürzen und wieder heraus. Benjy sagt immer, sie schlägt Haken wie ein Kaninchen, hinter dem ein Frettchen her ist. Und vielleicht Susan Wyse auf ihrem Dreirad, und Lucia und die drollige Irene Coles, die das Bild des Jahres gemalt hat, das bei unserer Ausstellung zu sehen ist. Sie müssen es sich anschauen. Dann könnten wir auf einen Sprung ins Rathaus gehen, und ich würde Ihnen unsere Gründungsurkunde und unser wundervolles elisabethanisches Tafelsilber zeigen. Und würden Sie uns die Ehre erweisen, sich ins Gästebuch des Bürgermeisters für berühmte Besucher einzutragen?«

»Ganz gewiß, mit Vergnügen«, sagte Miss Leg, »obwohl ich selten Autogramme gebe.«

»Ach, das ist nett. Ich stünde dann um zehn – nicht zu früh? – zu Ihrer Verfügung und würde Sie herumführen. Müssen Sie wirklich schon gehen? Benjy, schau doch mal, ob Miss Legs wunderschöner Mercedes da ist. Au reservoir!«

»Oh was?« fragte Miss Leg.

»Manche von den guten Leutchen hier sagen ›au reservoir‹ statt ›au revoir‹«, erklärte Elizabeth.

»Warum das?« fragte Miss Leg.

Während Lucia allein ihr Abendbrot verspeiste, dachte sie über die ihr drohenden Feindseligkeiten nach. Mit der Aussicht, die Hauptfigur in Miss Legs nächstem Bestseller zu werden, war sie zwar fest entschlossen, sich der Dame anzunehmen, aber dazu war Elizabeth auch entschlossen, und Lucia war sich der Tatsache bewußt, daß bei diesem Bemühen sie und ihre First Lady durchaus nicht am selben Strang zogen. Das Kunststück war schlechterdings unmöglich. Ihr Stolz verbot ihr, sich Miss Legs über Elizabeth zu bemächtigen; sie mußte ihre First Lady auf die eine oder andere Weise abhängen. Abends saß Lucia lange im Gartenzimmer und grübelte nach, und als Elizabeth sie am nächsten Morgen zur Frühstückszeit wie üblich anrief, ging sie, zu allem bereit, ans Telephon.

»Guten Morgen, liebe Ehrenwert«, gurrte die Stimme. »Was für ein wunderschöner Tag.«

»Wunderschön!« sagte Lucia.

»Was kann ich für Sie tun, Liebe?«

»Nichts, danke«, sagte Lucia und wartete.

»Ich nehme Miss Leg –«

»Wen?« fragte Lucia.

»Susan Leg: Rudolph da Vinci, meine Mieterin«, erklärte Elizabeth.

»O ja, sie hat gestern ihre Karte bei mir abgegeben, hat Foljambe gesagt. Sehr nett. Ich hoffe, sie genießt ihren Aufenthalt hier.«

»Ich nehme sie heute morgen mit ins Rathaus. Würden Sie also eine sehr süße Ehrenwert sein und dem Beamten dort sagen, er möchte das Tafelsilber herausholen, weil sie es gern sehen würde. Wir sind um halb elf dort, wenn es also gegen Viertel nach zehn bereit stünde, müßten wir nicht warten. Und obwohl sie selten Autogramme gibt, hat sie versprochen, sich in Ehrenwerts Gästebuch einzutragen.«

Lucia stieß einen glücklichen Seufzer aus. Auf einen solch übereilten Zug hatte sie nicht zu hoffen gewagt.

»Meine Liebe, wie überaus peinlich«, sagte sie. »Sehen Sie, das Tafelsilber ist der Öffentlichkeit dienstags um fünfzehn Uhr – es kann auch vierzehn Uhr sein, da vergewissern Sie sich besser – zur Besichtigung freigegeben, und es macht sehr viele Umstände, es herauszuholen. Für jeden x-beliebigen Besucher geht das nicht. Und das Privileg, sich ins Gästebuch des Bürgermeisters einzutragen, ist für wirklich erlauchte Fremde reserviert, deren Besuch eine Ehre ist und erinnert werden sollte. Zum Beispiel Olga.«

»Aber liebe Ehrenwert«, sagte Elizabeth. »Ich habe ihr schon versprochen, ihr das Tafelsilber zu zeigen.«

»Nichts einfacher als das. Um zwei oder drei Uhr – erkundigen Sie sich! – am Dienstagnachmittag.«

»Und das Gästebuch des Bürgermeisters. Ich habe sie gebeten, sich einzutragen.«

Lucia lachte frohgemut.

»Fangen Sie ein First-Lady-Buch an, Liebe«, sagte sie. »Da können Sie hineinschreiben lassen, wen Sie wollen.«

Lucia legte auf und blieb einen Moment in Gedanken stehen. Dann rief sie im Rathaus an.

»Ist da der Aufsichtsbeamte?« fragte sie. »Die Bürgermeisterin spricht. Serjeant, holen Sie ohne direkte Anweisung von mir weder das Tafelsilber heraus, noch präsentieren Sie das Gästebuch. Und bis auf weiteres habe ich keine Anweisung gegeben. Einen schönen guten Morgen.«

Lucia gab Mrs. Simpson einen freien Tag, da sie nichts zu tun hatte, und ging in die High Street zum Einkaufen. Ihr Hirn ähnelte einer modernen Armee, unterstützt von der Luftwaffe und allem Kriegsgerät. Es war bereit, auszukundschaften und zu kämpfen, einen Hinterhalt zu legen, sich zu verteidigen oder den Feind anzugreifen, mit Sprengstoff aus den Flugzeugen oder Giftgas (was nur eine Vergeltungsmaßnahme wäre, denn sie war sicher, es war schon gegen sie verwendet worden). Diva schaute aus dem Fenster, sie hatte offenbar auf sie gewartet, jedenfalls riß sie es auf.

»Haben Sie sie gesehen?« fragte sie.

Im Moment gab es nur eine »sie«.

»Nur ihre Hand«, sagte Lucia. »Sie hat sie gestern nachmittag aus dem Automobil gestreckt – pummelig. Sie hat ihre Karte bei mir abgegeben, das heißt, ihr

Diener hat sie in meinen Briefkasten geworfen, ohne zu fragen, ob ich da sei. Elizabeth war bei ihr. Dann sind sie weitergefahren.«

»Na, das nenne ich unhöflich«, sagte Diva liebenswürdig. »Aufgeblasen und arrogant, das ist sie. Erzählt mir, ihr *chef* würde mir ein Rezept für Eiswaffeln schikken. Habe es ausprobiert. Mist. Habe Paddy eine gegeben, er hat gebrochen. Und eben hat sie mich angerufen, ob ich heute nachmittag zu ihr zum Tee komme. Bildet sie sich ein, ich gehe nach Grebe, wenn hier Hochbetrieb ist, und esse noch mehr Mist? Ich nicht. Gestern abend hat sie bei Elizabeth diniert, und Janet hat von Elizabeths Hausmädchen gehört, was es gab. Tomatensuppe, Mittelstück vom Lachs aus Hornbridge, ein Paar Moorhühner von Rice, Pfirsich Melba, aber nur eingemachter mit Vanillepudding statt Sahne, und Kaviar aus der Dose. Und Elizabeth hat behauptet, das sei die gute Tillinger Hausmannskost! So bin ich bei ihr noch nie verköstigt worden, ob mit oder ohne Hausmann. Elizabeth will die Leg unter ihre Fuchtel nehmen, das ist es. Soll sie. Ich komme mit Ihnen und erledige meine Einkäufe. Muß nur eben sehen, wie es Paddy geht, aber ich glaube, es ist alles raus. Eiswaffeln, pah! Ein Momentchen.«

Während Lucia das Momentchen wartete, hupte sich Susan Wyse' Royce mit ihr und ihrem Gatten schwerfällig den Weg in die High Street frei. Als er vor dem Fischhändler hielt, erspähte Lucias Adlerauge Elizabeth und eine runde kleine Frau, über deren Identität kein Zweifel bestand. Sie gingen auf den Laden zu. Mr. Wyse war ausgestiegen, und Elizabeth stellte ihn offenbar ihrer Begleiterin vor. Er entblößte das Haupt, wie es – selbst bei Regen – seine höfliche Gepflogenheit war, wenn er unter Gottes freiem Himmel mit Damen sprach. Er geleitete sie zu der offenen Tür des Royce, wo Elizabeth mit Susan plauderte.

Lucia spazierte auf sie zu, aber in dem Augenblick, als Elizabeth sie sah, drehte sie sich ohne Lächeln oder Abschiedsgruß auf dem Absatz um, eiste Miss Leg los und ging mit ihr die Straße hoch, wo Irene, wie gehabt, in Shorts und scharlachroter Strickjacke, soeben am Rand des Bürgersteigs ihre Staffelei aufgebaut hatte.

»Guten Morgen, liebe Susan«, rief Lucia. »Oh, Mr. Wyse, bitte, behalten Sie doch Ihren Hut auf, die Sonne scheint so heiß. Wer war die komische kleine Frau bei meiner First Lady, mit der Sie gerade geplaudert haben?«

»Ich glaube, Ihre First Lady sagte, Miss Leg«, bemerkte Mr. Wyse. »Und sie sagte meiner Susan, daß Miss Leg, wenn Susan sie für heute abend einlüde, vielleicht annehmen würde. Hast du sie eingeladen, Liebes? Wenn ja, müssen wir mehr Fisch bestellen.«

»Ich? Woher denn?« sagte Susan. »Wer ist diese Leg? Warum soll Elizabeth mir ihre Freunde aufdrängen? Unerhört.«

»Leg? Leg?« sagte Lucia versonnen. »Ach, natürlich. Elizabeths Mieterin. Die Romanautorin. Nennt sie sich nicht Rudolph da Vinci?«

»Eine sehr selbstgefällige kleine Person, einerlei, wie sie sich nennt«, sagte Susan mit ungewöhnlicher Strenge, »und bei mir speist sie nicht. Soll sie bei Elizabeth speisen.«

Diva war herbeigetrudelt und hatte es mitgehört.

»Hat sie schon. Gestern abend«, sagte sie. »Alles

nur vom Feinsten. Aber stellen Sie sich vor, sie gibt bei Lucia ihre Karte ab, ohne zu fragen, ob sie zu Hause ist. Wie unhöflich.«

»Wirklich?« fragte Mr. Wyse schockiert. »In Tilling sind wir solchen Mangel an Manieren nicht gewohnt. Du hattest ganz recht, Susan, daß du sie nicht zum Essen gebeten hast. Deine Intuition hat dich nicht getäuscht.«

»Ich fand es merkwürdig«, sagte Lucia, »aber ich würde behaupten, sie allein ist eine anständige, biedere kleine Frau. Elizabeth war bei ihr, als sie mich mit ihrer Karte beehrt hat.«

»Das erklärt alles«, fielen Diva und Susan gleichzeitig ein.

»– und dann hat sie mich beim Frühstück angerufen und gebeten, Anweisung zu erteilen, daß das Tafelsilber heute morgen um zehn Uhr dreißig zur Besichtigung für ihre kleine Freundin bereit gehalten werde. Und das Gästebuch des Bürgermeisters, damit sie sich einträgt.«

»Was Sie nicht sagen!« rief Diva. »Und die Kirchenglocken sollen geläutet werden, und das Stadtorchester soll die italienische Nationalhymne für Rudolph da Vinci spielen. Was haben Sie gesagt?«

»Sehr höflich bedauert.«

Aus ein paar Metern Entfernung unterbrach Irenes Stimme ihr Gespräch.

»Nein, Mapp!« schrie sie. »Ich komme nicht mit zur Ausstellung, um Ihnen und Ihrer Freundin – den Namen habe ich nicht mitgekriegt – meine Bilder zu zeigen. Und ich kann es nicht ertragen, wenn man mir beim Malen über die Schulter glotzt. Abmarsch!«

Etwas anderes blieb ihnen nicht übrig. Lucia trat zu Irene.

»Haben Sie das gehört?« fragte Irene. »Ich habe Mapp und ihrer Freudin gesagt, sie sollen sich um ihren eigenen Kram kümmern. Wer ist das kleine Wesen?«

»Eine Miss Leg, wurde mir gesagt«, sagte Lucia. »Sie schreibt unter einem ausländischen Namen Romane. Elizabeths Mieterin: offenbar hat sie sie ins Herz geschlossen.«

»Das arme Ding. Wo hat denn Mapp ein Herz? Aber höchst aufregende Neuigkeiten, Allerliebste. Die Besitzer der Carlton Gallery in der Bond Street haben mich gefragt, ob ich ihnen meine Venus für ihre Herbstausstellung überlasse. Und ein amerikanischer Sammler hat angefragt, ob sie zu verkaufen sei. Ich verlange einen horrenden Preis. Aber zuerst zeige ich sie in der Carlton, und Mapps Rouge und ihr Kokottenlächeln pinsele ich vorher wieder hinein. Kann ich gleich mal nach Mallards kommen?«

»Tun Sie das, Liebe. Ich habe heute morgen ein wenig freie Zeit.«

Und weiter ging Lucia mit dem nagenden Gefühl des Bedauerns, daß Irene nicht sie in der Austernschale und Georgie in den Wolken verewigt hatte, und als sie fertig eingekauft hatte, schlenderte sie am Rathaus vorbei nach Hause. Der Aufsichtsbeamte stand auf den Treppenstufen und war ein wenig rot im Gesicht.

»Die First Lady ist gerade mit einer Freundin hier gewesen, Euer Ehren«, sagte er. »Sie hat mir gesagt, ich solle das Tafelsilber hervorholen und Euer Ehren Gästebuch. Ich habe gesagt, ohne direkte Anweisung von Ihnen sei ich dazu nicht befugt. Da hat sie mir regelrecht gedroht.«

»Sie haben vollkommen korrekt gehandelt, Serjeant«, sagte Lucia sehr jovial. »Und bei dieser Antwort muß es bitte bleiben.«

Nachdem Elizabeth und Miss Leg im Rathaus diese schmähliche Abfuhr erlitten hatten, begaben sie sich zur Ausstellung, wo Elizabeth für Miss Leg als berühmte Besucherin freien Eintritt verlangte. Aber der Kassierer war genauso standhaft wie der Serjeant, und Elizabeth kramte einen Sixpence und sechs Kupfermünzen hervor. Zuerst gingen sie zur Venus, wo Elizabeth eine höchst unangenehme Überraschung zuteil wurde, denn der hervorragenden Romanautorin gefiel es überhaupt nicht.

»Eine pietätlose Parodie auf das große italienische Gemälde von Botticello«, sagte sie. »Und schauen Sie sich doch nur die häßliche alte Schachtel auf der Austernschale und den versoffenen Kanalarbeiter mit dem Zylinder an. Skandalös! Ich bin erstaunt, daß Sie dieses Bild zugelassen haben. Und von dem unhöflichen geschlechtslosen Mädchen in Shorts? Ihre Manieren und ihre Malerei nehmen sich nichts.«

Nach dieser Feststellung fühlte sich Elizabeth außerstande zu enthüllen, daß sie die alte Schachtel und Benjy der Kanalarbeiter war, aber sie freute sich, daß Miss Leg so streng über die Kunst des unhöflichen Mädchens in Shorts urteilte, und geleitete sie zu dem Portrait von Lucia.

»Hier ist ein Bild von Miss Coles«, sagte sie, »das noch viel schlechter ist. Schauen Sie, es erinnert mich an eine Auktionatorin bei einem Wohltätigkeitsbasar. Fahrrad, Klavier, ein altes Kartenspiel, Malkasten –«

Miss Leg brach in laute Freuden- und Begeisterungsschreie aus.

»Ein großartiges Werk!« sagte sie. »Das ist doch was fürs Auge. Herrliche Farben, wunderbare Komposition. Und was für ein interessantes Gesicht. Wer ist es?«

»Unsere Bürgermeisterin, unsere liebe Lucia, über die wir gestern abend geplauscht haben«, sagte Elizabeth.

»Unser Schwatz hat mich in die Irre geführt. Diese Frau hat Charakter. Bitte, laden Sie sie ein, damit ich sie kennenlerne, und die Malerin auch. Trotz des anderen Bildes hat sie echtes Talent. Ich könnte heute abend bei Ihnen speisen; nur ein einfaches kleines Fischgericht wie gestern. Mir ist egal, was ich esse. Oder Tee. Tee paßt mir auch.«

Erregte Gedanken schossen der First Lady durch den Kopf. Sie wollte ihre Besitzrechte über Miss Leg unbedingt weiter ausüben, aber noch ein einfaches kleines Gericht war nicht drin. Darüber hinaus konnte man selbst von der überzeugtesten Christin nicht verlangen, daß sie – bis hin zu einer Dinnereinladung – Lucia ihre skandalöse Unhöflichkeit in Sachen Tafelsilber und Gästebuch vergab. Und Irene zu verzeihen erforderte wahrlich eine noch christlichere Gesinnung. Tee, und damit hatte es sich, aber es bestand ja immer noch die Hoffnung, daß sie nicht annahmen.

»Leider haben Benjy und ich heute abend beide keine Zeit«, sagte sie. »Aber ich lade die Damen, sobald ich zu Hause bin, zum Tee ein.«

Sie flanierten durch den Rest der Ausstellung. Der neblige Morgen auf der Marsch, fand Elizabeth, sah sehr poetisch aus.

»Die üblichen kleinen Klecksereien der Ortsansässigen«, bemerkte Miss Leg und ging, ohne es eines Blickes zu würdigen, daran vorbei. »Aber die Malven sind bezaubernd, die Dahlien auch. Schätze, auch von Miss Coles.«

Elizabeth brachte es nicht über sich, die Identität der Malerin preiszugeben.

»Sie malt ausgezeichnete Blumenstudien«, sagte sie.

Lucia war mit Irene im Gartenzimmer, als der Anruf kam.

»War gerade mit Miss Leg in der Ausstellung, liebe Ehrenwert. Sie will Sie und die drollige Irene unbedingt kennenlernen. Würden Sie heute nachmittag auf eine Tasse Tee vorbeikommen? Da wird sie hier sein.«

»Sehr nett!« sagte Lucia. »Ich muß meinen Terminkalender konsultieren.«

Sie deckte die Sprechmuschel mit der Hand ab und dachte einen Augenblick intensiv nach.

»Irene«, flüsterte sie. »Elizabeth lädt uns beide zum Tee ein, damit wir Miss Leg kennenlernen. Ich glaube nicht, daß ich hingehe. Ich will nicht via Elizabeth an sie heran. Was ist mit Ihnen?«

»Ich will an Leg via niemanden heran«, sagte Irene.

Lucia nahm die Hand von der Sprechmuschel.

»Schade!« beschied sie Elizabeth. »Wie ich schon

befürchtete, habe ich einen Termin. Und Irene ist bei mir und bedauert, daß sie auch verhindert ist. Jammerschade. Auf Wiederhören.«

»Warum bedauert?« fragte Irene. »Und worum geht's eigentlich?«

Lucia seufzte. »Alles sehr lästig«, sagte sie, »aber Elizabeth zwingt mich, zur bloßen Selbstverteidigung auf das Niveau von kleinlichen Machtkämpfen und Intrigenspielen hinabzusteigen. Wie sehr es mich langweilt!«

»Liebste, es ist Ihr Lebensodem!« sagte Irene. »Und sie machen es wunderbar!«

Im Verlaufe dieses und des nächsten Tages gewann Miss Leg den Eindruck, daß sie nicht sehr tief in das Leben Tillings eindrang. Am nächsten Morgen nahm sie allein an der Einkaufsparade teil. Diva und die Wyses redeten miteinander, schenkten ihr aber nicht mehr als ein kaltes, höfliches Lächeln, und als sie vorbeigegangen war, gesellte sich Irene zu ihnen, und es ertönte Gelächter. Weiter entfernt ging Lucia, die sie von Irenes Portrait erkannte, in Begleitung eines großen Mannes mit einem Van-Dyck-Bart vorbei. Das mußte der aushäusige Ehemann sein, der heimgekehrt war. Elizabeth trat auf die beiden zu, ein einziges Lächeln. Gewiß würde sie ein paar Worte mit ihnen wechseln und sie alle miteinander bekannt machen, aber Lucia und der große Mann überquerten sofort die Straße. Sehr merkwürdig, weder hatten Lucia und Irene zum Tee bei den Mapp-Flints kommen wollen, noch die Wyses sie selbst zum Dinner eingeladen, noch hatte Elizabeth erreichen können, daß ihnen das Tafelsilber und das Gästebuch des Bürgermeisters vorgelegt wurden. Allmählich fragte sich Miss Leg, ob die Mapp-Flints nicht irgendwelche Parias waren, mit denen niemand verkehren wollte. Ein schrecklicher Gedanke! Vielleicht war sie in falsche Hände geraten, und während diese sie umklammerten, hielt sich Tilling abseits. Ihr fielen die unzähligen verächtlichen Bemerkungen über Lucia ein, die Elizabeth bei dem einfachen kleinen Mahl hatte fallenlassen, und Benjys Kommentare zu Georgie. Nun sah sie sie in einem anderen Licht. Waren der Grund dafür Häme und Neid und die Unfähigkeit, in die Tillinger Gesellschaft aufzusteigen? Bis jetzt habe ich noch kein literarisches Material, dachte Miss Leg. Ich muß etwas tun. Vielleicht hat Mrs. Mapp-Flint eine Vergangenheit, obwohl es nicht so aussieht.

Es war ein sehr heißer Tag, und Georgie und Lucia verabredeten sich für nach dem Tee zum Fahrradfahren. Bis dahin war das Gartenzimmer der kühlste Ort, und nach dem Lunch spielten sie Klavier und setzten sich ins Fenster, das auf die Straße hinausging. Georgie hatte zwei wunderhübsche Tage in Riseholme verbracht und ließ sich mit mehr Begeisterung als Takt darüber aus.

»Olga war grandios«, sagte er. »Sie hat göttlich gesungen und uns alle inspiriert. Sie genießt es einfach, anderen Menschen Freude zu bereiten. An beiden Abenden gab es um sieben Uhr ein Konzert mit dem spanischen Quartett und ein paar Liedern von Olga. Nur eineinhalb Stunden und danach ein köstliches Abendessen im Garten ohne großes Trara. Alle in Riseholme waren geladen, aber keine Herzoginnen. Nur

Riseholme, so typisch für sie. Sie weiß nicht, was das Wort ›Snob‹ bedeutet. Und ich hatte das Zimmer vom letztenmal mit dem Badezimmer direkt daneben und Frühstück auf dem Balkon. Und nicht diese billigen Manöver und Verschwörungen, in die wir sonst immer verstrickt sind. Es *war* mal eine Abwechslung.«

Eine gewisse Versteinerung hatte Lucias Gesicht befallen, die Georgie, für sein Thema entbrannt, nicht bemerkte.

»Und sie hatte viele Statisten aus Covent Garden eingeladen«, fuhr er fort, »und sie im Ambermere Arms untergebracht. Und wie nett sie zu all ihren alten Freunden ist, zum Beispiel zu mir langweiligem alten Zausel. Nun hat sie eine Villa in Le Touquet gemietet und mich für eine Woche eingeladen. Ich werde die Überfahrt von Seaport aus machen, und es gibt wunderbare Tabletten gegen Seekrankheit –«

»Hat die teuerste Olga zufällig erwähnt, ob sie mich auch erwartet?« fragte Lucia mit vollkommen ruhiger Stimme.

Wie ein Flugzeug mit Motorschaden fiel Georgie aus sonnendurchfluteten Sphären herab. Eine unsanfte Landung.

»Daran kann ich mich nicht erinnern«, sagte er.

»Das würdest du aber eigentlich nicht vergessen«, sagte Lucia. »Du mit deinem wunderbaren Gedächtnis.«

»Ich würde mal meinen, sie will dich nicht mit Einladungen belästigen«, sagte Georgie listig. »Du hast ihr ja immer wieder unter die Nase gerieben, wie schwierig es für dich ist, wegzufahren, und immer hast du Blechdosen voller Stadtratspapiere mitgeschleppt.«

Lucias Miene erhellte sich.

»Sehr wahrscheinlich liegt es daran«, sagte sie.

»Und vor ein paar Wochen hattest du versprochen, Sonnabend bis Montag bei ihr zu verbringen«, fuhr Georgie fort, »und bist dann am Sonntag wegen der Stadtratssitzung weggefahren, und dann konntest du vorgestern nicht aus Tilling weg wegen Miss Leg. Olga begreift allmählich, meinst du nicht, wie beschäftigt du bist – Was ist los?«

Lucia war auf die Füße gesprungen.

»Legs Automobil kommt die Straße hoch«, sagte sie. »Georgie, stell dich an die Tür, und wenn ich mit dem Daumen wackle, renn ins Haus und sage Grosvenor, daß ich zu Hause bin. Wenn ich mit dem Daumen nach unten zeige – ach, die römischen Gladiatoren –, dann renn auch, aber sage ihr, daß ich nicht da bin. Es hängt alles davon ab, ob Elizabeth bei ihr ist. Ich erkläre es dir später.«

Lucia glitt hinter die Gardine, und Georgie stellte sich startbereit an die Tür. Dann erfolgte ein heftiges Daumenwackeln, und er raste ins Haus. Er kam zurückgerannt, und Lucia drängte ihn zum Klavier, auf dessen Notenständer sie ein ihnen wohlvertrautes Mozart-Duett deponiert hatte. »Schnell! Die Seite oben«, sagte sie. »*Uno*, *due*, *tre*. Pom. Perfekt!«

Sie hatten ein halbes Dutzend virtuoser Takte gespielt, als Grosvenor die Tür öffnete und »Miss Leg« sagte. Lucia nahm keine Notiz davon und spielte weiter, bis Grosvenor erheblich lauter »Miss Leg!« sagte. Erst dann drehte sich Lucia mit einem melodischen Ausruf der Überraschung um und erhob sich von ihrem Stuhl.

»Ah, Miss Leg, sehr erfreut!« sagte sie, entsetzlich schleppend. »Wie geht's, wie steht's? Kennst du Miss Leg, Georgie? Ach ja, ich glaube, du hast sie an einem Nachmittag bei Diva kennengelernt. Georgie, sage jemandem Bescheid, daß Miss Leg – gewiß doch?! – zum Tee bleibt ... Mein kleines Gartenzimmer, das Ihnen vielleicht schon von draußen aufgefallen ist. Mir ist zu Ohren gekommen, daß es allenthalben das himmlische Gericht genannt wird –«

Miss Leg schaute zur Zimmerdecke auf, als erwarte sie, die himmlischen Heerscharen dort aufgemalt zu finden.

»Aha. Warum heißt es so?«

Lucia hatte diesen Namen für das Gartenzimmer natürlich soeben erst erfunden. Sie wedelte mit der Hand in Richtung des Stapels Abteilungsblechbüchsen.

»Die Geheimnisse der Stadtgeschäfte«, flachste sie. »Die Kamarilla, Sie wissen schon: Arlington, Bolingbroke ... Sollen wir in den Garten gehen, bis der Tee fertig ist? Eine winzige kleine Parzelle, aber mir unendlich teuer, die roten Backsteinmauern, das bescheidene kleine Haus.«

»Soweit ich weiß, haben Sie es erst kürzlich von Mrs. Mapp-Flint erworben«, sagte Miss Leg.

»Ja, das arme Ding«, sagte sie. »Ich war so froh, daß ich ihr aus ihren Kalamitäten heraushelfen konnte. Früher gehörte es einer angeheirateten Tante von ihr. Aber in was für einem Zustand es war! Der Garten ein Unkrautdschungel, doch ich bin dabei, ihn wieder urbar zu machen. Und hier ist mein kleiner geheimer Garten. Wenn ich hier bin und die Tür geschlossen ist, darf mich niemand stören. Fleißige Leutchen wie Sie und ich, Sie mit Ihrer herrlich schöpferischen Tätigkeit und ich mit meinem Leben so voller Unterbrechungen, müssen ein Sanktuarium haben, in das niemand eindringen darf, meinen Sie nicht auch...? Hier ein paar ziemlich edle Malven.«

»Bezaubernd!« sagte Miss Leg, die geneigt war, Lucia wegen ihrer überheblichen Art und ihres himmlischen Gerichts zu hassen, aber immer noch glaubte, sie sei vielleicht der Schlüssel zu Tilling. »Ich habe einen veritablen Hain davon bei meinem Häuschen auf dem Land. In Ihrer kleinen Ausstellung war eine wunderschöne Malvenstudie. Von Miss Coles, sagte, glaube ich, Mrs. Mapp-Flint.«

Lucia lachte heiter.

»Oh, meine allerliebste First Lady! Das Wirrköpfchen!« rief sie. »Georgie, hast du das gehört? Elizabeth hat Miss Leg erzählt, daß das Bild der Malven von Irene sei. Typisch. Der Tee fertig?«

Es wurde immer harmonischer. Miss Leg verlieh ihrer großen Wertschätzung für Irenes Portrait von Lucia Ausdruck und ihrer schneidenden Verachtung für die Venus und versprach, sie werde der Ausstellung noch einmal einen Besuch abstatten, um die Züge der beiden Hauptfiguren zu studieren: Sie sei über das Bild so empört gewesen, daß ein Blick ihr gereicht habe. Bevor Miss Leg ihr zweites Brötchen verzehrt hatte, hatte Lucia ihren Serjeant im Rathaus angerufen und ihn gebeten, Tafelsilber und Gästebuch des Bürgermeisters herauszuholen, denn sie werde in Kürze eine erlauchte Besucherin mitbringen, und bevor noch Miss Leg das Wappen bewundert und sich in das Buch eingetragen hatte (»Susan Leg« und darunter »Rudolph da Vinci«), hatte sie zugesagt, am nächsten Tag in Mallards zu speisen. »Nur mit ein paar Freunden«, sagte Lucia, »die sich sehr geehrt fühlen, Sie kennenzulernen.« Elizabeth und Benjy lud sie nicht ein, denn Miss Leg hatte sie in letzter Zeit ja häufig gesehen. Damit sie sich aber nicht vernachlässigt fühlten, bat sie sie, später auf eine Tasse Kaffee und einen Schwatz zu kommen. Das empfand Elizabeth als Affront und nicht als Einladung, und sie und Benjy tranken allein Kaffee und unterhielten sich angeregt.

Die Gesellschaft in Mallards war sehr fröhlich, manch kleine Anekdote wurde über die nicht Anwesenden zum besten gegeben. Und immer, wenn Lucia am Ende ausgerufen hatte: »Ach, man darf es ihnen nicht übelnehmen«, erzählte sie noch eine. Erst kurz vor Mitternacht ging die Gesellschaft auseinander. Alle wurden zum Dinner am nächsten Abend bei Miss Leg gebeten.

»So ein angenehmer Abend, darf ich ›Lucia‹ sagen?« fragte sie auf der Schwelle und bot ihr rundes rotes Gesicht der Bürgermeisterin zur gefälligen Verwendung.

»Aber natürlich, liebe Susan«, sagte diese. »Aber ich finde, Sie müssen Susanna sein. Einverstanden? Wir haben schon eine liebe Susan.«

Sie küßten einander.

11

Georgie ließ sich auch weiterhin taktlos über Olgas vielseitige Talente aus, und obwohl seine keusche Leidenschaft für diese Lucia nicht die geringste Angst einflößte (dazu kannte sie Georgie zu gut), überlegte sie, was Tilling von seinem bevorstehenden Besuch in Le Touquet ohne sie hielt. Sie hatte mit der ihr angeborenen Dreistigkeit die Poppy-Krise überstanden, aber die Tatsache, daß sie Susan Leg wie eine reife Andromeda aus den Klauen ihrer First Lady errettet hatte, rief auf seiten der Mapp-Flints die tiefste Animosität hervor, und sie wußte ganz genau, daß Elizabeth jede Gelegenheit beim Schopfe ergreifen würde, ihr das heimzuzahlen. Sie war deshalb auf Ärger vorbereitet, aber zum Glück für ihren Seelenfrieden hatte sie keine Vorstellung, was für ein Orkan an Schicksalsschlägen sich zusammenbraute... Georgie und Foljambe fuhren mit einem sehr frühen Zug nach Seaport, damit er sich vor Ankunft des Expreßzugs von London nach Europa einen guten Platz mittschiffs sichern konnte, wo man das Schaukeln weniger spürte. Für alle Fälle hatten beide ein Röhrchen Dragees gegen Seekrankheit dabei.

An dem Morgen kam Elizabeth auf einen Sprung zu Diva, um einen Schwatz zu halten.

»Sie sind fort«, sagte sie. »Ich habe gerade Ehrenwert getroffen. Sie sah sehr besorgt aus, das arme Ding, was mich übrigens gar nicht wundert.«

Diva ließ ihre Augenbrauen inzwischen wieder in Ruhe. Sie anzumalen dauerte zu lange, und sie hatte die Nase voll davon, immer überrascht auszusehen, auch wenn sie es, wie diesmal, gar nicht war.

»Sie spielen wohl darauf an, daß Mr. Georgie allein fährt«, sagte sie.

»Das ist eine Sorge unter vielen. Benjy und ich fühlen zutiefst mit ihr. Mr. Georgies Vernarrtheit wird offenbar immer toller. Zuerst die Nacht hier –«

»Nein, Lucia ist zurückgekommen«, sagte Diva.

»Nie ganz aufgeklärt worden, soweit mir bekannt ist. Und dann ist er ohne sie in Riseholme gewesen. Es sei denn, Sie wollen mir erzählen, daß Ehrenwert jeden Abend hingefahren und beim ersten Hahnenschrei zu ihren Pflichten hierher zurückgekehrt ist.«

»Olga hatte sie beide eingeladen«, sagte Diva.

»Das hat man versucht, uns glauben zu machen, aber stimmt es? Und diesmal ist Lucia nicht eingeladen worden. Da ist etwas im Busche, und es muß verheerend für sie sein. Alles, was wir von Anfang an befürchtet haben, wird wahr, wie ich ja von vornherein wußte. Und ich glaube keine Sekunde lang, daß er am Wochenende zurückkommt.«

»Das wäre demütigend«, sagte Diva.

»Es sei mir fern, zu unterstellen, daß etwas nicht in Ordnung ist«, fuhr Elizabeth eindringlich fort, »aber mir würde es zum Beispiel überhaupt nicht gefallen, wenn Sie und Benjy eine Woche gemeinsam ausgerechnet nach Le Touquet führen.«

»Mir auch nicht«, sagte Diva. »Aber Lucia tut mir schon leid.«

»Ich würde mal behaupten, sie braucht unser Mitgefühl schon sehr bald«, deutete Elizabeth dunkel an. »Und ich bin ihr wahrhaft dankbar, daß sie mich von dieser Leg befreit hat. Der reinste Alptraum. Wie sie das geschafft hat, will ich gar nicht so genau wissen. Vielleicht hat sie ja bei der Leg ihr Gift gegen mich versprüht, aber lieber lasse ich mich vergiften, als dauernd diese Person auf der Pelle zu haben.«

»Jetzt reden Sie aber wirr, Elizabeth«, protestierte Diva. »Sie hatten den Verdacht, daß Lucia die Leg vergiftet hat, nicht Sie.«

»Unsinn, Liebe«, sagte Elizabeth entschieden. »Sie können ja kaum in Abrede stellen, daß Benjy und ich uns dieser Frau gegenüber höchst zivilisiert verhalten haben. Ich hatte sogar Lucia und Irene eingeladen, damit sie sie kennenlernen, was angesichts ihres Verhaltens in Sachen Tafelsilber und Gästebuch reichlich entgegenkommend war. Aber ich konnte die Leg nicht länger ertragen und hätte sie fallenlassen müssen... Ich muß gehen, soviel zu tun heute, wie Ehrenwert. Heute nachmittag eine Stadtratssitzung.«

Lucia genoß ihre Stadtratssitzungen immer sehr. Sie schwelgte darin, den Vorsitz zu führen, sie gefiel sich darin, im vollen Bewußtsein ihres eigenen lenkenden Willens souverän und leutselig zugleich zu sein. Als sie heute ihren Platz einnahm, schaute sie kurz auf die Wand hinter sich, wo schon bald Irenes Portrait von ihr hängen würde. Das Protokoll der letzten Sitzung wurde verlesen, Tätigkeitsberichte diverser Ausschüsse entgegengenommen, diskutiert und akzeptiert. Der letzte Bericht sollte von dem Ausschuß kommen, der ernannt worden war, um dem Stadtrat seine Empfehlung hinsichtlich ihres Portraits auszusprechen. Sie hatte sich ein, zwei hübsch gedrechselte Sätze zurechtgelegt. Sie würde sagen, was für eine Ehre es sei, dieses geniale Werk der Stadt zum ständigen Besitz zu überlassen. Miss Coles, daran müsse sie den Stadtrat kaum erinnern, sei eine Tillingerin, auf die sie alle stolz waren, und zudem die Malerin des Bildes des Jahres, das zwei der prominentesten Bürger von Tilling darstelle, einer davon sei ein hochgeehrtes Mitglied des Stadtrats. (Und dann werde ich mich vor Elizabeth verneigen, dachte Lucia, das wird ihr guttun.)

Sie schaute auf die Tagesordnung.

»Und nun kommen wir zu unserem letzten Punkt, meine Damen und Herren«, sagte sie. »Zurkenntnisnahme des Berichts des Ausschusses betreffs des Geschenks der Bürgermeisterin, ihres Portraits, das im Rathaus aufgehängt werden soll.‹«

Elizabeth erhob sich.

»Als Vorsitzende dieses Ausschusses«, sagte sie, »ist es meine Pflicht, mitzuteilen, daß wir zu der einstimmigen Überzeugung gekommen sind, daß wir dem Stadtrat die Annahme des sehr großzügigen Geschenks der Bürgermeisterin nicht empfehlen können.«

Lucias Leutseligkeit büßte nicht das geringste an Souveränität ein.

»Wer ist für die Annahme der Entscheidung des Ausschusses?« fragte sie. »Einstimmig, glaube ich.«

In ihrer gesamten triumphalen Karriere hatte Lucia keinen so ernsten Rückschlag erlitten, auch keinen, aus dem nicht doch noch ein zufälliger Vorteil zu ziehen gewesen war. Sie war aus Schloß Sheffield sozusagen fristlos entlassen worden, hatte aber eine reiche Ausbeute an Photographien mitgebracht. Sie war unfähig gewesen, die Bremsen an ihrem Fahrrad zu finden, und hatte sich mit der daraus resultierenden verrückten Raserei durch eine verkehrsreiche Straße selbst ein Denkmal errichtet für Schneidigkeit und sportliche Meisterleistungen. Für sie folgte auf Regen immer Sonnenschein, aber nun konnte sie so genau hinschauen, wie sie wollte, sie entdeckte nichts als die düstersten Wolken. Dabei hatte sie sich die blendendste Zukunft für dieses Portrait ausgemalt. Es hätte an der Wand hinter ihr hängen und die Stadt hätte es (hoch versichert) im nächsten Mai auf ihr Ersuchen hin der Royal Academy als Leihgabe überlassen sollen, wo es sicher einhellig als Meisterwerk gepriesen worden wäre, das die Venus des Vorjahres weit in den Schatten stellte. Dann hätte sie Lithographien oder Mezzotinto-Drucke herstellen lassen und die ersten fünfzig Blätter handsigniert. Um dieses Bild zu sehen, wären die Besucher in Scharen ins Rathaus geströmt; sie hätten sie erkannt, wenn sie auf dem Fahrrad an ihnen vorbeiflitzte oder an einer malerischen Ecke saß und zeichnete, sie hätten die klassische Front von Mallards bewundert, des Familiensitzes der Bürgermeisterin, sie hätten zu ihrer Freude erfahren, daß der Pianist, dessen köstliche Weisen aus dem offenen Fenster wehten, die Frau war, deren Portrait sie soeben über ihrem Amtsstuhl gesehen hatten. Solcherlei Gedanken waren natürlich nicht klar umrissen; sie bildeten sich vielmehr wie elegant am Himmel schwebende Luftschlösser.

Nun war von diesen sagenhaften Gebäuden nichts mehr übrig. Die Venus wurde in der Carlton Gallery ausgestellt und dann vielleicht ein Glanzstück in der Sammlung eines amerikanischen Millionärs. Elizabeth und Benjy würden in Gottes weite Welt hinausgehen, während ihr verschmähtes Portrait wie Georgies sonniger Morgen auf der Marsch, Susans Wellensittich und Divas Sardinentörtchen mit bestem Dank vom Ausschuß zurückgesandt wurde. (Und wo, um alles in der Welt, sollte sie diese stetige Erinnerung an zerschmetterte Träume aufhängen?) Ein weiterer Aspekt dieses Zusammenbruchs fiel ihr auf. Sie hatte immer geglaubt, sie in ihrer Güte lenke die Geschicke der Stadt, aber nun hatte ihr Stadtrat in seiner Gesamtheit einhellig Übereinstimmung mit dem Bericht eines kleinen böswilligen Ausschusses bekundet, statt sich empört um sie zu scharen und seine Verachtung gegenüber solch schnöder Undankbarkeit auszudrücken. Sie sah sich außerstande, auf diese Brüskierung anders zu reagieren als mit sofortigem Rücktritt. Das aber implizierte, daß sie die Brüskierung auch als solche empfand, was wiederum undenkbar war. Außerdem: Wenn ihr Rücktritt angenommen wurde, blieb ihr gar nichts mehr.

Gedankenschwer begab sie sich nach der Sitzung ins Gartenzimmer, doch die glänzend lackierten Vorderseiten der Blechbüchsen mit der Aufschrift »Museum«, »Feuerwehr« oder »Friedhofsamt« spendeten ihr keinen Trost. Ihr leeres Aussehen schien sie zu verhöhnen. Wäre Georgie hier, könnte sie ihm die Tragödie ohne Verlust ihrer Würde schildern. Er wäre in der richtigen Art mitfühlend. Er würde sagen: »Meine Liebe, wie lästig! Diese fiese Elizabeth! Natürlich steckt sie dahinter. Komm, wir hecken einen Plan aus, wie wir es ihr heimzahlen.« Aber ohne solchen Zuspruch war sie zu geplättet, um überhaupt über Elizabeth nachzudenken. Das einzige, was sie tun konnte, war wieder einmal, ihre gewohnheitsmäßige Attitude blühender Selbstgenügsamkeit an den Tag zu legen. Bei dem Gedanken, daß Tilling sie bemitleiden könnte, schauderte ihr, doch als sie so mit sich selbst Zwiesprache hielt, kam es ihr vor, als spüre sie unter dem oberflächlichen Mitleid obendrein die insgeheime Befriedigung, daß sie nun auch einmal einen Schlag hatte einstecken müssen. Irene würde natürlich völlig aufrichtig sein, denn obwohl ihr künstlerischer Ruf geschmäht worden war, scherte es sie wohl kaum, daß der Stadtrat von Tilling ihr Bild zurückwies, wo doch die Carlton Gallery in London danach lechzte, die Venus zu leihen, und ein millionenschwerer amerikanischer Käufer schon angebissen hatte. Irene würde das ganze als kapitalen Scherz betrachten. Vielleicht entwarf sie eine Weihnachtskarte, auf der Mapp als nackter, reifer weiblicher Cupido Benjys Herz mit einer Reitgerte durchbohrte. Solange Lucia sich dieser angenehm kitzelnden Phantasie hingeben konnte, lächelte sie matt. Aber wieder schwand das Lächeln, nicht einmal die gröbste Beleidigung Elizabeths konnte die Scharte auswetzen. Ein hocherhobener Kopf und absolute Ahnungslosigkeit, daß etwas Unersprießliches geschehen sein könne, war der einzige der Bürgermeisterin würdige Kurs.

Die Stadtratssitzung hatte nicht lange gedauert, denn kein Bericht aus den Ausschüssen (schon gar nicht der letzte) hatte eine Kontroverse entfacht, und

Lucia schritt energisch den Hügel hinab, um ihren Tee öffentlich bei Diva einzunehmen und sich als heiter, ja sogar übersprudelnd fröhlich zu präsentieren. Vor der Tür hielt ein riesiges Automobil, an dem hinten ein Kleiderkorb und weiteres umfangreiches Gepäck mit den Initialen P.S. befestigt waren. Ein großes Postscriptum, dachte Lucia, deren schweres Herz bei diesem lustigen Einfall leichter wurde. Sie ging um das mächtige Gefährt herum und trat auf den Bürgersteig. Zwei Frauen verließen Ye Olde Tea-House, Elizabeth, die vor Lächeln troff, und Poppy Sheffield.

»Und da ist die liebenswürdige Ehrenwert persönlich«, sagte Elizabeth. »Da können wir sie gerade noch begrüßen. Was für ein glücklicher Zufall.«

Als Poppy sich ihr mit einem leeren Blick des Nichterkennens zuwandte, regte sich eine tödliche Vorahnung in Lucias Herz. Doch sie rang sich einen dünnen Schrei des Willkommens ab.

»Liebe Herzogin!« sagte sie. »Wie unartig von Ihnen, in mein kleines Tilling zu kommen, ohne mir Bescheid zu geben. Es war *au revoir*, als wir beim letzten Mal einander Lebewohl sagten.«

Poppy schien immer noch verwirrt, aber dann (vielleicht unglücklicherweise) erinnerte sie sich allmählich.

»Aber ja doch, natürlich!« sagte sie. »Sie haben mich doch auf dem Schloß besucht, auf Grund eines dummen Mißverständnisses. Mein vermaledeites Gedächtnis. Wie heißen Sie noch gleich?«

»Lucia Pillson«, sagte die gepeinigte Frau. »Die Bürgermeisterin von Tilling.«

»Ja, langsam erinnere ich mich«, sagte Poppy und

schenkte ihr einen warmen Händedruck. »So war's. Ich dachte, Ihr Mann sei der Bürgermeister von Tilling, und erwartete ihn. Wie dumm von mir. Und dann Tee und Photos, war es nicht so? Sie sind doch wohl hoffentlich gut geworden.«

»Wunderschön. Kommen Sie mit zu mir nach Hause – nur ein Katzensprung –, und ich zeige sie Ihnen.«

»Oje, keine Sekunde Zeit. Ich habe so lange mit all Ihren Freundinnen geplaudert. Jemand – jemand mit Namen Leg, glaube ich – hat sie mir vorgestellt. Sie hat gesagt, sie sei in meinem Haus in London gewesen, und mir ist, als stimmte es sogar. Man weiß ja nie. Aber ich muß das Nachtschiff in Seaport erreichen – will ich jedenfalls hoffen –, denn ich bin auf dem Weg nach Le Touquet, zu Olga Bracely. Es war mir ein Vergnügen, Sie wiederzusehen.«

Lucia trug eine tapfere Fassade zur Schau.

»Dann unterbrechen Sie Ihre Reise doch auf dem Rückweg und speisen und übernachten Sie hier«, sagte sie. »Ich darf doch darauf hoffen, daß Sie jederzeit ohne große Voranmeldung kommen, wie alle meine Freunde. Ein Telegramm oder ein Telephonanruf genügen. Georgie und ich sind gewiß hier. Mir unmöglich, in diesen geschäftigen Monaten wegzukommen –«

»Das wäre nett«, sagte Poppy. »Auf Wiedersehen, Mrs. Pillson, stimmt's? Genau. Mit Vergnügen, da bin ich sicher, sehr angenehm. Fahren Sie direkt zum Kai in Seaport«, rief sie ihrem Chauffeur zu.

Lucia warf dem Auto eine Kußhand hinterher.

»Was für ein Glück, daß ich sie wenigstens für einen

Moment noch erwischt habe«, sagte sie mit schleppender Stimme zu Elizabeth, als sie Ye Olde Tea-House betraten. »Unartig von ihr, mir nicht Bescheid zu geben. Wie entsetzlich schlecht ihr Gedächtnis geworden ist.«

»Schockierend«, sagte Elizabeth. »Sie sollten sie überreden, jemanden zu konsultieren.«

Für die bevorstehende Begegnung schaltete Lucia auf die vollen Pferdestärken ihres Mutes. Kaum sah sie die Gesichter der dort versammelten Freundinnen, Evie, Leg und Diva, wußte sie, daß sie sie brauchen würde.

»Sie haben gerade eine alte Freundin verpaßt, Lucia«, sagte Susanna. (Lag in ihren Worten der Hauch Ironie, für den Rudolph da Vinci so berühmt war?)

»Zu schade, liebe Susanna«, sagte Lucia. »Aber ich konnte gerade noch ein Wort mit ihr wechseln. Auf dem Weg nach Le Touquet, sagte sie. Ach, ich habe ihr gar nicht erzählt, daß sie Georgie dort treffen wird. Mein Gedächtnis wird ja genauso schlecht wie ihres. Diva, kann ich einen Achtzehn-Penny-Tee haben?«

Bei Achtzehn-Penny-Tees ging Diva normalerweise selbst in die Küche und kümmerte sich darum, aber diesmal rief sie Janet die Bestellung nur die Treppen hinunter zu. Und ihr Gesichtsausdruck entbehrte der gewohnten Herzlichkeit. »Sie haben so eine nette Plauderei verpaßt«, sagte sie.

Unheilschwangeres Schweigen. Ausgeschlossen, dachte Lucia, daß mein Name in der netten Plauderei keine Rolle gespielt und Poppy die draußen so deutliche, betrübliche Unkenntnis hinsichtlich meiner nicht offenbart hat. Aber diese Neuigkeiten würde Elizabeth ohnehin öffentlich verkünden unter Hinzufügung des entsetzlichen, bisher noch unentdeckt gebliebenen Details, daß Lucia nur deshalb nach Schloß Sheffield eingeladen worden war, weil Poppy gedacht hatte, Georgie sei der Bürgermeister von Tilling. Sich tapfer und fröhlich zu stellen war die einzig mögliche Verhaltensweise.

»Zu schade«, wiederholte sie, »und ich hätte schon vor einer halben Stunde hier sein können, denn die Stadtratsitzung war sehr kurz. Keine Kontroversen, alles lief glatt –«

Die Erinnerung an die nicht kontroverse Ablehnung ihres Portraits ließ sie innehalten. Dann stachelte sie der Anblick von Elizabeths wehmütigem, milde lächelndem Gesicht wieder an.

»Wie Sie lachen werden, Susanna«, sagte sie heiter, »wenn ich Ihnen erzähle, daß der Stadtrat einstimmig abgelehnt hat, mein Geschenk, das Portrait, das Irene von mir gemalt hat, abzulehnen. Und dabei haben Sie es so bewundert. Ein kleiner Ausschuß riet davon ab. Und *ecco*!«

Susannas Gelächter mangelte es an der höhnischen Verachtung für den Stadtrat, auf die Lucia gehofft hatte. Es klang belustigt.

»Wirklich schade«, sagte sie. »Es hat ihnen einfach nicht gefallen. Aber sie können die Leute nicht dazu bringen, etwas zu mögen, was sie nicht mögen, indem Sie ihnen erzählen, Sie müßten es mögen.«

So gemein im Stich gelassen zu werden war ein Schock. Lucia schaute den üppigen Achtzehn-Penny-Tee, den Janet ihr serviert hatte, ungnädig an, aber ihre Stimme blieb ruhig.

»Ich glaube, es war falsch, es ihnen überhaupt anzubieten«, sagte sie. »Ich hätte wissen müssen, daß sie es nicht verstehen. Wie werden Irene und ich uns darüber amüsieren, wenn ich es ihr erzähle. Ich höre sie förmlich schreien: ›Philister! Banausen!‹, und dann wird sie in brüllendes Gelächter ausbrechen. Und was für eine Freude wird es sein, es wieder in Mallards zu haben.«

Elizabeth lächelte immer noch.

»Es geht doch nichts über das eigene Zuhause, Liebe, nicht wahr?« sagte sie. »Wo werden Sie es hinhängen?«

Lucia gab die Idee auf, ihr Sardinentörtchen zu verzehren. Eigentlich hatte sie so lange ausharren wollen, bis Susanna und Elizabeth sich verabschiedet hatten, um von Diva herauszufinden, was vorher über sie geredet worden war. Sie versuchte es mit ein paar leichteren Themen von allgemeinem Interesse, erhielt aber nur kurze, lähmend höfliche Antworten. Diese Atmosphäre verschleierter Feindseligkeit unterminierte ihre Moral. Wenn sie als erste ging, das war ihr klar, würde Elizabeth alles heraussprudeln, was Poppy auf der Türschwelle verraten hatte, aber vielleicht war es besser, es geschah sofort. Nachdem sie ihren Tee getrunken und sich den Mund verbrannt hatte, erhob sie sich.

»Ich muß gehen«, sagte sie. »Bis bald, Susanna. Achtzehn Pennies, Diva? Was für ein leckerer Tee.«

Elizabeth lächelte so lange, bis sich die Tür schloß.

»Draußen sind die verrücktesten Dinge geschehen«, sagte sie. »Ihre Poppy hat sie nicht erkannt. Sie fragte sie, wer sie sei. Und Ehrenwert ist überhaupt nicht nach Schloß Sheffield eingeladen worden. Poppy hat gedacht, Georgie sei der Bürgermeister, die Einladung war für ihn. Deshalb ist Ehrenwert damals so schnell zurückgekommen.«

»Du liebe Güte, was für ein Bauchplatscher!« sagte Diva.

»Lügen haben kurze Beine«, sagte Elizabeth nachdenklich. »Das arme Ding, wir müssen sehr sanft mit ihr umgehen, aber nun gibt es so manches, über das wir nicht sprechen dürfen.«

Sie zählte es an ihren plumpen Fingern ab.

»Herzoginnen, Schlösser, Photographien – ich frage mich, ob es Ansichtskarten waren; Primadonnen – denn ich bin sicher, sie wäre auch nach Le Touquet gefahren, wenn sie eingeladen worden wäre; Portraits – es war meine Pflicht, dem Stadtrat zu empfehlen, dieses Machwerk nicht zu akzeptieren; unternehmenslustige Ehemänner – die Finger einer Hand reichen nicht aus. So viele Themen, die alte Wunden aufreißen, und sie hat sich alles selber zuzuschreiben, das macht es soviel bitterer für sie.«

Diva, die es haßte, etwas wegzuwerfen (und bei dem heißen Wetter hielt sich nichts), verspeiste Lucias Sardinentörtchen.

»Seien Sie nicht so hämisch, Elizabeth«, herrschte sie diese an. »Sie sagen vielleicht etwas Mitfühlendes, aber in der Art, wie Sie es sagen, steckt ein gemeiner Unterton. Mir tut sie wahrhaft leid.«

»Genau das habe ich eben versucht, zum Ausdruck zu bringen«, erwiderte Elizabeth.

»Dann haben Sie es nicht gut zum Ausdruck gebracht. Ich hatte keineswegs den Eindruck. Himmel, eine neue Reisegruppe kommt. Janet!«

Als Lucia beim Fischhändler vorbeikam, wurde ihr Unterbewußtsein aktiv und veranlaßte sie, den farcierten Krebs zu bestellen, den sie im Schaufenster sah. Dann ging sie nach Hause und ins Gartenzimmer. Dieser zweite Schlag, dem ersten so unmittelbar folgend, brachte sie nun wirklich ins Wanken. Zu all den trübsinnigen Überlegungen, die sie aufgrund des ersten angestellt hatte, kamen nun neue hinzu, und das Bild, das vor ihrem inneren Auge entstand, war entsetzlich. Bestimmt hatte irgendeine böswillige Macht, die sich speziell in den Dienst ihrer Vernichtung gestellt hatte, die niederschmetternden Ereignisse dieses unseligen Nachmittags (und deren genaue zeitliche Abfolge) verfügt: Die böswillige Macht war ein Meister der Inszenierung. Wer konnte sich einem so erbarmungslosen Tragödienschreiber entgegenstemmen? Lucia konnte es nicht, und zwei Zähren des Selbstmitleids rollten ihr über die Wangen. Als sie spürte, wie sie herabkollerten, war sie sehr überrascht, denn sie hatte sich einer solchen Schwäche immer für unfähig gehalten, aber da waren sie. Die größere fiel auf die Schreibtischunterlage, die kleinere wischte sie ab.

Sie riß sich zusammen. Einerlei, was für Demütigungen aus dem Hinterhalt ihrer noch harrten, ihr Entschluß, so energisch, dominierend und unbeirrbar weiterzumachen, stand so fest wie eh und je, und sie mußte Mitleid oder Verachtung einstecken, ohne zu zeigen, daß sie es bemerkte. Sie ging ans Klavier und übte den schwierigen Diskantpart des Duetts, das Georgie und sie vor seiner Abreise einmal schnell durchgespielt hatten, mit leicht verschleiertem Blick recht ordentlich durch. Dann folgten etliche stärkende

Leibesübungen und ein wenig tiefes Atmen. Ich habe sehr viel an Ansehen verloren, dachte sie, während sie den Atem anhielt und wieder ausblies, lasse mich aber davon nicht aus dem Gleichgewicht bringen. Ich werde alles wiedergewinnen. In zwei Wochen oder weniger, werde ich nicht mehr glauben können, daß ich mich einmal so erbärmlich und schwach gefühlt habe. *Sursum corda*! Ich werde –

Ihr Telephon klingelte. Sie mußte schon allen Mut zusammennehmen, um abzuheben, denn wer wußte, in welche neuen Unannehmlichkeiten sie geriet. Als sie den Namen der Anruferin hörte, hätte sie beinahe wieder aufgelegt, weil es so unglaublich klang. Vermutlich leistete sich jemand einen infamen Scherz mit ihr. Aber sie hörte zu.

»Ich habe gerade mein Schiff verpaßt«, sagte die Stimme, »und wenn ich in einem Hotel schlafe, bin ich eine Woche krank. Wären Sie so lieb und freundlich, mich aufzunehmen? Sie waren so nett, es heute nachmittag anzubieten. Dann kann ich das erste Schiff morgen früh erreichen.«

Ein Freudenschluchzer stieg in Lucias Kehle auf.

»Mit Vergnügen, Herzogin«, antwortete sie. »Ich freue mich, daß Sie mich beim Wort nehmen und ohne große Vorankündigung kommen.«

»Vielen Dank. In einer Stunde bin ich bei Ihnen.«

Lucia hüpfte zur Glocke und behielt den Finger darauf, bis Grosvenor herbeigerannt kam.

»Grosvenor, die Herzogin von Sheffield kommt in ungefähr einer Stunde, um hier zu dinieren und zu schlafen«, rief Lucia und klingelte immer noch. »Was haben wir zum Abendessen?«

»Ich weiß nicht. Aber eben ist ein farcierter Krebs geliefert worden –« fing Grosvenor an.

»Ja, den habe ich bestellt«, rief Lucia hocherfreut und hörte auf zu klingeln. »Es war instinktiv, Grosvenor, es war eine Fügung. So etwas passiert mir oft. Schauen Sie nach, was sonst noch da ist und bitte, jede Menge starken Kaffee.«

Grosvenor ging ins Haus, und in Lucias Kopf ertönten Triumphmärsche.

»Soll ich Benjy und Elizabeth einladen?« überlegte sie. »Das würde Elizabeth endgültig vernichten, aber eigentlich wünsche ich ihr ein solches Schicksal nicht. Diva? Nein. Ein braves kleines Ding, aber es könnte Poppy komisch vorkommen, zum Dinner eine Frau zu treffen, der sie vorher einen Schilling oder vielleicht achtzehn Pennies für den Tee bezahlt hat. Susanna Leg? Nein, sie war überhaupt nicht freundlich bei dem Portrait. Soll ich mir das Gästebuch des Bürgermeisters schicken lassen und Poppy bitten, sich einzutragen? Wieder nein. Es sähe so aus, als wollte ich ihren Besuch offiziell erinnern, während sie doch einfach nur privatim hier ist. Ich glaube, wir bleiben allein. Viel schicker.«

Grosvenor kam mit dem bescheidenen Menuevorschlag zurück, und Lucia fügte noch ein Appetithäppchen hinzu.

»Und ich kleide mich nicht um, Grosvenor«, sagte sie. »Ihre Gnaden fährt ja sehr früh wieder ab, und sie will bestimmt nicht auspacken, nehme ich an.«

Ihre Gnaden traf ein. Sie schien überrascht zu sein, Georgie nicht anzutreffen, freute sich aber, daß er bei Olga in Le Touquet war. Sie ging sehr bald nach dem

Dinner zu Bett und fuhr früh am nächsten Morgen ab. So ungeduldig hatte Lucia noch nie auf die Einkaufsstunde gewartet. Mit schleppender Stimme würde sie die Neuigkeiten verbreiten.

Als erstes traf sie Elizabeth höchstpersönlich, die mit einem widerlichen Lächeln liebevollen Mitleids über die Straße geeilt kam.

»So einsam, Ehrenwert, ganz allein ohne Mr. Georgie«, sagte sie. »Kommen Sie heute abend auf einen Sprung vorbei und essen Sie mit uns zu Abend.«

Lucia hätte laut singen mögen, wenn sie daran dachte, wie bald und schlagartig ihrer First Lady das liebevolle Mitleid vergehen würde. Sie legte einen Finger an die Stirn.

»Lassen Sie mich nachdenken«, sagte sie. »Ich fürchte . . . nein, das ist morgen . . . Ja, ich habe Zeit. Mit Vergnügen.« Sie hielt inne, um die Vorfreude auf die wunderbare Enthüllung zu verlängern.

»Und gestern abend gab es eine komische kleine Überraschung«, sagte sie recht schleppend. »Nach dem Tee bei Diva bin ich nach Hause gegangen – ach natürlich, Sie waren ja da – und habe eine Weile Klavier gespielt. Dann klingelte wieder einmal das Telephon. Wer, glauben Sie, lud sich überraschend zum Essen und Übernachten bei mir ein?«

Elizabeth konnte der Versuchung, »Herzogin Poppy« zu sagen, gerade noch widerstehen, denn das wäre doch zu unfreundlich und sarkastisch gewesen.

»Verraten Sie es mir, Liebe«, sagte sie.

»Die Herzogin«, sagte Lucia. »Als wir drei uns gestern diese eine Minute getroffen haben, hatte ich sie ja gebeten – erinnern Sie sich? –, ohne große Voranmeldung zu kommen ... Und eine Stunde später war es so weit. Das arme wirre Ding! Sie hatte ihr Schiff verpaßt und rief an, weil sie keine Hotels erträgt. Ein angenehmer ruhiger Abend. Heute morgen ist sie in aller Frühe wieder abgefahren, um das erste Schiff zu erreichen. Na, hoffentlich schafft sie es diesmal. Acht Uhr heute abend. Ich freue mich schon darauf.«

Lucia ging in einen Laden, und Elizabeth blieb sprachlos und mit weit aufgerissenem Mund auf dem Trottoir zurück. Dann schloß sie ihn, und er nahm seinen grimmigsten Ausdruck an. Sie ging über die Straße, hüpfte aber zurück aufs Trottoir, als Susans Royce ihr ins Ohr hupte.

»Tut mir leid, daß Sie meinetwegen springen mußten«, sagte Susan und streckte ihr Gesicht aus dem Fenster, »aber ich habe gehört, daß Lucias Herzogin gestern hier war und sie nicht wiedererkannt hat. Das heißt, sie soll nicht die geringste Ahnung gehabt haben, wer sie war. Stimmt das wirklich?«

»Ich war dabei«, sagte Elizabeth. »sie hatte keinen blassen Schimmer, wer Ehrenwert war.«

»Wie komisch, wenn man an all die Photographien denkt.«

»Es gibt etwas noch Merkwürdigeres«, sagte Elizabeth. »Ehrenwert hat mir gerade erzählt, daß sie einen Übernachtungsgast hatte, der sehr früh heute morgen wieder abgefahren ist. Raten Sie, wer das war!«

»Ich rate immer falsch, das wissen Sie doch«, sagte Susan. »Also wer?«

»Sie!« schrie Elizabeth gellend. »Und Lucia hatte die Stirn, mir das zu erzählen.«

Mr. Wyse, der bisher hinter der massigen Gestalt seiner Frau verborgen gewesen war, steckte den Kopf hinter ihrer Schulter hervor. Das rasende Antlitz der First Lady entsetzte ihn so sehr, daß er ihn wieder zurückzog.

»Wie Ehrenwerts Gewissen es ihr erlaubt, solche faustdicken Lügen von sich zu geben, ist ihr Problem und nicht meines, Gott sei Dank«, fuhr die First Lady fort. »Traurig ist nur, daß sie mich für so idiotisch hält, ihr zu glauben. Bittet eine Frau eine andere Frau, die sie nicht einmal vom Sehen kennt, darum, bei ihr übernachten zu dürfen? *Naa*?«

Mr. Wyse weigerte sich stets, in gesellschaftliche Krisen hineingezogen zu werden. »Fahren Sie weiter«, sagte er mit leiser Stimme in das Sprechrohr, und das Auto hupte und fuhr an. »*Naa*?« schrie Elizabeth dem Royce hinterher.

Die Nachrichten verbreiteten sich rasch, und das Urteil stand fest. Lucia hatte die Geschichte offenbar erfunden, um die Kränkung wettzumachen, daß Poppy sie am Tag zuvor nicht erkannt hatte.

»Wie albern«, sagte Diva, als Elizabeth in die Teestube stürzte und es ihr erzählte. »Viel besser, sie hätte Gras über die Sache wachsen lassen. Das müssen wir alle zuweilen. Sie macht es sich selbst nur schwerer. Was für einen Zweck hat es, Lügen aufzutischen, die eh keiner glaubt? Wenn Sie und ich lügen, Elizabeth, dann in der Hoffnung – Was gibt's, Janet?«

»Bitte, Ma'am, Grosvenor hat mir gerade erzählt, daß gestern abend in Mallards eine Besucherin war, und wer, glauben Sie, war es –«

»Ja, ich habe es schon gehört«, sagte Diva. »Ich bin gleich in der Küche.«

»Und die arme Grosvenor zu ihrer Komplizin zu machen«, sagte Elizabeth. »Kommen Sie heute zum Dinner, Diva. Ich habe Ehrenwert auch eingeladen, und Sie müssen Benjy und mir helfen, den Abend zu überstehen. Sie müssen uns helfen, sie von dem Thema abzuhalten, sonst verliere ich noch meine Selbstbeherrschung, vergesse, daß ich eine Dame bin, und sage ihr ins Gesicht, daß sie lügt.«

Lucia schwelgte den ganzen Tag in Glücksgefühlen. Nachdem sie Elizabeth die Neuigkeiten erzählt hatte, eilte sie sofort nach Hause, denn es war viel vornehmer, nicht selbst für deren Verbreitung zu sorgen, sondern den Eindruck zu vermitteln, daß sie rundum zufrieden war. Da keine Amtsgeschäfte sie beanspruchten, widmete sie sich Musik und Lektüre. Lange vor dem Abend würden es alle wissen, und beim Dinner würde sie nur ein paar beiläufige Bemerkungen über ihre Besucherin fallen lassen und die allgemeine Neugierde weiter schüren. Allerbester Laune, die Staubperlenkette diesmal um den Hals, zog sie los.

»Lieber Gastgeber, liebe Gastgeberin«, sagte sie, als sie hereinschwebte. »So liebenswürdig, sich mir Einsamer zu erbarmen. Nein, Major Benjy, keinen Sherry, danke, wenn ich nach meinem anstrengenden Tag auch wirklich einen verdiene. Um halb acht gefrühstückt –«

»Na so was! Das war aber früh!« unterbrach Elizabeth sie.

Diva trat ein.

»Tut mir leid«, sagte sie. »Ein bißchen spät.

Schrecklich viel Betrieb heute nachmittag. Fix und fertig. Ja, Major Benjy, aber nur ein halbes Glas.«

»Ich habe gerade gesagt, daß es für mich auch ein langer Tag war«, sagte Lucia. »Meine Besucherin ist um acht Uhr losgefahren, um das Frühschiff in Seaport zu erwischen –«

»Eine sehr gute Verbindung«, fiel Benjy ein. »Die Strecke sind Liz und ich auf unseren Flitterwochen gefahren.«

»– und rechtzeitig zum Lunch in Le Touquet zu sein.«

»Hm, auf geht's zum Essen«, sagte Benjy, und sie gingen ins Eßzimmer.

»Ich habe Susan Leg heute noch gar nicht gesehen«, bemerkte Diva. »Normalerweise kommt sie jetzt immer zum Tee.«

»Sie schreibt sehr viel«, sagte Elizabeth. »Ich war auf einen Sprung bei ihr. Nun hat sie einiges an Stoff zusammen, hat sie mir erzählt.«

Diese dunklen Worte ließen Lucia hellhörig werden. Optimistisch, wie sie war, nahm sie an, daß Susanna von ihrer Besucherin wußte, und sie lachte fröhlich, als ihr farcierter Krebs gereicht wurde.

»So ein Zufall«, sagte sie. »Gestern abend hatte ich farcierten Krebs bestellt – liebe Elizabeth, den werde ich nie leid –, bevor ich den Anruf aus Seaport bekam. War das Glück? Ihr Lieblingsessen.«

»Und wie viele Teebestellungen hatten Sie heute, Diva?« fragte Elizabeth.

»Weiß noch nicht. Janet hatte die Abrechnung noch nicht gemacht. Als ich ging, saßen immer noch Leute im Garten.«

»Heute habe ich von Georgie gehört«, sagte Lucia. »Er kommt am Sonnabend aus Le Touquet zurück. Das Haus war schon ziemlich voll, hat er gesagt, und er konnte sich nicht vorstellen, wo Olga noch einen Gast unterbringen wollte.«

»Das schöne Septemberwetter«, sagte Elizabeth. »Sehr gut für die Ernte.«

Lucia war mit ihrem Latein am Ende. Von ihrem Besuch in Schloß Sheffield zu hören waren alle so neugierig gewesen, aber wann immer sie nun verwandte Themen anschnitt, wechselten Elizabeth oder Diva den Gegenstand der Unterhaltung mit seltsamer Abruptheit. Sehr wahrscheinlich war Elizabeth ein wenig eifersüchtig und ärgerte sich, daß sie sie gestern nicht zum Essen eingeladen hatte. Aber das konnte sie erklären.

»Leider war es gestern zu spät«, sagte sie, »eine kleine Gesellschaft zusammenzubringen. Obwohl ich es gern getan hätte. Es blieb einfach nicht genügend Zeit. Wir haben uns nicht einmal umgekleidet.«

Elizabeth erhob sich.

»Ein kurzer Besuch«, sagte sie, »und Frühstück um halb acht. Wer hätte das gedacht! Spielen wir doch eine Partie, da wir ja morgen nicht so früh aufstehen müssen.«

Lucia spazierte im hellen Mondlicht nach Hause und schmiedete wohltätige Pläne. Wenn Poppy ihre Rückreise unterbrach und eine Nacht hier verbrachte, mußte sie unbedingt eine Party geben. Nun bedauerte sie, daß sie es gestern abend versäumt hatte. Es hätte allen Freude bereitet, und sie sollte eigentlich jede

Gelegenheit begrüßen, ihre Freunde zu verwöhnen ... Sie waren ein empfindsames Völkchen, beim Bridge waren sie miteinander sehr hart gewesen, zu ihr hingegen ausgesucht höflich. Wann immer sie ihr Spielen kritisiert hatte, hatten sie bescheiden geschwiegen und es akzeptiert. Vielleicht begriffen sie endlich, daß sie, Lucia, doch eine Spielerin von anderem Kaliber war. Während Lucia diese eitel wonnevollen Gedanken hätschelte, blieb sie stehen, um das keusche Weiß des Mondlichts auf dem Kirchturm zu bewundern, der gen Himmel zu weisen schien, als zeige er auf ihre eigene klare Überlegenheit unter den Sternen. Dann ereignete sich jäh ein Erdbeben in ihrem Innern, und sie brach zusammen.

»Sie glauben nicht, daß Poppy überhaupt bei mir gewesen ist«, jammerte sie. »Sie glauben, ich hätte es erfunden. Infam!«

12

Den ganzen nächsten Tag bekam keine Einwohnerin Tillings die Bürgermeisterin zu Gesicht – nur Mrs. Simpson und die Hausangestellten. Unter Aufbietung all ihrer Willenskräfte ergriff Lucia nach dem Frühstück ihren Korb, um einkaufen zu gehen, aber als sie aus dem Flurfenster schaute, gewahrte sie Elizabeth auf dem Bürgersteig gegenüber. Sie zeichnete die Front des Familiensitzes ihrer angeheirateten Tante. Lucia war außerstande, Elizabeth schon jetzt entgegenzutreten, denn das entsetzliche psychische Erdbeben gestern abend auf dem Kirchhof hatte ihr allen Mut geraubt. Die Bürgermeisterin hatte sich in ihrem eigenen Hause selbst gefangengesetzt, wie weiland die Päpste im Vatikan.

Sie stellte den Korb ab und ging ins Gartenzimmer. Sie mußte Elizabeth, wenn auch nicht in direkter Konfrontation, beweisen, daß sie zufrieden, glänzend gelaunt und aktiv war. Sie ging ans Klavier und fing an Tonleitern zu üben. Dann folgten Arpeggios und schillernde Läufe. Leicht erschöpft von dieser feinen Vorstellung, kroch sie hinter die Gardine und lugte hinaus. Elizabeth war immer noch dort, und um weiterhin den Eindruck angestrengter künstlerischer Aktivität zu vermitteln, legte Lucia eine Schallplatte mit der Mondscheinsonate auf. Am Schluß derselben schaute sie wieder hinaus. Elizabeth war weg. Es war immerhin etwas, diese bedrohliche Präsenz aus der unmittelbaren

Nachbarschaft vertrieben zu haben, aber Elizabeth hatte ihre Bedrohlichkeit sicher nur woandershin verlagert. Lucia erinnerte sich daran, wie Susanna anläßlich des abgelehnten Portraits (das nun völlig unwichtig geworden war) gesagt hatte: »Sie können die Leute nicht dazu bringen, etwas zu mögen, was sie nicht mögen, indem Sie ihnen erzählen, sie müßten es mögen.« Nun ging Lucia ein ähnlicher Aphorismus durch den geschundenen Kopf.

»Man kann die Leute nicht dazu bringen, etwas zu glauben, was sie nicht glauben wollen, indem man ihnen erzählt, es sei wahr«, flüsterte sie vor sich hin. »Aber Poppy hat hier übernachtet, jawohl, jawohl! Und es ist zu unfair, daß ich deswegen weiter an Ansehen verliere, obwohl ich doch das, was ich verloren habe, hätte wiedergewinnen müssen... Was gibt's, Grosvenor?«

Grosvenor gab ihr ein Telegramm.

»Mr. Georgie kommt nicht am Sonnabend, sondern erst am Montag zurück«, sagte Lucia mit tonloser Stimme. »Sonst noch etwas?«

»Soll die Köchin einkaufen, Ma'am, wenn Sie nicht gehen? Die Geschäfte schließen heute mittags.«

»Ja. Zum Lunch und Abendessen bin ich allein«, sagte Lucia und wünschte, daß man alle menschlichen Aktivitäten stoppen könnte, so wie man die Läden abschloß.

Sie warf noch einen Blick auf Georgies Telegramm und war verwundert über dessen leichten Ton. »Haben viel Spaß«, hieß es. »Olga insistiert. Soll bis Montag bleiben. Weiß, du hast nichts dagegen. In Treue, Georgie.«

Sie sehnte sich nach ihrem treuen Georgie, und aus purem Elend heraus kam sie auf die phantastischsten Ideen. Sie dachte daran, zurückzutelegraphieren: »Komm sofort und steh mir bei. Niemand glaubt, daß Poppy hier übernachtet hat.« Sie erwog, über die B.B.C. einen Hilferuf zu senden: »Würde Mr. Georgie Pillson, zuletzt heute in Le Touquet gesehen, unverzüglich nach Tilling zurückkehren, wo seine Frau, die Bürgermeisterin –« Nein, sie konnte nicht sagen, sie sei gefährlich krank. Das würde ihn beunruhigen, außerdem würde er bei seiner Ankunft feststellen, daß sie überhaupt nichts hatte. Vielleicht kam er dann sogar angeflogen, und das Flugzeug stürzte ab, und er verbrannte. Als ihr bewußt wurde, wie morbide diese Gedanken waren, überlegte sie, ob ein Glas Sherry sie zerstreuen würde. Aber sie widerstand. »Ich will nicht riskieren, wie Major Benjy zu enden«, sagte sie sich, »und ich muß es bis Montag allein durchstehen.«

Trübselig krochen die Stunden voran: Lunch, Tee und Dinner nahm sie allein ein. Ein Fetzen Neuigkeit erreichte sie durch Grosvenor, etwas wenig Ermutigendes. Ihre Köchin hatte vor Elizabeths Hausmädchen geprahlt, sie habe Dinner für eine Herzogin gekocht, und das Hausmädchen hatte ihr mit einem komischen Lachen geraten, sich da mal nicht so sicher zu sein. Die Köchin war in einem Zustand heller Empörung zurückgekommen, die sich darin ausdrückte, daß sie Lucias Suppe mit Pfeffer zugeschüttet und soviel Senf in ihr Hühnchen pikant getan hatte, daß man es als Senfpflaster für das Hausmädchen hätte benutzen können. Die feurigen Substanzen heizten Lucia physisch ein, während den ganzen Tag über zudem psychische Stimulantien ihr Werk taten: Stolz, der sich weigerte zu kapitulieren, extreme Langeweile, weil sie allein war, und das Bewußtsein, daß sie im Recht war. Nachdem sie sich also am nächsten Morgen vergewissert hatte, daß Elizabeth nicht auf der Lauer lag, brach sie mit dem Einkaufskorb auf. Gerade kam Irene aus ihrem Haus und begegnete ihr mit einem ernsten, mitfühlenden Gesicht.

»Liebste, es tut mir ja so leid«, sagte sie.

Lucia nahm natürlich an, daß sie die Zurückweisung des Portraits meinte.

»Ach, verschwenden Sie keinen Gedanken mehr daran«, sagte sie. »Ich freue mich, wenn es wieder in Mallards hängt. Das sind doch alles Barbaren und Banausen und Elizabeths.«

»Ach das!« sagte Irene. »Wen kratzt's? Warten Sie nur ab, bis ich Elizabeth und Benjy für die Carlton Gallery retuschiert habe. Nein, wegen dieser kränkelnden Herzogin. Warum haben Sie das getan? Sehr unklug.«

Lucia überlegte, ob neues Grauen herangereift war. Ihr Mund wurde trocken.

»Warum habe ich was getan?« fragte sie.

»Gesagt, sie sei bei Ihnen zu Besuch gewesen, wenn sie Sie nicht mal vom Sehen kannte. Wie unsinnig!«

»Aber sie war doch bei mir!« rief Lucia.

»Nein, nein«, sagte Irene beschwichtigend. »Jetzt behaupten Sie das doch nicht immer weiter. Es tut mir weh. Natürlich haben Sie sich geärgert, daß sie Sie nicht erkannt hat. Sie *hatten* sie ja schon einmal gesehen, oder?«

»Aber das ist grotesk!« rief Lucia. »Sie *müssen* mir

glauben. Es gab farcierten Krebs zum Abendessen. Sie ist früh zu Bett gegangen. Sie hat im Gästezimmer geschlafen. Sie hat geschnarcht. Wir haben um halb acht gefrühstückt –«

»Liebste, wir wollen nicht mehr darüber reden«, sagte Irene. »Wann immer Sie mich brauchen, ich bin zur Stelle. Rufen Sie mich nur.«

»Ich werde Sie brauchen«, sagte Lucia mit grausamer Endgültigkeit, »wenn Sie sich bei mir entschuldigt haben, dafür, daß Sie mir nicht glauben.«

Irene stieß einen gequälten Schrei aus und begab sich wieder in ihr Haus. Mit steinernem Gesicht ging Lucia in die High Street. Als sie aus dem Lebensmittelgeschäft kam, stieß ihr Korb gegen Divas, die gerade hereinstürzte.

»Entschuldigung«, sagte Diva. »Bin in Eile. Meine Schuld.«

Es war, als hätte sich ein Eisberg direkt vom Nordpol entschuldigt. Mr. Wyse trat soeben aufs Trottoir und entblößte sein Haupt, als sie ihn zu sich rief.

»Wunderschönes Wetter, nicht wahr?« sagte sie. »Georgie schreibt, sie hätten genauso ein Wetter in Le Touquet. Wir müssen mal wieder Bridge spielen, wenn er zurück ist.«

»Sie spielen Bridge immer so wunderbar und mit solchem Genuß«, sagte Mr. Wyse und verbeugte sich. »Und glauben Sie mir, ich vergesse nie, wie nett Sie bei Susans Wellensittich waren.«

In ihrer Aufregung klang es Lucia wie die entsetzliche Zusicherung, daß sie trotz allem seine Freundschaft nicht verloren habe. Da entschloß sie sich mit neu entflammtem Mut, nie und nimmer klein beizugeben.

»Der Besuch der Herzogin kam so überraschend«, sagte sie, »daß buchstäblich keine Zeit blieb, ein paar Freunde zusammenzurufen. Sie hätte Sie und Susan gern kennengelernt.«

»Sehr nett von Ihnen, das zu sagen. Ich – ich habe gehört, sie hat eine Nacht unter Ihrem gastfreundlichen Dach verbracht. Ach, ich sehe, Susan winkt mich zu sich.«

Vom Einkaufen war Lucias Laune nicht besser geworden, und als sie die Straße nach Mallards zurückging, saß Elizabeth wieder auf dem gegenüberliegenden Bürgersteig vor ihrer Staffelei. Aber jetzt flößte ihr Anblick Lucia neue Kräfte ein. Es schoß ihr durch den Kopf, daß ihre liebe First Lady dieses Motiv für ihr Gemälde gewählt hatte, um sie im Blick zu behalten, um wie durch ein hinterhältiges Mikroskop ihre freudlosen Auf- und Abtritte zu beobachten und den Freunden zu berichten, wie traurig und abgezehrt sie aussah. Sonst hätte Elizabeth niemals etwas versucht, das nicht nur die Fähigkeit erforderte, gerade Linien zu zeichnen, sondern auch einige, wenn auch noch so elementare Kenntnisse der Perspektive. Um so mehr Grund, daß Lucia sich in bester, fröhlichster, höflichster und bissigster Verfassung zeigte.

Aus dem Augenwinkel heraus sah Elizabeth sie ankommen und küßte zu ihrer Begrüßung die Spitze ihres Pinsels.

»Guten Morgen, liebe Ehrenwert«, säuselte sie. »Einkaufen gewesen und ein wenig geschwatzt mit all Ihren Freunden? Neuigkeiten?«

»Guten Morgen, *sindaca mia*«, sagte Lucia. »Das bedeutet First Lady, Liebe. Oh, ein vielversprechendes

Bild! Aber haben Sie den weichen Ton der Backsteine meines Gartenzimmers auch recht getroffen? Ich schlage einen Hauch Krappbraun vor.«

Elizabeths Pinsel begann zu zittern.

»Danke schön, Liebe«, sagte sie. »Krappbraun. Das muß ich mir merken.«

»Oder ein wenig Krapprosa mit gebrannter Sienna täte es auch«, fuhr Lucia fort. »Einfach darauf getupft. Und Sie werden feststellen, es gibt ihm den schimmernden Effekt, den Sie erzielen wollen.«

Elizabeth überlegte, ob Lucia begriffen hatte, daß niemand in Tilling an Poppys Besuch bei ihr glaubte, und sich dennoch so ruhig und selbstgefällig gerieren konnte. Sie hoffte auf eine Gelegenheit, das Thema anzuschneiden. Aber zunächst mußte sie etwas ersinnen, das sie zum Thema Malerei beisteuern konnte.

»Wie schön für die drollige Irene, daß sie einen solchen Erfolg mit ihrem Bild von mir hat«, sagte sie. »Die Carlton Gallery, hat sie mir erzählt, und dann vielleicht ein amerikanischer Käufer. Wie schade, wenn das Meisterwerk das Land verlassen muß. Glücklicherweise bleibt Ihr Bild ja doch wahrscheinlich hier.«

»Das war ein fürchterlicher Rückschlag für Irene«, kam es Lucia so leicht von den Lippen, als habe sie ihren Part auswendig gelernt, »als Ihr Ausschuß dem Stadtrat nahelegte, es zurückzuweisen.«

»Unmöglich, eine andere Haltung dazu einzunehmen«, sagte Elizabeth. »Ein Machwerk. Das konnten wir doch nicht in unserem wunderschönen Rathaus aufhängen. Und es wurde Ihnen auch nicht gerecht, Liebe.«

»Interessant, daß Sie das sagen«, sagte Lucia. »Genau das denkt die liebe Irene über das Bild von Ihnen. Sie meint, sie habe in Ihr Gesicht nicht genug Charakter gelegt. Sie will einige wenige kleine Retuschen daran vornehmen, bevor es in die Carlton Gallery geht.«

Das war alarmierend. Elizabeth erinnerte sich an die kleinen Retuschen, die Irene schon einmal vorgenommen hatte. Aber sie ließ sich nicht aus der Ruhe bringen.

»Manchmal fürchte ich, sie erreicht das Niveau ihrer Venus nie wieder«, seufzte sie. »Der Höhepunkt ihres Schaffens. Ihr Bild von Ihnen, zum Beispiel. Als sei es eins von Mr. Wyse' Stilleben: Fahrrad, Klavier, Kartenspiele.«

»Wenn ich Zeit habe, erkläre ich Ihnen einmal die Prinzipien des Symbolismus«, versprach Lucia ihr.

Da erblickte Elizabeth die Bresche zu dem erwünschten Thema.

»Danke schön, Liebe«, sagte sie hell begeistert. »Das wäre fein. Aber ich weiß, wieviel Sie mit all Ihren Pflichten, auch als Gastgeberin, immer zu tun haben. Haben Sie schon wieder Besucher zum Essen und Übernachten gehabt, die am nächsten Morgen sehr früh aufbrechen mußten und nichts von unserem hübschen Tilling gesehen haben?«

Der Schlag kam gänzlich unerwartet und erschütterte Lucia zutiefst. Sie riß sich zusammen.

»Lassen Sie mich nachdenken!« sagte sie. »Dauernd kommen Leute vorbei. Nein! Nein, ich glaube, die liebe Herzogin war mein letzter Gast.«

»Was müssen Sie für einen wunderschönen Abend

verbracht haben«, sagte Elizabeth. »Zwei alte Freundinnen zusammen. Wie sehr ich ein intimes Zwiegespräch wie unseres jetzt schätze, ohne daß uns jemand unterbricht. Wir streifen alle möglichen Themen wie Bienen, die an Blumen saugen. Wieviel Sie mich immer lehren, Ehrenwert. Krapprosa und gebrannte Sienna, die Schimmer verleihen –«

Behende griff Lucia das Thema wieder auf und begutachtete Elizabeths Bild.

»Freut mich, daß ich Ihnen diesen kleinen Rat geben konnte«, sagte sie. »Enorme Verbesserung, finden Sie nicht auch? Wie nun die Backsteine schimmern –«

»Bisher habe ich zwar weder Krapprosa noch Krappbraun darauf getupft«, gurrte Elizabeth, »aber erfreut, das zu wissen. Und steht es um das Gedächtnis der armen Herzogin wirklich so schlecht, wie es schien? Wie schrecklich, wenn sie ihren eigenen Namen genauso vergessen hätte wie Ihren.«

Urplötzlich wußte Lucia, daß sie keine Kraft mehr hatte. Sie konnte sich nur noch zu einem lustigen Lachen aufraffen.

»Was für eine köstliche gesellschaftliche Krise das wäre!« sagte sie. »Sie sollten eine Satirezeitschrift darüber informieren. Und was für einen schönen Schwatz wir gehalten haben! Ich könnte den ganzen Morgen hier stehenbleiben und plaudern, aber leider muß ich hundert unerledigte Dinge durcharbeiten. *Addio, cara sindaca.*«

Betont langsam ging sie die Stufen zu ihrer Tür hinauf, dann taumelte sie ins Gartenzimmer. Bald darauf schlich sie zu dem Observationsposten hinter dem Vorhang und schaute hinaus. Benjy hatte sich der First

Lady zugesellt und lachte herzhaft über etwas, das sie ihm erzählt haben mußte ... Und selbst die loyale Irene glaubte nicht, daß Poppy dagewesen war.

Der nächste Tag war ein Sonntag. Als Lucia den jubelnden Glockenklängen lauschte, fragte sie sich, ob sie sich ohne Georgie der erneuten Tortur aussetzen sollte, die ihrer harrte, wenn sich die Tillinger Gesellschaft nach dem Gottesdienst vor dem Südportal der Kirche für den Sonntagmorgenplausch versammelte, der die werktäglichen Unterhaltungen beim Einkaufen ersetzte. Sich davor zu drücken wäre das stillschweigende Eingeständnis, daß sie ihren Freunden nicht unter die Augen treten konnte, vom gesellschaftlichen Standpunkt aus gesehen, konnte sie da dem Gottesdienst genausogut ganz fernbleiben. Aber obwohl das Debakel vollkommen schien, wußte sie doch, daß ihr Mut im wesentlichen ungebrochen war, und sie spürte, daß es ihr gegeben war, dies überzeugend unter Beweis zu stellen.

Sie sang sehr laut bei den Chorälen und Psalmen mit, sie zuckte zusammen, als der Organist ein kleines Mißverständnis mit dem Chor hatte, sie ließ ein beseligtes Lächeln über ihr Gesicht gleiten, als sie feststellte, daß sie mit der Moral der Predigt des Vikars voll und ganz übereinstimmte, sie gab freigebig in die Kollekte. Nach dem Gottesdienst wartete sie draußen vor dem Südportal. Wenig später kam Elizabeth heraus, danach sah sie andere vertraute Gesichter. Lucia fühlte sich unweigerlich an das Lied erinnert, das sie gerade über die Heerscharen der Midianiter gesungen hatte, die sich leise heranpirschten ... Gleich würden die Midianiterscharen aber was erleben!

»Guten Morgen, Liebe«, sagte Elizabeth. »Mr. Georgie nicht in der Kirche? Doch nicht etwa krank?«

»Nein, es geht ihm ausgesprochen gut«, sagte Lucia, »und in Le Touquet gefällt es ihm so sehr, daß er bis Montag bleibt.«

»Lieb von Ihnen, daß Sie es ihm gestatten«, antwortete Elizabeth, »denn Sie sind doch ohne ihn sicher sehr einsam.«

Genau in diesem Moment ergriff ein Gefühl von Lucia Besitz, das ihr bis dato fremd gewesen war, nämlich die reine rotglühende Wut. In all den zahllosen Krisen ihres Lebens war ihr Verstand immer mit dem Ziel beschäftigt gewesen, das sie anstrebte, oder mit einem ruhigen Triumphgefühl, wenn sie es erreichte, oder mit dem Aushecken von Plänen, wie sie sich aus einer Schlinge befreien konnte, oder damit, denjenigen Angst einzujagen, die ihr Fallen stellten. Nun traten alle diese Banalitäten in den Hintergrund; die Wut über die Ungerechtigkeit, die ihr widerfuhr, pulste durch jede Faser ihres Seins, und sie fand das Gefühl köstlich. Sie begann eher sanft.

»Einsam?« fragte sie. »Das Wort kenne ich nicht. Wie könnte ich einsam sein mit meinen Büchern und meiner Musik und meiner Arbeit und vor allem mit so vielen liebevollen treuen Freunden wie Ihnen, liebe Elizabeth, die sich alle um mich scharen?«

So muß ich es ihr geben. Da ist sie zusammengezuckt, dachte sie, ließ ihren heißen Gefühlen freien Lauf und wandte sich an die Gruppe liebevoller treuer Freunde, die aus der Kirche kamen und sich um sie scharten.

»Ich bin immer noch die verlassene Frau, wie Sie sehen«, sagte sie munter. »Mein Georgie kann sich gar nicht von den Sirenen in Le Touquet losreißen, Olga und Poppy und den anderen. Oh, Mr. Wyse, Sie sind ja erkältet! Sie müssen sich besser in acht nehmen. Ihre Schwester, die Contessa Amelia di Faraglione, hätte Ihnen nie erlaubt auszugehen. Liebe Susan! Ohne Royce? Sind Sie wahrhaftig den ganzen Weg von der Porpoise Street hierher zu Fuß gegangen? Übertreiben Sie es nicht! Diva, wie geht's Paddy? Er hat doch hoffentlich nicht schon wieder gebrochen, nachdem er eines Ihrer leckeren Sardinentörtchen gefuttert hat? Ja, Georgie ist noch nicht zurück. Ich habe überlegt, ob ich nicht heute nachmittag mit dem Flugzeug nach Le Touquet fliege, nur um dort zu Abend zu essen und zu übernachten – wie Poppy hier –, und morgen mit ihm zurückkomme. Und Susanna. Ich habe gehört, Sie arbeiten fleißig an Ihrer neuen Geschichte über Tilling. Ich hoffe doch sehr, Sie finden jemanden, der sie veröffentlicht, wenn sie fertig ist. Liebe Diva, was für ein dummer Irrtum: Selbstredend ist Paddy von den Eiswaffeln, für die Ihnen Susannas *chef* das Rezept gegeben hat, schlecht geworden. Irene? Sie in der Kirche? War es nicht eine hübsche Predigt darüber, daß man kein falsch Zeugnis wider seine Nächsten reden soll? Guten Morgen, Major Benjy. Sie müssen den armen Mr. Wyse dazu bringen, daß er Ihr Allheilmittel für Erkältungen ausprobiert. Ein ordentliches Glas Whisky, nicht wahr, mit etwas kochendem Wasser, je nach Gusto. Au revoir, meine Lieben: Bis morgen, hoffentlich.«

Sie lächelte, warf ihnen eine Kußhand zu und ging

davon, ohne sich noch einmal umzuwenden, ein wenig außer Atem, aber innerlich jauchzend und verjüngt.

»Das war eine Wonne«, sagte sie zu sich, »Und wenn ich denke, was für eine Heidenangst ich hatte, sie zu treffen! Ich Feigling! Ich glaube, ich habe keinen ausgelassen, ich habe sie der Reihe nach beleidigt, und alle konnten es hören. Das ist der Lohn dafür, daß sie nicht an Poppys Besuch hier glauben und denken, ich sei ein für allemal erledigt. Nun habe ich ihnen Stoff zum Nachdenken gegeben. Ich habe es ihnen zurückgezahlt, Gott sei Dank, und wir wollen mal sehen, was als nächstes passiert.«

Lucia hatte natürlich keinerlei Absicht, nach Le Touquet zu fliegen, sondern sie fuhr am nächsten Morgen nach Seaport, um Georgie abzuholen. Er trug einen neuen französischen Segelanzug mit zweireihigem Jakkett und Messingknöpfen.

»Meine Liebe, wie lieb von dir, mich abzuholen!« sagte er. »Die Überfahrt war richtig sanft. Gefällt dir mein Anzug?«

»Todschick, Georgie, und ich freue mich schrecklich, dich wiederzusehen. Ich muß dir soviel erzählen, was ich dir nicht schreiben konnte.«

»Elizabeth hat sich ordentlich verhalten?« fragte er.

»Teuflisch. Eine echte Krise, Georgie, und du platzt mitten hinein. Ich erzähle dir alles auf der Heimfahrt.«

Lucia schilderte ihm unvoreingenomm und präzise, was passiert war, er würzte es mit empörten, aufgeregten Kommentaren:

»Poppy ist geistig minderbemittelt – Ja, ich rede sie mit Poppy an, sie hat mich darum gebeten – Also, so was, daß sie dich vergessen hat – Aus so etwas schlägt diese miese Mapp natürlich Kapital – Und typisch für sie, daß sie den Stadtrat dazu bringt, das Bild von dir abzulehnen – Meine Liebe, du hast geweint? Eine Schande und wie untypisch für dich – Und sie glauben nicht, daß Poppy bei dir übernachtet hat? Natürlich hat sie das! Sie hat es ja erzählt – Nicht einmal Irene? – Wie ganz und gar widerlich sie doch alle miteinander sind! Hurra, wie bin ich froh, daß du ihnen nach der Kirche Saures gegeben hast. Famos! Wir tun etwas, das sie alle umhaut, jetzt, wo wir die Köpfe wieder zusammenstecken können. Ich muß alles noch einmal hören, Stück für Stück. Und hier sind wir in der High Street. Da ist Mapp und grinst wie ein Honigkuchenpferd. Für den Anfang schneiden wir sie erst einmal, das kann nicht falsch sein.«

Georgie hielt einen Augenblick inne.

»Und weißt du, ich bin so froh, daß ich wieder da bin«, sagte er. »Olga war wahnsinnig lieb, wie immer, aber es gab auch anderes. Es wäre viel besser gewesen, wenn ich am Sonnabend nach Hause gekommen wäre.«

»Georgie, wie aufregend!« rief Lucia und vergaß ihre eigene Krise für einen kurzen Moment. »Was denn?«

»Ich erzähle es dir später. Hallo, Grosvenor, wie geht es Ihnen? Ja, ich glaube, nach der Reise nehme ich ein warmes Bad, und dann ruhe ich mich bis zum Tee aus.«

Nachdem er geruht hatte, tranken sie in seinem Salon Tee, wo er seine Nippessachen ordnete, weil Grosvenor sie nach dem Staubwischen nicht genau dorthin, wo er es wünschte, zurückgestellt hatte. Als das erledigt war, griff er zu seiner Nadelarbeit und erzählte.

»Es war ziemlich aufregend«, sagte er. »Poppy ist die Überfahrt entsetzlich schlecht bekommen, und ich habe sie erst am nächsten Tag gesehen, nachdem ich mit Olga vereinbart hatte, daß ich den Sonntag noch blieb. Das habe ich dir ja telegraphiert. Poppy ist richtig verrückt. Sie hat beim Dinner unter dem Tisch meine Hand ergriffen und mir auf den Fuß getreten und mich höchst merkwürdig angelächelt. Sie wollte kein Bridge spielen, sondern kam an und setzte sich dicht neben mich. Eins kam zum anderen –«

»Georgie, was für eine schreckliche Frau«, sagte Lucia. »Wie konnte sie es wagen? Hat sie versucht –«

»Nein«, sagte Georgie hastig. »Nichts Ernstes. Olga hat mir versichert, sie meine nichts in der Richtung, verhalte sich bei Leuten mit Bärten aber immer so. Olga war in der ganzen Sache nicht sehr mitfühlend. Sie kam sogar einmal abends in mein Zimmer und lachte sich halbtot.«

»In dein Schlafzimmer, Georgie?« fragte Lucia.

»Ja. Das hat sie oft getan, wenn wir nach oben gingen, und dann haben wir noch ein wenig geplaudert. Aber mit Poppy war es richtig peinlich. In diesen Dingen bin ich nicht gut. Und gestern hat sie mich dazu gebracht, am Strand mit ihr spazierenzugehen. Als sie auch noch mit mir paddeln wollte, bin ich hart geblieben. Ich habe ihr gesagt, ich würde auf der Stelle den Strand verlassen, wenn sie noch weiter davon redete.«

»Ganz recht, Lieber. Genau das hätte ich auch getan«, sagte Lucia anerkennend.

»Also waren die letzten beiden Tage weniger angenehm. Ich habe mich nicht mehr wohlgefühlt. Ich wünschte, ich wäre am Sonnabend zurückgekommen.«

»Sehr lästig für dich, Lieber«, sagte Lucia. »Aber nun ist ja alles vorbei.«

»Da bin ich mir leider nicht so sicher«, sagte er. »Morgen fährt Poppy dort wieder ab und schickt dir ein Telegramm und fragt dich, ob sie ein paar Nächte hierbleiben kann. Offenbar hast du sie gebeten, ohne große Anmeldung jederzeit zu kommen. Du mußt sagen, das Haus sei voll oder du seist nicht da. Olga sagt, sie meint es nicht böse, aber es ist so unersprießlich.«

Lucia sprang vom Stuhl auf.

»Georgie, das ist ja eine Schicksalsfügung!« rief sie. »Wenn sie käme, wäre mit dem abscheulichen Skandal, daß sie vorher gar nicht hiergewesen ist, ist ein für allemal Schluß. Dann müßten sie es glauben. Ach! Das wäre ein Volltreffer!«

»Hm, ich könnte nicht hierbleiben, wenn sie käme«, sagte Georgie entschieden. »Es ginge mir zu sehr auf die Nerven. Ich würde ja völlig verrückt.«

»Aber wenn sie erfährt, daß du nicht hier bist, wird sie vielleicht gar nicht hier übernachten wollen«, gab Lucia zu bedenken. »Außerdem, wie Olga sagt, sie meint es nicht so, ich bin bei dir, das ist doch bestimmt ausreichend Schutz, und ich lasse dich den ganzen Tag keine Sekunde mit ihr allein. Und wenn du nervös bist, kannst du in meinem Zimmer schlafen. Natürlich nur, solange sie hier ist.«

»Oh, ich glaube, das fänden wir beide nicht gut«, sagte Georgie, »und Foljambe würde es auch sehr komisch finden.«

»Hm, du könntest ja deine Tür abschließen. Oh, Georgie, das ist doch nicht zuviel verlangt, und es würde mich in höhere Höhen erheben als je zuvor, weit, weit über ihre gemeinen Anspielungen. Sie werden vor Scham im Erdboden versinken.«

Grosvenor trat ein.

»Ein Telegramm für Sie, Ma'am. Die Antwort schon bezahlt.«

Mit bebenden Händen riß Lucia es auf und bediente sich, Grosvenor zuliebe, ihrer schleppenden Redeweise.

»Von der Herzogin, Lieber«, sagte sie. »Auf dem Rückweg von Le Touquet will sie morgen für zwei Nächte kommen. Ich glaube, da sage ich lieber zu, denn ich habe sie ja selbst gebeten, sich einzuladen.«

»Na, gut«, sagte Georgie.

Lucia kritzelte eine höfliche Antwort, die Grosvenor mit dem Teegeschirr wegtrug.

»Georgie, du bist ein Engel«, sagte sie. »Mein Lieber, die ganze Zeit, als es mir hier so schlechtgegangen ist, wußte ich, daß alles wieder gut würde, wenn du zurückkommst, und schau, was passiert ist. Nun laß uns sofort Pläne schmieden. Ich finde, wir sollten für den ersten Abend niemanden einladen –«

»Und für den zweiten auch nicht, hoffe ich«, sagte Georgie. »Das wird sie Mores lehren! Außerdem: Nach dem, was du ihnen gestern nach der Kirche unter die Nase gerieben hast, kommen sie vielleicht gar nicht. Das wäre ein Schlag.«

Lucia betrachtete eine Zimmerecke mit der weitentrückten Miene, mit der sie Musik lauschte.

»Was ihr Kommen betrifft, Lieber«, sagte sie, »ich werfe all meine Kenntnis der menschlichen Natur in die Waagschale, daß sie ohne Ausnahme kommen. Was meine Einladung betrifft, du weißt, wie sehr ich deinem Urteil traue, aber hier bin ich anderer Auffassung. Meinst du nicht, daß es am vernichtendsten wäre, wenn ich ihnen allen vergebe und mich verhalte, als sei nichts geschehen Nichts schmerzt so sehr wie ein Gnadenerweis, gepaart mit Verachtung. Das habe ich schon oft festgestellt.«

»Willst du damit sagen, daß du Elizabeth Mapp-Flint zum Dinner einlädst?« fragte Georgie.

»Doch, Georgie, die arme Seele. Wenn ich es nicht tue, glaubt sie, daß sie mich verletzt hat und ich es ihr heimzahlen möchte. Das würde mir gar nicht gefallen. Ich will ihr den Boden unter den Füßen wegziehen. Bisher hatte ich nie den Wunsch, sie zu vernichten, aber ich habe das Gefühl, ich war zu nachgiebig. Wenn sie ein besserer Mensch werden soll, muß ich ihr eine strengere Lektion erteilen, als sie nur zu ignorieren. Mit einer kleinen Geste aus dem Stegreif heraus erinnere ich sie daran, was sie mir antun wollte, aber dabei vertraue ich auf die Inspiration des Augenblicks.«

Georgie rang sich schließlich zu Lucias Ansicht über den Wert solch verächtlichen Verzeihens durch, und ihm selbst war die Vorstellung, eine Herzogin vor Mapp und Co. mit dem Vornamen anzureden, auch nicht zuwider. Es würde ihn nicht einmal stören, wenn sie seine Hand hielte, vorausgesetzt, es waren genug Leute in der Nähe.

»Es müßte eine wundervolle Party werden«, sagte er. »Sogar noch besser als die Party, die du für Olga gegeben hast. Langsam freue ich mich darauf. Soll ich dir helfen, die Einladungen zu schreiben?«

»Nicht nötig, Lieber, danke«, sagte Lucia. »Ich lade sie am Nachmittag vor dem Dinner alle ganz informell telephonisch ein.«

Poppy kam am nächsten Abend, wieder von Seekrankheit gezeichnet und alles andere als gnädig. Aber nach einer angenehmen Nachtruhe war sie wiederhergestellt, und morgens unternahmen die drei einen Spaziergang durch die High Street, damit alle sie sahen. In der absoluten Gewißheit, daß am Abend in Mallards eine große Dinnerparty stattfinden würde, bestellte Lucia die nötigen Lebensmittel. Nachmittags unternahmen sie eine Autotour. Bevor sie losfuhren, wies Lucia Foljambe an, den ganzen Freundeskreis anzurufen, sich für die kurzfristige Einladung zu entschuldigen und sie zu bitten, mit ihnen zu essen, was heute abend auf den Tisch kam. Kein Wort durfte Foljambe über Herzoginnen verlieren. Sie wußten es.

Während die herzögliche Gesellschaft über die Landstraßen kurvte, klingelten in Tilling fröhlich die Telephone. Denn die Wyses waren zum Essen und Bridgespielen bei den Mapp-Flints verabredet, und Susan, überzeugt, daß sie die Mapp-Flints ohnehin nicht in Mallards antreffen würde, rief Elizabeth an und sagte, sie fühle sich nicht und bedaure, daß sie nicht kommen könne. Algernon wolle sie auch nicht allein lassen. Zu ihrer Überraschung war Elizabeth die Freundlichkeit in Person: Die liebe Susan solle gar nicht daran denken, auszugehen, es bereite keine Umstände, man werde einen anderen Abend vereinbaren. Mit erleichterten Seufzern riefen sie beide in Mallards an und stellten fest, daß besetzt war, denn Susan Leg, die Diva erklärt hatte, daß sie sich dummerweise geirrt und sie doch für morgen, nicht für heute abend habe einladen wollen, erzählte Foljambe gerade, sie sei entzückt zu kommen. Diva erwischte als nächste eine freie Leitung, während Elizabeth, durch diese Verzögerung ganz wuschelig geworden, Benjy nach Mallards schickte, wo er kundtat, sie nähmen mit Vergnügen an. Damit auch ja nichts mehr schiefgehen konnte, schrieben alle auch noch förmliche Zusagebriefe. Irene allerdings war so überwältigt von Reue, daß sie jemals Lucias Wort angezweifelt hatte, und so hingerissen von deren Edelmut, ihr zu verzeihen, daß sie in Tränen ausbrach und völlig vergaß zu antworten.

Poppy kam sehr spät zum Dinner, und Lucias Gäste waren vollzählig versammelt, bevor sie erschien. Sie überboten sich in schüchternen, aber eifrigen Höflichkeitsbezeugungen, als trauten sie solcher Großherzigkeit kaum, und ihre Gastgeberin war die Leutseligkeit leibhaftig. Sie war besonders liebenswürdig zu Elizabeth und erkundigte sich nach deren Bild von Mallards. Als Poppy sich immer noch nicht blicken ließ, sagte sie zu Georgie: »Lauf doch mal zu Poppy hoch, Lieber, und sag ihr, sie solle sich beeilen.« Kaum hatte sie diesen freundlichen Satz heraus, da trat Poppy ein.

»Sie Unartige!« sagte Lucia und nahm sie am Arm, um die Gesellschaft vorzustellen. »Mr. und Mrs. Wyse, Miss Leg (Rudolph da Vinci kennen Sie ja,

Liebe), Miss Irene Coles – das Bild des Jahres – und Mrs. Plaistow. Haben Sie nicht bei ihr einen köstlichen Tee getrunken, als Sie hier waren? Und meine First Lady, Mrs. Mapp-Flint, die Sie aber, glaube ich, nicht getroffen haben, als Sie letzte Woche bei mir waren. Und Major Mapp-Flint. Nun kennt jeder jeden. Sherry, liebe Poppy?«

Georgie behielt während des Essens die Hände auf dem Tisch, und Poppy liebkoste hin und wieder beiläufig die Person, die ihr am nächsten saß. Vor so vielen Zeugen und bei so hellem Licht gefiel es Georgie eher, als daß es ihm mißfiel. Ihr Versuch, später allein mit ihm durch den Garten zu schlendern, wurde enttäuscht, denn Lucia hielt ihr Versprechen und gesellte sich unverzüglich zu ihnen und geleitete sie zurück ins Gartenzimmer. Lucia wurde gebeten, für sie zu spielen, und Poppy, die neben Georgie saß, hielt ein erfrischendes Nickerchen. Als die Musik aufhörte, erwachte sie mit einem Ruck und fragte, wie spät es sei. Eine sehr distinguierte Milde waltete, und obwohl die Party der Ausgelassenheit und Leichtigkeit des Festes zu Ehren Olgas ermangelte, hatte sie etwas sehr Erhabenes. Dann verabschiedeten sich die Gäste. Lucia wechselte ein freundliches Wort mit jedem und dankte allen, daß sie ihr die kurzfristige Einladung verziehen.

Schweigend ging Elizabeth mit Benjy nach Hause. Ihre Hochstimmung verpuffte in der Nachtluft wie das Bouquet des Weins und hinterließ deprimierte Gereiztheit.

»Hm, dagegen kann man nicht an«, sagte sie verbittert, während er mit dem Schlüssel zum Pfarrhaus herumfuchtelte. »Aber ich wage zu behaupten, in Kürze . . . Beeil dich.«

In Mallards klopfte Lucia eine halbe Stunde später, nachdem sie sich davon überzeugt hatte, daß Poppy in ihr eigenes Bett gegangen war, diskret an Georgies Tür. Er erschrak bis ins Mark, aber dann fiel ihm ein, daß er die Tür verschlossen hatte.

»Nein, Sie können nicht hereinkommen«, sagte er. »Gute Nacht, Poppy. Schlafen Sie gut.«

»Ich bin's, Georgie«, sagte Lucia leise. »Mach die Tür auf, nur einen Spalt. Sie ist nicht hier.«

Georgie schloß auf.

»Perfekt!« flüsterte sie. »Etwas ganz Besonderes für sie alle! Den Abend werden sie nie vergessen. Perfekt.«